AM

Bogaerts

Amnesia

Thriller

the house of books

1

Zogezegd toevallige ontmoetingen zijn gevaarlijk. Vooral als er zinnenprikkelende geuren van een vrouw in de lucht hangen.

Het overkwam Mout Hoogmartens die zaterdagmiddag 7 juli in het bekende boekencafé 'De Dry Coppen' aan de Schrijnmakersstraat in Leuven.

Achteraf bekeken had hij toen beter de andere kant op gekeken.

De volgende maandag spoorde hij vroeg van Leuven naar Oostende. Anders nam hij nooit de trein, maar de vrouw in het boekencafé had die zaterdag ongewoon aangedrongen om naar de kust te komen. Ze zou rond achten in Gent Sint-Pieters op de trein stappen, had ze met ogen vol verwachting gezegd. Samen zouden ze doorreizen naar de koningin van de badsteden. Hoogmartens had in zijn leven nooit zo vaak op zijn klok gekeken als die morgen in de trein tussen Aalst en Gent. De nietsvermoedende zonnestralen, die door het treinraam alle moeite deden om zijn gezicht te verwarmen, hadden hem amper kunnen bekoren.

De vrouw had hem verteld dat ze op een flat in de Leuvense binnenstad woonde. Op zijn vraag 'waar' had ze een tijdlang door het raam van het boekencafé naar buiten gekeken, maar had niets gezegd. Hij had niet durven aandringen. Ook over het feit dat ze pas in Gent Sint-Pieters zou opstappen, had hij eerst niet nagedacht. Ze zou vast een goede reden hebben, hoopte hij.

Die vrouw was opeens vooraan in zijn hoofd gaan zitten.

Later was alles duidelijk geworden.

Ze was die zaterdag in het boekencafé recht op hem toe gestapt en had gevraagd of het stoeltje naast hem vrij was. Hij had geknikt, zijn boekentas weggenomen, vaag een uitnodigend gebaar gemaakt om te gaan zitten. Ze had breed geglimlacht. Het eerste wat hem was opgevallen waren haar donkere ogen, lange hals, vuurrode lippen en gave huid. Hij schatte haar een eind in de veertig, een paar jaar jonger dan hij. Ze was naar de boekenwand toe gelopen, had een boek uit de rekken genomen, alsof ze alleen daarvoor gekomen was. Dan had ze het behoedzaam vlak voor hem op het tafeltje gelegd. Ze was gaan zitten, had een glas vers geperst vruchtensap besteld, hem iets te lang aangekeken, maar niets gezegd. Hij had opgekeken, nieuwsgierig de titel van haar boek gelezen. 'Ulysses' van James Joyce, het meesterwerk dat iedereen zogezegd gelezen had, maar dat bij de meesten al na enkele bladzijden een werkeloos leven in de boekenkast beschoren was. Ze had traag en gecontroleerd haar benen over elkaar geslagen en zijn blikken gul toegelaten, een clichéscène uit een B-film. Toen pas had ze zich voorgesteld. Ze heette Luciana Servi, beweerde van Italiaanse komaf te zijn, maar deed geen moeite om een zwaar Antwerps accent te verbergen. Hij had zich bij die naam geen vragen gesteld. Ook niet bij de rest. Tenminste toen toch niet.

Jammer voor hem. Het was wellicht allemaal heel anders uitgedraaid.

Ze kende hem van vroeger, zei ze, van hun studententijd. Ze leek zo zeker van haar stuk, dat hij niet aan haar woorden durfde twijfelen. Niets maakte bij hem herinneringen aan haar los. Niet haar weldadige fysiek, niet haar manier van praten, niet haar gestes. Toch geloofde hij haar. Dat kwam door frappante details die ze uit zijn leven naar boven haalde. Ze herinnerde zich nog zijn tweede voornaam, reciteerde zijn studieresultaten met een verbazende accuratesse, wist van zijn amoureuze studentenescapades en van zijn mislukkingen op professioneel gebied, die hijzelf angstvallig verborgen had gehouden. Daar hielden haar herinneringen aan hem op, zei ze. Tot ze goed een maand geleden dat bewuste artikel over hem in de weekendkrant had gelezen. Ze trok een vrijpostig gezicht toen ze dat zei. Ze wist door de revelaties van die onderzoeksjournalist dan toch meer over hem, maar bleef over de inhoud van het krantenbericht op de vlakte. Als ze had gewild, had ze de zucht van opluchting in zijn binnenste kunnen horen. En opeens zat hij daar vlak voor haar. In Leuven nog wel, de stad waaraan al die mooie studentenjaren waren blijven plakken. Een wonder, nee, een ongelooflijk toeval, had ze tot twee keer toe herhaald.

Ze had hem niet de tijd gegund om verbaasd te zijn.

Ze had een tweede vruchtensap besteld, voor hem een kruidenthee. Had een biljet van twintig euro op de tafel gelegd en aangedrongen dat zij de consumpties mocht betalen. Toen was ze begonnen over die flat in Oostende en het vervelende probleem dat zich daar stelde. Ze was daar ongewild bij betrokken en wilde dat het zo vlug mogelijk opgelost werd. Het had haar de laatste maanden uit haar slaap gehouden. En uitgerekend op een zaterdagse zomerdag in Leuven ontmoette ze in een boekencafé een man, die volgens dat artikel in de weekendkrant gespecialiseerd was in het ontwarren van hardnekkige knopen in iemands leven. Ze was hem bij die woorden lang blijven aankijken. Zelfs toen ze het had over de gammele gang van zijn huwelijk, had hij zich geen vragen bij haar bronnen gesteld. Hij was verblind door haar kunstig gevormde zinnen, die het bedekt hadden over het feit dat hij dringend aan ontspanning toe was. Een verblijf van enkele dagen aan zee kon wonderen doen.

Ze had hem het gevoel gegeven dat hij op dat ogenblik nodig had, dat hij de enige man op de wereld was die soelaas kon bieden. Of was het bij nader inzien toch haar voorstel van een meer dan royale vergoeding dat hem over de streep had getrokken? Het gevaarlijke spel op de flat was eveneens een steentje in de schoen van Luciana's steenrijke vriend, die het probleem net als zij zo vlug mogelijk van de baan wilde hebben. Toen hij naar de naam van die man informeerde, had ze hem nog langer dan even voordien aangekeken en geschokschouderd.

Hij was er weer niet verder op ingegaan. Hij die anders met de hardnekkigheid van een bloedhond een spoor kon volgen.

Hij was er met open ogen ingetuind. Een blinde muis, aangelokt door de geur van een blokje kaas.

Ze waren er vlugger dan verwacht uitgeraakt, uitstel leidde maar tot afstel. Hoogmartens hoefde alleen de volgende maandag de trein van zeven uur tien naar Oostende te nemen. Hij moest vooral niet met de wagen komen, dat zou te erg opvallen, vond ze. Niet opvallen was in de gegeven omstandigheden een *conditio sine qua non*, zo zei ze het. Aan de kust zou ze hem alles uit de doeken doen. En meer dan hij hoopte, had ze er met een veelzeggende blik aan toegevoegd. Een tweede clichéscène in te korte tijd. Hoogmartens had zich weer geen vragen gesteld. Ongewoon en vervelend tegelijk, want vragen stellen hoorde juist bij zijn vak.

Op dinsdag 7 augustus, exact een maand na de ontmoeting in 'De Dry Coppen', werd Mout Hoogmartens in Oostende dood teruggevonden, in omstandigheden waar zelfs de politie van gruwelde.

Hij had in leven nooit durven denken dat zijn dood de aanzet zou zijn tot een luguber spel, waarin een vrouw met een al dan niet gefingeerd Antwerps accent als bij toeval een belangrijke rol zou gaan spelen.

Van een zekere Luciana Servi was die zevende augustus echter al lang geen sprake meer. Van donkere ogen en vuurrode lippen, maar vooral van zwarte strepen die een op het eerste gezicht doodgewone flat op de zeedijk van Oostende door levens van mensen trok, des te meer.

2

Dinsdag 7 augustus
Oostende, zeedijk

De inkomhal van het gebouw rook naar zeep en leek nog maar net schoongemaakt.

Het adres dat Boersma en Bervoets opgegeven hadden gekregen, leidde naar een van de twee flats vier hoog, die samen de bovenste verdieping vormden van de recent opgetrokken 'Residentie Winston Churchill'. Het ging om de rechterflat 04.02, waarvan de leefkamer tegelijk op het zuiden en het westen uitgaf en de slaapkamer aan de achterkant oost lag. Zowel leefkamer als slaapkamer paalden aan een ruim terras uit bankirai hardhout, afgezoomd met een designleuning in aluminium. Er was niet op een vierkante meter luxe gekeken.

In de flat zelf hing die spanning die onverbrekelijk verbonden was met hun beroep en die gelukkig intact was gebleven, alsof het weer hun eerste zaak betrof.

'Mout, anders een ongewone naam, toch hier aan de kust. Bij ons in het noorden hoor je die meer', zei Boersma.

'De stakkerd heeft het jarenlang volgehouden als Arsène. Liet die naam kort geleden veranderen in Mout. Gebeurt wel meer. Niet iedereen loopt *happy* rond als Gijs Boersma, behalve jij natuurlijk', grapte Bervoets.

'Hoe ben jij dat zo vlug te weten gekomen, Rudi?'

Bervoets zwaaide met twee identiteitskaarten, die hij uit de binnenzak van het slachtoffer had gehaald. Hij stond gebogen over een weldoorvoede man, gekleed in een jeansbroek en een overhemd dat eens wit moest geweest zijn, schoenen met zo goed als onbelopen zool, donkere sokken met prettige figuurtjes. Boersma kwam dichterbij. Hij gruwde van de aanblik. Het gezicht van het slachtoffer was onherkenbaar, want het was nagenoeg volledig weggeschoten.

'Twee identiteitskaarten dus. Ofwel gaat het om professionele namaak, ofwel is hij de oude gewoon vergeten in te leveren bij zijn gemeente. Maar waarom er dan mee rondzeulen? Twee namen, twee adressen, een veeg teken als je het mij vraagt, Gijs.'

Hoofdinspecteur Gijs Boersma en inspecteur Rudi Bervoets waren al zo lang partners dat niemand zich nog kon herinneren sinds wanneer. De veertiger Bervoets, een beer van een man, met handen als schoppen, weerbarstig krullend haar, grijzend snorretje en donkere ogen onder zware wenkbrauwen. Hij had een stierennek en een bruut gezicht, een wat vreeswekkend voorkomen dat niet in overeenstemming was met zijn inborst. Bervoets had een hart van koekenbrood en was ontwapenend eerlijk. De vijftiger Boersma, een kop kleiner, fijn, haast schriel. Grijs, uitdunnend haar, rond brilletje met daarachter uilenogen die levendig straalden, wat dan weer niet overeenkwam met de zwaarmoedigheid die hem vooral de laatste tijd kenmerkte. Kwatongen hadden het over het sukkeldrafje dat zijn huwelijksleven had aangenomen. Waar rook is, is altijd een beetje vuur. Iedereen bij de Oostendse politie had het over die ene of die andere van B & B als ze toevallig apart op pad waren. Alleen ingewijden wisten dat Boersma, een jaren geleden tot Belg genaturaliseerde Nederlander van wie alleen nog zijn naam en zijn uitdrukkingen naar het noorden verwezen, de chef was. Ze deelden hun diepste geheimen, alleen over de geruchten omtrent zijn huwelijksleven was de hoofdinspecteur al die tijd hardnekkig oppervlakkig gebleven.

'Die Mout heeft anders de toet van een nijlpaard', zei Boersma, terwijl hij de foto op de meest recente identiteitskaart van Hoogmartens bekeek.

'Maar wel van een dood nijlpaard', zei Bervoets.

Uit ervaring wist de inspecteur dat het beginnen grappen zo hun eigen manier was om stoom af te laten. Moest ook, want op het eerste gezicht was de zaak ondoorzichtig.

Ze waren die morgen om halfzeven opgeroepen. Goed een halfuur voordien had de poetsvrouw Mout Hoogmartens dood aangetroffen in een flat op de zeedijk, waar naar haar zeggen de laatste drie weken geen mens nog een voet over de vloer had gezet. De vrouw werkte als schoonmaakster voor het bedrijf dat eigenaar was van de flat en dat hem liet gebruiken door de eigen directieleden en af en toe door buitenlandse relaties. Het bedrijf had haar op het hart gedrukt nooit te komen poetsen als er aan de toegangsdeur een bordje hing met *'do not disturb'*. Ze had zich bij dat verzoek nooit vragen gesteld. De vrouw had zich na haar lugubere ontdekking lang sterk gehouden, maar was ingestort toen Bervoets haar op zijn eigen indringende stijl een tweede keer had geconfronteerd met het slachtoffer dat helemaal onder het bloed zat en van wie de ogen aan weerszijden van een rood gat hingen te bengelen op de plaats van zijn oren.

Het was nu negen uur dertig voorbij.

De lui van de technische recherche deden hun werk in de slaapkamer, waar Hoogmartens op bed was gevonden. De psychologe van Slachtofferhulp had de poetsvrouw weggebracht. Boersma ijsbeerde door de leefkamer, met in de hand een mok dampende koffie, die hij voor zichzelf en Bervoets had gezet.

'Mout Hoogmartens, vierenvijftig jaar jong. Woonde volgens het meest recente paspoort in een luxecomplex aan de Kaboutermansstraat in Leuven. Niet meteen een buurt waar schooiers huizen. Weet ik omdat mijn zwager daar zo'n triplex betrekt.'

'Die chirurg van het UZ Gasthuisberg met de Range, de paarden en de zesmaandelijkse vakanties op Barbados', gleed Bervoets er op geaffecteerde toon tussen.

'Je kijkt te veel naar *'Keeping up appearances'*, Rudi.'

Bij die woorden nam Boersma zijn nagelknipper uit zijn zak, plooide hem open en begon het vuil van onder zijn nagels te halen. Bervoets haatte die routineuze handeling, maar had daar nog nooit wat op gezegd.

'Je hartelijke en gastvrije zwager, die je eenmaal per jaar bij hem uitnodigt. Met Leuven kermis, op de eerste zondag van september,' ging de inspecteur verder, 'er komen van tijd tot tijd dan toch schooiers in die buurt...'

'Ja, die. Ik heb het bloedschurft aan hem. Hij spreekt vloeiend vijf talen, maar weet verdomd niet hoe hij 'ik hou van je' moet zeggen,' sneerde Boersma, 'misschien ben ik met mijn vrouw ook wel...' Hij wachtte een ietsje te lang, trok zijn ogen tot spleetjes, terwijl hij speelde met de identiteitskaart van het slachtoffer. 'Hoogmartens is nog steeds gehuwd met een zekere Karin Cockmartin, zie ik. Zegt die naam je soms iets, Rudi?'

Bervoets keek rond, zag dat ze alleen in de leefkamer waren, schudde een paar keer met het achterwerk, de rechterhand in de hals. '*De* Karin Cockmartin toch niet?' vroeg hij met geaffecteerde stem.

'Toch wel, de gewezen miss België, die nu een poepchic modellenbureau runt op de Louizalaan in Brussel en mooi weer speelt op televisie met haar eigen ontbijtshow. Een bloedmooie vrouw, met een flinke portie macht bovendien. Alleen is er een akkefietje: mevrouw woont sinds kort niet meer bij meneer.'

'Niet meer? Hoe?'

'Haar adres zat achteraan in zijn portefeuille, Rudi. 'Te verwittigen persoon bij ongeval', weet je wel. Er is dan toch nog een snuifje affectie in het doodlopende steegje achtergebleven. Mevrouw is ingeschreven in Bredene. Een dijk van een *penthouse* met zicht op zee.'

'Je verbaast me elke minuut meer, Gijs.'

Boersma trok de lippen samen in een grijns. 'Toevallig de residentie waar ook die aangespoelde *maître* Aurélien Renauld verblijft, in de flat vlak naast Cockmartin nog wel. Misschien kennen die twee elkaar wel, het zou me niks verbazen. Doet het een lichtje bij je branden, Rudi?'

'Je moet die zaak met meester Renauld eens en voor goed uit je hoofd zetten, Gijs. Voor je eigen bestwil, neem het van me aan.'

'Iemand die nog meer gangster is dan het witteboordtuig dat hij telkens weer met een minimum aan schade langs de kliffen van de rechtbank weet te loodsen. Een jochie van hooguit veertig, er zijn geen zekerheden meer in het leven.' Boersma doelde op de recente zaak van bouwfraude, waarin dankzij een sublieme *maître* Renauld opvallend milde straffen waren uitgesproken. Puik speurwerk en doorgewinterde onderzoeksjournalistiek hadden alles blootgelegd, maar het had niets uitgehaald. 'We moeten haar zo vlug mogelijk zien, Rudi. *Cherchez la femme* doet het altijd als je met een ommetje achter de waarheid wilt komen. Alleen vrees ik dat ons een hobbelig pad wacht, er zitten naar mijn zin te veel losse eindjes aan deze zaak.'

'Inderdaad, niemand heeft wat gezien of gehoord, de moordscène is een onbewoonde, superluxueuze flat, de *locus delicti* een kamer vol bloedspatten, maar geen enkel spoor van een moordwapen. Ook geen vingerafdrukken, behalve van het slachtoffer zelf. Hoogmartens werd op het eerste gezicht op een professionele manier afgemaakt. En het ergste moet nog komen, het beroep van de man...' Bervoets streek met de middelvinger over zijn grijzend snorretje. 'Een privédetective, stel je voor...'

'Hadden ze het op de persoon zelf gemunt? Of erger nog, zaten ze achter zijn reet aan omdat hij op een zaak broedde en het nest fel begon te stinken? Ik gok op dat laatste. Ik vrees aan dit decor te zien, dat ze ons verwachten op een party in de hogere kringen, Rudi. Niet meteen mijn geliefkoosde zandbak, dat weet je. Maar nood breekt nu eenmaal wet. Zelfs voor een dieprooie rakker als ik.'

'Een zaak met op het eerste gezicht veel tentakels, Gijs. Eén troost: tentakels kunnen je verrassen, maar je kunt ze ook stevig vastgrijpen. Wat vangen we bijvoorbeeld aan met die twee lege wijnglazen op de salontafel met alleen maar de vingerafdrukken van Hoogmartens?'

'In mijn naïviteit zou ik zeggen dat slachtoffer en dader elkaar goed kenden, een koffiekransje organiseerden, waarbij Hoogmartens gastheer speelde voor een dader die verdomd goed wist waar hij mee bezig was.'

'Naïviteit mag je nooit onderdrukken,' grapte Bervoets met zijn gekende *oneliner*, 'maar Hoogmartens werd wel in het Louis XV-ledikant gevonden.'

'Die plaats en de open gulp van het slachtoffer wekken de schijn van een romantisch onderonsje, maar schijn bedriegt zo vaak. Volgens de technische recherche werd het schot afgevuurd met een jachtgeweer.'

'Passionele moorden gebeuren hoogstzelden met een jachtwapen.'

'Juist. Geen enkel spoor van een worsteling in de slaapkamer, geen uiterlijke tekenen van slagen of geweld op het slachtoffer. Het bed lag er onberoerd bij. Bij passie hoort bonje en een boel gedreun, Rudi.'

'Zo'n schot hoort behoorlijk wat kabaal te maken, en toch heeft niemand wat gehoord.'

'Of ze durven hun bek niet open doen, hoewel. De flats hieronder zijn alleen bewoond in het weekend, bovendien zijn ze weinig gehorig. Dat mag ook voor de bergen poen die je ervoor neertelt. Nee, mij vang je niet met de uit de hand gelopen vrijpartij tussen twee mietjes die iemand per se in beeld wilde brengen.' Boersma posteerde zich voor het raam met frontaal zeezicht, maakte zijn rug breed, de handen gevouwen in de nek, de blik de lucht in. 'Mijn intuïtie zegt me dat de privédetective op een andere plaats dan in de slaapkamer om het hoekje werd geholpen en dat het schot met het jachtgeweer alleen diende om andere dingen te camoufleren.' Hij draaide zich om naar zijn adjunct. 'Maar wat mij nog het meest van al intrigeert, is die verdomde foto, Rudi. Open en bloot daar naast de wijnglazen op de salontafel.'

Bervoets ging naast Boersma staan en keek van onder zijn zware wenkbrauwen naar de hoofdinspecteur.

'Een gekartelde foto met vier jongetjes in een oudmodische lijst die vloekt met de rest van het interieur. Een tweeling en twee andere jongetjes, schijnbaar allemaal even oud, een jaar of vijf. De tweeling zijn jongetjes met een donkere huid. De huid van de twee andere is veel lichter. De TR vond geen vingerafdrukken op het glas, terwijl een foto daar gewoonlijk overvol mee staat. Zeker zo'n oude. De foto werd bewust schoongewreven, Gijs.'

Boersma keek Bervoets op zijn beurt lang aan, duwde met de wijsvinger zijn oranje, modische brilletje op de neusrug en streek met de vlakke hand door zijn uitdunnend haar. Bervoets stond met de foto in de hand, alsof hij niet wist wat hij er mee aan moest.

'En toch werd hij niet weggestopt. Een teken, Rudi? Wellicht werd die foto hier met opzet geplaatst. Ik hoop dat hij niet de aanzet is tot nog vreselijker dingen. Of tot een spelletje dat de moordenaar met ons wil spelen.'

'Een voorgevoel, Gijs?'

'Een voorgevoel, Rudi.'

'De tijd herleidt foto's vaak tot tekeningen, gemaakt met een mes.'

'Wat bedoel je daar opeens mee?' vroeg Boersma.

'Pas gemaakt zijn ze nog puur, maar jaren later heeft de tijd zonder genade op ze ingewerkt en vertellen ze een totaal ander verhaal. Niemand zet op een vreemde plaats zomaar foto's neer, maar wil daarmee iets vertellen. Zeker als het gaat om kiekjes uit de kindertijd', zei Bervoets, terwijl hij de foto weer op zijn plaats zette.

'Aan jou ging ongetwijfeld een dichter verloren, Rudi, maar laat het ons bij de feiten houden. Rekening houden met het verleden leidt alleen maar tot vooroordelen.' Aan zijn ogen was te zien dat hij de woorden niet meende. 'Feit is dat deze flat ongetwijfeld geheimen herbergt. Eén: de lift vanuit de inkomhal gaat maar tot de verdieping hieronder, tenzij je over een speciale sleutel beschikt om hoger te komen. Twee: dit is de enige flat die vanuit de ondergrondse parking via een aparte lift bereikbaar is. Drie: de bewakingscamera daar beneden is onbruikbaar gemaakt. De vraag is hoelang dat al speelde en waarom.'

'Te veel vraagtekens op een te kleine plaats, Gijs. Misschien moeten we ons licht gaan opsteken bij de conciërge hier beneden? Hoe heette die ook weer?'

'Theo Jansen, Rudi. Een gewonere naam kun je amper bedenken. Maar de rest hier is veel minder alledaags.'

Boersma draaide zich weer naar het grote raam en keek naar de zee. Hij blies de lucht langzaam voor zich uit, maar zei niets. Hij bleef naar de hemel boven het grijze water kijken.

Op het voorhoofd van Bervoets parelden zweetdruppeltjes. Hij probeerde op zijn beurt de longen heel langzaam met lucht te vullen, terwijl zijn machtige borstkas zwol.

Wat men ook zei, dat gevoel van walging vermengd met een vorm van schaamte om weer eens in het leven van een doodvreemde te moeten duikelen, ging nooit voorbij. Ook dat hoorde bij de spanning die een zaak met zich meebracht.

Het liep al tegen zessen.

Boersma en Bervoets hadden de koffiehoek van het politiekantoor opgezocht. Ze hadden die namiddag de moordzaak in hun laptop gestopt en onder hun beiden de feiten zoveel mogelijk op scherp gesteld.

De troostmachine was een laatste keer die dag aan het werk gezet. Toen begon de telefoon te dansen op de tafel van Boersma.

'De kogel ligt hier voor me. Maar er is wat mee.'

Het was wetsdokter Luc Sergeys. Boersma zette de speaker aan, Bervoets boog naar voren.

'Scherpe kantjes, Luc? Zeg niet dat mijn intuïtie juist was en dat het lijk verplaatst werd?'

'Ik moet zeggen dat jij kijk hebt op die dingen, Gijs. De positie van het lijk stemde inderdaad niet overeen met de baan van de kogel. De lui van de ballistiek waren daar snel achter, nadat ik de kogel uit zijn achterhoofd had opgevist. '

'De kogel? Ik dacht dat hagel uit het jachtgeweer van een dolgedraaide mafketel de ravage had aangericht. Niet dus?'

'Hoogmartens werd gedood met één enkel schot, op de millimeter juist gericht tussen de ogen. Achteraan was zelfs geen uitschotwonde te zien. Professioneel werk van het puurste soort. Dat van die hagel was alleen show.' Hij wachtte. 'Of juist niet. Maar dat is jullie terrein. Ik hoop maar dat ik jullie avond niet verknald heb.'

'Dat heb je juist wel, Luc', zuchtte Boersma.

'Wens de andere B nog een goeie avond van me, Gijs. En blijf nog wat op kantoor, want ik geloof dat ballistiek *nog* enkele opbeurende dingen voor jullie in petto heeft.'

Vlak daarna kreeg Boersma inderdaad de collega's van de ballistiek aan de lijn. Aan de bevindingen van de wetsdokter voegden zij nog toe dat de opgeviste kogel een gewone kogel was, maar dat de handgemaakte loop alleen werd gebruikt door scherpschutters en bepaalde geheime diensten. Bij hun weten kwam zo'n loop uitzonderlijk voor in het criminele milieu. Als dat toch het geval was, had je zeker te maken met een huurmoordenaar.

Boersma zette de speaker uit en bekeek Bervoets lang, zonder iets te zeggen. Het telefoontje van daarnet bevestigde wat al de hele dag in zijn hoofd rondjes draaide: de moord in flat 04.02 was niet wat ze leek. Er waren dribbelbewegingen aan de gang, iets waar de hoofdinspecteur een grondige hekel aan had. Wat op de flat gebeurde was meer dan een stukje circus.

Een Leuvense privédetective met twee identiteitskaarten werd twee keer vermoord. Twee vergeelde jongetjes en een tweeling hadden vanuit hun gekartelde rand, hopelijk onschuldig, de hele scène gezien.

Twee stemmingmakende wijnglazen hadden het bloedrode schouwspel niet kunnen verhinderen.

Alles in het dubbel.

Zelfs het gevoel dat Boersma had, was dubbel. Zat achter wat ze in de flat te zien hadden gekregen een plan en was het de aanzet tot nog meer? Of ging het gewoonweg om iets wat zo dichtbij lag dat ze er de hele tijd over keken? In dat laatste geval waren ze toch beland in een opgesierd verhaal. De ervaring had geleerd dan dubbel op de hoede te zijn. Je wist maar nooit.

Hoofdinspecteur Boersma liet weer een diepe zucht. Inspecteur Bervoets tokkelde staccato met de vingers tegen de rand van zijn tafel. De zaak maakte hen nerveus en ze wisten niet waarom. Alsof hun onderbewuste wel meer wist.

3

De voorbije zondag 5 augustus
Oostende, strand

'Een mens die beweert dat hij nooit iemand zal vermoorden, liegt of kent zichzelf heel slecht', zei ze, terwijl ze naar de lucht bleef kijken en de man in de strandzetel naast haar geen blik gunde. Ze trok een paar keer gulzig aan haar sigaret. 'Misschien loop ik zelf wel met moordplannen in mijn hoofd rond.'

Hij keek opzij met geschokte blik en merkte hoe de spieren van haar wangen gespannen stonden. Hij voelde zich als iemand die zich warmt bij het haardvuur en overvallen wordt door de striemende wind, die door een opengewaaide deur ongenood de kamer in rolt.

'Waarom zeg je opeens zoiets, liefje? Ik dacht net dat wij het zo lekker met mekaar konden vinden.'

Ze antwoordde niet.

Hij wachtte. 'Hoe lang kennen wij mekaar nu?' vroeg hij dan.

'Negenentwintig dagen. De tijd holt als een bezetene. Je bent al tien dagen bij me ingetrokken, weet je. Dinsdag is het een maand geleden dat we mekaar in Leuven toevallig tegen het lijf liepen.' Ze wachtte. 'We moeten dat op een speciale manier vieren, vind je ook niet?'

'Ik wed dat je iets speciaals in gedachten hebt. Of heb ik het mis?'

Hij keek haar aan. Zij bleef in de lucht kijken. Hij veegde met de vlakke hand het zand van zijn zwemshort, terwijl hij de voorbijrennende jonge dadertjes bleef nakijken.

'Jij bent ijdel,' zei ze, 'ik merk het al de hele tijd aan je.' Ze wachtte weer, keek hem nog steeds niet aan. 'In bepaalde gevallen hou ik anders wel van hoogmoedige mensen, maar niet altijd.'

'In mijn geval dus wel...'

'Hoogmoed komt al te vaak voor de val, maar dat wist je ongetwijfeld al lang.' Ze sloot de ogen. 'Je bent leuk, prettig gezelschap, een aardige prater *en* een uitstekende minnaar. Alleen ben je zo ongelooflijk nieuwsgierig. In bepaalde gevallen heb ik aan dat laatste een grondige hekel.'

Hij kon niet uitmaken of ze grapte. Hij hield er ook niet van dat ze te dikwijls 'in bepaalde gevallen' gebruikte.

'In welk opzicht vind je me dan nieuwsgierig, lieverd?' Hij beet op zijn lip.

'Ach, je weet het best, al je vragen rond het hoe en het waarom van die camera. Of vind je dat we je daarvoor te weinig betaald hebben? Als dat zo is, kom je daar best voor uit. Dan doe ik nog wel een goed woordje bij *hem*.'

Ze had de opdrachtgever nooit bij naam genoemd. Hoogmartens had hem nooit te zien gekregen. Maar het beloofde geld was keurig op zijn rekening verschenen. Twee keer vijfduizend euro, telkens op maandag, via een naamloze storting door derden, telkens in een andere bank in Oostende. Hij vond dat hij ruim vergoed was geworden voor een relatief eenvoudige klus als het plaatsen van een verborgen camera in een luxeflat op de zeedijk van Oostende. Technisch hoogwaardig spul, dat niet op elke straathoek te vinden was. Maar per slot van rekening was dat toch zijn speelterrein?

Ze richtte zich even uit de strandzetel op en voor het eerst keek ze hem echt aan. 'Ben je nog moe?' Ze jokte nu duidelijk.

Opluchting in zijn binnenste. De intensiteit van hun liefdesspel had weer voor een drijfnatte nacht gezorgd. Luciana Servi was de voorbije weken al een onverzadigbare vrouw gebleken, maar ze had zichzelf de afgelopen nacht overtroffen, alsof ze haar wellust diep in zijn geest wilde planten. Even had hij gedacht aan het afscheid van twee geliefden, die beseften dat ze elkaar voor lange tijd zouden moeten missen. Misschien wel voor altijd. Hij durfde daar niet op doordenken, al hadden vooral de laatste dagen hem voldoende redenen gegeven om aan haar te gaan twijfelen.

De voorbije donderdag was hij dan achter de waarheid gekomen, tenminste een deel ervan. Van toen af werd Luciana uithuizig, soms zelfs een hele dag lang. Ze zei niets, maar hij voelde aan haar dat ze op de hoogte was van wat hij gedaan had. Als ze terugkwam, wilde ze niet vertellen waar ze uitgehangen had. Hij bleef godganse dagen alleen op de flat, waarvan ze beweerde dat hij toebehoorde aan haar geheimzinnige rijke vriend en waar ze kon komen en gaan als ze daar zin in had. Met wie ze er verbleef vormde geen probleem, want haar vriend was ruimdenkend. Hoogmartens had een verwijtende blik retour gekregen toen hij haar vroeg of ze met die vriend ook het bed deelde. Niet dus. Of juist wel?

De dagen voor die bewuste donderdag had ze ervoor gezorgd dat ze tijdens de week elke namiddag tussen twee en zes wel iets te doen hadden. Het was hem opgevallen dat ze dan steeds de kusttram namen en naar een andere kustgemeente spoorden, om daar te gaan wandelen of een terrasje te doen. Alsof Luciana wilde vermijden dat ze samen in Oostende zouden gezien worden. Ook was zij het steeds die de flat afsloot en de sleutel angstvallig bij zich hield, zelfs 's nachts. In het weekend ging ze dan naar haar flat in Leuven, zogezegd om spulletjes op te halen. Een zilvergrijze jeep kwam haar ongegeneerd ophalen. Door de donkere ruiten kon hij niet zien wie aan het stuur zat, maar hij was zeker dat zijn vermoedens juist waren. Ze bleef dan op haar flat overnachten. Tijdens de week ging ze 's avonds ook enkele keren weg en kwam pas laat in de nacht weer terug. Ze duldde niet dat hij haar daarover vragen stelde. Hoe was het mogelijk?

Nadat hij achter een gedeelte van de waarheid was gekomen, werd Luciana niet alleen uithuizig, maar liet ze ook de sleutel van de flat gewoonweg rondslingeren. Hij vond het intrigerend dat ze wel nog steeds de sleutel van de onderste lade onder de flatscreen veilig opborg. Achter een rits in haar handtas.

Voor die donderdag van de waarheid had hij de eigenaardigheden in het leven van Luciana te lang voor zich uit geschoven. Hij liep verloren in zijn eigen hoofd, omdat ze een ongelooflijk vermogen had een man aan haar te binden. Hij leek wel gebiologeerd door haar. Pas later begon hij zich echt vragen te stellen over haar en ontdekte vervelende grenzen. Ze deed geen moeite om te verbergen dat zijn gesnuffel in haar donkere hoekjes haar verveelde. Hij voelde zelfs een vreemde soort dreiging ontstaan. Ze begon te pingpongen met suggesties en halve waarheden. Waarom moest uitgerekend hem zoiets overkomen? Eigenaardig genoeg was het juist in die periode, boordevol vragen, dat hij bij haar ingetrokken was. Of gebeurde dat omdat zijn sluimerende instincten toch weer loskwamen en hij er dringend wilde achter komen wie ze echt was? Dat moet het geweest zijn. Hij moest en zou achter de waarheid komen. Hij was haar minutieus beginnen te observeren, terwijl het plannetje in zijn hoofd rijpte.

Afgelopen donderdag gebeurde het dan. Eindelijk. Ze moest naar de kapper en hij paste de inbrekerstruc met de handtas toe, die hij zo vaak had gehanteerd. Ongemerkt sloop hij de kapperszaak binnen en graaide haar tas mee. Een uurtje later, toen Luciana zou afrekenen en vaststellen dat haar handtas verdwenen was, belde hij de zaak op en gaf zich uit voor iemand wiens vrouw per ongeluk een verkeerde tas had meegenomen. Hij zei dat ze zo vlug mogelijk terug naar de kapperszaak zou gebracht worden en vroeg daar op hem te wachten. De klassieke truc om sleutels te bemachtigen, tijd en gelegenheid te creëren om de flat te doorzoeken en desgewenst een dubbel van de sleutel te laten maken.

Zijn inspanningen waren niet vergeefs geweest. Het speciale slot van de onderste lade onder de flatscreen onthulde hem gewillig een reeks dvd's met routineuze beelden van jonge vrouwen en heren, die zich hoe ouder hoe infantieler en hitsiger gedroegen. De zogezegd steenrijke vriend van Luciana Servi huurde dus gewoonweg de flat en gebruikte hem voor iets elementairs als seks. De protagonisten met hun verrimpelde ridder kregen, naast een vergoeding voor bewezen diensten, achteraf vast een gepeperde rekening gepresenteerd om de zaak discreet te houden. Hoogmartens besefte dat hij gebruikt was geweest, maar kon er niet bij dat het alleen gebeurd was voor iets simpels als het plaatsen van een verborgen camera. Zijn intuïtie zei dat er meer achter de zaak moest zitten. Hij hoefde niet lang op bevestiging te wachten. Toen hij de beelden bekeek, kwam opeens die verdomde man in beeld, die indertijd in zijn dagdagelijkse leven een toga over zijn knoken drapeerde, zich toen edelachtbare liet noemen en zich onaantastbaar waande. Op dvd nummer tweeëntwintig en drieëntwintig was hij heel even te zien, maar op nummer vierentwintig ging hij er volop tegenaan.

Die beelden voerden Hoogmartens een flink eind in de tijd terug. Na al die jaren had hij weer die vuile smaak in de mond en hoorde hij in zijn hoofd weer het vonnis weergalmen, waarvan hij nog elke letter kende. Na de uitspraak waren de slachtoffers toen volledig gedesoriënteerd afgedropen, murw geslagen door de schrille stem van de rechter, waarvan ze wisten dat hij gechanteerd was. Buiten op de trappen van het justitiepaleis omzwermden de muskieten van de pers de beklaagde. De triomf in zijn ogen was pijnlijk. Het ging toen om vreemdelingen die verloren waren gelopen in het gerechtelijk kluwen van dit land. Hoogmartens had met hen te doen, al stond hij aan de andere kant van de barrière en werd hij verondersteld mee te kraaien als een opgesierde haan. Het in het nauw drijven van de rechter was een van zijn eerste zaken als privédetective geweest. Hij had die opdracht en het resultaat al die jaren als een dwangbuis om zijn lijf voelen knellen en had elke keer dat hij eraan terugdacht op revanche gehoopt.

Toen daarna op de andere dvd's beelden te zien waren van nog meer hoge pieten uit de magistratuur die in flat 04.02 hun geilste dromen in beeld achterna liepen, besefte de privédetective dat hij op een achtbaan terechtgekomen was. Hoogmartens bekeek en herbekeek dvd nummer vierentwintig. De beelden met de naakte ererechter en de blonde godin met het volmaakte lichaam, die na enig zoekwerk een gehuwde advocate met faam bleek te zijn, boden hem onverwacht de kans de toga wegens overspel en deontologische fouten eindelijk aan de schandpaal te spijkeren. De gedachte alleen al maakte hem tegelijk duizelig en sterk. Hij had zelfs vlug een prijs op de gedachte gekleefd. Twee keer vijfentwintigduizend euro. Een peulschil voor een gepensioneerde magistraat, die even buiten Oostende een domein had geërfd dat kraakte van de geschiedenis en die zonder de minste schroom teerde op het familiefortuin. Hoogmartens stelde weer eens bij zichzelf vast dat hij het gesjoemel niet kon laten, zelfs niet na dat ontluisterende artikel over privédetectives in de weekendkrant. Gelukkig waren daarin alleen zijn initialen gebruikt. Maar Luciana Servi had het duidelijk gemerkt. Kende ze hem dan toch beter dan hij dacht? Wat was ze eigenlijk echt met hem van plan?

Toch kwam het geen ogenblik in hem op dat zijn leven in gevaar kon zijn. Hij voelde de eurobiljetten al in zijn handpalm en kon amper wachten tot de volgende dag. Een sterk geloof in zijn kunnen maakte zich van hem meester. Het spetterende ogenblik van de bubbeltjes was niet ver af. Hij besefte op dat ogenblik nog niet dat wie te sterk gelooft in de ademtocht van de duivel zit. Bovendien kon hij niet weten dat iemand uit Antwerpen op datzelfde ogenblik minstens even erg in de ererechter geïnteresseerd was als hij. Iemand met nog meer zin voor details en vooral met een berg geduld. Hoewel. Het ging om iemand die na een bezoek aan het universitair ziekenhuis op dinsdag 10 juli volledig zeker was geworden dat de ketens van de haat eindelijk losgemaakt konden worden. Iemand die van plan was intens te genieten van wat er de komende weken allemaal zou gebeuren. En dat was nogal wat.

Gelukkig voor hem besefte privédetective Hoogmartens dat nog niet.

4

Woensdag 8 augustus
Rand van Oostende, familiedomein

'Weet u wel hoe laat het is?'

'Exact tien na middernacht. Ik heb speciaal gewacht omdat de nacht dit soort woorden nog akeliger maakt. Je lag toch nog niet in bed, hoop ik? Anders kruip je pas tegen enen onder de wol. Tot dan ben je te vinden achter dat computertje van je. Zit je weer in dat virtuele pornografische bos?'

'Wie of wat geeft u het recht me te tutoyeren?'

'Viezeriken tutoyeer ik altijd. Jij met je vieze, vuile zaakjes. Ik kan je van op afstand ruiken.'

'Laat me verdomd met rust. Ik ken u niet eens. Ik roep er de politie bij. Ik heb door mijn positie meer dan goeie relaties bij ze, ik...'

'Weet ik, maar de vraag is of ze je nog zullen geloven, na alles wat ik hen kan vertellen. Bijvoorbeeld over wat er dinsdagmorgen gebeurde in een flat op de zeedijk van Oostende. Een eind hier bij mij vandaan en tegelijk zo akelig dichtbij. Een compleet aan flarden geschoten man, een hoop raadsels. De ontluistering die op de loer ligt, op dit eigenste ogenblik jouw grootste vrees.'

'Houd op met die onzin.'

'Wellicht zal het dun langs de benen van je zogenaamde vrienden lopen als ze vanmorgen het bericht in de krant zullen lezen. Maar als het erop aan komt, zullen ze hun kiezen op elkaar houden of als een geboren Mefisto alles ontkennen.'

'Wie beweert dat?'

'Ik. De dode heet Mout Hoogmartens. Of moet ik Arsène Hoogmartens zeggen? Een privédetective, die in de loop der jaren toegang heeft gekregen tot de verborgen kamertjes van nogal wat mensen. Hij heeft dingen gezien waar de roddelbladen zouden van likkebaarden.'

'U had het net over een dode. Hoe kan ik u dan ernstig nemen?'

'Je weet toch wat er gebeurt als doden opeens beginnen te praten? Je naam stond namelijk in het notitieboekje van meneer Hoogmartens.

Plus je telefoonnummer. Een privénummer. Plus je mobiel nummer dat je alleen aan intimi geeft. Ik wed dat je zijn gezicht nog altijd haarfijn voor de geest kunt halen, al zijn er behoorlijk wat jaren overheen gegaan. Hoogsteigenaardig, niet?'

'U kletst maar wat uit uw nek. Wie bent u?'

'Iemand die dicht bij de zaak betrokken is en die het goed met je meent. Maar wel iemand die graag onzichtbaar blijft als hij andermans leven binnensluipt. En dat is nu juist wat ik met je van plan ben te doen, me mengen in je leven, elke seconde, elke tiende van een seconde. Tot jij breekt.'

'Wie zegt dat ik u moet geloven?'

'Ik kleef aan je huid. Je doet er maar best aan me te geloven.' Hij wachtte een paar tellen, hoorde zwaar ademen aan de andere kant van de lijn. 'Je bent gisterenmorgen om negen uur tien bij je thuis vertrokken. Je hebt je demente vrouw in het home je wekelijkse vijf minuten-bezoekje gebracht, om je geweten een stukje te sussen. Elke dinsdag en vrijdag ga je naar het bedrijf dat je jaren geleden als beheerder heeft aangetrokken om je juridische kennis. En wellicht om wat je ooit bent geweest. Om twaalf uur dertien ben je op kantoor vertrokken naar een zakenlunch, tenminste dat heb je de secretaresse op de mouw gespeld. Je bent in je zware BMW buiten de stad gereden. Toen je om twaalf uur veertig het hek van het exclusieve rendez-voushotel binnendraaide, stond haar Renault Mégane al links onder de platanen geparkeerd. Om dertien uur gingen de gordijnen van kamer twintig toe, om dertien uur vijftig weer open. Je blonde stoot van de balie droeg geen nylons meer toen ze weer in haar auto stapte. Om veertien uur dertig was je terug op kantoor. Waarschijnlijk heb je de rest van de namiddag verder gewerkt aan juridische hoogstandjes, tegen dat het bedrijf onvermijdelijk op de klippen loopt. Op dat ogenblik zullen de vervalste boekhouding, de exuberante vergoedingen en het zwart geld naar boven komen. En niet in het minst je betrokkenheid bij de val, een kluif waar je nu al maanden mee bezig bent. Jij bent een *desperado*, man.'

Stilte, alleen onderbroken door onregelmatige, diepe adem.

'Hoeveel wilt u?'

'Kijk eens aan, je gedraagt je al als een *desperado*. De goegemeente zal ongetwijfeld smullen van de smeuïge verhalen rond een van zijn voetstuk getuimelde publieke figuur. Ik merk dat ik in herhaling val, maar dat soort dingen kan je niet genoeg herhalen. Het verhaal zal ongetwijfeld het hele land rond gaan. Je past helemaal niet in het plaatje van de opwaardering van de magistratuur. Maar dat wist je natuurlijk al veel langer.'

‘Ik herhaal het: hoeveel wilt u?’

‘Het stukje toneel op de flat in Oostende was nog maar een begin. Ik ben namelijk geknipt voor de rol van etterbak. Van nu af trek ik aan de touwtjes. Ik en ik alleen. Benen, armen, hoofden zullen alleen bewegen als ik dat wil. Er staan zaken te gebeuren die het hele land zullen overspoelen, van Leuven naar de kust en wie weet waar nog allemaal. Niets ontziende golven, nog opgezweept door een tornado. Zoals ik al zei, de regie van dat alles is in mijn handen.’

‘U hebt een bijzonder gevoel voor pathetiek, moet ik zeggen.’

‘En dan ben ik nog voorzichtig in mijn woordkeuze. De politie zal als een bezetene van hot naar her hollen, achter elk kruimeltje aan. Maar wees gerust, je zult alles vanop de eerste rij mogen meemaken. Wat er daarna met je gebeurt hangt af van een paar woorden.’

‘De laatste keer: hoeveel?’

‘Jij zult alles uitbrengen wat je weet, man.’ Hij wachtte een paar tellen. ‘Alles. Zoals het indertijd echt is gegaan…’ Hij wachtte weer. ‘Edelachtbare…’

Je hoorde geringschatting vermengd met uitdaging.

‘Bent u dan niet op geld uit?’

‘Wat doet geld er nog toe? Na al die vreselijke jaren…’ Hij wachtte weer. ‘Edelachtbare… Eindelijk voel ik me de sterkste. Jij zult bloeden, man. En nog iets, als je als een dolgedraaide naar mijn telefoonnummer op zoek bent, moet ik je ontgoochelen. Ik bel namelijk vanuit een publieke cel in het station. Ouderwets maar zo verdomd veilig.’

Woensdag 8 augustus
Bredene, zeedijk

De zon was op het appel, vergezeld door een mak windje uit het zuiden. Zo had inspecteur Bervoets gehoopt dat het weer zou zijn, toen hij die morgen met tegenzin uit bed was gekomen. Hij had daarom de fiets genomen. De enkele kilometers trappend van Oostende tot Bredene gaven hem de gelegenheid in zijn eentje de professionele dingen nog eens op een rijtje te zetten en tegelijk de muizenissen om zijn jongste dochter uit het hoofd te laten waaien. Het leven pakte de laatste tijd behoorlijk ingewikkeld uit. Hij had dat al die jaren vanop afstand bij anderen meegemaakt en ineens waren de problemen aan zijn eigen achterdeur komen kloppen. Een gevoel dat hem verwarde.

Bervoets had in de loop van de jaren geleerd dat een exacte, bijna wiskundige aanpak van een zaak loonde, in tegenstelling tot de eerder intuïtieve benadering van de feiten door zijn collega Boersma. De chemie tussen koele beredenering en intuïtie had het de afgelopen jaren echter steeds prima gedaan.

De inspecteur keek op zijn hartslagmeter, dan naar de klok. Zeven uur. Vroeg komen, had ze gezegd, want om tien uur had ze een belangrijke afspraak in Brussel. Een paar meisjes waren namelijk ingeschreven voor '*Look of the year*', om elf uur was er daarrond een persconferentie in het 'Hilton hotel', daarna had ze een gesprekje met de lui van 'De Rode Loper' van TV-één. Druk, druk, druk, had ze herhaald. Bervoets had bij haar hollende woorden even moeten slikken.

Boersma zelf zou die morgen de conciërge van flat 04.02 op de Oostendse zeedijk gaan zien. B & B apart op weg, het gebeurde anders niet zo vaak.

Karin Cockmartin was nog groter dan Bervoets gedacht had. Ze was niet opgemaakt, maar dat viel bij haar amper op. Sportschoenen van 'Nike', een grijze training van 'Lacoste', halfnat, blond haar, blauwe ogen. Alles was er en zat bovendien op de juiste plaats.

'Ik kom net van onder de douche, een kilometertje of vijf gaan joggen langs de waterlijn, al het vuil uit de poriën trekken', zei ze, terwijl ze haar joggingjasje uittrok en het in de witte canapé gooide.

Ze droeg een dun polootje, waaronder haar borsten en harde tepels naar de inspecteur lonkten. Rond haar middel zat een bloedrode trui met de mouwen aan mekaar geknoopt, wat haar welgevormde heupen nog beter deed uitkomen. 'Doe ik elke morgen, ik zou niet meer zonder kunnen. Vaak loop ik tot Oostende en terug, maar niet zo vandaag,' ze tikte op haar klok, 'tijdsgebrek, de grote kwaal van deze tijd. Maar wat kan ik voor u doen, meneer euh...?'

'Bervoets. Inspecteur Rudi Bervoets. Ik wilde het met u hebben over...'

'Over mijn man', pikte ze onmiddellijk in. Ze draaide het hoofd van hem weg, liep in de richting van de open keuken. 'Ik heb vaak gedacht dat hem de een of andere dag iets zou overkomen, maar niet dit natuurlijk. Afschuwelijk.'

'Verwacht?'

'Zijn beroep, inspecteur. U kent dat, zien en zelf niet gezien worden. Hoef ik *u* toch niet te vertellen? Op een keer loopt het dan mis. Kan ik u misschien iets aanbieden?'

Het klonk koel en beredeneerd, maar tegelijk kon geen enkele man onberoerd blijven bij de manier waarop haar lange vingers sensueel haar hoofdhuid masseerden. Voor zichzelf perste ze vier sinaasappelen, voor hem werd het een espresso uit de machine van de Italiaanse designkeuken, waarvan de politieman het merk alleen kende van de magazines bij de kapper. Ze nam een ijsblokje en gebaarde hem te gaan zitten op een barkruk, vanwaar ze een panoramisch zicht hadden op de waterlijn. Het viel de inspecteur nu pas op dat de leefkamer op een salontafel, een canapé en een laag dressoir na helemaal leeg was. Tegen de muren waren nog afdrukken te zien van de lijsten die met de vorige bewoners waren meegereisd.

Ze nipte aan het glas op voet, keek naar het grijze water. 'Het is allemaal begonnen de dag dat mijn gsm werd gestolen. Enkele dagen na de presentatie van de eindwerken van de studenten aan de mode-academie van Antwerpen. De dag voor ik naar Milaan vertrok voor een defilé van Armani, waar een paar van mijn meisjes meeliepen. Daar begon het pas echt.'

Hij keek haar onderzoekend aan. 'Gestolen?'

'Ik hield van dat ding, al was het danig uit de tijd. Ik had het namelijk cadeau gekregen van de meisjes voor mijn drieëndertigste verjaardag. Mout, die dol was op gadgets, bood mij toen voor een paar dagen de zijne aan en bestelde zelf een nieuw speelgoedje. Voorzien van de laatste snufjes natuurlijk. Een van zijn talrijke zwakheden.'

De nadruk op 'talrijke' vormde een uitnodiging. Uit ervaring achtte Bervoets het wijselijk daar niet op in te gaan, omdat gescheiden koppels dan ladingen frustraties over je heen beginnen te storten

Ze nipte weer, keek hem nu vlak in het gezicht aan. Het bezorgde hem een prettig gevoel.

'Mannen pakken graag uit met dat soort dingen. *Fare la figura* noemen de Italianen dat zo mooi, indruk maken. De volgende dag begonnen in Milaan op de ouwe gsm van Mout berichten van die vrouw binnen te rollen. Ik kon haar nummer niet koppelen aan een persoon, waarschijnlijk belde ze met zo'n anonieme herlaadkaart. Ik had niet liever gewild dan dat kreng bij de haren te graaien en er de hele kustlijn mee te dweilen.' Haar ogen schoten vuur.

Bervoets roerde in het schuim van de espresso. 'Dat was dus begin juli?'

Ze knikte uitvoerig. 'De tweede week van juli, zei ik toch net. Het heeft gelukkig maar kort geduurd. Mout had in die periode een opdracht van een vrouw in Brussel. Observatie van manlief de minister die schuin marcheerde met een jonge carrièrejaagster van zijn kabinet. Ik wilde hem daar niet bij storen, het was een opdracht die loonde.' Ze keek hem aan. 'Omdat de gekrenkte trots van een vrouw het steeds haalt op de gezinsportemonnee. Krakende huwelijken zijn altijd delicaat. Maar het meest van al als de vrouw financieel volledig afhankelijk is van haar man.'

Het gemak waarmee ze met woorden en intonaties speelde, viel op. Hoe kon het anders met een bekende tv-presentatrice vlak voor je neus, dacht Bervoets.

'U kent de naam van de minister in kwestie, mag ik hopen?'

Ze schudde het hoofd ontkennend. Haar haren maakten daarbij een sierlijke beweging. 'Mout hield beroeps en privé strikt gescheiden, ik heb het nooit anders bij hem geweten. Na die opdracht heeft hij uitzonderlijk één keer iets losgelaten. 'Er zijn mensen wiens levensdoel op aarde ligt in het kwaad berokkenen aan anderen. Ik laat hem niet meer los', zei hij. Ik heb daar toen niet op doorgedacht, maar de laatste dagen lieten die woorden mij ook niet meer los.'

'U denkt dat het met die minister te maken had?'

'Meer nog, die affaire in de Wetstraat heeft met Mouts dood te maken. Ik weet nu zeker dat hij meer op het spoor was dan een ordinaire liefdesaffaire. Als je in iemands leven gaat graven, weet je nooit op voorhand welke stank er naar boven komt, inspecteur. Weet *u* toch beter dan wie ook?'

'U had het net over berichten op zijn gsm, mevrouw?'

Ze nam hem bij de voorarm. 'Alles wat in deze kamer gezegd wordt, blijft toch onder ons, inspecteur? Ik bedoel: het gaat toch niet in die verslagen, waar iedereen zomaar bij kan?'

Hij tuitte de lippen, schudde geruststellend het hoofd, zei niets, maar dronk zijn kop helemaal leeg.

'Berichten, ja. Niet gewone kattebelletjes of vragen om of rond een onderzoek van Mout. Nee, het waren indringende berichten, soms vijandig, dan weer flemend, soms uitdagend. Ingesproken met een zwoele stem, maar ook sms'jes.'

'Uitdagend, op seksueel gebied bedoelt u?'

'Sterk erotisch geladen, of wat dacht u? Eerst dacht ik aan iemand met een persoonlijkheidsstoornis, zo'n *borderline*-geval. Maar al gauw had ik door dat het om een vrouw ging die goed wist waar ze mee bezig was. Er draaide een plannetje in haar hoofd dat ze koste wat kost uitgevoerd wilde zien. Als vrouwen radeloos zijn, gaan ze vaak tot het uiterste.'

'Berichten, zoals..?'

'Ik moet je zien, want ik heb je nodig, anders sta ik niet in voor de gevolgen of *vannacht heb ik met mezelf gespeeld en ik heb daarbij de hele tijd aan jou gedacht.'* Ze keek weer het nog verre water in, langer dan daarnet. *'Ik ben in de drek aan het roeren gegaan en er komt een verschrikkelijke stank naar boven. Begin augustus zal alles voorbij zijn.'* Ze wipte van de barkruk, liep de leefkamer in. 'Dat was het allerlaatste bericht. Op veertien juli, om veertien uur elf, precies op de Franse nationale feestdag. Misschien had dat er iets mee te maken?'

'En u hebt uw man daar nooit op aangesproken?'

'Natuurlijk deed ik dat, maar hij zei dat het nep was.' Ze stak een sigaret aan, deed twee trekken en duwde ze krachtig weer uit. 'Ik zag duidelijk aan zijn ogen dat er een andere vrouw in het spel was.'

'Een liefdesrivale, mevrouw?'

Ze knikte. Bervoets zag dat ze gespannen op de volgende vraag wachtte en hoorde haar ongemakkelijk met de voeten schuifelen.

'Hij moest almaar vaker zogezegd voor zijn werk naar de kust. Daar had hij voordien nog nooit een opdracht gehad. Hij wilde alleen kwijt dat hij opereerde vanuit een flat in Oostende en dat het om een delicate zaak ging, waar de hoogste gezagsdragers van het land bij betrokken waren. Dat de rest niet was wat het leek, dat hij klem zat door de feiten, de oerklassieke smoes.' Ze liet het ijsblokje heftig in het glas walsen. 'Op een dag stond die vrouw ineens voor mijn deur. Haar ogen liepen over van de uitdaging. Ik herkende de zwoele stem, die ik nachtenlang had gehoord. Ze wilde zogezegd dringend dingen uitpraten. Ik heb de deur voor haar neus dichtgegooid. Ik ben onmiddellijk gaan pakken.' Ze wachtte, zocht weer de horizon. 'Ik vraag me nog steeds af of dat zo'n goeie beslissing was.'

'Het ging branden als zuur in de maag.'

'Hoe weet u dat, inspecteur?'

Hij antwoordde eerst niet, keek op zijn beurt de grijze horizon af.

'Die vrouw, die opeens voor uw deur stond, heeft ze haar naam soms vermeld? Of herinnert u zich hoe ze eruit zag, mevrouw?'

'In die omstandigheden zwijgt een vrouw toch over haar naam, inspecteur. Hoe ze eruit zag? Een eind over de veertig, maatje achtendertig, één meter zeventig, rossig haar, egale en vooral lichte huid, lange hals, donkere ogen, volle lippen, een gaaf gebit. In mijn vak moet je oog hebben voor dat soort dingen, inspecteur. Al had ik op dat ogenblik niks liever gedaan dan een mes tussen haar ribben geplant.' Ze ging achterover leunen, alsof ze die laatste woorden wilde terugnemen.

'U kwam hier in Bredene wonen. Alleen.'

'Ik woon hier nog maar kort. Om alle misverstanden te vermijden, ik huur dit appartement, inspecteur. Jezelf de gelegenheid bieden om de dingen vanop afstand te bekijken. En dan...' In haar blik stonden de onuitgesproken woorden te lezen.

'Maar u bleef contact houden met uw man?'

Ze knikte, maar keek hem niet aan. Hij wees naar de drie koffers die tegen de muur stonden te wachten. Ze volgde zijn beweging.

'U was toch niet van plan te vertrekken, mevrouw?'

Ze keek verbaasd. 'Mijn leven bestaat uit vertrekken, inspecteur. Vliegtuig in, vliegtuig uit. Zo gaat dat toch?'

'Ik ben maar een eenvoudige politieman, mevrouw. Het verst dat ik al geraakt ben was het Zwarte Woud. Maar ik verzoek u wel met aandrang ons te melden waar u naartoe gaat telkens u het land verlaat.'

Ze keek zo mogelijk nog meer verbaasd.

'Nog iets. Er is ons een eigenaardigheidje opgevallen, dat in het verdere onderzoek van belang kan zijn. Uw man had twee paspoorten, een oud en een nieuw, elk op een ander adres. Eerst dachten we dat hij vergeten was het oude in te leveren. Maar waarom had hij het dan op zak?'

'Mijn man had een veelsporig leven, inspecteur. Misschien kwam een dubbele identiteit in zijn vak hem handig uit. Als kind hou je al van verkleedpartijen. Waarom zou je zoiets prettigs als volwassene moeten afleggen?'

Hij hield van haar spel met woorden. Tegelijk besefte hij dat hij met haar antwoord alle kanten uit kon, maar drong niet aan. Toch verrieden haar ogen dat ze meer wist.

'Was hij al lang privédetective?' vroeg hij.

'Hij heeft het vak van zijn vader geleerd. Een kleine dertig jaar was hij al aan de slag. Ervaring zat dus.'

'Wanneer hebt u hem voor de laatste keer gezien?'

'Eergisteren nog. We zijn samen een hapje gaan eten. Mout zei me dat zijn opdracht in de flat in Oostende er op zat, dat hij er een aardige stuiver aan had overgehouden, dat hij zijn leven terug in de hand had. Dat...' Ze begon als daarstraks haar hoofdhuid te masseren.

'En u vroeg hem de draad van het leven weer op te nemen? Ik dacht anders uit uw woorden op te maken dat hij wispelturig was.'

'Sommige vrouwen worden juist gecharmeerd door wispelturige mannen, inspecteur.'

'Als ik zo vrij mag zijn, hij was ook een stuk ouder dan u, mevrouw?'

'Sommige mensen houden van jonge wijn. Kenners grijpen naar een oudere fles, inspecteur. Op liefde staat geen leeftijd. Of vindt u dat een cliché?' Ze wreef met de hand zacht over het tafelblad en terug, alsof ze herinneringen behoedzaam wilde samenvegen.

'Echte liefde laat zich niet vangen in clichés, mevrouw.'

'U verbaast me elke seconde meer, inspecteur.' Ze wachtte bewust. 'Mout wilde alles nog eens met me op een rijtje zetten. Ik had de indruk dat hij tijd wilde winnen, maar op de terugweg naar mijn flat werd ik daarover almaar onzekerder. Toen uw collega's me gisterenmorgen het nieuws kwamen vertellen, verweet ik mezelf dat ik aan hem had getwijfeld. De romantiek tussen ons was heus nog niet dood, inspecteur.' Ze wachtte weer. 'Nu wel. Misschien was die flat in Oostende, waar hij het voortdurend over had, de flat waarin hij dood werd gevonden. Misschien had hij inderdaad dingen gezien die hij nooit had mogen zien. Ik zal dat aan flarden geschoten gezicht nooit vergeten.'

Er ging een schok door Bervoets, maar hij liet niets blijken. Hij streepte de laatste woorden van de vrouw met rood in zijn geest aan en zou daar zo vlug mogelijk met zijn collega over praten. Het leven van mevrouw Cockmartin zat namelijk propvol eigenaardigheden.

Er verscheen iets mistroostigs in haar blik. De blik van een gekwetste vrouw. Maar waarom kon Bervoets tegelijk dat akelige gevoel niet van zich afzetten dat hij oog in oog kon zitten met een doorgewinterde actrice? Iemand die een knop in haar hoofd kon omdraaien naargelang het stuk waarin ze speelde en dat terwijl haar man bij de wetsdokter in de koelkamer lag. Waarom wilde ze het onderzoek zo hardnekkig in de richting duwen van een afrekening, waarbij de hoogste gezagsdragers betrokken waren?

Bij haar blik dacht Bervoets opeens aan maanden terug, toen zijn vrouw Bonnie met slaande deuren was vertrokken, na dat voorval waar hij al oneindig spijt had van gehad. Het was weer eens begonnen met een discussie over hun puberende dochter. Moeders verdedigen hun kind altijd. Een week later was ze teruggekomen. Hij had zich in zijn hele leven nooit gelukkiger gevoeld als op die dag.

'Ik begrijp u, mevrouw.'

'Karin.'

'Ik begrijp u, Karin.'

Bervoets was van plan zijn lieve vrouw Bonnie die avond bij het eten te vertellen wat hij die dag had meegemaakt. Samen zouden ze vanop de bank naar 'De Rode Loper' kijken. En ze zouden beiden woordeloos naar de glamoureuze beelden zitten kijken. Woordeloze momenten waren de laatste tijd bij hen spijtig genoeg meer regel dan uitzondering. Gelukkig knepen ze mekaar daarbij in de hand. De vurige hoop dat het met hun vertrokken dochter op een dag toch nog goed zou komen, deed leven. Gelukkig maar.

Maar eerst hadden B & B die woensdagmiddag afgesproken in de 'Stad Kortrijk', het no-nonsense visrestaurant in de Langestraat te Oostende.

Bervoets was al aan zijn tweede Brugs witbier toe, toen Boersma rood aangelopen het restaurant kwam binnenstormen. Hij was te laat, want hij was nog even langs gemoeten bij de onderzoeksrechter. Die had aangedrongen op complete discretie in de zaak. Hij had duidelijk te verstaan gegeven dat hij de procureur aan de lijn had gehad, die minutieus elke centimeter vordering in het onderzoek wilde volgen en een waterdichte persstop had afgekondigd.

'Iedereen zit er boven op, Rudi. De heks zit in de bezemkast, iedereen weet het, maar niemand durft in de kast gaan kijken.'

Er was in een anonieme flat op de Oostendse zeedijk zo goed als zeker meer aan de hand dan een passionele moord.

Bervoets bracht in een notendop verslag uit van zijn gesprek met de ex van het slachtoffer, met de enthousiaste vermelding dat de attributen van de mediadame hem beslist niet waren ontgaan.

'En wat heeft de conciërge van 'Residentie Winston Churchill' je geleerd, Gijs?'

'Een grootsprakerig mannetje, dat altijd zijn gram wil halen. Een bolletje, te kort afgezaagd, molenwiekend met zijn te korte armpjes. Vertelde alleen wat-ie kwijt wilde, maar had alles hartstikke grondig voorbereid', zei Boersma, terwijl hij op zijn beurt een pilsje bestelde. 'Ik ben zelfs zijn naam glad vergeten.'

Bervoets diepte een piepklein boekje uit de bovenzak van zijn hemd en bladerde. 'Theo Jansen,' zei hij, 'een alledaagse naam, had je nog zelf gezegd.'

'*Whatever*, een opgefokt mannetje waarvan je de vliegende tering krijgt. Ik ben van zijn uitleg vanmorgen geen ons wijzer geworden. Of toch. Ik weet nu zeker dat hij me halve waarheden op de mouw wilde spelden, maar nog meer wilde verzwijgen. Als hij gaapt, liegt hij al. Hij heeft dingen gezien, maar is bang. Dat versterkt alleen maar de thesis dat we voor een diep gat staan dat niet meteen te vullen is.'

'Mijn Karin zou gelijk kunnen hebben, toen ze het had over hoogwaardigheidsbekleders die bij de zaak betrokken zijn. Die Cockmartin bulkt werkelijk van de klasse, Gijs.'

'*Jouw* Karin, laat je niet door haar bedwelmen, man. Loop verdomd weg van je dromen. Dat soort materialistische mokkels bezorgt me een droge mond. Het is een zaak die draait rond geld, seks en macht, Rudi.'

'Denk je?'

Boersma knikte vol overtuiging. 'Alleen ken ik niet de juiste volgorde. Alle ingrediënten zijn er: een man die achtervolgd werd door geile berichten van een vrouw en die suggestief op een bed werd gelegd, een peperdure flat met een eigen ingang, wat op zich al veel doet vermoeden, hoge pieten die opduiken in de mist, een jaloerse vrouw die een poepchic modellenbureau runt en huist in een *penthouse* van meer dan vijf ton en...' Hij nam een fikse teug van het verse schuim en maakte zijn adjunct nieuwsgierig.

'En..?'

'Laat je niet verleiden door de mooie kleuren van haar caleidoscoop en door haar slachtofferrol, man. Dat soort vrouwen heeft altijd meer ijzers in het vuur. Ik had het daarnet al in de gaten, toen je vertelde over jullie koffiekransje. Laat het gevoel het godver niet halen van de rede!'

'Waarom zit jij de dingen te herhalen, Gijs? Wie zegt dat ik dat doe?'

'Je bent anders aardig bezig, weet je. Zal ik je wat zeggen? Eén: net als die Theo Jansen weet die vrouw veel meer dan ze je vertelde. Misschien liegt ze wel.' Dan veel stiller. 'Nou ja, de beste huwelijken zijn op leugens gebouwd.' Stilte. 'Twee: de onderzoeksrechter en de procureur roeren naar mijn zin de trom iets te discreet, wat er zou kunnen op wijzen dat iemand aan de teugels trekt. Drie: mijn intuïtie zegt dat het motief van de moord triviaal is, namelijk het slijk der aarde, maar met een flinke scheut erotische complicaties. Ik merk dat ik weer in herhaling val, geen goed teken. Die flat zat propvol hoerenrijders en poen, Rudi, al wil iedereen ons doen geloven dat hij amper gebruikt werd.'

'Iedereen?'

'Ik heb vanmorgen, na mijn bezoek aan de conciërge, een telefoontje gepleegd met 'Mita Investments'. Ik kreeg een zekere Joe Tavernier aan de lijn, de afgevaardigd bestuurder *himself*.'

'Je hebt dan toch geld te veel, Gijs?'

'Die firma is de eigenaar van de moordflat. Blijkt een beleggingsfirma te zijn met hoofdkantoor op Jersey, die het vooral moet hebben van *offshore* activiteiten. Doet dat geen belletje rinkelen? Dan zijn fiscale fraude en witwaspraktijken nooit veraf. Nog iets: 'Mita Investments' werd vijf jaar geleden opgericht door ene Michiels en Tavernier, twee exemplaren uit de Oostendse '*beau…*'. Hoe zeggen jullie dat weer?'

'*Beau monde.*'

'Juist. Twee rijkeluiszoontjes, voor wie het op de banken van de Leuvense aula's maar niet wilde lukken en voor wie pa dan maar ten einde raad een zogezegd universiteitsdiploma tegen veel poen heeft afgekocht bij dat Antwerpse *European university*-ding.'

'Michiels en Tavernier, zonen van…?'

'Jawel, zonen van de twee Oostendse topadvocaten, die vooral gespecialiseerd zijn in financiële delicten en die hun anker hebben uitgegooid aan de Elisabethlaan, hier in Oostende. Maar die tegelijk een kantoor hebben op de Louizalaan in Brussel en in Monaco. Na die bloedlinke maître Aurélien Renauld die huist in de flat naast die van jouw Karin weer twee fraudemusketiers die opeens uit het toverdoosje opduiken.'

'Ik weet dat je na die trieste bouwfraudezaak huivert, alleen al bij het horen van zijn naam, Gijs. Maar niets wijst erop dat maître Renauld ook bij deze zaak betrokken zou zijn.'

'Daar heb je gelijk in.' Het gezicht van de hoofdinspecteur betrok, alsof hij stand moest houden tegen een aanrollende golf. 'Voorlopig toch.'

'Denk je echt dat die twee advocaten wat met de zaak kunnen te maken hebben?'

'Ze werden onlangs nog samen gezien in het restaurant van het kursaal met vrouwen, die gezien hun leeftijd niet op hun trouwboek stonden. Een zwak voor nieuwe bezems. Hun luxeflat in 'Residentie Winston Churchill' ligt amper op een boogscheut van het kursaal vandaan. Die flat was een warm plekje, Rudi, zo'n plekje went snel en trekt mensen met poen aan.'

'Al wie daar kwam, kan met de zaak te maken hebben, bedoel je?'

'Juist. Die Joe Tavernier, de protserigheid in natuurlijke toestand en *local hero*, wilde me doen geloven dat flat 04.02 alleen en zeer uitzonderlijk werd gebruikt als buitenlandse gasten, zeg maar klanten, bleven logeren. Of als directieleden van hun Brusselse vestiging aan de kust vakantie hielden. Nou, maak zoiets mijn opoe wijs.'

'Reden om aan de woorden van Joe te twijfelen, Gijs?'

'Het zou me niks verbazen als die 'Mita Investments' alleen maar een dekmantel is voor dingen die het licht schuwen. Dat Hoogmartens een kogel tegemoet liep uit een handgemaakte loop, met aan de andere kant alleszins een pro en misschien een hitman, wijst in die richting. Hij was gevaarlijke dingen te weten gekomen.' Hij wachtte, sloeg zich op de borst. 'Maar opletten met voorbarige conclusies.'

'Heb je die conciërge of die Tavernier ook iets gevraagd over de aparte ingang, langs de parkeergarage?'

Boersma knikte. 'Wat dacht je? Toen diste die Tavernier met zijn zelfgenoegzaam schapengezicht een verhaaltje op dat voor de buitenlandse financiers speciale veiligheidscodes gelden en dat die lui bovendien erg gesteld zijn op discretie en privacy. De conciërge papegaaide dat verhaaltje naadloos na. Heeft mot met de halve wereld, maar buigt als een knipmes voor zijn bazen.'

'Er is maar één weg om het gat voor ons al een beetje te vullen, Gijs. Een huiszoeking in de flat, en liefst zo vlug mogelijk, nu de zegels er nog op zitten.'

'En vooral de beelden opvragen van de bewakingscamera in de inkomhal. Je weet maar nooit of er een dikke mot tegen het licht komt aanvliegen. Zo kan ik het vuur nog eens aanpokeren onder de dikke kont van die conciërge.' Hij wachtte. 'En dan is er nog iets, Rudi. Die Tavernier bevestigde dat de foto van de vier jongetjes niet bij de inrichting van de flat hoort. Hij moet dus inderdaad door iemand achtergelaten zijn.'

'Je hebt duidelijk niet stilgezeten. Heb je al een conclusie, Gijs?'

'Een conclusie is iets wat je hebt als je stopt met nadenken. Daar ben ik nog lang niet aan toe, Rudi.'

Het was hun *oneliner* die het al jaren deed.

Dan werd het gezicht van Boersma weer ernstig. 'Maar ik denk wel dat we ons door de omstandigheden een hele andere kant laten uitsturen dan waar we moeten zijn. Ik raak dat gevoel maar niet kwijt dat iemand probeert ons op het verkeerde been te zetten en dat we daar nog inlopen ook.'

Ze bestelden allebei nog een pilsje. Vlak daarna kwamen uit de keuken twee dampende forellen op een zilveren dienblad aanzwemmen. Ze hadden grote ogen, uitpuilend van nieuwsgierigheid.

Woensdag 8 augustus
Gent, Steendam

Hij had de verduistering van de Velux-dakramen van zijn studio omhooggeschoven en was op zijn rug op bed gaan liggen. Van daar kon hij ongestoord naar de nachtelijke lucht boven de Arteveldestad kijken. Daarstraks was hij even tot aan de Leie gelopen en had lang gekeken naar het glinsterende wateroppervlak dat tot zijn eigen grote verbazing een vreemde kracht op hem had uitgeoefend.

Het was exact drieëntwintig uur vierenveertig toen ze hem belde. Ze klonk behoorlijk opgewonden.

'Ik had eigenlijk verwacht dat je me vandaag zou bellen', zei ze kortaf.

Buiten op de straat kwam een groep luidruchtige studenten uit de kroeg rechtover. Hij drukte zijn gsm wat dichter tegen het oor.

'Ik lag net op bed naar de sterrenhemel te kijken, nog met mijn kleren aan,' zei hij, 'dat ene sterretje volgt me altijd, my lucky star. Waar ik ook ben, kijkt het toe op alles wat ik doe.' Hij sprak de laatste zin traag en indringend uit.

Ze wist meteen waar hij het over had. Ze had zo vaak naast hem op datzelfde bed gelegen.

'Ben je wel zeker dat het sterretje goedkeurt wat je allemaal van plan bent uit te richten?' vroeg ze.

Haar stemmetje klonk opeens angstig en broos.

Het bleef een poos stil.

'Het is gelukt,' zei hij, 'alles verloopt volgens het plan.'

'Alles?'

Hij nam gulzig een paar happen van het broodje met krabsalade en slikte in één keer door.

'Alles zal zodanig uitvergroot worden dat de politie in het decor verloren zal lopen. Tussen twee haakjes: die camera op de flat heeft alles geregistreerd wat hij moest registreren.'

'Hebben ze die al ontdekt?' vroeg ze vol ongeduld.

'Nog niet. Maar dat komt nog. Ondanks alles doe je er best aan die Boersma niet te onderschatten.'

'Maar die camera was toch niet jouw idee, maar wel dat van die andere?'

'Natuurlijk, maar als bij wonder past dat ding opeens geniaal in het plan, zonder dat die egotripper het zelf beseft. Hij maakt alles daardoor nog groter en nog ingewikkelder. Geloof me, vroeg of laat gaat ook hij eraan. Wie een put graaft voor een ander...'

'Wat bedoel je?'

'Dat zal je later allemaal duidelijk worden. Beelden hebben een magische kracht. Gelukkig ken ik iemand die met foto's en beelden aardig weet om te springen. De strop hangt al rond de nek van dat stukje onbenul, ik hoef ze alleen maar sterk aan te trekken.' Hij snoof de laatste woorden op.

'Je hebt tante Lucy daar toch niks van verteld?'

Hij wachtte. 'Nee.'

'Ik geloof je niet. Heeft ze niet al genoeg pijn geleden? Hij is per slot toch haar...'

'Al eens gedacht aan het verdriet dat hij haar al die jaren heeft bezorgd?' Hij besefte te laat dat hij riep.

'En weet tante Lucy van je eigen plan? Je hebt haar toch niet gedwongen daaraan mee te werken?'

Hij antwoordde niet, nam een paar happen, kauwde, ademde diep. Zij durfde de stilte niet breken.

'Iets anders, ik heb hem vannacht aan de lijn gehad.' Hij wachtte weer. 'Hij heeft alles begrepen. Ik heb hem een *desperado* genoemd. Dat woord maakte hem bang. Hij vreest dat het halve land op stelten zal gezet worden. En dat zal ook het geval zijn, geloof me. Ik heb hem niet gezegd dat me dat geen barst kan schelen. Ik heb hem wel duidelijk gemaakt dat ik vanaf nu de regie in handen heb.'

'Het is in je plan allemaal om hem te doen, is het niet?'

Het bleef stil. Hij slikte eten door. 'Om wie anders?'

'Een van de mooiste dingen die mensen kunnen doen is vergeven en verzoenen en dan weer verder gaan.'

'Ik kan het niet, hoe graag ik dat ook zou willen. Het is een pijn waar niets of niemand tegenop kan.'

'Doe het dan voor mij.'

Hij wachtte erg lang met antwoorden. 'Ik kan het niet.'

'Kunnen wij mekaar morgen zien? Kom ik naar je toe of..?'

'Ik moet vannacht nog naar Leuven.'

'Weer eens?'

'Morgen blijf ik de ganse dag in bed. Ik zal het nodig hebben.'

'Weet je waar tante Lucy is?'

'Ik weet het niet. Ik heb haar al een tijdje niet meer gezien.'

Ze voelde dat hij loog. 'Doe het voor mij', herhaalde ze.
'Goede nacht.'
'Bende sana iyi geceler diliyorum.'
'Ik hou van je.'
'Seni çok seviyorum. Öptüm seni canim.'
'Kusjes ook van mij, Nazmiye.'

5

Donderdag 9 augustus
Leuven, Minderbroedersstraat

De medische faculteit van de Alma Mater lag er deze tijd van het jaar zo goed als verlaten bij. De eerstezitters zaten in hun vakantiejob of bij hun lief. De tweede zit was alleen nog maar te voelen op de studentenkoten, die stilaan weer gevuld werden met de hervonden motivatie van de echte herkansers, de moed der wanhoop van de bissers en de troosteloze gevallen die klaar waren voor een onderhoud met de Heilige Rita. De leegstaande collegezalen waren dan ook het ideale kader voor de vreselijke dingen die zich waarschijnlijk in de nacht van woensdag op donderdag hadden afgespeeld.

Commissaris Bottu was die ochtend om iets voor zes uit bed gebeld en had onmiddellijk zijn adjunct Polak verwittigd. Coetsier, zijn andere adjuncte, was met vakantie en bleef de volgende week nog op het eiland Kretos, tenminste als de bosbranden daar onder controle waren.

Na jaren bij de politie in Antwerpen was Bottu iets meer dan een jaar geleden bij de Leuvense politie aanbeland als adjunct van een omhooggeschoten commissaris, met wie het nooit had willen vlotten. Over zijn vertrek uit de metropool had hij de lippen evenwel stijf op mekaar gehouden. Toen de commissaris enkele maanden terug definitief koos voor de antiterreurcel in Brussel, stelde men Bottu voor om in het diep te springen, samen met zijn twee adjuncten. Zo was hij op zijn achtenvijftigste zelf commissaris geworden. Hij twijfelde niet dat Polak, gescheiden en tijdelijk op drift, hem op handen droeg. Bottu wist dat hij die haast devote bewondering niet te danken had aan het feit dat hij zijn adjunct als hoofdinspecteur voorgedragen had. Ze waren op die korte tijd een ietsje meer dan collega's geworden, vrienden misschien. Maar hij had grondige twijfels of dat met de tomeloos ambitieuze Coetsier ook het geval was.

Omdat zijn wagen in de garage was voor onderhoud, was Bottu te voet naar de *locus delicti* gestapt. Hij kwam daar tegelijk toe met Polak, die met de fiets was gekomen. Terug op weg naar zijn wagen liep wetsdokter

Lievens hen tegemoet.

'Geen fraaie aanblik daarbinnen, heren.' Hij klonk ongeduldig en fronste de wenkbrauwen.

Al vanaf de eerste dag dat Bottu met de immer piekfijn uitgedoste, slanke wetsdokter had samengewerkt, had hij hem gewaardeerd, omdat hij iemand was die in alle omstandigheden zei waar het op aan kwam. Hij hield bovendien van schaken en van het London Philharmonic Orchestra. In een onbewaakt ogenblik had hij de commissaris zelfs toevertrouwd dat hij best kon genieten van Frans Bauer.

'Wie is het, Werner?'

'Iemand die brutaal uit zijn slaap werd gehaald, Claude. Ik twijfel of het slachtoffer hier omgebracht is. Meer nog, ik geloof dat we te maken hebben met een geduldige enscenering. Op het eerste gezicht toch.'

'Twijfel en geloof kun je niet scheiden.' De commissaris lachte fijntjes. 'En de eerste indruk is van kapitaal belang, dat weet je.' Hij keek niet op, terwijl hij naarstig in zijn notitieboekje krabbelde.

Toen stapten de twee politiemannen op hun beurt de collegezaal AG.00 binnen. De kleine Bottu met zijn korte beentjes, taps aflopend lichaam, helemaal kaal, een hoofd buiten proportie, en de lange, magere slungel van een Polak met het onverzorgde, sluike haar. Het bleef een eigenaardig gezicht. De chef kreeg je nooit zonder maatpak of Italiaanse schoenen te zien, de adjunct leek al te vaak op een vogelverschrikker.

Er was niet echt bloed te zien, alleen een paar geronnen druppels, die aan de neus van het slachtoffer waren blijven plakken. Een klein gaatje met precisie aangebracht, midden tussen de ogen. Toch was het tafereel hallucinant. Een blonde man, normale lichaamsbouw, smalle schouders, tegen de vijftig aan, zat kaarsrecht op de eerste rij. Op de middelste stoel, pal tegenover de tafel van de prof. Alle lichten in de aula zonder ramen waren aan, het projectietoestel en de geluidsinstallatie waren ingeschakeld. Op het collegebord was met krijt in regelmatige, goed dertig centimeter hoge drukletters '*ALLES KOMT TERUG*' geschreven.

Bottu dacht in een flits aan het druk bekeken programma op 'Canvas' van jaren geleden, maar hij kon geen glimlach opbrengen. Toeval? Of toch niet? Er was bij het zien van het collegebord een raar voorgevoel diep uit hem opgestegen, waar hij niet direct raad mee wist. Dat gevoel had met hem en vroeger te maken. Maar daar wilde hij zijn adjunct niet mee opzadelen, al had de ervaring hem geleerd dat zijn eerste indruk vaak doorslaggevend was in het verdere onderzoek. Iets waar hij nooit echt een verklaring had voor gevonden en dat hij dan gemakshalve maar onder zesde zintuig had gecatalogeerd.

Het slachtoffer, alleen gekleed in een blauwgrijs gestreepte pyjama, blootsvoets op slippers, een sjaal in vergane kleuren dubbel geknoopt rond de hals, keek met de felblauwe, wijdopen ogen naar het grofkorrelige beeld dat de projector twee bij drie meter op het scherm wierp. Twee veeleer donkere jongetjes van een jaar of vijf, naast elkaar op een oudmodische draaimolen in een speelpark. Een tweeling, zo leek het. Naast ieder van hen een jongetje met een witte huid.

'Een gek,' zei Polak, 'we hebben te maken met een gek.'

Bottu had net een pijp opgestoken en joeg de brand in het tabak. Polak was verbaasd, omdat de commissaris beloofd had om te stoppen met roken. Hij wees op de bordjes met rookverbod tegen de muur.

'In ieder mens zitten van die gekke trekjes. Maar we kunnen net zo goed te maken hebben met een geniaal iemand, met in zich dat zwevende gevoel van onaantastbaarheid. Het gevoel dat ik zo haat, Nico.' De commissaris liep de stoelenrij af, dan naar het scherm, halverwege het auditorium in, met lange halen terug naar voren. Hij zette de geluidsinstallatie uit, die opeens was beginnen te fluiten. 'Alles wat je hier ziet heeft een betekenis, elk detail telt, anders slooft niemand zich zo uit met het risico betrapt te worden. Opzichtig en tegelijk angstaanjagend. En de moordenaar weet dat verdomd goed, geloof me.'

'Dus een intellectueel, denk je? Iemand van de faculteit zelf? Iemand die houdt van spelletjes?'

'Te veel vragen en dat te vroeg in de ochtend, Nico. Iemand die de plaats goed kent, dat alleszins.' Hij wachtte, joeg nog eens vuur in de tabak. 'Moord is doorgaans niet logisch, maar juist impulsief en emotioneel. Hier hebben we te maken met logica. De moordenaar daagt ons impliciet uit om achter die logica te komen.' Hij wachtte. 'Door het trekken van conclusies uit schijnbaar onbeduidende dingen.'

'Spelletjes, bedoel je?'

'Spelletjes hebben vaak geen andere bedoeling dan eenvoudige dingen te maskeren, Nico. Precies daardoor worden die mysterieus en uitvergroot en krijgen ze de aandacht die de dader zoekt. Bepaalde daders kunnen niet zonder die aandacht, omdat ze op hun eigen manier dingen willen aanklagen. Of de wereld op zijn kop, de dader die slachtoffer wordt.'

'Zo vroeg en al zo op dreef met van die diepgaande psychologische analyses, patron', grapte Polak, terwijl hij de slaap nogmaals uit de ogen wreef.

'De technische recherche is al onderweg,' zei de wetsdokter, die weer was komen aanlopen en een caddy met doktersspullen achter zich aan zeulde, 'maar ik vrees nu al dat we uit hun uitleg niet veel wijzer zullen worden. Gelukkig ben ik geen politieman.'

De dokter maakte een hoofdbeweging naar de commissaris, dan een knipoogje naar Polak.

'Wie heeft hem gevonden, Werner?' vroeg Bottu.

'De wachter. Er zijn natuurlijk prettiger dingen om je eerste dagronde mee te beginnen.'

'Een bekende?'

'Troost je, hij had die man voordien nog nooit gezien, maar hij was behoorlijk over zijn toeren.' Hij wees op de dokterstas. 'Een spuitje doet dan wonderen.' Hij diepte een verfrommeld papiertje op uit het bovenzakje van zijn vest en toonde de naam. 'Hij woont op Sint-Maartensdal. Hij zit daar nu al meer dan een uur ineengedrongen, helemaal achteraan, zonder een woord te zeggen.'

'Een buur van me', zei Polak op ongelovige toon.

'Zijn er soms nog andere getuigen?' vroeg Bottu, terwijl zijn boekje het weer moest ontgelden.

'Toen ik toekwam, hing hier een man uit de buurt rond die beweerde dat hij een zilvergrijze vier maal vier tot twee keer toe met gierende banden had zien vertrekken. De wagen stond volgens hem geparkeerd daar bij het water.' De dokter wees naar de Dijle. 'Hier heb je zijn kaartje. Hij woont aan de overkant, een paar huizen van het Sint-Pieterscollege vandaan.'

Bottu nam het kaartje, klopte de wetsdokter op de schouder. 'Werner, hoe speel jij het in godsnaam klaar om steeds weer als eerste op de *locus delicti* te arriveren? Jij drukt daarmee een deuk in ons imago, besef je dat?'

'Beroepsgeheim,' lachte Lievens, 'altijd handig voor een dokter. De rest is feeling en een goed contact met de dispatching. Een schouderklopje doet vaak wonderen, Claude. Ik ben een teamspeler.' Hij wachtte. 'Niet waar, Nico?'

Het klonk lichtvoetig, al stond de wetsdokter bekend als iemand die zelden of nooit jokte. Polak hoorde de woorden, maar reageerde alleen binnenin.

De gsm van Bottu begon te trillen. Hij viste hem uit zijn broekzak en antwoordde aangebonden, alleen met 'ja' en 'neen' en eindigde met 'verdomd'. Dan stak hij de telefoon terug en zuchtte diep.

'Wie was het, patron?'

Bottu keek zijn adjunct niet aan. 'Privé, Nico, een privézaak.' Hij wreef met de vlakke hand drie keer kort over de kale schedel. 'Jij maakt het hier af. Breng die getuige van hierover alvast een bezoekje. Wij zien mekaar deze namiddag om drie uur in 'Dewerf'. Ik kan op dit ogenblik best wat drank gebruiken.'

Hij liep weg als iemand die er plots aan herinnerd wordt dat hij een karwei nog niet heeft afgemaakt.

Het was aangenaam vertoeven op het terras van café 'Dewerf'. Er stroomde een glimlach van zonnelicht over het Hogeschoolplein, die ervoor zorgde dat wandelaars en fietsers achtervolgd werden door hun zorgeloze schaduw. De lucht leek helder gepenseeld. Toch werd de namiddag gekenmerkt door lange stiltes en het zoeken van gezichten in de schaarse wolken. Dat wees op een zichtbare spanning.

'Haar beeld blijft aan me plakken, Nico, elke dag. Ik heb in mijn hele leven niemand zo vredig gezien toen ze daar lag en toch...'

'Dat telefoontje van daarstraks...' zei Polak met toegeknepen ogen.

'Ik vrees inderdaad dat we het UZ in zullen moeten. Je kent mijn aangeboren afkeer van ziekenhuizen al van vroeger, Nico. Maar na wat er daar met Bes gebeurde, weet ik niet of ik het zal aankunnen. Die gangen, die indringende geuren, die herinneringen. De hemel is zo veraf, Nico.'

Bottu doelde op zijn vriendin, die nu goed een jaar geleden in het UZ Gasthuisberg aan borstkanker was gestorven. Daardoor had de commissaris zijn pensioenaanvraag en de daarbij horende droom van een verblijf samen met haar tussen de glooiingen van Toscane opgeborgen. Hij had nog steeds dat gevoel zichzelf te weinig te kennen om te weten wanneer de pijn zou stoppen. Het leek zijn ingewanden aan te vreten.

'De vermoorde man in de medische faculteit heeft dus wat te maken met het UZ?'

'Ik heb vlak voor de middag de dokter-diensthoofd daar een bezoekje gebracht. Ze houden het begrijpelijk stil. De dode man in de aula was bij hen in speciale behandeling, tot vanmorgen werd vastgesteld dat hij verdwenen was en ze de politie verwittigden. Ze hebben me foto's van hem getoond, ze zijn vanmiddag al bij de wetsdokter langs gelopen, er is geen twijfel meer mogelijk.'

'Speciale behandeling?'

'*Amnesia*. Geheugenverlies.'

'Nu je het zegt, ik herinner me een oproep op televisie om inlichtingen over een man. Niet lang geleden. Hij is het dus?'

'Televisie, radio, kranten. Die oproep in de media heeft niemendal opgeleverd. De man werd in de weken dat hij in het ziekenhuis verbleef door niemand als vermist opgegeven. Eén iemand is in het ziekenhuis komen informeren en heeft gevraagd om de man zonder geheugen te spreken. Maar het bleek niet om de persoon te gaan die de bezoeker in gedachten had.'

'Hoe kwam het slachtoffer dan op Gasthuisberg terecht?'

'Opeens. Hij stond vroeg op een ochtend plots aan de onthaalbalie van het UZ. Zonder naam, zonder herinneringen, zonder tas, zonder iets.'

'Alleen?'

'Alleen. Al deed de dokter-diensthoofd op dat punt zeer vaag. Ik heb niet aangedrongen, maar *hij* heeft het onthouden voor later.' De commissaris wees op zijn kleine, papieren compagnon in zijn bovenzak.

'Er viel niets op te maken uit zijn kleding toen hij daar aanbelandde?'

'De man was die morgen alleen gekleed in jogging, met sportschoenen, maar hij droeg zo'n peperduur Rolexhorloge. Het serienummer daarvan was geen aanknopingspunt om achter zijn naam te komen. Het horloge bleek door een zekere Luciana Servi aangekocht bij een juwelier in de Bondgenotenlaan. Maar wel cash betaald met geld uit een envelop, wat doet denken dat ze het in opdracht kocht. Het zou er kunnen op wijzen dat de man bindingen met Leuven had, er woonde of er toch tijdelijk verbleef.'

'Van een paspoort was geen sprake?'

'Toch wel, maar dat is nog zoiets wat een boel vragen oproept. Het bleek vals. Ze hadden het in het ziekenhuis eerst niet door. Pas na een tijdje zijn ze er achter gekomen.'

'Allemaal toch dingen die wijzen op het criminele milieu. Wie heeft toen dat onderzoek gevoerd?'

Bottu antwoordde niet maar maakte een grimas van weet-ik-veel en tekende tegelijk met de wijsvinger een nul in de lucht. De ogen van Polak volgden die beweging.

'Er zou een wet tegen onverschilligheid moeten bestaan, patron. Maar terug naar onze dooie. Bestaat de kans niet dat hij een stukje toneel heeft opgevoerd om via een ziekenhuisverblijf aan belagers te ontsnappen? Dat gebeurt wel meer.'

Bottu schudde ontkennend. 'Zijn hoofd, ooit volgepropt met dingen, was akelig leeg, zijn geest compleet verward. Begin er maar aan. Iets anders: wist die buur uit de Minderbroedersstraat vanmorgen iets te vertellen wat ons verder kan helpen?'

'Ik vrees van niet. Die getuige bevestigde alleen wat hij aan de wetsdokter al verteld had. Hij kon de slaap niet vatten en was om iets voor enen een luchtje gaan scheppen. Hij was niet zeker van het merk van de jeep, hij dacht dat het om een zilvergrijze Japanner ging. Hij had geen nummerplaat gezien en wist zelfs niet of er een man of een vrouw aan het stuur zat. Eerst dacht hij dat een vrouw de wagen bestuurde. Een minuut later was hij er zeker van dat er twee personen in de jeep zaten. Het was donker. Tegenslag, Claude.'

Bottu keek zijn adjunct pal in het gezicht. 'Tegenslag maakt een mens juist sterker, Nico.'

Ze dronken gelijktijdig hun biertje tot de bodem leeg.

Toen ze iets na tweeën terug op kantoor kwamen, lag er een mail op de tafel van de commissaris die hem dwong om de werkelijkheid te herscheppen.

Hij liep met het papier in de hand naar de koffiehoek, waar Polak net een espresso uit de machine viste.

'Om je vingernagels uit te rukken, Nico. We worden uitgedaagd door een moordenaar die inderdaad vieze spelletjes met ons wil spelen!'

Polak draaide zich bliksemsnel om. 'Je intuïtie, dan toch?'

'Dokter Lievens heeft met veel moeite de kogel uit zijn hoofd gehaald. Geen uitschotwonde, precisiewerk. Gewone kogel, maar speciale loop, staat hier, en dan in hoofdletters: handgemaakt. Ze onderzoeken bij de ballistiek de herkomst ervan. Maar ik weet nu al dat ze niets zullen vinden. Ik heb het vroeger in Antwerpen één keer meegemaakt.' Hij wachtte, zijn lippen trilden lichtjes. 'Ik heb dat voorval jaren met me meegedragen. Ik wil niet nog eens...'

'Je hebt me daar anders nooit wat van verteld...'

'Ik haat die doder nog steeds, Nico, al weet ik dat haat geen goede leermeester is. Daarom zwijg ik liever.' Hij keek naar het plafond. 'Het ging om een jonge, vrouwelijke collega. Ze zou een paar maanden later voor de eerste keer moeder worden, dat is alles wat ik daarover kwijt wil.' Hij wachtte, zijn adamsappel ging tekeer. 'Of toch nog één ding: als mensen bang zijn, kun je ze alles laten doen.'

'Je had het toch over spelletjes, Claude?'

Bottu sloeg met de volle hand tegen de koffiemachine, alsof woede had liggen gisten. Polak had hem nog nooit zo gekend.

'De baan van de kogel stemt niet overeen met de positie van het lijk. Ofwel werd het versleept, ofwel werd de moord helemaal niet in de collegezaal gepleegd. Daar zijn ze bij de technische recherche nog naar op zoek. Maar het mooiste moet nog komen. Toen de wetsdokter hem openlegde, stootte hij op een beschreven papiertje, dat netjes opgeplooid in de keel van de dode zat. Hij is er zeker van dat het door zijn strot werd geduwd toen de man al een tijdje dood was. Wat er weer op duidt dat de moordenaar zijn tijd heeft genomen, alles had voorbereid en ijzig kalm bleef bij de uitvoering. We hebben te maken met een hitman, een professional of een wraaknemer met geniale trekjes, misschien wel alles samen in één persoon, Nico.'

'Staat er bij wat er op dat papiertje geschreven was?'

'Engelen...
zijn zij niet allen dienende geesten,
die uitgezonden worden ten dienste van hen,
die het heil zullen beërven?'

'Toch niet iets uit de bijbel, Claude? We krijgen te maken met een gek, ik zei het toch.'

De commissaris staarde zijn adjunct aan. Zijn gezicht stond bedenkelijk. 'Juist niet, Nico. Het komt van iemand die bijbelbelast is. Alleen al de vorm waarin de woorden geschreven zijn, geeft zekerheid.'

'En wat is dan het verschil tussen een gek en iemand die belast is?'

'Uit de bijbel komen wreedheden die je je amper kunt voorstellen, Nico. Bijbelbelaste mensen dragen oogkleppen.'

'Bijna een cliché, Claude.' Polak probeerde de sfeer luchtig te houden.

Op het gezicht van Bottu was echter een ongewone uitdrukking te zien, die Polak niet kon thuisbrengen. Het bleef enige tijd stil.

'Eén keer heb ik iets gelijkaardigs in mijn leven meegemaakt, lopen over ijs waarvan je weet dat het elk moment kan breken.' De woorden van de commissaris snakten naar lucht. Toen dreven zijn ogen langzaam weg.

'Wat je nu zegt heeft te maken met wat je daarnet vertelde over die handgemaakte loop en die vrouwelijke collega in Antwerpen, patron?'

'Godsdienst en fanatiekelingen kunnen wat aanrichten, Nico.'

Wat Polak niet kon zien, was dat er een ongekende woede door de aderen van de commissaris raasde. Soms moest je echt kwaad zijn om de dingen te zien zoals ze zijn.

Commissaris Bottu had de blikken doos met de foto's achteraan uit de kast gehaald. Dat deed hij alleen in uitzonderlijke omstandigheden. Hij had zijn dikke vingers traag over het oppervlak laten glijden en de ogen daarbij lang gesloten gehouden. Die avond op de flat had Marco Borsato het moeilijk om troost te brengen. Toen de hulp van Johnny Walker dan maar werd ingeroepen, leek het iets beter te lukken. Maar de politieman kreeg de beelden van toen niet weg, ze werden alleen maar wat vager. Die verdomde beelden. Toen ze die bewuste nacht de kist sloten en hem vroegen of hij afscheid wilde nemen van het jonge lichaam met het bolle buikje, dacht hij dat zoiets het ergste was wat kon gebeuren. Hij wist toen nog niet van de erge dingen die hem nog te wachten stonden.

Toen hij een jaar geleden voor de open kist van Bes stond en hij haar kuste, was het alsof iemand de tijd had teruggedraaid en waren al die schimmige vragen teruggekomen.

Had hij zich die verdomde nacht in Antwerpen beter in de hand moeten houden en haar nooit mogen betrekken bij zijn obsessie om zijn leven in zijn werk te begraven? Waarom hield hij zo van regels, zijn regels? Rioolratten komen 's avonds naar buiten en hij wilde er toen eentje vatten. Ze wist het, ze was uit het goede hout gesneden, even hardnekkig als hij. Alleen was ze een seconde te laat. De seconde die haar en zijn leven bepaalde.

Er was niets veranderd. Hij probeerde nog altijd de goede dingen in het leven te zien, maar besefte tegelijk dat hij negentig percent van de tijd de ogen moest sluiten. Zoals nu weer. Die verdomde kogel uit een handgemaakte loop. De grens tussen menselijkheid en afstandelijkheid was soms zo moeilijk te trekken. Voor hem toch. Alleen was hij ongelooflijk op zijn hoede om dat aan iemand te tonen. Alleen met Bes was het hem gelukt. Dacht hij toch. Want ook aan haar had hij niet verteld waarom hij toen uit het Antwerpse korps moest vertrekken. Nu kon het niet meer. Had hij het toch maar gedaan. Of toch beter niet? Het bleef immers vervelend, maar draaglijk. Zelfs de collega met wie hij jaren aan een stuk dag in dag uit in de metropool was opgetrokken, wist van niets. Hij was van plan dat ook zo te houden. Trouwens, die Boersma zat nu ver weg in Oostende. Het was jaren geleden dat hij met hem nog in contact was geweest. Gelukkig maar.

6

Vrijdag 10 augustus
Oostende, zeedijk

Ze voelden dat de zaak van de moordflat dringend lucht nodig had. Uit ervaring wisten ze dat de eerste tweeënzeventig uur in een onderzoek van cruciaal belang waren. Ze moesten ook handelen buiten het gezichtsveld van de onderzoeksrechter. Die had hen vorige avond laten weten dat de flat vanaf komende maandag weer zou vrijgegeven worden. Hij had fel benadrukt dat er zich op die plaats op dinsdag 7 augustus alleen maar een ordinair passioneel drama had afgespeeld. Daarom hadden ze besloten om de dag erg vroeg te beginnen. Uitgerekend op flat 04.02 op de zeedijk.

Ze arriveerden er om iets na zessen en troffen elkaar zoals afgesproken in de parkeergarage. Bervoets was met zijn nieuwe racefiets gekomen en had tijdens de rit ongelooflijk genoten van het halsreiken van het gras naar de opkomende zon. Boersma was te voet, in een jogging die eens felblauw moest geweest zijn en met nieuwe air sportschoenen, rond de pols een zenuwachtige hartslagmeter.

'Zozo, Gijs, het schuldbewustzijn heeft het dan toch gehaald op het bourgondische', zei Bervoets giechelig, terwijl hij de g een Nederlandse schuiver liet maken.

'Half triest, half schuldbewust, Rudi, maar winnen start nu eenmaal met beginnen. Ik heb iets gezien wat ik in tien jaar niet meer gezien had.'

'Wat dan?'

Hij wreef met de vlakke hand over zijn buik. 'Mezelf, vanmorgen in de spiegel.'

Ze lachten beiden uitbundig als twee schooljongens, die kattenkwaad uithalen buiten het gezichtsveld van de meester. Een beeld dat enkel mensen van hun generatie nog snapten. Ze stapten samen de lift in. Boersma besefte dat hij niets mocht laten blijken. Er waren die ochtend woorden geweest, daarna een kolk van te betreuren dingen. Weer eens. Hij kon zijn collega toch niet voor de voeten gooien dat zijn huwelijk minstens evenveel lucht nodig had als de zaak? Treuren deed je zonder publiek en privé bleef privé.

Tijdens de huiszoeking in de flat bekeken ze de dingen rustiger en met een ander oog dan op de dag zelf van de moord.

De inrichting was kaal, maar smaakvol. In de immense leefkamer stonden een driezitsbank in wit leder, een lage tafel met glazen blad, een flatscreen met huisbioscoop, vier stoelen rond een ovale tafel met marmeren blad en een hoge tweedeurskast tegen de achterste muur. In de slaapkamer alleen een elektrisch bediende Louis XV-twijfelaar, geen nachtkastje, een volledig bespiegelde vijfdeurskleerkast, die de kamer nog groter maakte. Het design was stuk voor stuk van het puurste soort. Rolf Benz, Wittmann, Moroso. Boersma kende de merken van de zondagmiddaguitstapjes met zijn vrouw Marloes, te lang geleden. Nergens tapijten of wandversiering, geen bloemetje, een enkele schemerlamp in de leefkamer. Nergens een klok te bespeuren, alsof de tijd geen bestaansrecht had. Zonnewering aan de buitenkant van de ramen.

Intussen waren ze meer dingen te weten gekomen. Het was nu zo goed als zeker dat privédetective Hoogmartens met een precisieschot tussen de ogen was afgemaakt in de leefkamer en pas daarna op het bed was gelegd. Ook waren ze er achter gekomen dat uit de wijnglazen, die op de salontafel waren aangetroffen, niet was gedronken en dat ze zelfs lange tijd niet gewassen waren. Al zaten ze van onder tot boven onder de vingerafdrukken van het slachtoffer. Trouwens, over de hele flat werden sporen van de privédetective aangetroffen, tot in de badkamer toe, wat erop wees dat hij daar meermaals was geweest en er wellicht kortstondig verbleef. Die veronderstelling werd ondersteund door vingerafdrukken en DNA op de paar kopjes en glazen, het bestek en de reistas met daarin een toiletzakje en wat mannenondergoed. Met een foutmarge van minder dan tien procent werd de ouderdom van de achtergelaten foto geschat op vijfentwintig jaar, wat betekende dat de vier afgebeelde jongetjes nu mannen van om en bij de dertig moesten zijn. Dat sloot uit dat het slachtoffer, de vijftig voorbij, op de foto te zien was. Die vaststelling maakte de zaak nog ondoorzichtiger. Verder hadden de lui van de technische recherche niets gevonden. Het schot met het jachtgeweer was voor ieder een raadsel. Waarom het lijk verplaatst werd, bleef een open vraag. Camouflage dus, maar van iets wat op het eerste gezicht niet te achterhalen viel.

Boersma liep op het espressotoestel toe, zette een kopje, gebaarde naar Bervoets, die nee schudde, duwde op de knop en wachtte.

'We zijn opgeleid om af te gaan op bewijzen, maar iets is minstens zo belangrijk als een bewijs', zei hij.

'Intuïtie', haakte Bervoets onmiddellijk aan.

'Na een paar dagen terug op een plaats komen, is als nieuwe zolen zonder slijtplekken op ouwe schoenen. Je ziet de vertrouwde dingen vaak vanuit een totaal ander perspectief. Maar op het eerste gezicht is hier weinig wat mijn grijze cellen opport.'

'Vergeet niet dat het leven een oefening is in optimisme, Gijs.'

Boersma bromde wat, nam de dampende espresso, liep door de leefkamer, trok de kast tegen de achterste muur open, deed hetzelfde met de vijfdeurskast in de slaapkamer. 'Compleet leeg, op wat sterke drank en enkele glazen na', zei hij.

'Vertrokken?'

'Nooit gebruikt, Rudi. Had ik gedacht. Deze plek werd hoofdzakelijk gebruikt door hoerenrijders. Wat die lui van 'Mita Investments' ook mogen beweren over zogezegde logies voor hun buitenlandse relaties of een vakantieplek voor hun directeurs. Een warme plek, dat wel. Ik hoor zo het ruisen van het ondergoed.' Hij schudde zijn hand bijna van de pols.

'En dat daar?' Bervoets wees op de reistas die Boersma op de salontafel had gezet en waar hij al een paar keer zonder woorden alles had uit gehaald en weer in gestopt.

'De dooie werd zo goed als zeker hier naartoe gelokt. Door een vrouw. Een paar toiletspulletjes meegraaien, wat ondergoed, geen reservekleren, want niet van plan lang te blijven. Een weekendje of wat langer lekker van bil gaan en daarna weer de hort op naar zijn eigen vertrouwde holletje.'

'Ik zie het zo al voor me', grinnikte Bervoets.

'Komt meer voor dat iemand van zijn leeftijd teleurgesteld raakt in het leven. Verliefde mannen, kniehoog in de midlife, zijn soms met verrassend weinig tevreden.' De woorden klonken bijzonder ernstig. 'Alleen weet ik geen blijf met dit hier.' Boersma zwaaide met een treinbiljet. 'Negen juli, enkele reis van Leuven naar Oostende. Ik gooi die dingen gewoonlijk meteen weg. De dooie bewaarde het papiertje, netjes in vieren gevouwen, onderaan in zijn reistas. Als aandenken? Als bewijs? Ik snap het niet.'

'Ik hoor je hersentjes tot hier kraken', zei Bervoets.

De ogen van Boersma vernauwden zich achter zijn oranje brilletje. Hij zweeg enkele seconden. 'We zien iets over het hoofd, Rudi. Ik ga godver niet van deze plek vandaan voor ik weet wat', zei hij dan.

Bervoets lag languit op de driezitsbank. Zonder te kijken zag hij het vuur in de ogen van zijn chef. Na al die jaren begrepen ze elkaar met een geste, nooit was er tussen hen een enkel kwaad woord gevallen. Opeens wekte het geschreeuw van de chef de inspecteur uit zijn dagdromen.

'Rudi, mijn hemd staat in brand, breng me een schroevendraaier en vlug wat!'

Bervoets, die altijd en overal een minitasje met wat gereedschap meezeulde, kende de uitdrukking en wist dat er spannende ogenblikken zaten aan te komen. Boersma stond aan de deur van de kast in de living te frunniken, daarbij zijn eigen, vroegere koningin en André Hazes vervloekend, waar hij anders zo dol op was.

'Krijg nu de tering, er zit hier wat achter, ik heb zo'n vaag vermoeden,' stond hij te roepen. Er zat triomf in zijn ogen.

Na enkele seconden had hij het slot volledig gedemonteerd en zwaaide met een stukje plastic elektriciteitsbuis van hooguit een centimeter of twee.

'Wat gebeurt er?' vroeg Bervoets zenuwachtig.

'Het slot zat me te hoog van grond, Rudi. Normaal zit zo'n ding op handhoogte, maar niet hier. Bovendien waren de deuren te dik en te zwaar naar mijn zin. Dat was nodig voor het nestje van dit ding, dat de hele ruimte moest afsnuffelen.' De hoofdinspecteur peuterde voorzichtig een minuscuul cameraatje uit het buisje, opende het en haalde er een SIM-kaart uit, alsof hij gedurende zijn hele leven niets anders had gedaan. 'Dit simpele kaartje maakt het mogelijk beelden door te sturen naar een gsm en mms'jes te versturen. Filmpjes zelfs, met de juiste instellingen. Bijzonder handig bovendien dat dit juweeltje van op afstand kan geactiveerd worden.'

'Echt, Gijs, je verbaast me elke dag meer. Stront aan de knikker dus.'

'Hoerenrijders, ik zei het toch, Rudi. Overspel is van alle gezindten, ook in Oostende.' Hij ging op zijn elan door. 'Een betere gluurder als dit vind je niet, geloof me. Prima spul, laatste snufje, niet goedkoop. Ik ben het ding in West End meer dan me lief was tegengekomen, gedurende mijn stage een paar maanden geleden bij de Londense politie. Waar dacht je anders dat ze die *snuff movies* vandaan hebben? Zou me niks verbazen als deze flat diende om ook zo'n handeltje op te zetten. Het beeldmateriaal zelf zit natuurlijk elders veilig opgeborgen, tenzij...'

Bervoets kon alleen maar verbaasd toekijken. Boersma liep naar de flatscreen, alsof hij gehypnotiseerd was, trok wild alle laden daaronder open. Ze waren leeg, op een bruine, dichtgeplakte envelop in de onderste lade na. Hij kon niet wachten, scheurde de omslag open en hield een dvd in de hand. Hij tikte met de wijsvinger op een wit plakkertje met zwarte letters. De spanning droop van hun gezicht.

'Nummer drieëntwintig, Rudi. Gelukkig hebben we hier een dvd-speler bij de hand.'

'Drieëntwintig?'

'Staat hier op het plakkertje.' Zijn bewegingen konden zijn geest niet volgen. 'Dat betekent dat er elders nog minstens tweeëntwintig andere van die dingen rondhangen. Hoerenrijders of nog erger...' Hij liep naar het raam, keek enkele seconden over het water, draaide zich op zijn hielen weer naar Bervoets. 'Maak me niet wijs dat deze dvd hier toevallig is achtergebleven. Nummer drieëntwintig is het klassieke broodkruimeltje, Rudi. Niets in deze zaak is toeval, we zitten al tot op kniehoogte in een spelletje.'

De hoofdinspecteur zette zich op handen en voeten voor de onderste lade, ging er met de arm tot achteraan in en schudde met het hoofd. Leeg dus.

'Broodkruimels?' vroeg Bervoets die vlak achter hem stond.

Boersma keek op met de gulzige oogopslag van een kind. Tegelijk was de spanning op zijn gezicht bijna tastbaar. 'Of erger nog: afleidingsmanoeuvres. We zitten nog volop in de mist en voor je het weet ben je dan ergens tegenaan geknald als je de witte lijn maar één seconde uit het oog verliest.'

Dvd nummer drieëntwintig had exact vijf minuten en dertien seconden geduurd.

'Zoveel schoonheid binnen handbereik geeft een mens weer hoop', grapte Boersma, terwijl hij opstond, 'zelfs mijn netvlies begint van opwinding te trillen.'

Bervoets zei niets maar ijsbeerde door de kamer. Hij voelde net als zijn chef aan dat de zaak uit de hand aan het lopen was. Maar hij bezat niet de gave van Boersma om de zich ophopende spanning op een luchtige manier te ventileren.

'Bang van de grote boze wolf, na wat je gezien hebt, Rudi?'

'Zoiets, ja. Wie had het ooit van hem kunnen denken? De beelden zouden wel eens een ander licht kunnen werpen op wat er hier in Oostende de afgelopen maanden gebeurd is.'

'Je bedoelt die crash op de autoweg?'

Bervoets knikte.

'Een ouwe bok en een bloedmooie meid vol geuren en smaken, wat kan ware liefde toch mooi zijn,' zuchtte Boersma gespeeld, 'maar één ding is nog veel mooier: een zak vol poen. Die puriteinse ridder, wie had dat

inderdaad van hem gedacht.?'
'Vermaelen, godver...'
'Ik wist niet dat het levende lijk dat almaar ouwehoerde, zo schraal was. Een ribbenkast, waar je zonder moeite de Bolero op kunt tokkelen, knoken waar je zo'n conservenblik mee opent. En heb je die piemel van hem gezien? Net een draad spaghetti. Gelukkig stond de klank uit, anders hadden we ook nog kennis gemaakt met zijn platitudes.'
Ze hadden het over onderzoeksrechter Vermaelen, die kort geleden, een paar dagen voor zijn pensioen, in verdachte omstandigheden in een autocrash op de E40 was omgekomen. Midden in de nacht, maar bij prima weer. Remmen die het niet deden, hoog morfinegehalte in het bloed, bloed in het wrak dat niet van hem was. De wildste geruchten deden daarover in Oostende de ronde. En opeens dook hij op, teruggevonden in de onderste la, op een paar stappen van de plaats waar een privédetective op professionele manier het zwijgen was opgelegd. Dit kon toch allemaal geen toeval zijn?
Bervoets stak de dvd terug in de envelop en wist zeker dat zijn chef op dat ogenblik hetzelfde dacht als hij. 'Denk je dat zijn ongeval iets zou kunnen te maken hebben met dit hier, Gijs?'
'Laat ons op de dingen niet vooruitlopen. Ik zat aan iets anders te denken. Die meid op die beelden, zegt die je niks, Rudi?'
Bervoets knikte, nam zijn piepklein boekje, bladerde. Zijn vinger hield dansend stil bij een naam en drukte tegen het papier. 'Drie mei, bar 'Trocadero' in de Langestraat, minderjarige bij inval opgepakt op verdenking van prostitutie. Inneke Bouwman, een mokkeltje met het zijden accent van over de Moerdijk. Uit jouw buurt, Gijs. Toch geen familie, hoop ik?'
'Ach jij met je schriftuurtjes,' lachte Boersma, 'en doe niet zo lyrisch over haar, wil je. Misschien gaat ze, na wat we te zien hebben gekregen, wel op voor moord. Ik weet alvast waar we zo vlug mogelijk naartoe moeten hollen.'
'Af en toe valt deze baan best mee.'
'Eindelijk een stok waar we onze jas aan kunnen ophangen.' Er zat opeens veel licht in de ogen van de hoofdinspecteur.

Ze waren terug in de parkeergarage. Het was nog maar iets na negen.
'De onderzoeksrechter moest ons hier bezig zien. Moeten we hem niet dringend op de hoogte brengen?'
'Vergeet de onderzoeksrechter, wil je. Brugge is een eind hier vandaan.

Strikt volgens het boekje mogen we op deze plaats rondhangen zo dikwijls en zo lang als we dat zelf willen. Alleen zou hij liever anders zien.'

'Ik begin zo stilaan te begrijpen waarom. Vlekken op de magistratuur, het is niet netjes, hun reputatie moet overeind blijven. Wie dekt wie, Gijs?'

'Over dekken gesproken, vergeet niet dat we maar een fractie van de collectie pikante beeldjes onder ogen hebben gekregen. De duivel heeft buiten die fameuze dvd nummer drieëntwintig vast nog veel meer in zijn knapzak zitten.'

'En aan wat dacht je zoal?'

'Stel dat ook die excellentie, die volgens je mooie Karin Cockmartin van Brussel tot hier aan de kust op de hielen werd gezeten door haar ex, in zijn blootje op zo een van die plaatjes rondhuppelt.'

'Ze zou dan toch gelijk kunnen krijgen dat haar privédetective om die reden omgelegd werd? Een excellentie, stel je voor. Misschien zelfs meerdere excellenties, je weet maar nooit. Eén feit is zeker: de privédetective liep in een donker steegje zonder zaklantaarn en hij werd toch nog gezien.'

'Wat zeg je dat weer mooi. We moeten vanaf nu in de eerste plaats zorgen dat we zelf overeind blijven. Het zou namelijk behoorlijk hard kunnen gaan waaien. Ik beloof je vuurwerk de komende dagen, man.'

'Als er een belofte gedaan is, is er geen weg terug. Denk daar aan, Gijs.'

De woorden voerden Boersma bruusk terug naar zijn vrouw Marloes. Hij wendde zijn gezicht af en trok zich helemaal terug in zichzelf. Lag het allemaal aan de kinderwens van Marloes die door zijn schuld nooit in vervulling was gegaan? Was het ogenblik van de tabula rasa aangebroken? Hij hield niet van vluchten. Nog minder van gezichtsverlies.

Misschien moest hij er toch met Rudi over praten? Gewoonweg praten zou ongetwijfeld opluchten. Waarom hield hij er niet van dat zijn leven werd betast door mensen die het ongetwijfeld goed met hem voorhadden? Hij liep zonder omkijken weg als een volleerd hardloper. Zijn verstikkend zwijgen achterna.

Bervoets nam zijn racefiets en trapte zo hard hij kon. Toch begon hij daarbij een deuntje te fluiten.

7

Zaterdag 11 augustus
Oostende, Elisabethlaan

Toen Michiels en Tavernier goed twee jaar geleden in het chique gebouw aan de Oostendse Elisabethlaan een kantoor hadden gehuurd om de beleggingsfirma 'Mita Investments' in onder te brengen, was hun keuze gevallen op de blinde kamers vlakbij de ingang. Daar ontvingen ze gewoonlijk cliënten, die liever niet door de fiscus wilden gezien worden. Geen ramen, maar wel zachte pastelkleuren, malse zetels, een vergadertafel met lederen blad, dat enkel met melk wilde gereinigd worden. Tegen de muur een uitbundig zomerzicht van Emile Claus, waarschijnlijk de bekendste Latemse impressionist. Op de achtergrond relaxerende muziek.

Michiels en Taverniers hadden de man, die ineengedoken voor hen zat, uitgenodigd voor wat ze 'een leerrijk onderhoud' hadden genoemd. Ze hadden de zaterdag uitgekozen, een dag waarop ze gewoonlijk gesloten waren. Die man was immers geen cliënt.

Het leek op een dagdagelijks tafereel, maar dat was het dus niet.

'Je bukken om iets op te rapen kan al eens pijn doen', zei Tavernier als opener van het gesprek. Hij legde een ongewone nadruk op 'pijn'.

Tavernier was een mooie man, ongetwijfeld een vrouwenlieverdje. Begin de dertig, een meter negentig, atletisch lichaam, donkerbruine ogen, getaande huid, ravenzwart, modieus gekapt krulhaar. Zijn gelaatstrekken waren krachtig en vol karakter. Zijn vennoot Michiels, ongeveer even oud, was net het tegendeel. Een gedrongen figuur, waarin alle proporties zoek waren. Ongewoon bollende kaken en een dik hoofd. Zijn gezicht was gerimpeld en vaal van kleur, alsof er stof tussen de rimpels zat.

Tavernier keek bij de woorden naar Michiels. Maar zijn woorden en het begeleidend enigmatisch lachje waren duidelijk bedoeld voor de bezoeker aan de andere kant van de tafel. Die man keek de hele tijd niet op, waardoor zijn uitdunnende, rode haar nog meer opviel. Hij zei niets, frunnikte alleen maar aan zijn gebloemde das met iets te felle kleurtjes, die zijn handelsmerk waren geworden.

'Joe bedoelde daarnet dat het soort romantiek, dat in die flat in de lucht hing, best geheim blijft,' nam Michiels over, 'u begrijpt dat vele mannen op dit ogenblik door die zaak gehurkt in het donker zitten. Vergeet niet dat het gaat om mannen waarop u op het *cruciale* ogenblik hebt kunnen rekenen.' Hij had een schrille, onaangename stem.

'Kunnen steunen', vulde Tavernier aan. 'Zonder hen was u misschien gestruikeld over uw ambitie en zou van uw huidige positie geen sprake geweest zijn. Zijn wij duidelijk genoeg?' Zijn spottende ogen gleden in *slow motion* over het gezicht van de bezoeker.

'Met de macht achter de macht wordt best niet gespot', zei Michiels.

Hij snoof geringschattend de lucht tussen hem en de bezoeker op. Die achtte het geraadzaam om niet in te gaan op de ondubbelzinnige toespeling. Je wist maar nooit dat ze afgeluisterd werden.

'Die flat op de zeedijk dus. Daar schijnt het in deze zaak allemaal om te draaien. Die flat en 'Mita Investments'...' De bezoeker maakte zijn zin niet af, maar keek nu wel Tavernier en Michiels om de beurt in de ogen. Traag, alsof hij zich opeens alle tijd van de wereld toemat.

'Dat wij die flat op de zeedijk doorverhuren, zal niemand kunnen bewijzen.' Tavernier brulde bijna. Gelukkig was de kamer geluiddicht. 'Er bestaat niet eens een huurcontract, alleen een mondelinge overeenkomst. Je zou het een zaak kunnen noemen van...'

'...*goodwill*', maakte Michiels af. Hij wachtte. 'Of wat dacht u anders?'

De man met het rode haar keek naar de kronkels in de zomerse Leie op het schilderij aan de muur, op nog geen twee meter voor hem. Emile Claus, in dat formaat toch altijd goed voor een paar tienduizend euro, moet voor die twee een prima belegging zijn, ging het door hem heen. Tegelijk was hij verbaasd dat hij in de huidige omstandigheden nog aan dat soort aardse dingen kon denken.

Tavernier nipte profijtig aan zijn whisky, boog vanuit zijn stoel naar voren, zodat de man zijn adem kon ruiken. Drank vermengd met tabak, aangevuld met de arrogantie van iemand die beseft dat hij op dat ogenblik de sterkste is. Hij keek de man nu strak in het gezicht en dwong hem daardoor naar zijn woorden te luisteren.

'Als u toevallig nog ergens geheimen hebt, geef ik u de dringende raad om ze heel diep te begraven.' Hij wachtte, keek nog indringender. 'Want die keeskop is als een bezetene op zoek naar ieders geheimen. U denkt veilig voor hem te zijn, maar vergis u niet, want hij ontziet niemand.'

'Zijn aangeboren hardnekkigheid wordt nog extra gevoed door een onblusbare drang naar eerherstel', vulde Michiels aan.

Tavernier maakte het bovenste knoopje van zijn hemd los, ging met de armen breeduit op de tafel liggen en keek de bezoeker lang aan. 'U bent toch *maître* Aurélien Renauld junior nog niet vergeten en dat dossier van bouwfraude waar meneer de hoofdinspecteur maandenlang zijn tanden op heeft stuk gebeten, om daarna roemloos tegen de kliffen te gaan? De naam van onze firma is in die zaak indertijd ook gevallen. Ten onrechte, zoals later bleek. Maar we hebben toen wel alle zeilen moeten bijzetten.' Hij wachtte. 'Dat vreet aan een mens. Hoe zou u zelf zijn?'

'Ik heb niets met dat dossier te maken. Ik was toen nog niet in functie', antwoordde de bezoeker meteen.

'Het was een zuiver retorische vraag', lachte Tavernier schamper.

'Die *maître* Aurélien Renauld junior heeft op dit ogenblik toch niets met de bewuste flat te maken?' vroeg de man met de bloemetjesdas, op een manier alsof hij uit was op geruststelling. '*Maître* Aurélien Renauld junior leeft namelijk heel dicht bij de voorzitter van de balie. Ik ben dagelijks met hem in contact. U moet begrijpen dat ik delicate dingen moet vermijden.'

'De vrouw van die vermoorde man op de flat, een privédetective nota bene, is de buur van de *maître* en komt bij hem over de vloer, ook 's nachts, zo wordt gezegd. Mijn bronnen bevestigen me dat ze haar man vlak voor zijn dood nog heeft gesproken en dat het er toen behoorlijk intiem aan toe ging. Je weet hoe mak mannen zijn die er alles aan willen doen om hun vrouw voor zich terug te winnen. Mijn bronnen bevestigen dat de privédetective in dat moment van zwakte zijn vrouw dingen heeft verteld die hij niet van plan was te vertellen. Vrouwen kunnen soms zo moeilijk zwijgen.'

De bezoeker begon op zijn stoel heen en weer te schuifelen. Tavernier besefte dat hij hem had waar hij hem wilde hebben.

'Ik ben bang dat ik u niet helemaal begrijp, meneer Tavernier.'

'En ik ben er zeker van dat u me heel goed begrijpt. De *maître* heeft een boel rechtszaken lopen, waarin dat soort heu... kennis wel eens van cruciaal belang zou kunnen zijn, dus... Bovendien kan die delicate kennis ondersteund worden door indecente beelden uit die flat, mocht dat nodig zijn.'

'Zoals ik net al zei, ik begrijp u niet, meneer Tavernier.'

'Toch wel. Op die beelden zijn namelijk mensen te zien die u en ik heel goed kennen. Mensen uit uw professionele omgeving die u dagdagelijks ziet. Mensen ook die wij onder onze goede cliënten mogen tellen.' Tavernier liet bij de laatste woorden zijn hand grillige capriolen in de lucht maken.

De bezoeker streek met de hand op en neer over zijn bloemetjesdas. '*Maître* Aurélien Renauld is uw advocaat', zei hij.

'Dat bedoelde ik toch net,' antwoordde Tavernier, '*maître* Aurélien Renauld beseft ook als geen ander dat uw en onze belangen door een ongelooflijk toeval samenlopen. U en ik zouden toch niet willen dat onze wederzijdse vrienden in een lastig parket zouden terechtkomen? '

'De flat is uw eigendom. Wat daar gebeurt gaat u toch niet gebruiken als...' zei de bezoeker met een uitgestreken gezicht.

'Chantage? Is het dat wat u wilde zeggen? We hadden het toch net over het begraven van geheimen?' antwoordde Michiels in Taverniers plaats, 'dat geldt voor iedereen, zowel voor ons als voor u.'

'Buiten de strikt professionele sfeer is er geen enkel spoor dat van mij naar de zaak leidt', zei de man. 'Zou kunnen leiden', corrigeerde hij zichzelf.

Tavernier en Michiels lachten gelijktijdig. Maar het was niet die geruststellende lach, waar ze in hun soort zaken doen zo bedreven in geworden waren.

'Laat het ons daar dan bij houden. U weet niets over die flat en als u iets zou weten, doet u uw uiterste best om het zo vlug mogelijk te vergeten. Maar zoals zo vaak zit het venijn in de details,' zei Tavernier, 'die keeskop denkt als een razende en leeft van nieuwsgierigheid. Ik merk dat ik in herhaling val, geen goed teken. Als iemand dat wil, kan hij in hooguit zes stappen iedereen met iedereen verbinden. Precies dat moeten we vermijden.'

'Hij staat bekend als iemand die maar verder kan als de onderste steen naar boven is gekomen. En onderschat zijn op het eerste gezicht wat minder bekwame medewerker ook niet,' vulde Michiels weer aan, 'die Bervoets líjkt alleen maar een sul.' Forse nadruk op 'lijkt'.

Tavernier stond abrupt op, ijsbeerde door de kamer. Het bleef lang stil. 'De hoofdinspecteur moet dus gestopt worden. Met alle middelen', zei hij, terwijl hij zich posteerde achter de bezoeker en boven hem naar voren kwam leunen. 'Jij wist het, maar je deed niks.'

De man met de bloemetjesdas keek verbaasd op omdat hij ongevraagd getutoyeerd werd. 'Wie zegt dat ik niets deed?' De man klonk opeens luid, streek met vaste hand zijn rode haar plat en maakte aanstalten om weg te gaan. 'Ik los het op, vertrouw op me.'

'Vertrouwen is goed, controle is beter', zei Tavernier, terwijl hij zijn whisky tot op de bodem leeg dronk.

De veertiger in duur maatpak en met veelkleurige das nam de kalfslederen tas, waarvan de inhoud hem ondanks alles begeesterde en liep zonder verder nog een woord uit te brengen naar de deur. Bij het naar buiten gaan keek hij in de inkomhal even in de spiegel en gebaarde hij tegen zichzelf dat hij helemaal niet zo broos was als die twee daarbinnen wel dachten. Zijn lippen kromden zelfs tot een flauw lachje.

Zo hoorde het, zo weinig mogelijk woorden. Zeker voor een procureur des Konings. Magistraten zijn namelijk mensen met een heel speciale handleiding. Zeker in zijn particulier geval.

Zaterdag 11 augustus
Oostende, Langestraat

Het liep al tegen tienen.

Ze had een studio met verslenst bloemetjesbehang en afgebladderde verf, waar het vuurrode neonlicht van buiten ongegeneerd bezit van nam. Sommigen beweerden dat ze het kippetje met de gouden eieren was van de bar 'Trocadero', maar dat was gul tegengesproken door de oudere barmeisjes toen Inneke Bouwman tijdens de inval op drie mei was opgepakt. Ze had alleen logies boven de bar en kluste achter de toog wat bij om haar studies te kunnen betalen, bekte de ene de andere na. Ze volgde schoonheidszorg aan het Provinciaal Instituut in Oostende, zou daarna een eigen salon beginnen, had zelfs al een locatie op het oog. Inneke eindigde onveranderlijk hoog in missverkiezingen allerhande, waardoor ze haar latere marktwaarde als toekomstige schoonheidsspecialiste aardig opwaardeerde, klonk het gratuit uit de verlepte monden. Het klassieke verhaal. Net de volgende dag zou ze achttien worden. We gaan toch niet over één enkele dag struikelen, argumenteerde de barhouder toen. Maar de wet was de wet. De rechter dacht er anders over en had haar nog een kans gegeven. Tussenkomst van hogerhand, fluisterden de muren.

Boersma had zijn eigen theorie: het meisje bezat de kunst een wereld op te hangen waarin je graag verdwaalde. Daaraan weerstond geen enkele man, misschien ook een rechter niet.

De studio was er nog steeds.

Toen Boersma en Bervoets aanbelden, gaf ze eerst niet thuis, maar al gauw bleek dat zijn reden te hebben. Na een tweede, wat langere druk op de bel vergezeld van de roep 'politie', was er eerst wat gestommel te horen, dan ging de ketting van de deur en verscheen een oudere man in de deuropening. Hij liep hen gehaast voorbij en holde zonder opkijken de trap af.

'Mijn vader', zei ze op haar eigen innemende toon.

'Komt de gestreken was terugbrengen', lachte Boersma tegen.

'Juist,' antwoordde ze gevat, 'maar blijf toch niet op de gang staan, heren. Kom binnen. Alsjeblieft, let niet op de rommel.'

Boersma ging zitten op de klapstoel aan het brasserietafeltje en wachtte niet. Hij haalde de dvd-speler uit de tas, zette het ding op de tafel en startte de schijf. Inneke Bouwman leunde over zijn schouder en keek toe met de verwondering van een kind. 'Rechter Vermaelen, maar ik mocht Firmin zeggen, hij was erg goed in lieve woordjes', zei ze zonder dat haar iets gevraagd werd. 'Daar kwam u toch voor, inspecteur? Hij nam me mee naar zijn flat. Ik ben meerderjarig en hij zat opgezadeld met een vrouw met prikkeldraad om haar heen. De uurtjes die we samen op de flat doorbrachten waren het glijmiddel in zijn leven. Hij kon erg grappig uit de hoek komen, weet u, dat ontstresste me bij mijn studies. Even lanterfanten, even de stekker eruit. Is daar soms wat mis mee?'

Boersma herkende weer dat meisje van begin mei dat flink van de tongriem gesneden was, jong en vol van zichzelf. Zelfs tijdens en na een inval. Ze was op de koop toe nog Nederlandse, dochter van een marktkramer. Dan kreeg je assertiviteit met de paplepel binnen.

'Een mooi, jong meisje als jij en een man op leeftijd, geef toe...' kwam Bervoets tussen.

'U hebt me vast niet gekend toen ik nog een beugel droeg, inspecteur. Voor de rest moet U maar eens het boek 'Lolita' lezen. Dat is tegenwoordig in elke bibliotheek verkrijgbaar.'

'Je werd wel vaker met oudere mannen gezien, juffrouw Bouwman, niet alleen met Vermaelen.'

'Het is soms zo vervelend om van alles maar één stuk te hebben, inspecteur. Ik heb dat ook met mannen. Zelfs als ze buiten de deur spelen.'

Bervoets keek Boersma aan. 'Als ze overspel plegen, Rudi.'

'Je zult me ook nooit betrappen op het bietsen van poen bij ze.' Ze maakte een vaag gebaar met het hoofd naar boven en naar beneden in het gebouw. 'Zij doen dat wel.'

'Geld wegnemen, Rudi', verduidelijkte Boersma met pretoogjes.

'Je zag Vermaelen dus vaker?' drong Bervoets aan.

Ze knikte. 'Ik maakte hem gelukkig. Zonder geluk kan niemand.'

Boersma keek naar haar mond en slikte haar laatste woorden ongezien door.

'Je weet dat de omstandigheden, waarin hij aan zijn einde kwam...' Bervoets wachtte, '...nogal vaag bleven? Je bleef hem dus zien tot vlak voor zijn ongeluk?'

Ze knikte weer, keek niet op. 'Is dit een gesprek of een ondervraging, inspecteur?' Dan keek ze hem ineens in de ogen. 'U weet hoe dat gaat, wat gedronken, niet overdreven, te hoge snelheid, ineens een plas, een brugpijler...'

'Je zat dus bij hem in de wagen?'

'Heb ik dat gezegd?' Ze draaide zich naar Boersma, als zocht ze steun bij hem en herhaalde luider. 'Heb ik dat gezegd?'

Boersma tuitte de lippen en schudde ontkennend.

'Zijn auto werd die avond het laatst gezien hier in Oostende op de zeedijk, vlakbij een flat die niet de zijne was en waar later een moord zou gepleegd worden. Toen hij in het wrak gevonden werd, had hij zijn overhemd verkeerd om aan, eigenaardig voor iemand die zo precies was op zijn kleren. Bovendien zat hij behoorlijk onder de medicatie. Het is niet eenvoudig, juffrouw Bouwman', zei Bervoets.

'Waarom is voor de politie niets eenvoudig, inspecteur?' Haar toon was voor het eerst bitter.

Iets voor halfelf liepen de beide politiemannen de Langestraat weer verder af. De beelden op de draagbare dvd-speler hadden geen soelaas gebracht. Inneke Bouwman had zelfs gegiecheld, omdat ze van zichzelf vond dat haar theatertje aardig in beeld was gebracht.

Boersma hield van giechelende meisjes, dat deed hem denken aan de gouden tijden van zijn verkering met Marloes. Waarom was het leven thuis nog ingewikkelder dan dat op kantoor? Hij had van de collega's vernomen dat het niet zo best liep met de dochter van Bervoets. Kort geleden was zijn adjunct op een terrasje met vochtige ogen over zijn dochter begonnen, maar hij had toen opeens afgerekend en was met een smoes weggelopen. Waarom kwamen ze er nooit toe met elkaar over die dingen te praten? Lag het aan hem?

Van twee dingen was Boersma na het gesprek met Inneke in zijn hoofd al zeker. Hij zag op dat ogenblik geen enkel aanknopingspunt tussen de beelden uit de verborgen camera en de achtergelaten foto met de vier jongetjes. Hij durfde zelfs zijn hemd vergokken dat het ook zo zou blijven. Iemand die een hoogtechnologische camera installeert om invloedrijke mannen te bespionneren laat zich niet in met de nostalgie van een oude draaimolen. Er was dus meer aan de hand dan een zaak die op chantage zou uitdraaien, voor zover dat al niet gebeurd was. En twee, Inneke had de waarheid verteld, waarschijnlijk lichtjes bijgekleurd, maar dat was begrijpelijk. De hoofdinspecteur had niet anders van haar verwacht. Of toch? Het was hem opgevallen dat ze niet de vraag had gesteld die voor de hand lag. Namelijk hoe hij aan die beelden gekomen was. Dat kon wel eens een totaal ander licht op de zaak werpen. Hij nam de gedachte mee in zijn hoofd, maar besloot om er pas later met zijn adjunct over de praten.

8

Maandag 13 augustus
Leuven, Maria-Theresiastraat

De tijd dat hij voor het eerst zijn dromen over Bes begon te onthouden en te verzamelen was voorbij en zou nooit meer terugkeren. Al wist je maar nooit, want het leven had hem al zo vaak bedrogen. En verrast.

Het was de eerste gedachte die in hem opkwam, toen Bottu de ogen opende. Hij had de wekkerradio niet moeten uitschakelen, dat gebeurde hem de laatste tijd steeds meer.

Hij was de vorige dag langs het kerkhof gelopen, had in stille taal met haar gesproken. Daarna had hij een ommetje gemaakt langs café 'Leffe' in de Bondgenotenlaan, waar ze zo vaak samen waren gekomen. Hij had een kriek besteld en een koffie, de koffie op de plaats voor hem gezet en in de damp gekeken, waarin hij haar gezicht zag, alsof ze gewoon even naar het toilet was.

Hij kreeg haar niet weg uit zijn hoofd. Hij wilde haar nog zoveel zeggen. Dingen die hij nog nooit aan iemand verteld had.

Werken dan maar, om de leegte buiten te sluiten.

Maandag 13 augustus
Leuven, UZ Gasthuisberg

'Zijn hoofd was helemaal leeg. Een complete ontreddering, die hij wellicht zelf niet besefte', zei dokter-diensthoofd Leleux, terwijl hij naar zijn tafel liep die torenhoog gevuld was met dossiers en paperassen.

De dokter schurkte ongetwijfeld tegen de zestig aan, maar probeerde dat met kwieke stap en gekleurd, strooien haar te verbloemen. Hij droeg onder de doktersjas een kraakwit hemd met een opvallend rode das en rook naar een sterk parfum. Bottu verdacht hem er ook van te behoren tot die mannen die zich rigoureus in conditie proberen te houden met voor hun leeftijd veel te lange joggingtrajecten of overdreven bezoek aan de fitness. Vaak was er dan een veel jongere vrouw in het spel.

Bottu was stipt om negen uur in het UZ Gasthuisberg verschenen voor de afspraak met het hoofd van de afdeling waaruit de vermoorde man zonder geheugen verdwenen was. Het traject naar die afdeling, dat aangegeven werd met paarse pijlen, had de commissaris het gevoel gegeven dat hij teruggekatapulteerd werd in de tijd. Al was de kleur van de pijlen anders dan op de dag dat in datzelfde UZ Bes de muziek bruusk had doen stoppen.

'Dissociatieve fugue, voorheen psychogene fugue, beter gekend als het zwerfsyndroom.' De dokter ging achteruit leunen, draaide zich naar het buitenlicht, sloot even de ogen om zijn woorden extra kracht te geven. 'De belangrijkste stoornis bestaat uit het plotseling en onverwacht op reis gaan, weg van huis of van de gebruikelijke werkplek, met het onvermogen zich het eigen verleden te herinneren. Maar op de keper beschouwd klopt het in dit geval niet helemaal.'

'Klopt niet?' vroeg Bottu, terwijl hij zijn boekje opdiepte en met de duim krachtig de rimpels uit een maagdelijk blad duwde. Zijn andere hand zocht in zijn vestzak het grijsbruine Ikeapotloodje, dat al maanden zijn vaste compagnon was.

De dokter bleef door het raam in de lucht staren, zonder zijn gesprekspartner aan te kijken. 'De stoornis klopt, maar niet de rest. Een kleine maand geleden, vroeg in de morgen, bracht een vrouw de patiënt binnen in het ziekenhuis. Toen de baliedame er een collega bij riep om de man voor onderzoek weg te brengen, was de vrouw opeens in rook opgegaan.'

'Die baliedame heeft ook een naam, dokter?'

'Heb ik voor u al laten uitzoeken, commissaris. Ze is op dit ogenblik met vakantie, maar we moeten haar naam aanvinken en hopen dat ze zich nog herinnert hoe die dame eruitzag.' Hij zei het op een toon alsof hij bereid was mee op onderzoek uit te trekken.

'Er bestaat toch geen gevaar dat de man in het ziekenhuis een stukje theater heeft zitten spelen, dokter?' Bottu dacht aan misdadigers voor wie een ziekenhuis een veilig onderkomen bood, toch tijdelijk.

'De dame die de man hier kwam afzetten, zaaide inderdaad twijfel over de fugue, commissaris. Letterlijk: het van huis weglopen. Maar dat had u al begrepen. Alle symptomen waren bij de patiënt aanwezig: verwarring over de eigen identiteit, aannemen van een nieuwe identiteit. Het kan zelfs dat een persoon in een fugue een nieuw leven begint, zonder zich nog iets van het vorige te herinneren. Ik denk dat dit hier het geval zou kunnen zijn.'

'U hanteert heel voorwaardelijke woorden, dokter.'

'Geneeskunde is geen exacte wetenschap, commissaris. Een moordonderzoek evenmin, meen ik te begrijpen. Dergelijke situaties zijn als het lopen door een labyrint. Aanvoelen en ervaring spelen dan een vitale rol.' De woorden klonken kurkdroog, waarbij de kleine mond van de dokter amper bewoog.

'Hebt u uit wat de man zei iets kunnen opmaken dat van belang zou kunnen zijn bij het moordonderzoek?'

Dokter Leleux draaide zich naar de commissaris, boog voorover. Het potloodje van de commissaris spitste de oren.

'De man had het voortdurend over een dame die hij zou ontmoeten. Al had ik de indruk dat de herinneringen aan haar pijnlijk bleven, want op dat ogenblik verscheen er lijden op zijn gezicht.'

'Zou het kunnen dat hij het had over de dame die hem naar het ziekenhuis had gebracht?'

'Zou kunnen, zou ook kunnen van niet. Het zwerfsyndroom is een complexe stoornis, commissaris.'

'Jullie zijn er nooit achtergekomen wie uw patiënt was?'

'De man kende zelfs zijn eigen naam niet meer. Of zijn naaste verwanten. Laat staan dat hij nog wist wat hij allemaal had meegemaakt. Als verdediging *resetten* de hersenen zich volledig en worden alle herinneringen gewist. Allemaal het gevolg van het oplopen van een trauma, vaak een combinatie van verschillende factoren: dood van een dierbare, liefdesverdriet, drugs, drank, professionele chaos.' Hij wachtte. 'Een onvoorziene ontmoeting, een bruuske confrontatie met het verleden.'

'Het verleden?'

'Het verleden speelt altijd een rol, commissaris. Bij iedereen. Is dat bij u anders?'

Het bleef lang stil.

'De behandeling is behoorlijk intensief, neem ik aan?'

'Er bestaat een behandeling, maar het traject is lang en lastig. Tekenen wezen erop dat we goed op weg waren.'

'Beseft de patiënt in zo'n geval dat hij aan geheugenverlies lijdt?'

'Nee, dat is het juist. Vandaar dat er vierentwintig uur op vierentwintig camerabewaking is op de afdeling.'

'De man kon even goed uit het ziekenhuis weggelopen als ontvoerd zijn?'

De dokter keek de politieman pal aan, wachtte een paar tellen. 'Laat het ons maar op het tweede houden, commissaris, onze bewakingsbanden liegen niet.' Hij wees op de bruine envelop, die in het bakje 'out' op zijn tafel lag. 'Heb ik speciaal voor u opgezocht. U zult getuige kunnen zijn van een paar eigenaardigheden.'

'Daar drijft een onderzoek juist op, dokter. Ik ben blij dat wij elkaar op dat punt zo goed begrijpen.'

Voor het eerst verscheen er een voorzichtig lachje, dat het gezicht van de dokter echter nog meer in plooien trok. Het Ikeapotloodje van de commissaris begon op het papier te dansen.

'U zult op woensdagnacht, om drieëntwintig uur vierenvijftig, op de gang van de afdeling een wagentje opmerken dat doorgaans gebruikt wordt voor het vuile linnen. Het wordt geduwd door een gedaante in zwart met een brede, ronde hoed. We hadden het zonet toch over eigenaardigheden?' Hij wachtte, lachte voor een tweede keer in een paar seconden. 'Zoals je in de beste filmscenario's aantreft. Maar u bent natuurlijk de specialist in die materie, commissaris, niet ik.'

'Bewakingsbanden... Kwam er niet iemand de man bezoeken, vlak na het opsporingsbericht, dat wij samen met u lanceerden op televisie?'

De dokter aarzelde, kin in de rechterhand, weer achteruit leunend, alsof hij afstand wilde nemen van de woorden. Het potloodje werd zenuwachtig.

'Juist, iemand die de patiënt dacht te kennen.'

'Ik herinner me niet dat u ons daar toen van op de hoogte hebt gebracht, dokter?'

'Het bleek dat de bezoeker zich vergist had. Wij nemen aan dat de politie niet geïnteresseerd is in futiliteiten.'

'U zou verbaasd zijn van het belang van zogezegde futiliteiten, dokter.' Het klonk berispend.

De dokter sloeg de benen over mekaar en keek naar zijn schoenen, nam de fles Spa Reine van het bijzettafeltje en schonk zijn glas vol, zonder aan Bottu iets te vragen. 'Achteraf kregen wij de indruk dat die bezoeker meer geïnteresseerd was in de gang van zaken op de afdeling dan in de man zelf. Op dat moment wordt het een aangelegenheid van het ziekenhuis zelf. Dat begrijpt u toch? Hij wilde de gang naar de kamer van de man niet in en gaf daar geen reden voor. We hebben dan maar wat geregeld in een ontvangstkamer.' Hij wachtte. 'We kregen een indruk, zei ik, commissaris.'

'Hoe zag die bezoeker er uit?'

'Een oudere man, sprak heel mooi, maar ik hoorde dat het Nederlands niet zijn moedertaal was. Een intellectueel ongetwijfeld, het zou me niet verbazen als hij van adel was. Groot, zeker een meter tachtig, grijs haar, kaarsrechte, fiere houding.'

Bottu vertrouwde weer een paar dingen aan het boekje toe. 'U zei daarnet: 'Tekenen wezen erop dat we goed op weg waren', toen u het had over de behandeling die aan de gang was?'

De dokter zette grote ogen op. 'U luistert goed, commissaris.'

'Luisteren maakt meer dan de helft van mijn tijd uit, dokter.'

De dokter nam een flinke slok water, scheen na te denken over de formulering van wat hij ging zeggen. 'De laatste weken had de patiënt het over een foto. Niet één keer, maar bij verschillende gelegenheden', zei hij.

Bottu dacht aan het beeld op het scherm in de collegezaal. 'Had hij het soms over vier kleine jongens?'

'Hij sprak alleen over een foto. Maar zijn gezicht vertrok dan, alsof de woorden hem fysieke pijn bezorgden.'

Het potloodje schoof als een schaatser over een pas ingereden schaatsbaan.

'Een laatste vraag, dokter. Waarom hebt u, toen ik u vorige donderdag een eerste keer opzocht, met geen woord gerept over die bewakingsbanden?'

'Wij zijn een ziekenhuis, commissaris, wij houden ons aan strikte regels als het de privacy van onze patiënten aangaat. Bovendien hebt u ons toen niets gevraagd. Was er verder nog iets, commissaris?'

'Ja, dokter. Twee pertinente vragen zelfs. U houdt toch niets voor me achter? En hoe kom ik het vlugst bij de uitgang?'

De dokter schudde niet begrijpend het hoofd, wees naar het bordje tegen de muur. Bottu repte zich naar buiten, achterna gekeken door een verbouwereerde dokter Leleux. Hij volgde met gehaaste tred de groene bordjes naar de uitgang. Voor het eerst sinds die akelige vondst in de aula stak hij een pijp op. In de inkomhal van het ziekenhuis nog wel, waar roken verboden was. Hij had zijn adjunct Polak een boel dingen te vertellen. Tenminste de zaken waar hij nu al zeker van was. De rest moest hij die avond op zijn flat nog even onder vier ogen met Marco Borsato doornemen. Of zouden het veeleer de strijkers van het London Philharmonic Orchestra worden?

Het was al een stuk in de namiddag geworden.

Ze knepen hun ogen tot lichtspleetjes toen ze weer in het kantoor kwamen en linea recta naar de koffiehoek liepen. Ze hadden goed twee uur in de televisiekamer doorgebracht. Met de dampende espresso in de hand gingen ze zitten aan de tafel van Bottu. De commissaris trok de onderste lade open, legde er zijn benen op, leunde achterover, de handen in de nek, de klassieke pose als de dingen niet liepen zoals hij dat wenste. Polak was gedurende de middag bij 'Panos' koffiekoeken gaan kopen, scheurde de zak open en duwde hem over de tafel richting commissaris. Bottu, die wist dat zijn adjunct zijn smaak al lang kende, zocht en vond blindelings een rozijnenkoek.

'Zo, wat hebben we, Nico?' De klassieke opener als het onderzoek wat knelde.

'Een man die in pyjama met dooie ogen in een godvreemde collegezaal zit te kijken naar een foto met vier jongetjes op een aftandse draaimolen. Duidelijk niet om het leven gebracht op de plaats waar een koelbloedig iemand met bergen geduld hem had achtergelaten. We hebben nog een mysterieuze vrouw, die vroeg in de ochtend opeens opduikt aan het UZ om een man zonder geheugen achter te laten en even mysterieus als ze gekomen was weer verdwijnt. Verder nog een man, die een studiebezoek brengt aan de afdeling waar de dooie verpleegd wordt en die de man met de linnenwagen zou kunnen zijn op de bewakingsbanden. Tot slot een dokter, die op een handige manier zijn eigen waarheid spreekt en zo goed als zeker dingen verzwijgt.'

'Dat hebben de beelden op de banden ons inderdaad vlugger dan verwacht bevestigd.'

'Toch een kanttekening bij dat laatste: waarom bezorgde de dokter ons dan de bewakingsbanden in ongecensureerde versie?'

'De vraag is: kon hij anders, Nico?'

Ze waren er bij de eerste visie, die gewoonlijk gold als opwarmingsronde, al achter gekomen dat dokter Leleux duchtig een loopje met de waarheid had genomen. Volgens de banden stond de linnenwagen woensdagnacht om drieëntwintig uur vierendertig en dertig seconden nog leeg vlak voor de kamer van de man zonder geheugen. Bij het volgende bewakingsbeeld was het deel van de gang waar de man verbleef leeg en was de linnenwagen opeens verdwenen. In feite vormde de betrokken gang een rechte hoek. De camera nam eerst het lange gedeelte – waarop tien deuren uitgaven – exact dertig seconden in beeld om daarna te draaien en het oog te richten op het korte gedeelte met drie deuren. Een van die deuren gaf uit op de trap, die dienst deed als nooduitgang, de achilleshiel in de bewaking.

'De man is vanuit de nooduitgang gekomen,' had Polak gezegd, 'heeft de linnenwagen de kamer ingereden. Hij beschikte daarvoor over exact dertig seconden buiten beeld, erg kort, maar voldoende. Om drieëntwintig uur vierenvijftig is hij te zien in de lange gang, terwijl hij een propvolle linnenkar voortduwt, goed wetend dat de camera hem in beeld brengt. Hij had dus van drieëntwintig uur vierendertig tot drieëntwintig uur vierenvijftig om binnen in de kamer te doen wat hij van plan was. Dat is op zich dan weer een zee van tijd, met een fameus risico betrapt te worden.'

'Wie beweert dat de gedaante een hij is?' had Bottu opgeworpen.

'De niet al te slanke, redelijk grote gedaante zou natuurlijk ook een vrouw kunnen zijn. Maar het duwen van een propvolle linnenwagen lijkt me een hele klus.'

De commissaris had bliksemsnel gereageerd. 'Vertel dat maar eens aan al de vrouwen in het UZ die de klus elke dag van 's morgens tot 's avonds klaren.'

'Dat het kon gaan om de persoon die al poolshoogte was komen nemen vlak na het opsporingsbericht, leek ons een piste. Dat was een man, Claude', had Polak geargumenteerd.

'Die bezoeker is uitgesloten,' had Bottu geantwoord, 'die was volgens de dokter oud en zeker een meter tachtig groot en mager. De gedaante op de beelden is hooguit een meter zeventig en corpulenter. Bovendien is de gedaante soepel en lenig, ze is hoogstens vijftig. Vind jij dat oud, Polak?' De commissaris had bij de laatste vraag geglimlacht.

De leugen van dokter Leleux was, na wat inzoomwerk, haast ogenblikkelijk aan het licht gekomen.

'Zet het beeld eens stil, wil je, Nico? Zoom in op wat boven de wagen uitsteekt, daarna neem je de rechterdij van de gedaante in detail', had Bottu geroepen.

Ze hadden niet lang moeten raden. Boven de wagen stak een matras uit, met in het midden ter hoogte van de plaats waar normaal het hoofd ligt, een donkere vlek van zeker twintig centimeter diameter. Naar alle waarschijnlijkheid ging het om bloed. Vlak daarna had het detailbeeld van de rechterdij onthuld dat de gedaante een holster droeg met daarin een wapen met geluidsdemper.

Van één zaak waren ze overtuigd: het kon niet anders of de dokter was op de hoogte van wat er zich in de bewuste ziekenhuiskamer had afgespeeld. Maar waarom loog hij dan, terwijl hij goed wist dat ze er binnen de kortste keren toch achter zouden komen? Werd hij bedreigd in een zaak die zich duidelijk onder professionals afspeelde? Of erger nog: was hij medeplichtig?

Ze besloten dat de commissaris de dokter de volgende dag bij hem thuis zou gaan opzoeken. Ze zaten nog met te veel twijfels om nu al extra druk op hem te zetten in het zweetkamertje op het politiekantoor. Toch besefte Bottu intuïtief dat het UZ een belangrijke rol in de zaak zou gaan spelen. Daar waren ze om begrijpelijke redenen heel erg op privacy gesteld. Hij zag al de inmenging van magistraten, die erg dicht bij de raad van beheer van het ziekenhuis leefden. Het spitsroeden lopen was ingezet. Bovendien had de commissaris die morgen bij het weggaan bij dokter Leleux op de parkeerplaats van het ziekenhuis iets opgemerkt dat hem aan het denken had gezet. Hij had besloten om het daar voorlopig nog niet met Polak over te hebben. Hij dronk zijn espresso leeg en liep naar de koffiemachine voor een tweede.

Diezelfde maandag om iets na achten

Terwijl hij lag te dubben op de zaak zag Bottu vanuit zijn chaise longue de zonnige dag aan de randen verwelken. Op de achtergrond klonk de stem van Marco Borsato. Die had hem altijd geholpen als hij aanschurkte tegen de grens van de vertwijfeling. Er zaten duidelijk te veel scherpe kantjes aan de zaak.

Een gerenommeerd professor van het UZ zat een aardig potje te liegen als de eerste de beste straatcrimineel. De kogel was afgevuurd uit een met de hand gedraaide loop, die bij de jongens van de ballistiek alleen maar fronsen had teweeggebracht. Wat er in het ziekenhuis en de collegezaal was gebeurd, droeg de stempel van een professionele hitman. De enscenering liet vermoeden dat er nog een tweede man aan het werk was geweest.

De moord op de man zonder geheugen zou in zijn tijd niet misstaan hebben in de vurige stede of in de metropool, maar was niet op maat van een provinciestad als Leuven.

Moest hij Nico Polak nu al op de hoogte brengen van wat hij echt vermoedde? Hem daardoor in gevaar brengen, want er was duidelijk iemand met een ziek brein aan het werk. Moest hij beletten dat er nog meer slachtoffers zouden vallen? Uit ervaring wist hij dat psychopaten het maar zelden bij één moord houden. Of moest hij voorlopig op afstand toekijken en wachten tot de moordenaar een kapitale fout maakte?

Bottu wist vlak voor zijn pensioen als geen ander dat een onderzoek nooit anders geweest was dan oorlog. Verliezen was sterven. Eens politieman, altijd politieman. Hij draaide aan de volumeknop. Marco Borsato vulde de hele kamer. Toen biepte de mobiele telefoon. Het was de getuige uit de Minderbroedersstraat, die schuin tegenover de aula woonde waar de man zonder geheugen gevonden was. Hij herinnerde zich plots dingen die voor het onderzoek van cruciaal belang konden zijn.

9

Dinsdag 14 augustus
Leuven, Tervuursesteenweg

Je trof er niet de luxe aan die je bij iemand van zijn stand zou verwachten. Hij woonde in een alledaagse nieuwbouwflat, twee hoog aan de achterkant van het gebouw. Zijn vrouw opende de deur. Bottu toonde zijn plastiekje. Ze riep twee keer kort zijn naam. Hij kwam ongeschoren en op geruite winterpantoffels aangesloft, gebaarde tegen zijn vrouw dat het om een bagatel ging, opende de deur van zijn werkkamer, rechts in de inkomhal. Het bijna klassieke tafereel, waarbij een man liever niet wil dat zijn vrouw achter zijn rug probeert te kijken naar de kaarten die hij tegen de borst gedrukt houdt.

Het was nog maar halfzeven 's ochtends. De commissaris wist uit ervaring dat mensen op dat ogenblik van de dag nog mak zijn. Hij had de dag voordien in het ziekenhuis al gemerkt dat er iets verzorgends aan dokter Leleux kleefde, maar dat er bij hem weinig spoor was van emotie. De ervaring had hem geleerd op zijn hoede te zijn voor dat soort mensen.

'Om heel eerlijk te zijn, ik had u verwacht, commissaris', zei de dokter op een gelaten toon. Zijn gezicht was bleek en afgetobd. Ongekamd zag hij er wat verlopen uit. Hij nam plaats achter zijn tafel, die bijna even vol lag als die in het ziekenhuis. Dan stond hij met een verontschuldiging weer op en sloot de deur. 'Mag ik u iets aanbieden, commissaris? Een biertje, een koffie, iets fris?' Een schriel lachje, volledig in harmonie met zijn uiterlijk. 'Of had u liever iets sterks? Een cognac? Een whisky?'

'Doet u geen moeite dokter.'

'Dienst, toch niet? Op dit uur?' Weer dat schriele lachje.

'Zoiets. Maar kijk niet naar mij, misschien hebt u een drankje meer nodig dan ik.' Hij wachtte bewust. 'Om met de deur in huis te vallen: ik heb de bewakingsbanden aandachtig bekeken, wat liggen denken, een telefoontje gekregen van een getuige die zich plots dingen herinnerde. Daarna heb ik de tijd genomen om alles netjes aan mekaar te rijgen. Nachtwerk, dokter. Uren aan een stuk.'

'Plichtsbewuste mensen genieten mijn volle appreciatie, commissaris.' De dokter probeerde een begrijpend gezicht op te zetten, maar de woorden bleven hol.

'Om ook heel eerlijk te zijn, het ziet er niet zo best voor u uit, dokter. Maar laat ons beginnen met wat er zich woensdagnacht tussen elf uur vierendertig en elf uur vierenvijftig precies afspeelde op uw afdeling in het UZ.' Hij wachtte bewust. 'En stil staan bij het traject dat een linnenwagen gedurende die twintig minuten aflegde.'

De dokter pikte onmiddellijk aan. 'Ik heb dat ook opgemerkt toen ik de banden bekeek, commissaris. Maar ik was niet zeker en wilde ze nog een tweede keer bekijken. Ik heb daartoe niet de kans gekregen, ik...'

'Correctie: u wist het al veel langer, dokter. U wist dat het dode lichaam van de man zonder geheugen in de linnenwagen vervoerd werd, u wist dat zijn bebloede matras daarin lag, u wist dat de man in zijn ziekenhuiskamer vermoord werd.' Dan op rustigere toon. 'Toch hebt u me daarvan gisteren niets verteld.'

'Ik had een vermoeden en wilde zekerheid, zoals ik net al zei.'

Met geïrriteerde stem. 'Ik heb u wel gehoord, dokter.'

'Ik weet dat ik de schijn tegen me heb, maar ik zweer u dat...'

'Vermoedens zijn in ons vak de aanzet tot veel meer, tot in verdenking stellen, tot beschuldigen, tot veroordelen. En laat alstublieft het zweren, dokter, het zijn de meest overschatte woorden. Ik zit in een behoorlijk hard vak, waar op zoek gaan naar redenen meer dan de helft van mijn tijd uitmaakt.' Bottu haalde zijn pijp uit zijn vestzak. 'Toch geen bezwaar dat ik rook?'

De dokter haastte zich om uitvoerig neen te schudden. Bottu schoof zijn stoel een halve meter achteruit de kamer in, als wilde hij afstand en overzicht scheppen. Hij maakte zich groot om te tonen dat hij de sterkste was. Die versleten truc deed het nog altijd.

'Laat ons het over uw auto hebben: met welk merk rijdt u?'

Nu was het de beurt aan de dokter om achteruit te gaan leunen. 'Een Toyota, een jeep. Ik ben een jager, commissaris. Een vier maal vier kan dan handig zijn in diepe sporen.'

'Een Toyota RAV4, inderdaad. Zilvergrijs, verdonkerde ruiten, een dokterskruisje links vooraan. Laat dat juist de wagen zijn die ik gisteren op de parking van het UZ aantrof, op de voor u voorbehouden plaats. Laat dat ook de wagen zijn waar een getuige plots aan dacht, toen hij gisteren een gelijkaardig type gestationeerd zag staan. Vlak voor de medische faculteit in de Minderbroedersstraat. Toen die getuige me gisteravond belde, omdat hij opeens zeker was geworden van het merk, begon het rode lichtje te knipperen. Volgt u nog?'

De dokter knikte nu profijtig. 'Een getuige, zei u?'

'Meer nog, de kroongetuige in deze zaak, dokter. Hij heeft de nacht van woensdag op donderdag om iets voor enen zo'n auto met gierende banden zien wegrijden van de *locus delicti*. Eén bezwarend feit voor u: alle details lijken te kloppen met uw eigen jeep. Komen we uit bij het punt, waar we het net al over hadden: de reden. Waarom was u op de *locus delicti* net op de avond van de moord?'

De commissaris had verwacht dat de dokter zou beginnen te panikeren, maar die bleef opmerkelijk op zijn hoede.

'Er was een vrouw in het spel', zei hij en glimlachte zelfvoldaan, als gold het de normaalste zaak van de wereld. Hij deed een beweging met het hoofd naar links. 'Maar dat hoeft *zij* natuurlijk niet te weten. Vandaar dat we hier in mijn werkkamer zijn gaan zitten. Zoals ik al zei, ik had iets in die zin verwacht, commissaris.'

Bottu deed op zijn beurt een teken met het hoofd naar de deur. De dokter volgde opeens gespannen die beweging.

'Zij is al uw derde vrouw, heb ik begrepen. Dat moet toch staan voor een vracht alimentatie?'

De dokter haalde luidruchtig de neus op, een gebaar dat gewoonlijk een moment van aarzeling inluidt. 'U bent inderdaad goed op de hoogte, commissaris.'

'Nieuwsgierig zijn hoort bij mijn vak, dokter. Ik word er zelfs voor betaald.'

Het leek erop dat de dokter opeens zijn strijdlust had herwonnen. Hij rechtte de rug, legde beide handen in de nek, bleef zo een paar tellen zitten, terwijl hij de commissaris strak aankeek. De klok op zijn tafel tikte onverstoorbaar verder.

'Diensthoofd in het UZ wordt goed betaald, bovendien ben ik gewoon hoogleraar aan de universiteit. Maar we kunnen maar best open kaart spelen. Het draait allemaal rond Vera.' Hij sloot de ogen.

'Vera dus?'

'Eerst was het een spelletje, maar het is vlug gaan groeien. Zij is zo... vrouwelijk.' De dokter leek een impuls om te glimlachen te moeten onderdrukken. Hij was duidelijk iemand die seks en liefde indeelde in categorieën.

'Vrouwelijkheid is de meest passieve van alle deugden, dokter.' Het was een *oneliner* die hij bij de onderzoeksrechter tijdens een onbewaakt ogenblik ergens opgeraapt had. 'We hadden het over een zekere Vera?'

'Een jonge verpleegster. Al van de eerste dag was ze het zonnetje op onze afdeling. Bovendien was ze zo sexy dat het pijn deed. Wat er tussen haar en mij gebeurde had onvermijdelijkheid in zich, commissaris, vooral als je met je eigen vrouw geen tintelingen en kussen meer deelt.'

'U bezit de kunst van het mooi verwoorden, dokter. U bent dus toch een jager. Met andere woorden: u had met een van uw assistentes een buitenechtelijke affaire.'

'Door haar leerde ik het leven weer puur te bekijken, zonder ballast. Maar we hielden het netjes. Geen geflikflooi op de afdeling, geen dubbelzinnig gedoe.'

'Netjes dus, ik begrijp het', gooide Bottu er sarcastisch tussen.

'Twee avonden per week spraken we tussen tien en twaalf af voor een *tête-à-tête* in mijn kamer, in de medische faculteit in de Minderbroedersstraat. Ik geef daar college aan de tweedejaarsstudenten geneeskunde, commissaris.'

'Had u daarnet al gezegd.' Bottu schoof zijn stoel weer dichterbij, kwam voorover leunen, alsof hij dringend confidenties kwijt wou. 'Nu wordt alles opeens zonneklaar. Daar werd van jetje gegeven?' Flauw lachje. 'Ik heb de gewoonte de dingen bij hun naam te noemen, dokter.'

De onverwachte wending in het gesprek zorgde ervoor dat de dokter openbloeide. 'We zagen mekaar daar als Vera nachtdienst had, commissaris. Een collega nam het dan even van haar over.'

'Even?'

'Anderhalf uur, twee uurtjes, nooit langer.'

'Ik begrijp dat de tijd dan holt. Zoals die bewuste woensdagnacht?'

'Juist.'

'Maar het liep die nacht grondig verkeerd.'

'Juist. Rond halfeen belde die andere nachtzuster me op. De patiënt van kamer veertien was verdwenen, al het bedlinnen was weg, de matras inclusis, er waren bloedsporen in de kamer. Martine, de nachtzuster die Vera dan vervangt, was over haar toeren. Ik ben als een gek naar haar toe gerend.' Hij wachtte. 'Niemand heeft het recht me te veroordelen voor iets wat de helft van de mannen doet.'

Bottu staarde de dokter aan, bedenkelijk kijkend. 'Ik laat het oordelen aan anderen over, ik ben per slot maar een simpele politieman. In die functie vrees ik dat ik slecht nieuws voor u heb. Martine Verhelle was er zeker van dat ze u die woensdagavond rond elven nog in uw kantoor heeft gezien.'

De blik van de dokter ging razendsnel van verbazing over in achterdocht. 'U kent haar naam? U hebt haar al gesproken?'

'Juist. Ik ben iemand die er geen gras laat over groeien. Vooral als ik tegenover iemand met een dun alibi sta,' antwoordde Bottu met een uitgestreken gezicht.

De dokter reageerde niet meteen, scheen na te denken. Dan ging opeens de wijsvinger in de lucht. 'Nu u het zo zegt, ik had inderdaad die avond onverwacht nog wat papierwerk in mijn kantoor te doen.'

'Die Martine Verhelle beweert ook bij hoog en bij laag dat ze u om vijf na middernacht heeft opgeroepen, maar dat u maar pas na enen bent komen aanrennen. Zonder Vera. Van de Minderbroedersstraat tot aan het UZ is in vogelvlucht niet eens twee kilometer. Waar hing u dan al die tijd rond, dokter? Geef toe, in goed een uur kan een mens wat uitrichten.'

'Dan vergist ze zich volkomen,' antwoordde de dokter, zonder de commissaris aan te kijken, 'jaloezie onder vrouwen kan wat aanrichten.'

'Meer nog, ze had ook de indruk dat u de man zonder geheugen van ergens kende.'

De dokter keek nu wel op, met een glimlach die trillend bij zijn mondhoek tot stand wilde komen. 'Wat doet een mens met een indruk, commissaris?'

'Ze vond dat u er opgejaagd bij liep sinds de man op uw afdeling belandde. Alsof u bang van iets of iemand was.'

Luider dan daarnet. 'Dan vergist ze zich. Zeg het haar maar met mijn complimenten. U schijnt haar toch goed te kennen.'

Bottu glimlachte op zijn beurt sceptisch. 'Ik heb alleen maar goed naar haar geluisterd. Luisteren maakt de helft van mijn job uit. Zei ik u gisteren al. De andere helft is op zoek gaan naar redenen. Zei ik zonet nog. Martine Verhelle had het nog over uw libido en over uw belangstelling voor wat er onder het verpleegsteruniform zat, vooral als er een nieuwe op de afdeling kwam.'

'Jaloezie, naijver, afgunst, u noemt het maar. Martine zei ook niet nee als het erop aan kwam. Maar wat geweest is, is voorbij.'

'En dan is er nog iets. Nieuwsgierig als ik ben, heb ik vernomen dat u niet alleen lid bent van een schietclub, maar ook een gedreven collectioneur van handgemaakte wapens. Heb ik laten natrekken en dubbelchecken.

Zou u er bezwaar tegen hebben als ik uw collectie wapens van dichtbij zou willen bekijken?'

De vraag verraste de dokter. 'Ik weet niet waar u heen wilt, maar ik vrees dat u daarvoor een huiszoekingsbevel zult nodig hebben, commissaris.'

'Daar kan vlugger dan u denkt voor gezorgd worden. Ik raak er stilaan van overtuigd dat u nog meer dingen voor me verborgen houdt, dokter. Bovendien is uw alibi erg dun, zoals ik al zei. Het wordt u ongetwijfeld met veel liefde en goede bedoelingen bezorgd door een vrouw, die beweert dat u voor haar uw vrouw gaat verlaten.'

De dokter zweeg veelbetekenend. Ze keken mekaar een tijdje recht in de ogen. 'Vera. U hebt haar toch ook al niet..?'

'Uit mijn vak heb ik geleerd dat je met minnaressen niks dan problemen hebt, vooral als je ze laat geloven dat je beloftes doet.'

'Laat ons het alstublieft formeel houden, commissaris.'

'U zou verbaasd zijn over wat ik allemaal weet, dokter. Uw Vera is amper twee jaar op uw afdeling en u hebt haar al beloofd dat zij hoofdzuster zou worden. Intrigerend, maar we raken er uit. Ik weet voorlopig genoeg. Ik wens u nog een prettige dag. Ik laat mezelf er wel uit.'

De commissaris stond op, liep naar de deur, draaide fors aan de knop en stapte naar buiten. Hij keek niet meer om naar een dokter Leleux in complete verwarring. Die opende en sloot zijn mond zonder geluid voort te brengen. Als een vis op het droge.

Eens buiten besefte Bottu dat hij tot vlak tegen het randje was gegaan. Iemand rechtuit rechtaan als hij had moeite om zichzelf in toom te houden als hij oog in oog stond met vleesgeworden hypocrisie. Hopelijk stond de onderzoeksrechter aan zijn kant als er klachten kwamen. Met bekende professoren wist je maar nooit. Dokter Leleux stond namelijk bekend als een autoriteit in zijn vakgebied. Hopelijk kwam het nooit zo ver.

De commissaris kon op dat ogenblik niet vermoeden dat er de dokter wat later die morgen nog andere verrassingen te wachten stonden.

Dinsdag 14 augustus
Leuven, Bondgenotenlaan

Negen uur.

De zon was al vroeg van de partij. De hemel was wolkenloos, er stond alleen een mak windje. Het leek een dag van een aanzwellende schoonheid te zullen worden.

Ze hadden afgesproken in café 'Leffe'. Een tafeltje achteraan, de twee mannen wilden liever niet samen gezien worden. De ene was veeleer klein, rond de zestig, geverfd haar, men zou zelfs zweren dat hij een pruik droeg. De andere was jonger, groter, had een fijn snorretje, lange bakkebaarden en een beter getraind lichaam. De kleinste man was Huub Leleux. Zonder zijn witte jas en dus ontdaan van zijn status, leek hij nog kleiner dan anders. Bang ook, maar dat kwam wellicht door de telefoon die hij de dag voordien had gekregen van de man vlak voor hem. Door die telefoon was zijn geest weggegleden in een doolhof van veronderstellingen. Dit gesprek moest klaarheid brengen.

'Je hebt mijn telefoontje van gisteren dan toch ernstig genomen. Anders was je niet gekomen. Ik kan me voorstellen dat hier rondhangen best gevaarlijk voor je moet zijn.'

De goed gespierde man nipte bij die woorden aan de hete koffie. Hij dronk nooit alcohol. Dokter Leleux had een cognac genomen.

'Jij leeft van nieuwsgierigheid en hangt fantasieverhalen op over foto's die je zogezegd van mij de avond van de moord in de medische faculteit zou gemaakt hebben. Als ik je niet beter kende, zou ik medelijden met je hebben', zei de dokter.

'Zogezegd? Maar je bent wel gekomen', antwoordde de grote man.

'De politie weet dat ik daar was. Ze zijn vanmorgen bij me aan de deur geweest.'

'Maar jij hebt hen niet alles verteld. Heb je altijd al gedaan, zo lang ik je ken.'

'Hoelang kennen wij mekaar?' De dokter had zich voorgenomen het gesprek de sentimentele toer op te sturen. Misschien kon alles dan nog meevallen.

'Tien jaar. Zo lang zijn we al lid van dezelfde schietclub. Echt kennen, bedoelde ik dan', antwoordde de grote. Hij vond het niet nodig om zijn gesprekspartner aan te kijken, een veeg teken.

'Hoe lang is het geleden dat we mekaar voor het eerst ontmoetten?' vroeg de dokter.

'Vijfentwintig jaar. Dat weet jij even goed als ik.'

Dan opgewonden: 'Ben jij onze kindertijd in Kapellen dan vergeten?'

'Laat onze kindertijd alsjeblieft buiten de dingen die we nu doen. Vijfentwintig jaar dus. Waar zou jij gestaan hebben als ik er op dat ogenblik niet geweest was?' De grote wachtte, hoorde de dokter zwaar ademen. 'We rijden met hetzelfde merk en zelfde kleur auto. Gelukkig verschilt onze smaak van vrouwen, al is dat lang niet het enige. Tijd zat anders voor het opbouwen van een vriendschap. Het is ons niet gelukt. We leven in werelden die te fel verschillen.' Hij hakte zijn woorden en ondersteunde ze met verschillende grimassen na elkaar.

De dokter schoof zijn cognac opzij en kwam helemaal voorover leunen. 'Is deze bijeenkomst een grap of wat? Zoiets doe je toch niet. Ben je soms al die jaren vergeten, dat ik je elke maand geld toegeschoven heb?'

'Al vijfentwintig jaar. Ik zei het toch net', antwoordde de grote nors.

'Dat bedoelde ik niet.'

'Ik had je aan de telefoon toch gezegd dat ik je zou doen huiveren? Hier komt het.' Hij wachtte. 'Je hebt in de medische faculteit bijna met eigen ogen kunnen zien met wat voor een gemak ik mensen neerleg.' Hij dronk zijn koffie in één teug leeg, beet dan op zijn onderlip. 'Jammer genoeg voor jou was je op het verkeerde ogenblik op de verkeerde plaats, om het met een cliché te zeggen. Als je dat zou willen, kan ik je zelfs foto's tonen van het hele gedoe. Je bent daar goed op te herkennen. Het is een klein kunstje om aan te tonen dat jij de enige was die daar die nacht aanwezig was. Ik kan dat met wat hulp zelfs door de kroongetuige laten bevestigen.'

De dokter probeerde nonchalant te glimlachen. 'Laten bevestigen? Ze kunnen me hooguit aanwrijven dat ik getuige was van wat daar die nacht gebeurde.'

De uitdrukking op het gezicht van de grote maakte duidelijk dat het niet het ogenblik was voor grapjes. 'En dat heb je natuurlijk ook aan de politie verklaard?' grijnsde hij.

'Wat dacht je?'

De grote man keek om zich heen, tikte dan langdurig tegen de binnenzak van zijn vest. De ogen van de dokter volgden elke beweging. Waarom maakt hij die beweging, dacht hij.

'Wie zal je geloven? Je zou je daarmee alleen nog maar meer in nesten werken. Woorden tegen beelden, vergeet dat niet. Er schiet mij opeens wat te binnen. We waren die nacht in de medische faculteit beiden in het gezelschap van een bloedmooie vrouw. De mijne was een uitstekende fotografe die aardig met infrarood overweg kan en met ogen die alles zien. Die van jou was een ordinaire slet.' De gespeelde afkeer was van zijn gezicht te lezen. 'Ik hou het met vrouwen meestal zakelijk. Die van jou kosten bergen geld. Ik zei daarnet toch dat onze smaak danig verschilt?'

'Het heeft allemaal geen zin wat je doet, weet je.' Dokter Leleux nipte twee keer zenuwachtig aan zijn cognac.

'Als moord zin had, zaten we hier niet.' De grote beet weer op zijn onderlip. 'De politie heeft dan toch gelijk als ze zegt dat je nooit de laatste getuige mag vertrouwen. Ik heb namelijk nog een pikant verhaaltje over je. Ik ben er achter gekomen dat je je kruit nog op andere plaatsen verschiet dan in de schietclub. Je vrouw zal blij zijn dat te vernemen. Maar dat geheel terzijde.'

'Troost je, ze is er al achter.'

Het bleef enkele seconden stil, maar het leek veel langer. Dokter Leleux glimlachte gespannen. Hij had het gevoel dat de gebeurtenissen volledig uit de hand begonnen te lopen.

'Ik dacht meer aan die afgelegen hoeve aan de chique Katharinadeef, even buiten Leuven,' zei de grote met een volkomen uitdrukkingsloos gezicht, 'dat hoge hek met pinnen, die slotgracht, dat gesofisticeerde bewakingssysteem, die Range Rovers, dure BMW's en Italiaanse bolides. De wc-bril staat er altijd omhoog. Ik heb zelfs foto's van die gezellige onderonsjes onder mannen en ik moet zeggen, je bent goed te herkennen. Wat zouden ze daar in het ziekenhuis wel van denken?'

'Je had me vorige vrijdag nooit in de hoeve mogen komen opzoeken, dat wordt daar door de bewaking niet geapprecieerd. Het is een club die zeer... gesloten is. Ik had de grootste moeite om je...' Hij beet een paar keer op zijn lippen.

'Je zei bijna 'exclusief'. Je bedoelt dat ik daar niet thuishoor?'

De dokter dronk zijn cognac tot op de bodem leeg, schoof het glas aan de kant, gebaarde naar de ober om af te rekenen. Dan snoof hij heel diep, alsof hij daarmee zijn afkeur wilde tonen. De grote glimlachte alleen maar geheimzinnig.

'Deze conversatie begint echt melig te worden, weet je,' zei de dokter, 'doe jezelf een plezier en werk niet op mijn zenuwen. Jij hebt dus ook geld nodig?'

'Geld interesseert me niet. Ik wil gewoon dat je vergeet wie ik ben en waar je me de afgelopen week gezien hebt. Als je doet wat ik je vraag, bespaart me dat minstens één kogel. Anders... Handgemaakte lopen zijn schaars, dus erg duur, moet je weten.' Zijn ogen werden kil, zijn lippen bewogen amper.

'Ik begrijp het.' De toon was dof en berustend.

'Daarnet had je het nog over fantasie die ik scheen op te hangen en opeens kijk je me aan alsof je maag opgeknoopt wordt door de zenuwen.'

Het gesprek werd nu bevroren.

Dokter Leleux ademde diep en liet de lucht langzaam ontsnappen. 'Ik zit hier verdomd mijn kostbare tijd te verdoen.'

'Wie de trofee vindt, vindt de moordenaar. Alleen gaat dat gezegde in jouw geval niet op. Want jij hebt helemaal niets gezien. Niets. Niets.' Opeens veel luider. 'Hoor je me?'

De dokter schrok op, kneep de ogen tot spleetjes. Het tafereel was zo grof. 'Ik moet niet van je theatertaal', zei hij.

'De vraag is: kun je anders?' antwoordde de andere. Hij zoog alle lucht in zich op, zijn schouders gingen omhoog, hij maakte zich nog groter dan hij al was.

Dokter Huub Leleux had de ogen van iemand als hij niet doorstaan. Toen hij weer buiten was, had hij de indruk dat hij in een grote leegte viel. Zijn gedachten leken opgebrand door een vreemd soort angst, die hij niet verwacht had. Dat verwarde hem. Dit was ongetwijfeld een cruciaal gesprek geweest. Toch kreunde de dag opeens van onzekerheid.

Wie was in hun geval de dader?

Vooral als je rekening hield met alles wat lang geleden tussen hen was gebeurd. Dokter Leleux was nu heel zeker dat alle details van die verdomde nacht na vijfentwintig jaar nog haarfijn in het geheugen van de grote man zaten. Die nacht had hem al een fortuin gekost. Daar was dat gedoe in de medische faculteit nu nog bijgekomen. En die man zonder geheugen. Over hem had de grote man eigenaardig genoeg niet veel gezegd. Niets eigenlijk.

Wie was hier dan het slachtoffer?

Van één ding was dokter Leleux zeker: zijn opponent was een gevaarlijk man, met ogen achter op zijn hoofd. Die zagen alles en misten nooit. Dat wist hij. Al zovele jaren, die oneindig leken te duren.

Dinsdag 14 augustus
Leuven, Maria-Theresiastraat

Bottu had net het opzwepende nummer 'Rood' van Marco Borsato ingeruild voor de majestatische traagheid van de strijkers van het London Philharmonic Orchestra. De koele chablis voor een berekende bourgogne. Hij drukte de telefoon slaapdronken tegen het oor.

'Ik heb er al meer dan twee uur in café 'De Blauwe Kater' opzitten, Claude.'

'Bel je me daarvoor, Polak, op een zucht van middernacht?'

'Tony Lievens kwam binnenwaaien, patron.'

Lichtjes slaapdronken. 'Tony Lievens, wie is dat nu weer? Een van je kroegmaten?'

'Herinner je je die wijkagent, die vorig jaar de politie ruilde voor een bruine kroeg? Hij leeft nu met nog idioter werkuren, maar wel met de smullende blik van vrouwen om zich heen. Een plezier om hem nu als een surfer over de wereld te zien glijden, Claude.'

De toon steeg. 'Je bent toch weer niet...?'

Polak wist ogenblikkelijk waarop hij doelde. Bottu wist dat hij zijn uiterste best deed om van de drank af te komen, maar tegelijk besefte de chef dat de privéomstandigheden hem nog niet helemaal meezaten om de drankduivel definitief in het hoekje te drummen.

'Troost je, ik ben zo sober als een huismus. Ik heb het de hele avond bij cola gehouden, en maar goed ook. Die wijkagent vertelde me twee merkwaardige dingen over een verdachte in de zaak van onze man zonder geheugen.'

'We hebben op dit ogenblik maar één verdachte, Nico. Naast een hele hoop vermoedens. Het alibi van de dokter is kaas met te veel gaten.'

'Juist daarom, Claude. Een hoogsteigenaardige man toch, onze dokter. Een doktersjas, mooi van buiten, maar vergis je niet. Wat daaronder zit, is minder fraai.'

Bottu zette de bourgogne op de salontafel. 'Al is het zo laat, je begint me echt nieuwsgierig te maken, Nico.'

'Die wijkagent, die Lievens, was onlangs in de 'Totem', een nieuwe tent in de Mechelsestraat. Verjaardagsfeestje van de patron, zo'n onderonsje met andere cafébazen, een borreltje in de hand, een stroom van anekdotes. Die 'Totem' schijnt als een vooroorlogse naaimachine te draaien. Zonden verkopen is een makkie, Claude. Blijkt nu dat ook onze dokter daar een trouwe klant is.'

'Lievens heet die gewezen wijkagent, zei je? Toevallig toch geen familie van onze wetsdokter?'

'Ik heb het hem gevraagd. En ja, hij is een volle neef van de wetsdokter, Claude. Een baas van een louche tent als neef, stel je voor. Moeten we onze dokter bij gelegenheid eens onder de neus wrijven.'

Bottu kon zijn geamuseerde lach amper onderdrukken. 'De 'Totem' is toch bekend om die sm-toestanden achter een discrete gevel, Nico?'

'Je bent wel goed op de hoogte! Onze dokter komt er altijd in het gezelschap van een jonge vrouw. Het verhaal doet een beetje denken aan die sm-rechter in Mechelen, jaren geleden.'

Zelfzeker. 'En die vrouw heet Vera, zijn assistente.'

'Mis, Claude. Gisteren nog werd hij er inderdaad met een assistente gesignaleerd. Maar het ging om een zekere Martine Verhelle. Zegt die naam je toevallig iets?'

'En of! Verdomme. Heb je nog meer van dat fraais, Nico?'

'Naar het schijnt is ze een heftige vrouw, met alles op de juiste plaats, die als geen ander houdt van zweepjes.'

'Man, man, man. Die Martine is een assistente waarmee hij een affaire heeft gehad, en die hij inruilde voor die Vera, een andere assistente. Met haar gaat de dokter twee avonden per week rollebollen in zijn kamer in de medische faculteit. Laat het nu juist die Martine zijn die Vera verving in het ziekenhuis, de nacht van de moord op de man zonder geheugen. Nadien praatte zij de dokter en zijn tijdsgebruik helemaal de vernieling in. '

'En uitgerekend met haar verschijnt hij in de 'Totem'. Alsof er geen vuiltje aan de lucht is.'

'Maar Polak toch! En dat allemaal bij een cola?'

'Je hebt toch altijd de mond vol van *networking*, Claude? Op mijn eigen manier dan.'

'Je had twee dingen opgevangen, zei je net?'

'O ja, onze dokter werd al opgepakt voor losse handjes. Zijn laatste verovering, die Vera, is daar zelfs meer dan een keer het slachtoffer van geweest. Die man houdt er niet van om afgewezen te worden. Lievens was toen nog wijkagent rond het UZ. Naar het schijnt heeft die Vera haar dokter twee weken geleden trouwens de bons gegeven. Ze heeft haar overplaatsing gevraagd naar interne geneeskunde. Daar zou ze volgende week al beginnen. Maar misschien hebben die twee alles vorige woensdag met veel vuur weer bijgelegd? Toevallig...'

'Toeval bestaat niet, alles heeft een oorzaak. Voltaire wist dat al in zijn tijd, Polak. De zaak begint meer en meer te lijken op een tekening van de duivel.'

'Een duivel zonder vuur is ondenkbaar, patron.'

10

Woensdag 15 augustus
Namen, casino

'Doe maar geen moeite om me traceren, het zal u toch nooit lukken. Eén hint: ik bel uit Antwerpen. Als ik u was, zou ik alleen goed naar me luisteren, u hebt daar alle belang bij.'

'Ik ben u niet. En hoe kan ik er zeker van zijn dat u mij niet belazert?'

'Als niets zeker is, is alles mogelijk. U kunt niet van de waarheid blijven weglopen, de wereld is daar lang niet groot genoeg voor.'

'Ik heb er de pest aan als mensen in raadsels praten. Zeg me wat u te zeggen hebt, u moet daarvoor niet langs Amsterdam of Venlo omrijden. Ik geef u nog één kans.'

'Ik ben juist op mijn sterkst als ik maar één kans meer krijg. Ik heb namelijk het recept voor een ramp. Ik weet meer over uw privé dan goed voor me is. Toch twijfel ik er niet aan dat een boel mensen smullend zullen toekijken als ik uw leven voor ze zal openvouwen. Aan u de keuze.'

'Is dit chantage of wat?'

'Wat dacht u, Boersma?' De stem wachtte. 'Bovendien schiet ik raak als geen ander als ik in het nauw gedreven word. Vraag het maar aan die privédetective, al twijfel ik eraan of u nog een antwoord van hem zult krijgen. Millimeterjuist gericht schot vlak tussen de ogen. U hebt toch de loop van het geweer al goed bekeken, hoop ik?'

'Een vrouw?'

'Ja, ik ben een vrouw. De beste schutters zijn die met het meeste geduld en de sterkste zenuwen. Vrouwen hebben geduld en kunnen best tegen een stootje. Het verhaal draait om wraak, hoofdinspecteur. Voor wraak zijn er maar twee motieven: seks en geld. Nog zoiets: alleen vrouwen zijn goed in beide.'

'U bedreigt me?'

'Wat dacht u?'

'Wie heeft u naar mij gestuurd?'

'Uw reputatie, Boersma. Een doorbijtertje, net als die collega van u. Ik hou niet van dat soort mensen, vooral niet als ze te vaak en te diep met hun neus in mijn zaken zitten.'

'Het is mijn verdomde job.' Hij wachtte. 'Al moet ik tien dozijn sporen uit de knoop halen.'

'U bent voor de verkeerde film gecast, een film met te veel stuntwerk. Dan breek je zo je nek. En nog iets, als u antwoorden zoekt, bent u aan het verkeerde adres. Ik heb namelijk alleen geheimen.'

'Ik moet het onderzoek stoppen?'

'Wij zijn professionals, u en ik. Als een operatie misloopt, breken we ze af. Ik wil u er voor behoeden dat u terechtkomt in een wereld die alleen maar opgetrokken is uit rancune en cynisme.'

'U wilt dat ik het onderzoek laat vastlopen, dat wilt u. U denkt dat ik naïef ben?'

'Een kort moment van inzicht is vaak voldoende. Ieder heeft recht op een dosis naïviteit. Bovendien hebben naïviteit en moed vaak meer met elkaar gemeen dan je op het eerste gezicht zou denken. U bent op zoek naar de waarheid, maar tegelijk droomt u ervan commissaris te worden.'

'Ach, iedereen heeft wel van die dromen. Ik bijvoorbeeld droom af en toe dat mijn schoonmoeder ontvoerd wordt door buitenaardse wezens. Maar toch bedankt voor uw verzoek.'

'Dit was een aangename babbel, van mijn kant toch, laat ons daarom niet cynisch worden. En tussen twee haakjes: het is een bevel, geen verzoek.'

'Ik begrijp u niet goed.'

'Eén teken van mij en de hel breekt los.'

Hoofdinspecteur Boersma stak zijn mobiele telefoon opmerkelijk rustig weer in zijn borstzakje. Hij had iemand erg zenuwachtig gemaakt. Het gaf hem de zekerheid dat hij in de juiste richting dacht. Ofwel was het iemand die verdomd goed wist dat als hij door iemand uitgedaagd werd, hij nog veel heftiger tekeer begon te gaan.

Hij liep vanuit het donker het casino weer binnen, maar nam in de gang de eerste deur naar het toilet. Hij keek rond en zag niemand. Gelukkig maar. Dan stak hij het hoofd onder de kraan en liet het water overvloedig stromen. Hij had alle tijd van de wereld, ondanks die telefoon van daarnet. In een casino hangen geen klokken.

In zijn lijf voelde hij een voor hem haast onvoorstelbare opwinding.

11

Donderdag 16 augustus
Oostende, politiekantoor

Boersma had tegen Bervoets met geen woord gerept over het telefoongesprek van de vorige avond bij het casino van Namen en was van plan om dat nog een tijdje zo te houden. Dat soort inkijk in zijn leven gunde hij zelfs zijn vrouw niet. Zeker nu niet. Ook over zijn nachtelijke rondes langs zijn informanten in het Oostendse misdaadmilieu besloot hij de lippen nog enige tijd op mekaar te houden. Toch leken bepaalde aspecten van de zaak zich in zijn maag samen te ballen. Hij haatte dat gevoel.

Ze hadden er de koffiepauze van tienen opzitten. Die had wat langer geduurd, want Bervoets was jarig. Vijfenveertig, tien jaar jonger dan zijn chef. Hij had het hele bureau getrakteerd op Antwerpse handjes. Hij wist dat Boersma daar dol op was. De chef raakte niet uitgepraat over die lekkernij, die hij had leren kennen in de jaren die hij had doorgebracht in de politietoren aan de Antwerpse Oudaan. Bervoets was voor die handjes speciaal naar de Scheldestad gereden.

Het voorbije kwartuur had de hoofdinspecteur echter zonder een woord voor zich uit zitten kijken. Wie hem kende wist dat er dan iets mis was.

'Die foto's zitten je duidelijk dwars, Gijs', raadde Bervoets, die tegen de vensterbank geleund stond.

Boersma ging achteruit in zijn bureaustoel, de fijne handen in de nek. Zijn ogen grepen de gele envelop, die het koerierbedrijf vroeg in de morgen op het politiekantoor was komen afleveren. Daarin zaten vijf glanzende foto's, groot formaat en in zwart-wit. Daarop stond duidelijk herkenbaar de dode Mout Hoogmartens, de ogen wijdopen, een gaatje pal tussen de ogen, bijna rechtopzittend in de driezit in de leefkamer van flat 04.02. De zon flirtte met zijn gezicht, dat daardoor iets onwezenlijks kreeg.

'Waarom doet iemand zoiets, Rudi?'

'Een duidelijker bewijs dat de privédetective in de leefkamer werd omgelegd, kun je je amper voorstellen. Maar waarom werd zijn gezicht pas tot moes geschoten toen hij daarna op bed werd gelegd? En waarom laat de moordenaar de foto's uitgerekend op jouw naam bezorgen, Gijs? '

Boersma kwam weer overeind, steunde met de ellebogen op zijn tafel, de handen onder de kin. 'Een van drie mogelijkheden: of de dader geeft met die foto's een hint omdat hij wil gevat worden, of hij wil met ons een spelletje opzetten, of hij heeft het op mij gemunt. Ik gok op dat laatste. Het is die zesde foto die het hem doet, Rudi.'

Het gezicht van de hoofdinspecteur bleef uitdrukkingsloos. Hij schoof een zesde foto in de richting van zijn partner. Zelfde formaat en korrel als de vijf andere foto's, maar in een aparte envelop afgeleverd. Zijn handen gingen weer in de nek, zijn ogen werden spleetjes. Een ogenblik scheen het handschrift bij hem vaag herinneringen los te maken, maar het volgende ogenblik schoof hij die weer weg. Op de foto was op hem ingezoomd, terwijl hij die bewuste dinsdag 7 augustus van de moord na het afstappen op de *locus delicti*, de toegangsdeur van het flatgebouw beneden achter zich dichttrok.

De hoofdinspecteur nam de foto dan terug, draaide hem om en las voor de derde keer die morgen luidop de vier woorden, die in een handschrift met veel krulletjes en in zwarte inkt achteraan waren aangebracht.

'*Zie je het nu?* in hoofdletters, meer staat hier niet. Een expliciete uitdaging, Rudi. Niet 'zie je nu wel', een terechtwijzing, of 'zie het dan toch', een hint als aanzet tot een spel. 'Nu' zou ook kunnen wijzen op een onopgeloste zaak, waarin ik ooit iets over het hoofd heb gezien.'

'Een verwijzing naar vroeger? Naar je verblijf in de metropool? Of naar een vroegere zaak hier in Oostende?'

'Of de afzender zit achter mijn reet aan en wil de angst in me jagen door duidelijk te maken wat er gebeurt met iemand die dingen doet die hem niet zinnen. Een moordenaar, die koelbloedig op de *locus delicti* blijft rondhangen en de politie fotografeert, is geen doetje. Het gaat om iemand die er lang op zat om dit ei uit te broeden. Dat ei is daardoor verdomd warm geworden, geloof me.'

'Bovendien schiet hij akelig raak, Gijs. Een hitman?'

Amper hoorbaar, bijna in zichzelf. 'Dan toch een vrouw?'

Bervoets had het toch gehoord. 'Waarom zeg je dat zo opeens, Gijs?'

'Ach, ik zat maar wat in mezelf te denken.' Hij veegde de vorige woorden met de hand weer weg. 'Vast een beroeps. Maar een huurmoordenaar blijft vaak schieten om zeker te zijn. Dat was hier duidelijk niet het geval. Dat heeft me aan het denken gezet.'

'De schutter was zelf nauw bij de zaak betrokken, denk je?'

Boersma knikte, alsof daarover niet de minste twijfel bestond. 'Die privédetective was iets op het spoor gekomen en had een afspraak met iemand in een flat waar hij zelf kort verbleef. Daar keek hij in een handgemaakte loop. Het schot kwam van dichtbij, dus kende het slachtoffer de dader. De twee lege wijnglazen wijzen trouwens in die richting. Er klopt iets niet, Rudi.'

'Jij zit aan chantage te denken, niet? Geen mooier volkje dat zich daartoe leent dan wat in de flat over de vloer kwam.'

'Die neukers vegen net als jij en ik hun achterste af, links of rechts, het doet er niet toe, Rudi.'

Het bleef een hele tijd stil. Ze lieten hun blik van de ene op de andere foto rusten.

Bervoets fronste het voorhoofd. 'En dan is er nog die andere foto, die met de vier jongetjes. In de flat zelf.'

'Toen ik die foto voor het eerst zag, zei ik het: wie je bent, ligt in je verleden, daar verandert niemand wat aan. Er wacht ons een verkenning in de schemering. Ik ken iemand die ons daarbij uitstekend kan helpen. Als die wat met de foto van de jongetjes te maken heeft, tenminste.'

'Die twijfel blijft, Gijs?'

'Van één ding ben ik zeker: als die foto daar werd gelegd door iemand die pijn lijdt, moeten we een heel andere kant uit, Rudi. Het bedrieglijke geschemer van het verleden, zoals ik net zei. Wie zegt dat het candid cameragedoe en de foto met de jongetjes niet volledig los staan van mekaar?' Om een of andere reden wilde hij zijn adjunct niet voor de voeten gooien dat wat dat laatste betrof hij daar al lang uit was.

'Twee verschillende zaken, die toevallig op dezelfde plaats samenkomen?'

'Toeval bestaat niet. We moeten dringend iemand opduikelen.'

'Die bloedmooie vrouw van Hoogmartens, die...?' vroeg Bervoets met een brede grijns.

'Die verpakt alles in veel te mooie woorden en gespeelde emoties, Rudi Met haar heb je het gevoel dat ze een zesde zintuig heeft. Vrouwen hebben dat vaak...' Boersma keek de andere kant op en probeerde ongemerkt te slikken. Verloren woorden zouden zich alleen maar opstapelen.

'Niet Karin dus', zei Bervoets teleurgesteld.

'Ik dacht aan iemand anders. Zelfs mensen die het leven van anderen onbetekenend vinden, worden spraakzamer als de druk toeneemt. We moeten die mooiprater maar eens opduikelen en in zweetkamertje nummer drie zetten. Hij heeft ons de laatste keer genoeg besodemieterd.'

'Om eerlijk te zijn, ik hou niet van het wereldje waar we in zullen moeten: dure flats, designspullen, jonge meiden, aparte ingangen, afgedekte bewakingscamera's, schutters op contractjes. Het wordt een oefening in op eieren lopen, Gijs.'

'Stop een veer in je kont en denk dat je een kip bent, Rudi.'

Bervoets lachte uitbundig.

Opeens stond Boersma op en gaf zijn partner een teken om te volgen. 'Kom Rudi, we zijn de hort op. We gaan op de dijk lekker een bakkie troost met een cognacje drinken, tijdens de diensturen. Niemands baas, niemands knecht. In de zon lijken de problemen minder erg. Kunnen we er effe over denken of we echt tot op het bot willen.'

'Je bent toch niet van plan om gas terug te nemen?'

Boersma antwoordde niet. Lopend vormde hij het nummer van 'Mita Investments'. Wat Bervoets niet kon zien was dat zijn chef foto zes tijdens het lopen meenam in zijn hoofd en ieder detail scande.

Hij was zelfs een kwartier te vroeg op de afspraak. Boersma had hem met opzet een tijdje voor Jan Joker op de harde, houten bank in de inkom van het politiekantoor laten zitten en had hem van achter de grote plantenbak minutenlang geobserveerd. De man had schichtig om zich heen zitten kijken, had enkele keren zachtjes met de rechterhand over de hals gewreven, het oerinstinct van zelfbescherming.

Verhoor drie was de kaalste kamer die ze hadden. Drie harde stoelen, een bekraste, ijzeren tafel, waarvan het blad koud aanvoelde, een recordertje dat af en toe piepte. Afgebladderde verf tegen een muur die eens wit moest geweest zijn. Een vuilgroene deur met ouderdomsvlekken. Een klein raam met een gebroken glas en traliewerk, daarachter stappende voeten in de zon op het trottoir. Boersma en Bervoets aan de ene kant van de tafel. Joe Tavernier, afgevaardigd bestuurder van 'Mita Investments' aan de andere kant. Hij had een uitdrukking op het gezicht van iemand die niet van plan is zich door politievragen van de wijs te laten brengen.

'Een flat met een aparte ingang, gelegen op een verdieping die alleen met een speciale liftsleutel bereikbaar is, een met zwarte tape afgeplakte bewakingscamera in de parkeergarage, iemand die werd omgelegd met een schot zo nauwkeurig gericht dat het je doet huiveren, een zootje ongeregeld dat er over de vloer kwam en waar u als eigenaar nota bene zogezegd geen benul van had en een onoverzichtelijke hoop vragen rond een boel decadente zaken die de intieme richting uit wijzen. Een waslijst intrigerende dingen op een erg kleine plaats, vindt u niet, meneer Tavernier?'

De ervaring had geleerd dat je best van bij het begin zoveel mogelijk plat gooide, dan sloot vertwijfeling de verdachte in. Mensen houden niet van de aanblik van puin. Daarna kon je best met insinuaties en paradoxen meer gericht gaan werken en zo zorgen voor vernietigende momenten waarbij de ondervraagde meestal het noorden verloor. Had de hoofdinspecteur indertijd in Antwerpen geleerd.

Boersma liet dan een stilte inwerken, diepte zijn zakdoek op, beademde zijn brilletje en veegde het tergend traag schoon. Hij liet de oude bureaustoel richting muur pivoteren, bleef zo een paar tellen, draaide zich dan in een ruk naar de ondervraagde.

'Ik stel de vraag maar één keer: is flat 04.02 aan iemand verhuurd?'

'Nee, hoofdinspecteur. En zoals ik u vorige keer al zei, de flat wordt uitsluitend gebruikt door mensen van de firma en door buitenlandse financiers voor wie speciale veiligheidscodes tellen. Dat soort mensen is uitermate gesteld op privacy. Mag ik u doen opmerken dat het de tweede keer is dat u me die vraag stelt?'

'Weten is mijn vak, om te weten moet je vragen stellen, desnoods honderd keer. Vaak vervelende vragen zoals: u probeert me toch niet te besodemieteren?'

Tavernier ging met een grimas over de vraag heen. Kwam dan voorover leunen, zodat Boersma zijn adem kon ruiken. Whisky, meer dan zomaar een glas.

'U had het daarnet over decadentie en intimiteit, hoofdinspecteur?' Hij zei het alsof hij het over dingen had waarbij je niet achterom kijkt. Zijn ogen hadden een spottende uitdrukking.

Boersma had er een grondige hekel aan als de ondervraagde het initiatief ook maar een enkele millimeter naar zich toe probeerde te halen. Bervoets kende dat gevoel van zijn chef.

'Intimiteit kan de meest onverwachte vormen aannemen, meneer Tavernier, maar niets is zo intiem als moord en medeplichtigheid daaraan. Laat dat nu net zijn waar ik aan dacht. Iemand moeten insluiten voor moord is nooit aangenaam. Zelfs niet voor iemand met mijn staat van dienst.'

Lichtjes imponeren, nog iets dat het vaak goed deed.

'U insinueert toch niet dat ik wat met de moord te maken heb? U beseft toch de draagkracht van uw woorden, hoop ik? Ik ken namelijk mensen...' Hij keek de politiemensen niet aan, maar zijn woorden roken naar kruitdamp.

Boersma liet de bureaustoel weer zijn werk doen, draaide zich naar de muur en stelde vanuit die positie een vraag, die niet alleen de beklaagde maar ook zijn adjunct verraste.

'Zoals gewezen onderzoeksrechter Vermaelen?'

Het bleef enige tijd stil. In eerste instantie leek Tavernier van zijn stuk gebracht. De klok tikte door de consternatie heen.

'Moet dat dan?'

'Een oudere man en een bloedmooi Nederlands *poppemieke* uit de Langestraat hier in Oostende. De twee die mekaar eeuwig benijden: jeugd en poen. Die connectie zit me niet lekker, vooral omdat ze gezien werden door het oog van een verborgen camera in een flat die u zogezegd alleen beroepshalve gebruikt.'

'Ik weet van niks, hoofdinspecteur.'

'Correctie: u weet van niks en als u wat zou weten, zou u me niks zeggen. Ik ken uw soort, meneer Tavernier. Maar pas op: hoe minder de vijand weet, hoe meer hij gaat veronderstellen.'

Bervoets kon alleen maar met verbazing toekijken. Hij had gedacht dat Tavernier vlug in de touwen zou liggen, maar die sloeg een nog meer minachtende toon aan.

'U insinueert weer dingen. U bedoelt dat de flat gebruikt werd voor prostitutie? In het van horen zeggen wordt veel gelogen, hoofdinspecteur.'

'Ik heb het nu over beelden die echt bestaan, dus over feiten. De dames die er voet aan wal zetten verkochten in elk geval geen ijsjes.'

'Als dat uw gevoel voor humor is, heb ik het er moeilijk mee, hoofdinspecteur.'

'Ik mis op de flat een deel van een collectie dvd's met pikante beelden. Ik heb het nog warme holletje gevonden, vlak onder de flatscreen, maar het konijntje was weg. Als ik de ogen sluit, zie ik ze zo voor me, al die mannen van wie hun hormonen hun hersencellen opvreten. Weet u soms meer van die beelden?' Hij liet Tavernier niet de tijd om te antwoorden. 'Natuurlijk weet u daar meer van.'

Boersma ademde diep in en liet de lucht langzaam ontsnappen. Het was in de gegeven omstandigheden een akelig geluid, dat de hele verhoorkamer vulde.

Tavernier hield de minachtende toon aan. 'Ik zou niet weten waarover u het hebt, hoofdinspecteur. Ik begin zelfs te denken dat u ten prooi bent aan een obsessie.'

'Ik moet u toch niet vertellen dat er strenge straffen staan op het belemmeren van het onderzoek? Hoe noemt u het bewust verzwijgen van dingen anders?' Boersma greep blindelings de gele envelop links op de tafel, opende hem en schoof een glanzende foto in de richting van de ondervraagde. 'Waarschijnlijk hebt u deze meid ook nooit in of om de flat gezien?'

Tavernier schudde overvloedig nee, met een smal lachje. Hij wachtte bewust met antwoorden. Dat uitdagen lag hem.

'Ze deed spelletjes met oudere heren in uw flat. Ik heb het over mannen, die later op de avond thuiskwamen met de geur van ontucht in de kleren. Iemand moet haar toch de sleutel gegeven hebben, tenzij...'

Boersma liet de stilte inwerken, stak de foto van Inneke Bouwman weer warm weg. Hij haalde een andere boven. Glanzend, zelfde formaat.

'Over mooie vrouwen gesproken, ze is blond, heeft blauwe ogen. Ze bewijst daarmee dat het cliché echt bestaat. Kent u mevrouw Karin Cockmartin?'

Taverniers ogen gingen helemaal op in de foto of deden toch alsof.

Boersma tikte ongeduldig met de vinger tegen het glamoureuze gezicht.

'Nee. Zou ik haar dan moeten kennen, hoofdinspecteur?'

'Ze is de vrouw van het slachtoffer dat gevonden werd in uw flat.' Forse nadruk op 'uw'. 'Ze woont in Bredene, in een van de mooiste *penthouses* die ik hier aan de kust al gezien heb. Ze runt een modellenbureau op de chique Louizalaan in Brussel. Ze presenteert een ontbijtprogramma op televisie. Ze werd onlangs nog gezien met de meid van daarnet.' Hij wees op de eerste envelop, waardoor de indruk ontstond dat er nog meer foto's in zaten. 'Het klit allemaal aan mekaar, bevestigen mijn bronnen. Betrouwbare bronnen.'

'En dan? In van horen zeggen wordt veel gelogen. Of had ik dat al gezegd?'

De bureaustoel draaide een derde keer richting muur, Boersma keek naar het plafond, alsof hij een ingeving kreeg.

'U werd met Karin Cockmartin onlangs gezien op de 'Nacht van Exclusief' in Knokke. U was de hele avond onafscheidelijk. U bent zelfs samen in dezelfde auto weggereden. Laat in de nacht, tegen de morgen aan.'

Tavernier probeerde weer grip op zichzelf te krijgen. Boersma voelde dat zijn façade het stilaan begaf.

'Ik zal het maar toegeven, ik ken haar. Maar alleen beroepsmatig. Ze heeft ‘Mita Investments’ aangetrokken als een van de sponsors van een paar missverkiezingen, die ze deze zomer aan de kust organiseert. Is daar soms wat mis mee?’

‘Niet als het uw vaste gewoonte is om met uw andere zakenrelaties te flirten en af te spreken in het casino van Oostende voor een *tête-à-tête*.’ Hij wachtte. ‘Wilde u soms nog iets zeggen?’

Tavernier beet op de lippen. ‘Oké. Ik had u moeten zeggen dat wij iets gehad hebben. Maar dat was heel kort.’

‘Als hadden komt, is hebben te laat, zeiden wij vroeger in Holland.’

Bervoets liet niets merken van zijn verbazing. Waar had zijn chef in godsnaam die informatie vandaan gehaald?

Boersma draaide zich weer richting ondervraagde, bleef die secondenlang strak aankijken. Tavernier knipperde te veel met de ogen.

‘Had ik maar niet altijd gelijk, meneer Tavernier.’ Het klonk gekscherend. ‘Waar was u trouwens die bewuste nacht van maandag 6 op dinsdag 7 augustus?’

Tavernier nam ostentatief zijn agenda, sloeg die op de juiste bladzijde open, alsof hij die vraag al langer verwacht had. ‘Ik was die avond vroeg gaan slapen, want ik had op die dinsdag een congres voor beleggingsmakelaars in Parijs. Altijd maar bijleren, hoofdinspecteur, bijschaven. Dat geldt voor u toch ook?’

Boersma diepte de foto met de gekartelde randen op die op de flat was gevonden. Hij merkte dat Tavernier probeerde zijn blik onder controle te houden.

‘Kent u toevallig deze jongetjes? Ik moet u deze vraag stellen, al ken ik uw antwoord van tevoren.’

Tavernier nam de foto in zijn handen, monsterde hem. ‘Vier jongetjes. Duidelijk een tweeling, een jaar of vijf, zes. De foto moet lang geleden gemaakt zijn, te zien aan de witte gebouwen op de achtergrond. Die hebben al een tijdje plaats gemaakt voor nieuwbouw.’

‘Lang geleden?’

‘Die foto werd hier in Oostende op het strand gemaakt. Ik schat zowat vijfentwintig jaar geleden. Als u dat zou willen kan ik u, mits enig zoekwerk, ook de juiste plaats meedelen.’ Hij keek Boersma nu vlak in het gezicht. ‘Zoals u ziet, wil ik graag aan het onderzoek meewerken, hoofdinspecteur. Voor zover u daar nog aan twijfelde.’

‘Bent u wel heel zeker dat u die jongetjes niet kent?’

Hij schudde ontkennend het hoofd, sloeg de ogen neer.

'Bent u lid van een schietclub, meneer Tavernier?'

Hij zuchtte. 'Weer zo'n vraag...' Hij keek twee keer kort op zijn horloge. 'Ik heb andere dingen te doen dan gaatjes te maken in mannetjes van karton.'

'U bent op maandag 6 augustus overdag ook niet op de flat geweest?'

Tavernier schudde ontkennend. 'Is dit soms inquisitie? U bedoelt toch niet dat ik...?' vroeg hij geringschattend.

'Liefde is het oudste motief ter wereld, meneer Tavernier. Wat er van zij, uw flat werd gebruikt voor dingen die het daglicht niet verdragen. Ik ben bang dat u met twee benen in een laars zult moeten.'

'Ik begrijp u niet.'

'Twee dingen verzoenen, ervoor zorgen uw gevaarlijke vriendjes niet voor het hoofd te stoten en tegelijk uw eigen vel proberen te redden. Ik weet nu al dat we in het verhaal van uw flat naast geld en seks ook op macht zullen stoten. Als macht en genot het met elkaar aanleggen komen er geheid problemen van. Begrijpt u me nu?'

'Ik begrijp u niet.'

'Dat is nu al de tweede keer dat u kort van begrip bent. Ik had het over macht. Gewezen onderzoeksrechter Vermaelen zat als een bezetene achter 'Mita Investments' aan. Na geruchten over belastingfraude. U liep het risico geroyeerd te worden, wegens transacties met zwart geld. En opeens werd dat onderzoek om een onverklaarbare reden stilgelegd.'

'Zoals u net al zei: geruchten...'

'Vermaelen is kort geleden jammerlijk verongelukt, in verdachte omstandigheden. Maar hij deed wel kort voordien een gewaagd nummertje met Inneke, het Nederlandse *poppemieke*. In uw flat nog wel. Het fraudedossier *en* dat van het ongeval zitten onder het stof hier op het bureau, maar dat betekent niet dat we ze niet een keertje kunnen afstoffen, en wie weet... Om maar te zeggen dat het risico nog steeds bestaat.' Hij keek Tavenier nu op zijn beurt vlak in het gezicht. 'U denkt dat de politie loopt te slapen. Ik kan u rondjes laten maken tot u alle windstreken door elkaar haalt. Is er soms iets wat ik moet weten?'

'Ik zou niet weten wat. En ik vraag me af waarom u me bedreigt.'

'En ik vraag me af waarom uw conciërge, toen ik hem na de moord ondervroeg, een verhaaltje papegaaide dat u hem had ingelepeld. Net zoals ik me afvraag wat Karin Cockmartin juist bedoelde, toen ze het tegen mijn collega had over de hoogste gezagsdragers van het land die in het verhaal zouden kunnen opduiken. Ik vraag me ook af wat die twee wijnglazen op de salontafel te betekenen hebben en wat privédetective Hoogmartens juist op het spoor was dat hij daarvoor dood moest.' De toon steeg almaar. Boersma keek zijn opponent weer strak aan. 'Ik vraag me nog het meest af wat uw rol is in de hele zaak. Daarom ben ik van plan uw flat ondersteboven te halen. Ik ben een politieman, ik vertrouw alleen DNA. Verder niets.'

De hoofdinspecteur wist hoe de woorden nu wervelden in het hoofd van de man.

'En dan is er nog iets. Op de 'Nacht van Exclusief' was er bonjes, niet verwonderlijk. Maar toen ik de foto van Hoogmartens toonde, was mijn bron affirmatief. U en de privédetective hebben mekaar daar behoorlijk in het haar gezeten. Zoals ik net zei, liefde is het oudste motief ter wereld. Waarschijnlijk vergeten te zeggen dat u het slachtoffer van zeer nabij kende, meneer Tavernier?'

Boersma gaf zijn kaartje. Hij wist dat hij dat vorige keer ook al had gedaan. 'Voorlopig kunt u gaan. Als u me nodig zou hebben, fluit u maar.'

Het was de lichtvoetige uitdrukking die hij zo graag gebruikte. Hij wist dat zoiets mensen in de war bracht. Van één ding was hij zeker: Joe Tavernier had zich taai weten te houden en had alleen toegegeven waar hij niet meer onderuit kon. Maar in zijn ogen zag je alles wat hij niet had gezegd.

Bervoets had alleen maar zitten toekijken.

Het liep tegen vieren. Tijd om de koffiemachine aan het werk te zetten.

'Theater, Rudi, een kunstig stukje theater. Karin Cockmartin speelde de diepbedroefde weduwe en nu kruipt Joe Tavernier moeiteloos in de rol van de verongelijkte zakenman, die beschuldigd wordt de schurk in het gekreukte pak te zijn. Maar vergis je niet, hij is zo geruisloos als een adder, anders scharrel je niet op zo korte tijd tonnen geld bijeen. Hoe oud zou dat jochie zijn?'

'Hooguit begin de dertig', antwoordde Bervoets.

'Ongeveer even oud als die vier jongetjes op de draaimolen nu moeten zijn. Is het je ook opgevallen dat hij opmerkelijk precies was in de beschrijving van de omgeving en van de periode waarin die foto werd genomen?'

Bervoets keek op van zijn krant en zag de gezwollen oogleden en de lijnen van vermoeidheid op het gezicht van zijn chef, maar zei daarover niets. 'Wat wil je daarmee zeggen?' vroeg hij.

'Dat hij misschien zelf wel een van die jongetjes is. Hij sloeg de ogen neer toen ik de vraag stelde of hij de jongetjes kende. Zo'n gebaar is doorgaans veelzeggend.'

'Zou kunnen', antwoordde Bervoets met lauw enthousiasme.

Boersma schoof zijn halfleeg plastic bekertje voortdurend heen en weer over de tafel van de koffiehoek. 'Er speelt wat tussen Cockmartin en Tavernier, daar hoef je geen diploma helderziende voor te hebben. Zij beweegt zich blindelings in de wereld van glitter en glamour. Hij kent de wereld van businesslui met een eenzaam hart en veel poen op zijn duimpje en bezit een stekje op de zeedijk, waar pottenkijkers met alle middelen geweerd worden. Zet die twee samen en je hebt ogenblikkelijk chemie. Ze zingen beiden van hetzelfde blad, Rudi. Escortservices, spelletjes, neuken en ander leuk tijdverdrijf. Zo eenvoudig alledaags dat we er overheen kijken.'

'Hoogmartens had zicht op al dat leuks, wilde zijn vrouw terug, dacht dat hij kans op slagen had als hij Tavernier met diens decadent handeltje in diskrediet kon brengen. Hij installeerde een medeplichtig spionnetje in de flat en begon te jongleren met allerlei pikante beelden. Geen onaardige poging om een horde schuinsmarcheerders tegen Tavernier en zijn eeuwige discretiebeloften op te zetten. De privédetective kwam daardoor te dicht bij het vuur.'

'Ik zou gedachten niet beter op muziek kunnen zetten, Rudi. Neem het van me aan, die bokken in flat 04.02 zaten even goed met hun pik als met hun poen vast aan Tavernier. Die vreesde dat zijn lucratieve beleggingsfirma 'Mita Investments' behoorlijk zou gaan bloeden als alles in het roddelcircuit belandde en rolde daarom met Hoogmartens vechtend over de vloer op de 'Nacht van Exclusief'. De privédetective zette koppig door en begon wellicht een rondje chantage. Tavernier sloot een contractje op zijn hoofd en een hitman legde hem om. Einde verhaal.'

'Mooi verhaal, maar het blijft niks meer dan een theorietje, Gijs.'

'But a damned good one.'

'Dat het toetsen aan de praktijk vragen oproept, hoef ik jou niet te vertellen. Waarom zou Tavernier Hoogmartens nota bene in zijn eigen flat laten vermoorden? Waarmee werd die van Leuven naar de kust gelokt en wie liet hem in de flat om daar plaatjes te schieten? Of verbleef hij er enige tijd vast, zoals de sporen doen vermoeden? Was er een vrouw in het spel, wat logisch lijkt? Of was hij op de vlucht voor een minister, die zijn dromen kapot had zien gaan?'

'We moeten nog een heel eind de berg op, Rudi.'

'Het dal maakt de berg hoog, Gijs. Een andere vraag: waarom vonden we slechts een enkele dvd op de flat, ongetwijfeld een deel van een hele collectie? Waar is de rest naartoe?'

'Door Hoogmartens net op tijd in veiligheid gebracht.'

'Zou natuurlijk kunnen.'

'Maar waarom juist die dvd waarin gewezen onderzoeksrechter Vermaelen van jetje gaf met Inneke Bouwman, een moeder Theresa uit de Langestraat? Als hint voor de vinder dat Vermaelen achter het zwart geld van 'Mita' aanzat, maar zich in hun eigen achterkeuken liet betoveren door geuren en kleuren van gewillig jong vlees? Een postuum natrappen naar de onderzoeksrechter dus? Of wilden de beelden juist een verband blootleggen tussen de verdachte dood van Vermaelen en zijn geneugten op flat 04.02? Vergeet niet dat die Inneke Bouwman uit de Langestraat wel eens die mysterieuze derde zou kunnen zijn wiens bloed in het autowrak werd aangetroffen. Maar waarom heeft de politie dat spoor dan nooit verder onderzocht? Die Vermaelen duikt naar mijn zin te dikwijls op in het verhaal, Rudi.'

'Ze hielden het toen bij de thesis van een ongeval.'

'Misschien is er een tussenkomst van hogerhand in dat dossier geweest? Misschien ligt het daarom te verrotten onder het stof. Van die Vermaelen naar Hoogmartens zou wel eens een kleine stap kunnen zijn, kleiner dan we denken.'

'Je bedoelt dat Hoogmartens lucht kan gekregen hebben van dat bestofte dossier Vermaelen en zijn snuffelmechanisme aanzette op nog andere sporen dan alleen maar de lichamelijke uitspattingen van machtige mannen op flat 04.02?'

'Juist.'

'Bedoel je dat de speurende geest naar fraude van wijlen onderzoeksrechter Vermaelen in de privédetective kan geslopen zijn?'

'Weer juist. Cockmartin zei dat haar ex met een delicate zaak bezig was, waarbij de hoogste gezagsdragers betrokken waren. Speelde ze met hem niet onder één hoedje om die gezagsdragers te vangen, en was hun zogezegde scheiding alleen maar oogverblinding? Een mogelijkheid, alleszins.'

'Een vrouw die tuk is op luxe, die Cockmartin. Daarvoor heb je hopen geld nodig, Gijs. Die poen lag bij wijze van spreken zo voor het grijpen.'

'Toen jij haar vorige week woensdag opzocht, bleef ze naar mijn zin veel te vaag over die flat, Rudi. Alles wijst erop dat haar man daar verbleef. Zij *moet* dat geweten hebben. Ofwel loog ze tegen je, ofwel probeerde ze dingen te verbergen.'

'Dat komt op hetzelfde neer, zeker?'

'Ze werd vaak gezien met Inneke Bouwman, waarmee Vermaelen het bed deelde. Lakens lenen zich nu eenmaal vlug tot confidenties en als je weet dat Vermaelen achter fraude bij 'Mita' aanzat, waar niet het plebs maar mannen met macht en poen bij betrokken waren, is het plaatje compleet.'

''Mita' heeft ook een vestiging op de Brusselse Kunstlaan. Midden in het zakelijke, diplomatieke en politieke hart van de hoofdstad. Op amper een boogscheut van de Wetstraat, de ambassades en de parlementen.'

'Vermaelen heeft Inneke tussen de zijde ongetwijfeld namen ingefluisterd, die zij doorfluisterde aan haar vriendin Cockmartin. *Captains of industry*, toppolitici, mensen met poen, die allemaal een link hadden met 'Mita Investments'. Cockmartin vertelde dat door aan haar ex. Die trad op zijn eigen manier in actie.'

'Chantage dus?'

'Heb jij soms een ander woord voor dat soort dingen? Macht, geld en seks, een dodelijk cocktail.'

'De privédetective was in dat geval een wandelende tijdbom, Gijs.'

'Juist. Eentje die je zelfs hoorde tikken tot in de Brusselse Wetstraat. Was het *a slip of the tongue* of een broodkruimel die ze bewust uitgooide toen je de mooie Karin Cockmartin een bezoekje bracht?'

'Ik gok op dat laatste.'

'Ik ook. Je kent me, Rudi, te veel vragen maken me ziek.'

'Een tweede theorie op korte tijd. Het decor blijft hetzelfde: de flat op de zeedijk, eigendom van de omhooggeschoten beleggingsfirma 'Mita Investments', een spionnetje in de kast. De protagonisten eveneens: een privédetective door iemand die hij schijnbaar kende op een professionele manier omgelegd, een treurende ex met een exuberante levensstijl. Alleen het motief verandert: een uit de hand gelopen liefdesaffaire wordt opeens een niets ontziende jacht op hoge gezagsdragers, fraude en poen. Zal ik je wat vertellen: ik heb nooit hoog opgelopen met een theorietje waar het alleen om liefde draaide, Gijs.'

'Je raadt mijn gedachten, Rudi. Kijk, dat gebeurt er nu als je te lang samen optrekt. Je gaat op de duur hetzelfde eten, hetzelfde denken, hetzelfde aanvoelen.'

'Zo lang onze dromen en onze vrouwen maar verschillend blijven.'

Het grapje dreef over Boersma heen. 'We zitten met onze handen in een wespennest, Rudi. En we kunnen niet anders dan doortasten, al kost ons dat misschien de kop. Als de duivel de kaarten schudt, heeft de gokker dan nog een kans?' Hij keek door het raam in de lucht.

Bervoets voelde de spanning. 'Twee theorietjes en toch nog niet helemaal tevreden, chef?'

'Rest de vraag die misschien de andere vragen in de schaduw stelt: wat deed de foto met die vier jongetjes op de tafel in de flat? Die hoort op het eerste gezicht niet thuis in dat soort verhalen, daar blijf ik bij.'

'Maar misschien wel in een ander verhaal, Gijs. Die foto stond niet op de flat, want op de beelden van de dvd hebben we er geen spoor van teruggevonden. Dus iemand heeft hem er neergezet. Hij was helemaal schoongeveegd, dus iemand wilde zijn vingerafdrukken weg.'

'Niemand kent de jongetjes zogezegd, maar zelfs Tavernier sloeg de ogen neer toen hij ontkende.'

'Hij staat zelf op de foto of weet op zijn minst wie de jongetjes zijn.'

'Juist, Rudi. Die foto blijft het bewijs dat de zaak ingewikkelder in mekaar zit dan we denken. Maar hij hoort godverdomme niet thuis in het verhaal van macht, poen en complotten dat we in elkaar aan het draaien zijn. Er is iets fundamenteels waar we overheen kijken, geloof me.'

Het was eindelijk opgehouden met regenen, maar er was een stevige westenwind opgestoken die tegen het glas een mars speelde. Het gezicht van Boersma stond veel te ernstig. Hij haalde zijn nagelknipper tevoorschijn en begon het vuil van onder de vingernagels te peuteren. Hij was bevangen door een troebel vermoeden. Of was het angst?

Bervoets deed alsof hij dat niet merkte. Dat was het beste. Wist hij uit ervaring.

12

Donderdag 16 augustus
Leuven, Tervuursesteenweg

Iets na drie in de namiddag.

De regen had die dag onophoudelijk door de bomen gewoeld, het weer dat je deed uitkijken naar een warme douche bij thuiskomst. Toen het eindelijk stopte, kwam er wind opzetten, die de namiddaghemel geleidelijk dieporanje kleurde, als teken van berouw. Commissaris Bottu stond voor het raam van het politiekantoor en zag Toscane weer in de luchten. Hij zocht het gezicht van zijn vriendin Bes in de wolken. Dan stonden zijn ogen dof, niemand mocht het merken. Geluk overbrugt de kloof tussen te veel en te weinig, had hij ooit van iemand opgevangen. Waarom stond hij telkens weer aan de kant van het te weinig?

De kussens van de chesterfield, de zeemzoete muziek en een paar glazen Italiaanse wijn hadden hem vorige avond geleerd dat er fameuze gaten zaten in het alibi van Leleux van het UZ en wellicht nog meer in het leven zelf van de dokter. De commissaris was op het middaguur bij de onderzoeksrechter langsgelopen. Die had instemmend geknikt toen hij het bevelschrift tekende en had hem zelfs een schouderklopje gegeven. Bottu had de dokter die ochtend al vroeg opgebeld en had gevraagd om hem te spreken over de voorbije dagen. Leleux had erg kort geantwoord, zijn stem had zenuwachtig geijverd met de ochtendlijke ziekenhuisdrukte om hem heen. Hij was verwonderd dat wat een onderhoud werd genoemd bij hem thuis zou plaatsvinden. Daar hield hij naar eigen zeggen niet van. Afspraak dan maar om zestien uur, had hij tot drie keer toe herhaald. Zijn hele agenda overhoop, collega's die het van hem moesten overnemen, had hij gezegd. Alsof hij tijd wilde winnen om voor zichzelf in laatste instantie nog een vluchtweg te vinden.

Om stipt vier uur zag de dokter alles op zich afkomen in een tintelend crescendo. Eerst het papier met huiszoekingsbevel in handen van de commissaris. Dan twee geüniformeerde agenten met plastic handschoenen, lederen tassen, fluisterende stemmen. Hij probeerde een combinatie van rust en gezag uit te stralen, maar binnenin voelde hij zich een voyeur in zijn eigen leven. Hij drukte zijn rug krampachtig tegen de muur, alsof hij van plan was erin te verdwijnen. Hij droeg een grijze pantalon, een blauwe blazer met zilveren knopen, een wit hemd met knalrode das, glimmende, zwarte schoenen. Klassieke kleding, die onder andere omstandigheden ongetwijfeld voor het nodige cachet hadden gezorgd. Maar niet nu.

Vijf minuten later zaten ze al in de werkkamer van de dokter, op exact dezelfde plaats als de voorbije maandag. De commissaris doorbladerde zijn notitieboekje van voor naar achter en weer terug. Hij wilde daarmee de indruk geven dat het propvol zat met feiten die niet klopten of die toch op zijn minst grondig op hun echtheid moesten getest worden. De ogen van de dokter lieten van achter hun ronde venstertjes de genatte vinger van Bottu niet los. Geschuifel op zijn stoel, vaak strekken en weer plooien van de benen, vingers die enkele keren door het haar gingen. Hij voelde ongetwijfeld de tijd voortkruipen met een tergende traagheid

'Laat ons het over uw tijdsgebruik hebben op vorige donderdag 9 augustus, dokter, de dag van de moord op uw patiënt.'

De dokter haalde eerst de schouders op, greep dan naar zijn nek, in de non-verbale communicatie een teken van bescherming of verdediging. 'Ik wil natuurlijk niets liever dan dat de moordenaar zo vlug mogelijk gevat wordt, commissaris.'

'U blijft erbij dat uw assistente u pas om nul uur dertig opriep, met de melding dat de man zonder geheugen uit zijn kamer in het UZ verdwenen was?' Hij wachtte. 'Zij blijft hardnekkig beweren dat ze u al om nul uur vijf vroeg om dringend naar het ziekenhuis te komen', zei Bottu, terwijl hij de wenkbrauwen optrok als teken van waarschuwing voor wat nog komen ging.

De dokter stond op en begon door de kamer te ijsberen. 'U moet het haar nog maar eens vragen, commissaris. Misschien ziet ze dan in dat ze zich vergist heeft, misschien gaat ze zelfs... U gaat er blijkbaar automatisch van uit dat zij de waarheid spreekt en niet ik.' De laatste woorden waren nauwelijks hoorbaar, ze waren niet meer dan een zweem van arrogantie, die aan de oppervlakte kwam.

'Dat hebben wij al gedaan, dokter. Het is niet onze gewoonte over één nacht ijs te gaan. Meer nog, wij hebben bij uw operator uw mobiele gesprekken nagetrokken en vastgesteld dat u het bent die zich vergist heeft.'

Bottu gebruikte met opzet het woord 'vergissen' en liet daarmee nog wat speelruimte voor de man. Die stond geleund tegen de deurpost met een sigaret in de hand en keek met een vreemde afstandelijkheid naar wat er zich in de kamer tegen zijn zin afspeelde. Van zijn vrouw was geen spoor te bekennen. Hij had haar weggestuurd, zoals later zou blijken.

De dokter begon opnieuw te ijsberen. 'Hoe lang denkt u dat dit euh... gedoe gaat duren, commissaris?' Hij snoof verontwaardigd.

'Tot we een bevredigend antwoord gevonden hebben op al onze vragen, twijfels en onzekerheden, dokter. Dat hangt dus grotendeels van u af.'

Leleux knikte alleen maar, terwijl hij snel in en uit begon te ademen. Het kostte hem duidelijk moeite om kalm te blijven.

Bottu strekte de benen, maakte zich zo lang mogelijk. 'Laten we maar met een paar ernstige vermoedens beginnen', zei hij.

De commissaris was er zeker van dat de dokter op dat ogenblik in zichzelf iets van 'vuile kleresmeris' moest mompelen. Hij stond op, zette de deur van de kamer wijdopen, riep iets onverstaanbaars in de inkomhal, liep naar de deur van de archiefruimte die uitgaf op de werkkamer, stak daar het licht aan, gaf de twee binnenkomende agenten een teken om de zoekactie te starten, terwijl hij de klink in de hand hield en zich omdraaide naar dokter Leleux. Het hele gedoe was blijkbaar wat veel voor de dokter. Die nam een zakdoek, deed zijn bril af, droogde zijn ogen. De bril bleef voor dood op zijn tafel liggen.

'Een zoeking heeft altijd wat van een speurtocht naar een schat, dokter.'

Een paar seconden later stond de commissaris op aanwijzing van de agenten oog in oog met een glazen kast. Daarin rustten nietsvermoedend een tiental antieke wapens op rode fluwelen doekjes. Naast de kast stond een ouderwetse brandkast van anderhalve meter hoog die ooit donkergeel moest geweest zijn.

'Het moet een hele opgave geweest zijn om dit ding hier binnen te krijgen, dokter. Misschien bewaart u er de schat in die we zoeken en moeten we straks alleen nog wat tijd vrijmaken voor een gezellig praatje.' De klank van zijn stem verscherpte zich moeiteloos bij de laatste zin.

Bottu vroeg de dokter om de brandkast open te maken. Daarna werd de dokter weer naar zijn kamer geleid, ging daar achter zijn tafel zitten en kreeg niet te zien welke wapens de agenten in een witlinnen zak stopten of wat uit de brandkast werd meegenomen. Daarin zaten alleen persoonlijke papieren. Dacht hij toch.

'Ik moet u dringend spreken, commissaris', zei de dokter al na een minuut, terwijl hij strak voor zich uit bleef kijken.

Zijn toon hield het midden tussen een eis en een verzoek. Op het gezicht van de commissaris verscheen kort een glimlach, die hij onmiddellijk onderdrukte. De dokter stond op, ging nonchalant op de rand van zijn tafel zitten en begon met de benen te wiebelen. De onzekerheid sluipt nu in hem, wist Bottu. Op zo'n ogenblik kon hij de binnenpretjes amper onderdrukken. Hij keek op, draaide zich naar de dokter, haalde een ouderwets recordertje uit zijn vestzak. Het was alsof de realiteit opeens sprongen vooruit maakte. De dokter kon niet anders dan met stijgende verbazing toekijken.

'Bezwaar dat ik het gesprek tape, dokter?'

'Liever niet. Zie ik er soms uit als een moordenaar, commissaris?'

'Heb ik dat ooit beweerd, dokter?'

Het antwoord klonk geruststellend voor Leleux. In de gegeven omstandigheden toch.

'Ik krijg opeens zo'n trek in koffie, commissaris. Ik wed dat u ook een kopje lust?'

'Doet u vooral geen moeite.'

'De koffiemachine staat bij mij in de keuken altijd aan. Melk? Suiker?'

Bottu knikte. 'Van alles een beetje.'

De dokter sprong op als een veertje. Al na een minuut verscheen hij met een zilveren dienblad. Twee dampende mokken, ambachtelijke speculaas achter een plastic venstertje, een schoteltje met witte pralines. Twee witlinnen servetten. Huiselijkheid die hem weer rustig had gemaakt.

'Het gras is niet groener aan de overkant, het is alleen gezichtsbedrog, commissaris.' Hij zei het kalm, maar op een toon alsof het een dagelijkse ergernis betrof.

Bottu probeerde begrijpend te knikken, startte de recorder en wachtte de reactie van zijn opponent af. 'Vrouwen kunnen wat aanrichten in het leven van een man, is het niet, dokter?'

Leleux reageerde niet op het zoemende ding, maar schudde het hoofd. 'Het is allemaal een paar jaar geleden begonnen, toen mijn vrouw uit verveling een clubje opzocht. Zo'n ding waar vrouwen de principes van zelfverdediging worden bijgebracht. Kort daarna maakte ze een vervaarlijke spirituele bocht, ze gooide zich op oosterse vechtsporten en leerde daar een vrouw kennen die kickte op een gevaarlijk soort seks. Ze liet zich meedrijven en voor ik het goed en wel besefte, deed ik dingen die ik nooit voor mogelijk had gehouden. Leuven is klein, de geruchten gingen snel en zorgden voor een boel heisa. Eén ding staat vast: mijn doen en laten werd niet geapprecieerd door de ziekenhuisleiding.'

Bottu fronste het voorhoofd bij zoveel confidenties in één adem. Er speelde een fijn lachje op zijn lippen. 'Een schijnbare heer in dubieus gezelschap. Ik heb dat verhaal in mijn loopbaan meer gehoord, dokter.'

Leleux ging met een aparte grimas over de scherpe opmerking heen.

Bottu beet in een praline, veegde met een servet de restjes van zijn lippen. "De Totem', *the place to be* ?'

'U bent goed op de hoogte, commissaris.'

'U werd daar een tijd alleen met uw eigen vrouw gezien, maar later ook met een zekere Martine Verhelle. Een passionele furie, heb ik van horen zeggen.'

'Zij was de vrouw waarover u het bij het begin van dit gesprek al had, commissaris. De assistente in het ziekenhuis, die mij zogezegd die bewuste nacht om vijf na middernacht opbelde. Zij is het die mijn vrouw leerde kennen bij haar inwijding in de oosterse gevechtssporten.'

'Zogezegd, zei u? Kijk, u doet het weer, dokter.'

Leleux likte een paar keer over de lippen en knipperde met de ogen. 'U komt er nog wel achter, commissaris. Het zit allemaal veel ingewikkelder in elkaar dan op het eerste zicht lijkt. Alleen doet dat er niet toe bij het onderzoek.'

Ogenblikkelijke reactie. 'Daarover beslis ik, dokter. Het venijn zit maar al te vaak in details. Maar laten we het over nog een andere vrouw hebben, die Vera die u met medeweten van Martine Verhelle op maandag en woensdag meenam naar uw kamer in de medische faculteit voor een... verstrooiend onderonsje.'

'Dat was niet meer dan een compensatie voor mijn overstag gaan in 'De Totem', commissaris. De bezoeken aan dat etablissement namen op de duur extreme vormen aan.' Hij keek de andere kant op. 'Sommigen worden dronken van een likeurpraline, anderen maken zonder veel moeite een halve liter whisky soldaat, zonder uiterlijke tekenen van dronkenschap. Mijn vrouw en Martine behoorden tot die laatste categorie, maar dan op seksueel gebied. Ze wilden met allerlei hulpmiddelen de extreme grenzen van het genot verkennen.'

'Extreem is anders een duur woord, dokter. Wat uw vrouw betreft was ik tot nog toe overtuigd van het tegendeel. Ze leek me eerder een euh...'

'Dan vergist u zich, commissaris. *Trop est trop*', antwoordde de dokter scherp terwijl hij spastisch met de hand zwaaide.

'U leidt wel een erg ingewikkeld leven, dokter.'

'Toen Vera zich bij mij in het ziekenhuis kwam aanbieden voor een job, stond de kamer opeens stil. Ondanks het ruime leeftijdsverschil en het risico op roddels en jaloezie, die onvermijdelijk zouden opduiken.' Dan met gedempte stem. 'Begrijpt u me nu een beetje?' Hij wachtte. 'De rest van het verhaal kent u.'

'Die indruk heb ik anders niet, dokter. Zo verzweeg u dat Vera het kort geleden met u uitmaakte. U gaf me ook geen zinnige verklaring waar u die bewuste nacht uithing tussen halfeen, het tijdstip waarop u volgens uw eigen verklaring opgeroepen werd om dringend naar het ziekenhuis te komen, en één uur, het ogenblik waarop u daar daadwerkelijk arriveerde. Zonder Vera, die verondersteld werd haar nachtdienst verder te zetten. Een halfuur voor nog geen twee kilometer. Ik heb de proef op de som genomen en deed er op hetzelfde tijdstip *full speed* exact vier minuten en vierendertig seconden over. Tenzij u natuurlijk een andere notie van 'dringend' hebt dan de mijne.'

'Ik had nog een paar dingen te regelen, maar ik bleef telefonisch *stand by*.'

'Dingen regelen, zei u?'

'Medische dingen, die vallen onder het beroepsgeheim, commissaris.'

'Bijzonder handig is dat, dokter.' Hij keek Leleux recht in de ogen. 'U bleef ook bijzonder vaag over de persoon die zich in het ziekenhuis aanbood, na de oproep in de media omtrent de man zonder geheugen. U zei me alleen dat hij de man ontmoette in een van de wachtkamers, maar koste wat kost buiten het bereik van de bewakingscamera's wou blijven. Ik ben een politieman, zoiets wekt argwaan.'

'Een wat oudere man, rijzige gestalte, voornaam, sprak met een Franstalig accent, wilde anoniem blijven.'

'Dat had u al gezegd, dokter. Ik dacht veeleer aan de interactie die ontstond toen de bezoeker en uw patiënt elkaar zagen. Of was die er niet? Hebben ze elkaar gesproken? Wat was de commentaar van de bezoeker? Was hij kalm? Verrast? Op zijn hoede? Hij is een kroongetuige, we kunnen hem zo nodig opsporen.'

De dokter keek verrast op. 'Ik denk niet dat zoiets zal nodig zijn, commissaris. Hij is hooguit twee minuten in de wachtkamer gebleven. Het enige wat ik me nog herinner is dat hij zijn ogen werkelijk in de patiënt boorde.'

'Niet het minste teken van herkenning?'

'Affirmatief. De man verklaarde nadien dat hij zich vergist had en de patiënt nog nooit gezien had. Die patiënt maakte het me niet gemakkelijk, commissaris. Zijn gezicht miste elke uitdrukking. Ik dacht aan het syndroom van Moebius, maar dat bleek niet helemaal het geval.'

Bottu registreerde zijn ontwijkend antwoord. 'In mensentaal?'

'Een aangeboren afwijking. Gedeeltelijke verlamming van de gezichtsspieren, het maakt lachen onmogelijk.'

De commissaris keek hem aan, bladerde dan in zijn boekje. 'Maar u vertelde me maandag net dat er fysieke pijn op zijn gezicht verscheen toen hij het had over een vrouw en een foto?'

De dokter leek even uit evenwicht, maar herpakte zich. 'U hebt goed geluisterd, commissaris.'

Opeens gleed Bottu naar een ander onderwerp. 'Uw vrouw is niet thuis, merk ik nu.'

De dokter haalde de schouders op. 'Ik heb haar gevraagd om alleen te zijn en ze heeft niet nee gezegd. Wij zien elkaar nog amper. Die vrouw hoorde een deel van mijn toekomst te zijn, maar het is anders uitgedraaid. Wat we willen is aandacht, geen geld of promotie.'

'En wat wil een mens dan wel, dokter?' vroeg de commissaris met gespeelde belangstelling.

'Genegeerd worden is het meest beangstigende wat bestaat, commissaris. Mijn eigen vrouw doet of ik lucht ben, Vera is weg, mijn baan in het ziekenhuis staat op de tocht. Ik mis zekerheid.' De woorden klonken alsof ze over iemand anders werden uitgesproken.

De lippen van Bottu krulden. 'Als niets zeker is, is alles mogelijk, dokter.'

Op dat ogenblik diepte een van de twee agenten opeens een nog met kleefband dichtgeplakte, bruine envelop op die verscholen zat achter een rij boeken tegen de wand van de kamer. De werkkamer schrok op bij het geluid van openscheurende geheimen. Seconden later schoven plastic vingers behoedzaam vier glanzende foto's over de tafel, richting commissaris.

Het waren vier genummerde foto's. Allemaal hetzelfde formaat. Het ging om dezelfde foto, maar telkens vanuit een ander perspectief genomen in de collegezaal van de medische faculteit. Daarop was het slachtoffer te zien, alleen gekleed in een blauwgrijs gestreepte pyjama, blootsvoets op slippers, een sjaal in vergane kleuren dubbel geknoopt rond de hals, felblauwe, wijdopen ogen waarin licht speelde. Daartussen, pal in het midden, een dodelijk gaatje. Op de achterkant van de eerste foto stond in regelmatige drukletters: '*ZIE JE NU WEL WAT ER GEBEURT MET MENSEN DIE VEEL TE*

HEBBERIG ZIJN'. De achterkant van de drie overige was afgezien van de nummering maagdelijk blank.

De dokter leunde voorover, keek omhoog naar de ogen van de commissaris, die fel terugkeken. 'Ik ben even verbaasd als u, commissaris. Ik kan hier geen zinnige verklaring voor geven. U moet me geloven, commissaris.'

Bottu haalde diep adem door de neusgaten en keek Leleux onderzoekend aan. 'Ik evenmin, dokter. En of ik u geloof valt nog te bezien. Misschien ben ik juist daarom politieman geworden. In de huid van een ander kruipen, zoeken en blijven zoeken.'

Leleux stond op, liep de kamer op en neer, ging dan tegen de muur leunen, alsof hij afstand wilde nemen van de plaats. De arrogante dokter van een halfuur geleden leek opeens gekrompen. Hij schoof met de rug tegen de muur als een vlek naar beneden. Bottu kende dat splijtende moment.

'Ben ik nu een verdachte, commissaris?' Hij zei het op de toon van iemand die aan de zwarte zijde van een spiegel staat.

'Iedereen is verdacht, dokter.' Bottu stak zonder toelating te vragen een pijp op.

'Nu ja', zuchtte de dokter.

De commissaris duwde het recordertje uit. De dokter keek hem met nog meer ongeloof aan.

'En dan is er nog iets, dokter. U herinnert zich nog de baliedame, die de man zonder geheugen opving toen hij het UZ werd binnengebracht? Die kwam eergisteren terug uit vakantie, en ze zei me dat ze er zeker van was dat de man een zwartlederen tas bij zich had toen hij in het ziekenhuis aankwam. Hij hield die naar het schijnt angstvallig met de arm tegen het lichaam gekneld. Achteraf was van die tas geen spoor meer te bekennen. U beweerde nochtans dat de man niets bij zich had toen hij arriveerde. Denkt u daar nog eens rustig over na.'

De dokter deed alsof hij de woorden niet gehoord had. 'De foto's hier voor ons geven het antwoord op uw vraag van daarstraks, waarom Vera die woensdagnacht niet samen met mij in het ziekenhuis toekwam, commissaris.'

'U bedoelt toch niet dat ze die foto's zelf zou..?'

Leleux knikte uitvoerig. 'En ja, ze heeft het die nacht tussen ons uitgemaakt. Ja, ze vroeg of ze met mijn auto terug naar het ziekenhuis mocht rijden. Ja, ik heb dat toegestaan. Een getuige zag toch rond enen een zilvergrijze Toyota RAV4 van de medische faculteit wegschuren? Dat was zij, commissaris.'

'Dat hebt u bijzonder goed onthouden, dokter.'

Leleux ging op zijn elan verder. 'En ja, ik ben na het telefoontje van Martine Verhelle te voet terug naar het ziekenhuis gelopen. Ik had dringend lucht nodig, na wat Vera me allemaal in het gezicht had geslingerd. Ja, ik had tijd nodig om na te denken en om mijn hoofd helder te maken.'

'Maar daarmee hebt u me nog niet gezegd hoe de foto's hier in uw werkkamer terechtkwamen.'

Leleux aarzelde geen seconde, zijn vinger ging van links naar rechts, alsof hij dingen wilde wegstrepen die in de weg zaten. 'Dat moet een duivelse streek zijn van mijn vrouw. Zij heeft de echtscheiding aangevraagd, een zware financiële claim daar bovenop. Achter mijn rug wordt gegniffeld. U zei daarnet zelf dat vrouwen wat in het leven van een man kunnen aanrichten. Nu weet u alles, commissaris.' De dokter bleef de commissaris aankijken, op zoek naar een tevreden knikje.

'Niemand vertelt alles, dokter.' Hij zei het met een geschokte blik, rekte de stilte en liet die zijn opponent achtervolgen. 'Ik huiver van mensen die zichzelf ongepast een slachtofferrol toebedelen, de schuld bij de anderen zoeken en daardoor hun eigen tuintje voortdurend schoonvegen. Het nimby-syndroom, dokter, *not in my backyard.* Maar wees gerust, het is niet persoonlijk bedoeld.' Hij wachtte weer. 'Doe uzelf een plezier en werk niet op mijn zenuwen.' Het was eruit voor hij er goed erg in had.

Bottu merkte dat Leleux vocht om zijn zelfbeheersing niet te verliezen. In de borstkas van de commissaris woelde een draaikolk van gevoelens. Hij kende dat. Het was een teken van gruwelijk besef dat de voorbije minuten alles zouden veranderen. Ondanks zijn reputatie was Bottu altijd wat droevig als mensen met een plof uit hun rol vielen. Dan volgde niets dan stilte, terwijl de twee geüniformeerde agenten verder hun werk deden. Ze hadden geen oog voor dokter Huub Leleux, die nu helemaal uit mekaar gevallen was. Uit het gesprek van de dag voordien met die akelige man in café 'Leffe' had de dokter onthouden dat een vrouw die foto's had gemaakt. Eén ding wist hij zeker: die vrouw kon niet Vera geweest zijn. Bij zijn weten bezat ze zelfs geen fototoestel. Maar wie was het dan geweest? Was het die akelige man gelukt tot in zijn werkkamer door te dringen? Als dat zo was: had hij daarbij de hulp gekregen van zijn eigen vrouw? Als dat zo was: waren die bedreigingen in café 'Leffe' dan toch echt en liep hij reëel gevaar?

Bottu zat met even veel vragen in zijn hoofd als de dokter. Hij trok aan zijn pijp en keek de rook na die kringelend het plafond opzocht.

13

Vrijdag 17 augustus
Leuven, Bondgenotenlaan

Achttien uur.

Ze zaten aan hun vertrouwde tafeltje in café 'Leffe' vlak tegen het raam en keken naar het gewemel in de hoofdstraat van Leuven. Bottu met de vertrouwde Lindemans kriek voor zich, Polak met een Hoegaarden. Ze hadden beiden een pannenkoek besteld, de klassieke weekafsluiter. De patron was zo vriendelijk geweest om Marco Borsato in de luidsprekers te stoppen. De avondzon tafelde gul met hen mee en maakte het plaatje compleet.

'Maandag komt Vicky terug.' Er sprong een verwachtingsvolle glans in Polaks ogen.

Bottu wist dat hij een oogje had op Coetsier, zijn adjuncte die al een paar weken met vakantie was op Kretos. Die verliefdheid was al een tijdje aan de gang.

'Laat je gevoelens niet met je op de loop gaan, Nico. Ik ben nog niet zo zeker dat ze jou wel...' Hij besefte dat hij maar beter op tijd kon stoppen met gevoelige speculaties.

'In elke onzekerheid is hoop verscholen, Claude.'

Bottu dronk het ranke kriekglas gulzig half leeg, stak twee vingers in de lucht naar de ober, die antwoordde met een duim in de hoogte.

'Over onzekerheid gesproken, Nico. Een totaal onbekende, blonde, veeleer tengere man van een jaar of vijftig, zonder geheugen, bij het krieken van de dag zonder boe of ba met een achteraf spoorloze lederen tas onder de arm gedumpt in het UZ door een al even onbekende vrouw die dan de benen nam. Daar bezocht door een vreemde man die niet wilde gezien worden. Daarna als lijk ontvoerd uit de ziekenkamer waarin hij op professionele manier werd omgelegd, een gaatje millimeterprecies gericht tussen de ogen, uit een zeldzame, handgemaakte loop die je rillingen bezorgt. Daarna als een toeschouwer voor een verlicht scherm neergezet op de voorste rij, precies in het midden van een collegezaal in de medische faculteit. Een briefje met daarop een citaat uit de bijbel in de strot geduwd. Wijdopen dode ogen die keken naar een beeld van jongetjes op een draaimolen. De geluidsinstallatie aan, *'ALLES KOMT TERUG'* in drukletters op het bord geschreven.' Hij wachtte, hapte theatraal naar adem, dronk de kriek tot op de bodem leeg. 'Die man is een bron van onnoemelijk veel speculaties. Misschien slaat 'alles komt terug' op dingen die de man zich weer herinnerde? Misschien vertelde hij zaken aan die geheimzinnige bezoeker in het UZ en moest hij daarom dood?'

'En speelt die bezoeker een grotere rol dan we tot nog toe aannamen?'

'Juist. De timing lijkt in elk geval perfect te kloppen. Geef toe, Nico, er gebeuren minder vervaarlijke dingen tussen hemel en aarde.'

Polak onderdrukte met moeite een glimlach. 'Jij kunt het niet loslaten, hé. Maar ik zou de zaak niet beter kunnen samenvatten.'

De hoofdinspecteur wist dat de commissaris de dingen voortdurend herhaalde, terwijl hij de zaak als een film in zijn hoofd afspeelde. Dat gaf hem de gelegenheid om zaken op te pikken, waaraan zijn geest tot dan misschien te weinig aandacht had besteed.

Bottu haalde een in vieren gevouwen, tot op de draad versleten papiertje uit de bovenzak van zijn hemd.

' *'Engelen...*
zijn zij niet allen dienende geesten,
die uitgezonden worden ten dienste van hen,
die het heil zullen beërven?'

Je weet dat ik de tekst al tientallen keer herlezen heb, omdat ik denk dat de woorden de sleutel kunnen zijn. Maar ze weigeren hun geheim prijs te geven.'

'De bijbel is niet voor niets het meest gelezen boek,' grapte Polak, 'een boek vol venijn. Dat zit vaak in de details.'

'Zei ik gisteren met dezelfde woorden aan onze dokter Leleux. Hij reageerde niet met woorden, maar ik zag aan zijn ogen dat ik dingen in hem wakker maakte. Witte jassen, wij kijken naar ze op, sommigen wanen zich een halfgod en spelen voor God, maar het zijn mensen als wij.'

'Die dokter weet veel meer over het voorval in de medische faculteit dan hij over zijn tong krijgt, Claude.'

'Een *understatement.* Is hij bang? Is hij nauw bij de zaak betrokken? Beschermt hij iemand? Hoe meer ik hem zie, hoe meer zijn alibi opraakt. En toch blijf ik twijfelen. Eigenaardig genoeg lijkt hij niet uit te zijn op materiële status. Maar hij is wel iemand die wil gezien worden met aantrekkelijke vrouwen. Hij heeft een afkeer van middelmatigheid en is niet gewend dat mensen nee zeggen. Hij zit complex in mekaar, maar dat maakt van hem per definitie nog geen moordenaar.'

Polak greep een papier dat al een tijdje doelloos voor hen lag. 'Uit het rapport van de technische jongens blijkt dat zijn ganse collectie antieke wapens keurig geregistreerd is. Nummer, herkomst, data. Bijna *te* nauwkeurig. Geen enkele loop die in de buurt komt van die waar de man zonder geheugen in gekeken heeft. Het zou ook volkomen gek zijn een moordwapen naast je werkkamer te bewaren.'

'Correctie: hij wist niet dat er een huiszoeking aankwam. Ik had aangedrongen op een tweede gesprek bij hem thuis, meer niet. Dat pleit voor hem.' Bottu keek naar de stadsschouwburg aan de overkant. 'Hij is een man waar je niet makkelijk doorheen kunt kijken. Op dat punt lijkt hij op een acteur in zijn eigen stuk.'

'In zijn brandkast zaten alleen persoonlijke papieren. Maar de foto's die achter een rij boeken verstopt werden, dat is natuurlijk een ander verhaal.'

'Hij wist dat die foto's op die plaats lagen, Nico. Eigenaardig dus dat uit zijn non-verbale communicatie bleek dat hij oprecht geschokt was toen de agenten de envelop voor zijn ogen openscheurden en hij de foto's te zien kreeg. Waarom is die omslag de hele tijd met tape dichtgeplakt gebleven? Was hij misschien overtuigd dat er andere foto's in zaten die hij verborgen wilde houden?'

'Ofwel ging het om foto's die hij zelf gemaakt had, was hij daarmee wat van plan en speelde hij een stukje toneel? Dat zou natuurlijk zijn tijdsgebruik die woensdagnacht kunnen verklaren. Maar waar hing zijn assistente Vera op dat ogenblik dan uit? Is ze de hele tijd bij hem geweest en reed ze echt alleen terug naar het ziekenhuis?'

'Hij heeft die foto's niet zelf gemaakt, Nico. De woorden op de achterkant horen niet thuis op zelfgemaakte foto's. Bovendien is het niet zijn handschrift. Hij heeft een klein, keurig handschrift. Typisch voor iemand die orde in zijn geest bewaart. '

'ZIE JE NU WEL WAT ER GEBEURT MET MENSEN DIE VEEL TE HEBBERIG ZIJN. Er is niet veel fantasie nodig om te zien dat iemand angst wil zaaien.'

'Ik ben ervan overtuigd dat de dokter op de *locus delicti* was, dat hij gezien heeft wat er gebeurde en misschien op een of andere manier heeft meegewerkt. Toch blijf ik erbij dat de moord op de man zonder geheugen het werk was van een pro, die handelde in opdracht van iemand. De zaak was te grondig voorbereid.'

'Dat bewijzen wordt een hele klus, Claude.'

'We moeten aanknopingspunten vinden in het tafereel zelf. Iemand wilde de man zonder geheugen te kijk zetten op een plaats waar hij wat mee te maken heeft. Anders hadden ze hem beter in het UZ kunnen laten. Waarom neemt iemand zoveel risico? Elk detail heeft zijn betekenis: de sjaal, de collegezaal, de woorden. Bij de moord stond bovendien die oude, geprojecteerde foto van vier jongetjes centraal, neem dat maar van me aan. Het zit allemaal vastgeroest in de tijd.'

Polak greep weer naar het technisch verslag. 'Hier staat dat het beeld van de jongetjes op de oudmodische draaimolen zo'n vijfentwintig jaar oud moet zijn en aan de omgeving te zien zou kunnen gemaakt zijn op een boogscheut hier vandaan, namelijk aan de Zoete Waters in Heverlee.'

'Zou kunnen? Twee woorden waar ik een hekel aan heb, Polak. Dat soort draaimolens trof je in die tijd in elk speelpark aan. Ik ben ze bij bosjes in Antwerpen tegengekomen.'

'Het verband is misschien erg losjes, maar het zou kunnen dat de dode man juist in de medische faculteit werd geconfronteerd met zijn eigen verleden en dat hij uit het Leuvense afkomstig is.'

'Dat hij zelf niet op die foto staat, is daarbij een feit. De jongetjes zijn wellicht twintig jaar jonger dan de man.'

'Zijn kinderen?'

'Dat is twijfelachtig. Waarom doet iemand in godsnaam al die moeite, Polak? Een oude foto projectieklaar maken, het scherm neerlaten, de projector instellen. Niet iemand die dat dagelijks doet, want het beeld stond alles behalve scherp. Dat doe je alleen als je echt iets wilt tonen, iets wat je belangrijk vindt en waarmee je al lang bezig bent.'

'Die man moet dus nauw betrokken zijn bij het vroegere leven van iemand. Maar wel op zo'n manier dat hij er dood voor moest.'

'Het verleden maakt wie je bent. Een groter cliché ken ik niet, maar eentje met meer waarheid evenmin. Bij de plaats waar de foto volgens de technische recherche genomen werd, heb ik twijfels. Hij werd verschillende dagen na elkaar getoond op de regionale tv-omroep ROB, toch druk bekeken in en om Leuven, maar geen kat die reageerde. Alleen één geheimzinnige bezoeker kwam met onduidelijke bedoelingen opdagen en wilde niet verder dan de bezoekerskamer. Dokter Leleux weet even goed als ik dat die bezoeker de man zonder geheugen kende, geloof me.'

'De vraagt blijft natuurlijk waarom hij naar het ziekenhuis kwam. We hebben alleen losse stukken, Claude.'

'We hebben een theorie, Nico. Een man zonder geheugen wordt door een hitman afgemaakt en in een collegezaal geconfronteerd met het verleden, dat van hem of van iemand anders. Iemand maakte foto's van de dode en bezorgde ze aan dokter Leleux, omdat die op de een of andere manier bij de zaak betrokken is.'

'Je sluit de dokter dan toch niet uit?'

'Ik sluit hem uit als moordenaar, niet als medeplichtige. Voor de moord zelf zitten we achter iemand aan van wie de achterlichten vervormd worden door loodrechte regen, en die de streek goed kent. Als je hem volgt en niet goed oplet, sodemieter je voor je het weet de afgrond in.' Hij dronk de tweede Lindemans in een teug op, schoof zijn leeg bord aan de kant. 'De moordenaar denkt dat hij zijn sporen kan uitwissen, maar dat lukt hem niet. Iedereen laat sporen na. Eén vezel, één haar, één druppel is voldoende.'

'Zo ken ik je weer, Claude.'

'Iets anders, ik heb vanmiddag op kantoor een telefoontje gekregen van Gijs Boersma, een vliegende Hollander die jaren geleden bij de politie in Oostende is geland.' Hij wachtte lang, nam een slok, nog een, streek over zijn kale knikker. 'Hij vroeg me of ik een zekere Hoogmartens kende, met als adres dat nieuwe luxecomplex aan de Kaboutermansstraat. Het schijnt om een privédetective te gaan. Zijn vraag hield verband met een moord op de zeedijk van Oostende, die hem zwaar op de maag ligt. Meer wilde hij niet aan me kwijt. Hij vroeg ons het oor te luisteren te leggen.' Hij keek de straat over en liet zijn blik op een onbestemd punt rusten. 'Ik hoop maar dat ik nooit met iemand als hij moet samenwerken. Die Boersma staat bekend als een uitstekende speurder, maar tegelijk als een onverbeterlijke *Einzelgänger*.'

'Tegen wie zeg je het?' Polak wist hoever hij kon gaan. Dit was het uiterste punt.

Bottu stak twee vingers in de lucht. De ober had het onmiddellijk in de gaten.

'Wat dacht je van een 'Verboden vrucht' als afsluiter? Verboden vruchten laten zich best in het geniep smaken. Denk maar aan die hitsige Vera in haar verpleegsteruniform met niets daaronder.'

Ze lachten, als twee gabbers. Vanaf maandag, als Coetsier terug was, zou alles weer anders zijn.

Vrijdag 17 augustus
Leuven, flat in Sint-Maartensdal

Tweeëntwintig uur.

'Neem een half blaadje papier, Nico.'

Polak herkende door de telefoon de uitdrukking die Bottu gebruikte als hij een vers spoor rook en uit was op bevestiging. Hij klonk amechtig, hij rookte de laatste tijd weer veel.

'Mijn uroloog wist me daarstraks rond het groene laken te vertellen dat die assistente Vera van dokter Leleux voluit Verona Steenburgen heet. Ze is Nederlandse en heeft nog bij hem op de afdeling gewerkt.'

'Toch nog de tijd gehad om een partijtje biljart te spelen, hoop ik?' grapte Polak.

'Ze werd overgeplaatst naar een andere afdeling, omdat ze al te nadrukkelijk achter een patiënt van urologie aanzat. Een professor emeritus aan de faculteit Rechten van de Alma Mater nog wel. Blijkt dat het gaat om een zekere Aurélien Renauld, een jonker uit een familie die kraakt van de geschiedenis. Hij heet voluit Aurélien Renauld de Termonde senior.'

'Dus moet er ergens ook een Aurélien Renauld junior rondlopen?'

'Zijn enige zoon. Dat blijkt een succesvolle advocaat te zijn in Oostende. Hij heeft zich gespecialiseerd in fraudedossiers en laat zich graag *maître* noemen. Iemand met dollartekens in de ogen, hebben ze me enkele minuten geleden verzekerd.'

'Ze?'

'Enkele jaren geleden heeft de professor emeritus als enige erfgenaam het hele familiefortuin in de schoot gegooid gekregen. Hij bewoont nog altijd het familiedomein, even buiten Oostende. Ik dacht meteen aan die zaak van die steenrijke tabaksfabrikant, die zijn fortuin naliet aan een prostituee die nadien alles aan de fiscus moest afdokken.'

'Zeg niet dat je me daarom nog zo laat belt.'

'Vera is kort geleden bij de professor ingetrokken en heeft dokter Leleux laten vallen als een baksteen. We kunnen haar wellicht schrappen als mogelijk medeplichtige. Hoewel, er zijn een paar scherpe kantjes aan het nieuwe verhaal.'

'Ik kan amper wachten, Claude.'

'Eén: waarom blijft ze nachtwerk doen in het ziekenhuis, terwijl thuis, bij haar professor-emeritus, het geld voor het rapen ligt? Meer nog: waarom heeft ze daar dagelijks het lange traject Oostende-Leuven voor over?'

'Ik ken anders meer pendelaars die genoodzaakt zijn dat te doen.'

'Werkmensen, Nico, geen vlinders met vele kleuren als Vera. Twee: waarom gaat ze die bewuste woensdagnacht toch nog op stap met haar oude vlam, dokter Leleux? Voor een partijtje stomende seks, waar ze thuis niet aan toe kwam? Of voor een lang beraamd plannetje, waarvoor ze zich rijkelijk liet betalen? Vast het tweede, want de professor is voor zijn leeftijd nog behoorlijk seksueel actief.'

'Hoe weet jij..?'

'Medisch geheim, Nico. Drie: die professor Renauld blijkt niet alleen nazaat te zijn van een wapenfabrikant, maar is zelf nog steeds een uitmuntend schutter. Hij frequenteert verschillende schietclubs en kent het milieu dus als niet een. Vier: hij bezit een niet onaardige collectie wapens, met een voorkeur voor handgemaakte wapens, en hij klopt verhalen daarrond op tijdens bezoekjes aan zijn uroloog. Vijf: het blijkt de professor geweest te zijn die onze man zonder geheugen na de oproep op televisie een bezoekje bracht en lang met hem *en* met Vera in een bezoekerslokaaltje zat. Leleux loog dus tegen ons toen hij het had over een bezoek dat hooguit twee minuten duurde, en hij repte met geen woord over Vera. De vraag is: waarom?'

'Die uroloog, hoe wist die dat dan?'

'Van Leleux zelf.'

'Dat verwondert me niet. Zo zijn dokters als ze het met elkaar hebben over wat er onder het verpleegstersuniform zit. Hitsige Vera liet blijkbaar niemand onberoerd.'

'En ik die dacht dat je in het UZ enkel als vrijwilliger in palliatieve zorgen geïnteresseerd was, Nico?'

Af en toe kon Bottu de toespelingen niet laten op het vrijwilligerswerk dat Polak leverde op de afdeling Palliatieve zorgen van het UZ Gasthuisberg. Maar diep in hem had hij bewondering voor het engagement van zijn adjunct.

'Eindelijk iets concreets, is het dat wat je me wilde zeggen?' vroeg Polak.

'Juist. Niets ruikt beter dan een vers spoor. Maar we zullen via de band moeten spelen. Zoeking is niet mogelijk. De professor-emeritus is nog geen verdachte, behoort tot de hoogste intelligentsia, verknoopt met alle notabelen van de stad, recent nog in de adelstand verheven, intimus van de rector. Moet ik nog verdergaan?'

'Het lijkt of het toeval een plaatsje gezocht heeft in en rond het UZ.'

'We moeten handelen alsof dit geen toeval is. Het risico is groot dat we tegen de wind in zullen moeten, maar wij zijn geharde politiemannen. Slaap wel, Nico. Droom zoet. Maandag is Vicky terug.'

Polak kon natuurlijk niet merken dat Bottu een kleine beweging aanzette om in zijn eentje een dansje te doen. Marco Borsato keek welwillend toe en verhief de stem.

Dansen deed de commissaris hoogstzelden.

Vrijdag 17 augustus
Herent bij Leuven, luxueuze loft

Drieëntwintig uur.

De grote man stond aan het raam van de loft en keek het donker in. De klare hemel was bezaaid met sterren. Hij nam zijn gsm en vormde zonder aarzelen het nummer van dokter Leleux.

'Waarom bel je me nog zo laat?' vroeg de dokter, terwijl hij de slaap uit de ogen wreef.

Hij was eindelijk ingedommeld bij een paar glazen bordeauxwijn. Hij had dringend slaap nodig, want zijn geest was de afgelopen dagen onafgebroken geplaagd door beelden waarvan hij dacht dat hij ze verdrongen had. Toch had hij de stem onmiddellijk herkend.

'Ik ben vorige dinsdag in café 'Leffe' vergeten je iets cruciaals te vertellen. Ik heb namelijk ook nog gezien hoe je een man zoende op de parking van die chique hoeve in de Katharinadreef in Heverlee. Dat etablissement mag dan afgelegen zijn, in complete duisternis gemaakte foto's met infrarood zijn verbazingwekkend scherp. Hetero of homo, tot daar, maar biseksueel. Je machogabbers zullen raar van je opkijken. Iemand van jouw rang en stand, kijk eens aan.'

De dokter was opeens weer klaarwakker. 'Waar wil je naartoe?'

'Ik wil je duidelijk maken dat je de laatste weken een hoogst interessant studieobject voor me bent geworden. Ik ben van plan om de prijs te verhogen die we vorige dinsdag aan tafel hadden afgesproken. Tweeduizend wordt vijfduizend. Een prikje voor het doorslikken van dat soort informatie, geloof me.' De stem van de grote man klonk duidelijk en vastberaden.

'Ben je helemaal gek geworden? Trouwens, we hebben in café 'Leffe' helemaal geen prijs afgesproken. Je beweerde zelfs dat geld je niet interesseerde en dat je alleen wilde dat ik mijn mond hield, omdat ik bepaalde dingen had gezien.'

'Als ik gek was, vroeg ik minstens tienduizend en dan nog ben ik er zeker van dat je je zou reppen om te mogen afdokken. Ik blijf herhalen: je moet in het leven niet dapper zijn om dingen te doen, je moet dapper zijn om de gevolgen te aanvaarden.'

'Waar heb je het nu weer over?'

'Dat weet jij maar al te best. Niet meer over die mietjes in je chique hoeve. Eén enkel woord van me en de politie zal het deksel weer van dat potje halen, die ontzettende stank van vroeger zal weer naar boven komen.'

'Wat vroeger gebeurd is, hadden we voor eens en altijd geregeld. Al vijfentwintig jaar lang.'

'Het is aandoenlijk hoe ze hardnekkig het verkeerde spoor zitten te besnuffelen. Ik heb bijna medelijden met ze.' Hij wachtte. 'Eén woord van me en opeens is er een vonk die alles verlicht. Op dat ogenblik is het voor je te laat.'

'Dan hang jij even goed als ik.'

'Het gevaarlijkste wat je kunt doen is die commissaris Bottu onderschatten. Hij kan niet tegen zijn verlies. Hij is het die jaren geleden een van mijn beste maten de Antwerpse lik heeft ingedraaid. Ze beseffen in Leuven niet wie ze binnengehaald hebben, nog niet. Hij is een krokodil, zien en niet gezien worden, je op het gepaste ogenblik tussen de kaken klemmen en niet meer loslaten.'

'Hoe lang kennen wij mekaar? Veertig jaar of zelfs meer?'

'Vroeg je vorige dinsdag al. Vijfentwintig jaar, antwoordde ik toen.'

'Chantage op een jeugdvriend, ik had het nooit van je durven denken.'

'Wie heeft je ooit gezegd dat we vrienden waren? Weet je, ik zou je zelfs niet als buur willen.'

'Ik dacht dat je alleen gek was op vrouwen, sensatie, avontuur en dat geld je amper interesseerde.'

'Soms haal ik mijn prioriteiten door elkaar. Vijfduizend, in bankjes van honderd, volgende zaterdag.'

'Dat is verdomd morgen al.'

'Weet je, ik zie niet meer op tegen weekendwerk en ik hoop van jou hetzelfde. Trouwens, zondag ben ik niet vrij. Dan neem ik een snipperdag. Vanaf zaterdagmiddag ga ik uitwaaien in Oostende, met gratis logies op de luxeflat van een andere goede vriend. Op de zeedijk, dus met frontaal zicht op zee. Ik hou van kijken naar het spel van de aanrollende golven.'

'Waar vind ik in zo korte tijd dat geld?' De dokter klonk niet alleen paniekerig, hij was het ook. Hij wist dat die andere nu met alle mogelijke middelen zijn zwakte zou gaan uitbuiten.

'Dat is dan jouw probleem. Misschien kun je wat lenen bij een van de collega's dokters? Die bulken toch van de poen. We spreken morgenochtend af in Heverleebos, zonder fout en volgens mijn regels wel te verstaan. Ik laat je de plaats en het uur nog weten per sms. Ik geef je nog even de tijd om het geld bijeen te scharrelen. Anders steek ik de vuurwerkpijlen aan. Dan zul je meer kleuren kunnen zien dan je lief is.'

Het bleef enkele tellen stil. Enkel geadem, aan weerszijden van de lijn.

'Je zit me toch niet in de maling te nemen?'

'Nu je het zo zegt, misschien ben ik in Heverleebos heel andere dingen met je van plan. Soms is het in het leven winnen, soms verliezen. Niets is zo triest als een slechte verliezer.'

Toen zweeg de telefoon opeens. Hij hijgde nog een paar keer na.

14

Zondag 19 augustus
Antwerpen, Schuttershofstraat

Antwerpen, 19 augustus

Mijnheer de commissaris,

Ik wil het met u hebben over de dood.
Ik heb na lang aarzelen de moed bijeen geschraapt om u te schrijven.
Misschien klinkt wat volgt een beetje verward. Ik dacht dat ik nooit verweer zou hebben tegen wat gebeurd is. Maar eindelijk heb ik mezelf ervan overtuigd dat het verleden zich wel laat ontluisteren, tenminste als je de moed kunt opbrengen.
De loyauteit aan de leugen moet eens en voorgoed ophouden.
Daarom schrijf ik u deze brief.
Er zijn vreselijke dingen gebeurd in Oostende, een man werd omgebracht in een ziekenhuiskamer in Leuven. Het tweede wist u, het eerste niet, nog niet.
Alles wijst erop dat de ultieme afrekening eindelijk begonnen is. Ze zullen ongetwijfeld ook mij weten te vinden. Ik droeg toen een andere naam dan vandaag, maar diep binnenin ben ik altijd dezelfde gebleven. Al herken ik op sommige dagen mezelf niet meer.
De woede lag al die jaren te gisten. Het komt altijd op hetzelfde neer: God, de mens, schuld, boete.
Er zullen er nog anderen afgemaakt worden. Misschien morgen al. Of vandaag. Als hij zijn zinnen op iets gezet heeft, gaat hij door alles heen. Zijn leven is een open wonde.
Mijn enige redding is een brief. U alles vertellen, met mijn geweten in het reine komen.
Zij komen er geheid achter. Het kost me mijn nek. Figuurlijk alleszins.
Je bijt niet in de hand die je voedt. Dat ik al die jaren bleef zwijgen, daar kwam het voor hen op aan.

Ik zit gekneld in een paradox. Ik zal rennen voor mijn leven als ze achter me aan gaan. Zelfs een insect dat dreigt verpletterd te worden, rent voor zijn leven.
Alles gaat voorbij, als het water onder de brug en de tijd filtert de dingen, zegt men. Maar wat toen gebeurde gaat nooit voorbij. Vijfentwintig, dertig jaar geleden. Niet alleen beelden zijn herinneringen, woorden zijn dat evengoed.
Deze inkt smaakt naar bloed.
Misschien lukt het hem en mij door deze brief om voor de rest van ons leven nog wat geluk te vergaren. Zonder geluk kan niemand.
Ik vertel u later nog veel meer. Misschien moeten wij mekaar maar eens persoonlijk ontmoeten op een geheime plaats. Wraak maakt alles donker binnen in je. Ik kan daar niet zo goed mee overweg.

Zeer genegen,

uw Luciana.

Ze opende haar zwarte pennendoos, borg de zwarte vulpen weer op, raakte de pot met zwarte inkt even aan, schoof hem opzij. Ze hield van zwart. Het gelijnde papier werd gevouwen, nog eens, nog eens, nog eens, tot een nietig hoopje van amper vijf bij zeven centimeter overbleef dat iemand desnoods makkelijk in zijn mouw kon verstoppen. Ze rolde met haar bureaustoel een kleine meter de kamer in, bukte zich, trok de onderste lade van de tafel open, legde het beschreven blad daarin, deed de lade weer dicht, draaide aan de sleutel, vergewiste zich ervan dat ze goed gesloten was en keek de kamer in. Dan plooide en strekte ze de gewrichten en keek naar de klok. Drie uur veertien. Over een paar uur was het licht. Eindelijk. Ze hoorde hoe de westenwind bleef jammeren tegen het raam, zag hoe de regen loodrechte strepen trok tegen het glas. Het donker had een rauwe lach. Net als een uur geleden. Het leek een bevroren moment. Haar gedachten bleven te zwart en te moeilijk. Bij nader inzien was er niets veranderd.

15

Zondag 19 augustus
Oostende, zeedijk

De zonnige zondag zinderde tegen de gevels. Na een stormachtige nacht met veel regen beloofde de zon die ochtend een dag om eindeloos van te genieten. Maar dat zou niet voor iedereen het geval zijn.

'Godver, op een zondag en zo vroeg', zei Boersma, terwijl hij het portier van zijn aftandse Ford Escort zo hard toegooide dat zelfs zijn adjunct ervan opkeek.

'Je kent het verhaaltje van de drie p's die altijd en overal moeten opdraven, Gijs, wat voor dag het ook is', knorde Bervoets. De inspecteur trok in de hoek van de parkeergarage de fietsspelden van zijn broekspijpen.

'Priesters, prostituees en politie. Daarbuiten staat de zon ons aan de hemel uit te lachen.' De wijsvinger loodrecht in de lucht. 'Ik hoop maar dat het daarboven de moeite waard is.'

Op dat ogenblik ging de toegangspoort omhoog en kwam de Volvo van wetsdokter Sergeys de parkeergarage ingereden, op de voet gevolgd door de mannen van de technische recherche. Niemand van hen had zijn zondagse gezicht opgezet.

'Waar is de party?' riep de wetsdokter. Hij tilde het kofferdeksel op en greep zijn tas.

Bervoets gaf met de vinger weer een teken naar boven.

'Ouderdom voor schoonheid', grapte de wetsdokter en liet hoofdinspecteur Boersma voorlopen.

Zonder nog een woord te zeggen namen ze samen de lift naar de vierde verdieping. Ze kenden haast blindelings de weg in 'Residentie Winston Churchill'. Ze beseften op dat ogenblik echter nog niet dat het schouwspel dat boven in de flat op hen wachtte, hun stoutste verwachtingen zou overtreffen.

Op de gang van de vierde verdieping wachtten de collega's van de wijkpolitie hen op. Zij hadden de man die ochtend aangetroffen. Er waren twee dringend opgeroepen schoonmaaksters van vreemde origine met emmer en dweil druk in de weer het water zoveel mogelijk weg te nemen. De deur van de flat stond open. De wetsdokter liep als eerste naar binnen, achter hem Bervoets. Boersma vond het wijselijk om eerst zijn nagelnieuwe schoenen uit fragiel nubuckleder en zijn kousen uit te trekken en stapte blootsvoets met grote passen het tafereel tegemoet.

Afgezien van het water op de vloer lag flat 04.02 er bij zoals ze hem een paar dagen geleden hadden achtergelaten. Dat was niet het geval met de badkamer. Die was in een waar slagveld herschapen.

'Wij hebben niks aangeraakt, alleen hebben we meteen de badkraan dichtgedraaid,' zei de jongste van de twee wijkagenten, 'we hebben dan braafjes gewacht tot jullie er aankwamen.' Hij wees naar het bad. 'Een kind kon zien dat het voor de stakkerd toch te laat was...' zei hij schouderophalend.

'Dat hebben jullie dan heel verstandig aangepakt,' zei de wetsdokter op de gespeelde toon van een vader die zijn kinderen prijst met hun goed rapport, 'wij nemen het boeltje hier wel over.' Hij liet het bad leeglopen. 'Wanneer zijn jullie hier juist toegekomen?'

'Om zeven uur eenenvijftig stonden we hier al boven', zei de oudste wijkagent rustig.

'Een man had deze doffe ellende aangetroffen toen hij hier vanmorgen toekwam. Hij heeft ons opgeroepen, maar hij is in zeven haasten vertrokken toen we hier arriveerden', pikte de jongste aan.

'Een zootje ongeregeld, dat zijn jullie!' riep Boersma, terwijl hij de blik van de twee afwendde en in al zijn zakken zijn notitieboekje zocht.

'Waarom zegt u die dingen?' sputterde de oudste tegen.

'Dat mag je zelf bedenken.' Het gezicht van de hoofdinspecteur sprak boekdelen. 'De enige getuige die vlak voor je neus staat, doodgemoedereerd laten vertrekken. Godver...'

'Hij liet wel dit kaartje na. Naar het schijnt kent hij u zelfs goed.' De oudste wijkagent liet de laatste twee woorden genietend van de tong rollen en bleef Boersma daarbij aankijken.

Een seconde later stond de hoofdinspecteur met het businesskaartje van Joe Tavernier, afgevaardigd bestuurder van 'Mita Investments', in de hand. Hij vloekte binnensmonds.

De ogen van de man in het bad stonden wijdopen, als van iemand die tegelijk met verbazing en angst zit te kijken naar wat er zich rondom hem afspeelt. Hij moest rond de vijftig zijn, had een fijn snorretje, lange bakkebaarden, was groot van gestalte en struis gebouwd, maar geenszins corpulent. Hij had een gespierd lichaam, duidelijk een trouwe bezoeker van de fitness. De recente brandwonden over zijn hele lichaam waren weerzinwekkend. Alle producten uit de toiletkast lagen over de vloer verspreid. Shampoo, parfum, aftershave, oorstaafjes, kammetjes, borsteltjes, alsof iemand als een waanzinnige naar iets op zoek was geweest. De bril van de wc stond omhoog. Doorweekt toiletpapier plakte tegen de vloer.

'Geloof jij in het echte kwaad?' vroeg de wetsdokter aan Boersma.

'Kom op, Luc, in een job als de onze...'

'Ik bedoelde dit hier,' zei dokter Sergeys, terwijl hij wees naar de muur achter hen.

In vuurrode letters van zeker een halve meter hoog had een spuitbus fluorescerend 'Satan' tegen de muur gegooid. Boersma schudde onbegrijpend met het hoofd.

De kamerknecht vlak voor de douche stond in fel contrast met die wanorde. Daarop hing een netjes opgeplooide broek en een vest van een maatpak, een kraakwit hemd en een felrode das, ondergoed en een paar zwarte sokken. Bervoets doorzocht systematisch alle zakken van broek en vest.

Dan een zucht. 'Leeg, op deze twee dingen na.'

Hij toonde een treinticket en een in vieren gevouwen papiertje. Het treinticket betrof een dubbele reis van Leuven naar Oostende in eerste klas. Op het papiertje was in keurig handschrift het adres van flat 04.02 geschreven, en daaronder stonden in potlood de initialen H.L.

Boersma legde de kin in de rechterhand. 'De dooie is vanuit Leuven naar een afspraak hier in Oostende gekomen. Met de trein dan nog. Hier zou hij iemand met initialen H.L. ontmoeten.'

'Zijn moordenaar', zei Bervoets vastberaden. Dan een lachje. 'Hannibal Lecter.'

Het grapje ging er niet in.

'Loop niet te geiten, Rudi. Het treinticket is op datum van gisteren. De man moet gisteren zaterdag in Oostende toegekomen zijn. Je hebt ook geen sleutels in zijn zakken aangetroffen?'

Bervoets schudde van neen.

'De dode had geen sleutel van de flat bij zich. Iemand moet hem hier binnengelaten hebben. Gebeurde dat gisteren al? Waar bracht hij dan de nacht door? Duidelijk niet hier op de flat, want het bed is onbeslapen. Of was de afspraak met die H.L. pas vanmorgen? Waar heeft hij dan sinds gisteren uitgehangen?' Boersma haalde bij die batterij vragen de schouders op, bij hem een teken van onmacht. 'Geen portefeuille of gsm in zijn zakken, Rudi?'

Weer ontkennend geschud van Bervoets. 'De moordenaar laat de identiteitsbewijzen verdwijnen en houdt duidelijk van raadsels. Iets zegt me dat zowel de doder als de dode een complex leven leiden.' Hij wachtte, keek zijn chef aan. 'Jij twijfelt er toch niet aan dat het om moord gaat, Gijs?'

Boersma knikte. 'De dader wil uitdagen,' zei hij bijna fluisterend, 'anders had hij toch gewoonweg de badkraan dichtgedraaid. Stromend water dat onder de deur loopt en zijn weg zoekt, valt vlug op. Zeg me niet dat hij de politie te grazen wil nemen...'

'Daar begint het anders goed op te lijken.' Bervoets toonde aan zijn collega een wit, gesteven schortje van een dienster, dat onder de broek op de kamerknecht hing.

Boersma scheen heel even te willen glimlachen. 'Een evaatje noemen wij zoiets', zei hij. De hoofdinspecteur dacht na, maar kon geen verklaring verzinnen voor wat het ding op de flat lag te doen, in de badkamer dan nog. Hij draaide zich met het schortje in de hand naar de dokter, die gebukt over het bad stond.

'Hoe lang is hij het hoekje om, denk je, Luc?'

'Een lijk verliest ongeveer anderhalve graad per uur. Het moet dus tussen vijf en zes vanmorgen gebeurd zijn.' De dokter kwam overeind en draaide zich naar Boersma. 'De boosdoener staat daar achteloos te zonnen tegen het raam. Er hangt nog behoorlijk wat nat aan, dus...' Hij wees naar de staande lamp die hen een paar dagen geleden al was opgevallen, omdat ze de enige schemerlamp was in de hele flat.

'Elektrocutie dus?'

'Je hoeft maar naar de brandwonden te kijken. Lamp in het water gooien, vonken, een paar kronkels van het lichaam, gesis van verbrand vlees, lopen naar de elektriciteitskast, voor alle veiligheid elektriciteit uitschakelen, lamp uit het water halen en ze netjes te drogen zetten in het zonnetje, differentiaalschakelaar en zekering terug aanzetten.' De anders zo traag pratende dokter ratelde.

'Zelfmoord is dus uitgesloten?'

'Volkomen. We hebben te maken met een koele *killer* die het terrein goed kende. Mijn mening.'

'Maar wel iemand met gevoel voor theater, Luc,' Boersma wees naar de natte vloer, 'en met een behoorlijke dosis lef.' Hij merkte dat hij nog steeds met het schortje in de hand stond.

De wetsdokter had het gezien. 'Een zaak die weer vol afleidingsmanoeuvres zit, Boersma. Bij die privédetective twee weken geleden was het niet anders.'

'Dezelfde hand, denk je?' vroeg Boersma.

De dokter schokschouderde. 'Zelfde *locus delicti*, weer een aanzet tot een spelletje. Dat schortje kan een hint zijn, maar tegelijk een afleidingsmanoeuvre. Ik hou het op dat laatste, maar ik ben natuurlijk niet de speurder. Van één ding ben ik zo goed als zeker: er is deze keer een vrouw bij de zaak betrokken. Het schortje wijst op een dienend iemand, wat dat ook mag betekenen.'

'Theater, ik zei het toch', herhaalde de hoofdinspecteur. Of toch misschien een broodkruimeltje, dacht hij erbij, maar hij sprak het wispelturige woord niet uit.

'De meest geraffineerde moorden gebeuren door halve gekken, Boersma. Ik vrees dat er zich zo eentje op je pad bevindt. Ik mag er niet aan denken wat er zou gebeurd zijn als die man van 'Mita Investments' de moordenaar vanmorgen op heterdaad betrapt had', zei de dokter.

'Misschien was hij zelf wel...' Boersma hield zich net op tijd in. Voorbarige conclusies waren de doodsteek van elk onderzoek. En dat hij van die Tavernier kokhalsde, was uiteindelijk zijn zaak.

'Jongens, een zetje graag.'

De dokter gaf een teken om een handje te komen toesteken bij het tillen van het lichaam. De mannen van de technische recherche onderbraken hun werk, kwamen toegesneld met de witte zak met de genadeloze ritssluiting.

'Het wordt weer de hele namiddag tafelen onder de grote lamp voor me', zei de dokter, terwijl hij de man mee uit het bad tilde.

Pas toen viel het doorweekte boekje op, dat klem moest gezeten hebben onder het lichaam.

De dokter boog zich voorover. 'Hou je witte handschoentjes maar klaar, Boersma, hier zit iets dat je zal interesseren.' Hij begon tegen zijn gewoonte te roepen.

Het was een notitieboekje, niet groter dan zes bij tien centimeter, kartonnen kaft met prettige figuurtjes. Zo'n ding waar meisjes van tien mee rondzeulen.

'In laatste instantie weggemoffeld voor zijn aanrander,' zei Boersma, terwijl hij behoedzaam bladerde, 'de man moet doorgehad hebben dat zijn laatste uur geslagen was. Toen hij gedwongen werd in het bad te stappen, heeft hij het boekje in een reflex onder zijn reet verstopt.'

'Misschien was het de moordenaar juist om dat boekje te doen', zei Bervoets.

Boersma knikte. 'Dat zou inderdaad een verklaring kunnen zijn voor de rotzooi hier in de badkamer. Niet slecht gezien om het te verstoppen waar niemand echt gaat zoeken.'

Bervoets keek over de schouder van Boersma mee. 'Dat betekent tegelijk dat dit kleine ding de sleutel kan zijn om er achter te komen wat hier echt aan de gang was, Gijs.'

De hoofdinspecteur bladerde voorzichtig verder. Gelukkig plakten de blaadjes niet hardnekkig aan elkaar.

'Er staan hier een hoop gekke namen. Lola Serviola, Antoine Peluche, Red Rubber Ronny. Daarachter cijfertjes en lettertjes door elkaar, geen telefoonnummers. Ik kan er op het eerste gezicht geen chocola van maken', mompelde Boersma.

'Onderaan een reeks initialen, met daarachter nog meer van die cijfer-lettercombinaties, Gijs. Was onze zwemmer in leven een grappenmaker?'

'Het zijn allemaal codes', antwoordde Boersma droogjes, terwijl zijn ogen aan het papier plakten. Zijn wijsvinger tikte tegen het blad. 'Kijk eens aan, de initialen H.L. staan er ook tussen. Deze flat gaat zorgen voor een verhaal met veel slagen om de arm, neem dat van me aan. Als je me nodig hebt, fluit maar.'

De hoofdinspecteur keek bij die woorden naar de zon, die aan de horizon zilveren draden over het water spande. In de ene hand hield hij het notitieboekje, in de andere het papiertje met de initialen H.L. Hij keek van de ene naar de andere hand. En terug. En terug. Er waren duidelijk een boel vraagtekens bij gekomen. Maar concrete aanknopingspunten die het onderzoek vooruit konden helpen, zag hij op het eerste gezicht niet. Behalve dat notitieboekje natuurlijk.

'Dan toch bang van de grote, boze wolf, Gijs?'

Boersma kon zelfs niet glimlachen met het grapje. In zijn hoofd draaiden veronderstellingen rond, die hij enkele minuten voordien niet voor mogelijk had gehouden. Al wist hij als geen ander dat een onderzoek niet op veronderstellingen, maar op bewijzen werd gebouwd.

Zondag 19 augustus
Oostende, zeedijk

'Er zit te veel prik op de fles, dat maskeert de smaak, Rudi', zei Boersma.

Bervoets bekeek de cola die hij in de hand hield tegen de lucht, zijn vierde die namiddag. Het was een verslaving aan het worden. 'Het is een *light*, Gijs, ik dacht anders dat bubbeltjes het leven juist spitant maakten...'

Na de zonnige morgen was het weer aan het miezeren gegaan. Boersma bleef over het grijze water kijken, zijn blik raakte de horizon. Ze deden die namiddag een terrasje op de zeedijk. Een strakke westenwind waaide door hun gedachten. Er was weinig volk op de dijk, amper een paar dapperen op het strand. De verhuurders van cabines en strandstoelen stonden met de handen in de zakken naar de volgehouden triestheid van de afgelopen weken te kijken. Volgend jaar dan maar beter, was op hun gezichten te lezen.

'Er zit te veel prik in de zaak, ik krijg daar een droge keel van. Die twee dingen waar we het daarstraks over hadden willen maar niet uit mijn hoofd.'

'Die krant en dat propje papier, bedoel je?'

Boersma knikte. Ze hadden het over *Het Laatste Nieuws* van zaterdag 18 augustus en over een verfrommeld wikkeltje voor bankbiljetten die ze laat die morgen op flat 04.02 hadden aangetroffen.

'Joe Tavernier beweerde daarstraks aan de telefoon bij hoog en bij laag dat niemand voor dit weekend de flat had gereserveerd. Dat betekent dat de kans groot is dat de weekendeditie van *Het Laatste Nieuws* gekocht werd door de dooie of zijn moordenaar en dat die gisteren al op de flat was. Een mens zeult niet rond met de krant van vorige dag. Maar het bed was onbeslapen, tenzij iemand zich de moeite heeft getroost om nieuw beddengoed te leggen.'

'De vraag is natuurlijk of die Tavernier de waarheid spreekt, Gijs. Met die geloofsbrieven van hem...'

'Hij is het spiegelbeeld van de hoogmoed, maar dat maakt van hem nog geen moordenaar. Anders had hij vanmorgen wat beters gedaan dan de politie te verwittigen.'

' *Het Laatste Nieuws,* editie Leuven nog wel...'

'Nog zoiets. Die vermoorde privédetective Hoogmartens kwam ook al uit Leuven. De badman had een treinticket vanuit die stad op zak. Het toeval heeft zijn grenzen, Rudi. Het verhaal heeft te scherpe kantjes. Te veel en te scherp.'

'Een privédetective, die professioneel in de leefkamer werd afgemaakt, wiens lijk werd verplaatst naar de slaapkamer om daar onoordeelkundig aan flarden te worden geschoten. Een dooie in de badkamer, van wie de identiteit geheim wordt gehouden, maar met een boekje vol codetaal stevig onder zijn achterwerk geperst.'

'Het zou me niks verbazen dat ze allebei van Leuven hier naartoe spoorden, want van Hoogmartens werd achteraf nergens een auto aangetroffen. Wel een gevouwen treinticket in zijn toilettasje.'

'En dan nog het decorum. Een luxeflat met frontaal zeezicht, vol dure dingen en met een verdoken ingang. Design troef, net als op het *penthouse* van Hoogmartens' ex. Een ijverig cameraatje dat alles ingenieus registreerde vanuit een kast en beelden afleverde van een gewezen, maar dode onderzoeksrechter en een bloedmooie meid in volle actie. Het stuk ruikt te veel naar poen en chantage, Gijs.'

'Dat hadden we al gezegd', antwoordde Boersma nors.

'Een verfrommeld wikkeltje in de asbak wijst ook in die richting', hield Bervoets vol.

'Het vangen van tien biljetten van vijfhonderd euro lijkt me een ietsje te weinig voor het toedekken van dit soort erotische spelletjes. Bovendien wordt chantage nooit afgerekend op de *bühne* waar het stuk speelde. Ik zit te denken aan het afwikkelen van contractjes, maar vraag me niet waarom. Misschien omdat dooie badman niet voor de eerste keer naar de flat kwam.'

Verbazing van Bervoets. 'Niet voor de eerste keer, zeg je?'

'Als ik ergens zeker van ben, is het wel daarvan. Het papiertje zegt genoeg.' De toon liet vermoeden dat Boersma verwonderlijk genoeg niet blij was met die woorden.

Ze hadden het over het dichtgevouwen papiertje met het adres van de flat, dat ze in de broekzak van het slachtoffer hadden gevonden. Het zat daar ongetwijfeld al langer, te oordelen naar de pluisjes die eraan plakten en het afgeleefde papier door het vaak open en weer dicht vouwen. Het waren echter de namen die aan de andere kant op het papiertje waren geschreven, die het hadden gedaan.

'Die namen, daar zat het dus?'

'Vinochourov, Kirchen, Zubeldia. Een, twee en drie in de rituitslag van de vijftiende rit met aankomst in Loudenvielle-le-Louron. De heropstanding van de Kazak. Jammer van die dagen erna...'

Als het op de Tour de France aankwam, had Boersma een encyclopedische kennis, zeker als zijn favoriet Alexandre Vinochourov bij het zaakje betrokken was.

'Maandag 23 juli, ik weet het goed, omdat het toen zo hard en langdurig regende dat mijn broer in zijn hoevetje in Poperinge tot de enkels in het water stond. We hebben die nacht samen de ellende weggeveegd.' Hij wachtte, keek weer over het water. 'Dat betekent dat de dooie de flat al in juli heeft bezocht. Als dat zo is, staat het theorietje dat we in mekaar gedraaid hebben als een bok op een haverkist.'

'Staan we dan toch oog in oog met een contractje dat in Oostende uit de hand liep? Die wereld zijn wij niet gewoon, Gijs. Zoiets, hier in Oostende?'

'En dan? Als je niet over de afgrond durft kijken, kom je nooit te weten hoe diep die is.'

Bervoets knikte alleen maar.

'Ze hebben op die flat samen koffie zitten drinken, Rudi. Kijk maar naar de donkerbruine strepen koffie op het marmer van de tafel. Iemand heeft geprobeerd om die te verwijderen, maar dat is niet gelukt. Die flat werd piccobello door een schoonmaakploeg onderhouden. Die strepen zijn dus van het weekend, van gisteren of van vanmorgen, die geldwikkel ook. Iemand wil ons iets duidelijk maken. Iemand wie het niet om geld te doen is, maar...'

'Maar?'

'Om eer, om geweten, *whatever*... Bovendien is hier duidelijk een vrouwenhand te voelen, Rudi, zoals de wetsdokter vanmorgen ook al zei. Vrouwen gaan subtiel tewerk bij het strooien van kruimels. Het gesteven evaatje, de keurige kamerknecht, het reinigen van het marmer van de tafel, het achterlaten van een schijnbaar onbeduidend wikkeltje.'

'Je bedoelt tegelijk dat deze moord niets te maken heeft met de dood van de privédetective, al gebeurde ze op dezelfde plaats?'

'Dat heb ik dan weer niet gezegd. Het gaat hier alleen niet om geld, zei ik.'

'Maar evengoed als bij de privédetective heeft deze moord met vrouwen te maken?'

'Juist. Ik denk zelfs dat ze gepleegd werd door een vrouw of op zijn minst dat een vrouw aan de touwtjes trok. Vrouwen zijn bijzonder sterk in iets laten aanvoelen, Rudi.' Boersma kon niet vermijden dat hij twee keer na elkaar moest slikken. 'Ze houden niet zo van gezwaai met wapens, maar verkiezen andere middelen.'

'En concrete aanwijzingen dat het om een vrouw zou gaan, Gijs?'

'Aanvoelen en bewijzen, Rudi. Er was in de flat een vrouw aanwezig. Maar ik twijfel of ze alleen was, die ravage in de badkamer zit me dwars. Ik ben nog wat gaan rommelen tussen die rotzooi. De dingen zijn vaak eenvoudig, Rudi. Kijk wat ik in het vuilnisbakje gevonden heb. Aan DNA-materiaal geen gebrek.'

Hij haalde het plastic zakje boven. Daarin zat een carefree'tje.

'Ik heb ook de schoonmaakfirma gebeld. Die bevestigde mij dat de flat zaterdagmorgen nog werd gepoetst, waarbij alle vuilnis werd opgeruimd. En dan is er nog iets.' Hij toonde een tube dagcrème, gewikkeld in een reclamefolder. 'Gisteren tussen vijf en zes door promomeisjes op de dijk uitgedeeld. Alleen aan vrouwen. Ik zal morgen met de firma het lotnummer op de verpakking checken, maar ik ben nu al zeker. Zulke dingen laat je normaal niet slingeren op het toilet.'

'Nu wordt me duidelijk waarom jij daarstraks zo nodig terug naar de flat moest en me hier liet staan schilderen. En wat maakt je zo zeker dat die vrouw op het tijdstip van de moord op de flat was? Bovendien was het bed onbeslapen.'

'Ook dat klopt. De onderbuurman is hier alleen in het weekend en is de voorbije nacht tussen vier en vijf wakker geschoten van de lift die een paar keer op en neer ging. Thuiskomers. Iets na vijf heeft hij een verschrikkelijk kabaal gehoord dat na een paar minuten verstomde. Daarna werd alles weer stil. Maar dat er een vrouwenstem bij was, daarin was hij formeel.'

'De koffiedrinkers waren dus niet gekomen om naar elkaars gezondheid te informeren. Ik zie het tafereel zo voor me, net als in een film. Wordt het niet zo stilaan tijd om een belletje te geven naar de collega's in Leuven, Gijs?'

Boersma schudde het hoofd zo fel hij kon. 'Dan komen we geheid bij die Bottu terecht. Ik ken iemand die een tijdje met hem in Antwerpen heeft gezeten. Als de helft waar is van de geruchten die de ronde doen over zijn tijd in Antwerpen, begrijp ik waarom ze hem in een provincienest als Leuven hebben gedropt.'

'Jullie zijn duidelijk geen vriendjes. Of heb ik het mis?'

'Met hem werken schijnt geen sinecure te zijn. Een grotere *Einzelgänger* is amper denkbaar.'

'Maar jij hebt toch ook een tijdlang in de metropool gezeten, Gijs? Ben jij die Bottu daar dan nooit tegengekomen?'

'Mij hebben ze daar al weggeveegd, wees gerust', antwoordde Boersma volkomen naast de kwestie.

'Niet iedereen heeft de luxe als jij een onbeschreven blad te zijn', grapte Bervoets.

Boersma bleef in de verte kijken, zijn lippen krulden lichtjes.

'Rudi, wie verdomd is die dooie zwemmer in die flat?' Hij zuchtte. 'In die verdomde flat.'

Bervoets raadde de gedachten van zijn chef. 'Zullen we jouw opgefokt vriendje nog maar eens op het bureau uitnodigen, Gijs?'

'Dat lijkt me een veel beter idee, ik kan amper wachten om hem alles te laten oplepelen. Iemand die denkt dat hij met zijn scheten een hele tent in de fik kan zetten. Wat dacht je van morgen? Ik stel verhoorkamer drie voor, die maakt altijd behoorlijk wat indruk.'

Boersma had met geen woord over de gekartelde foto gerept. Maar de vier jongetjes waren de hele tijd in zijn geest aan het gisten geweest. De foto was namelijk uit de flat verdwenen. Buiten hem had niemand wat gemerkt. Die foto speelde dus wel degelijk een bepalende rol in wat de afgelopen dagen was gebeurd. Van die gedachte kon niemand hem nu nog afbrengen. Hij dacht opeens terug aan de voorbije woensdagnacht bij het casino van Namen. Moest hij dan toch meer geloof gaan hechten aan het telefoontje van die vrouw dan hij eerst van plan was? Vrouwen en een foto met kinderen, het was maar een kleine stap. Maar dat betekende ook dat alle theorietjes die hij door zijn geest had laten gaan min of meer op losse schroeven kwamen te staan. De hoofdinspecteur durfde zijn adjunct niet vertellen dat ze daarmee eigenlijk zo goed als nergens stonden.

Zondag 19 augustus
Gent, Steendam

Waarom belde ze hem de laatste tijd altijd op momenten dat hij de behoefte had om alleen te zijn? Had ze door wat er de voorbije nacht gebeurd was? Hij had haar daarover nochtans niets verteld. Hoe wist ze het? Haar openingszin gaf hem een vermoeden.

'Wij hebben tante Lucy al een hele tijd niet meer gezien, alleen maar gehoord. Mama maakt zich ongerust over haar. Ze doet de laatste tijd zo raar.'

'Heeft ze jullie daarstraks misschien gebeld?' probeerde hij.

Ze antwoordde niet. Dat maakte zijn vermoeden alleen maar sterker. Haar volgende vraag bracht hem helemaal uit evenwicht.

'Zij moet dus ook op al die plaatsen aanwezig zijn waar jij uithangt?' vroeg ze. 'Ik had het nooit van haar gedacht. Niemand zal haar verdenken.'

Vooral dat 'moeten' en plaats in het meervoud stoorden hem. Ze was een uiterst intelligent en rechtgeaard meisje, maar hem verraden zou nooit in haar opkomen, daar was hij zeker van. Hij probeerde kalm te blijven en dacht enkele tellen na hoe hij zijn antwoord zou formuleren.

'Dat is juist het geniale aan het plan,' zei hij dan, 'zij heeft gedaan wat van haar verwacht werd. Niet meer. Niet minder. En het zal niet eens opvallen omdat het zo doodnormaal is.' Hij wachtte. 'Geloof me.'

Hij hoorde haar alleen maar licht zuchten. Ze was dus bereid voor hem veel door de vingers te zien.

'Een van de mooiste dingen die mensen kunnen doen is vergeven en verzoenen en dan weer verder gaan', zei ze.

'Dat heb je vorige keer ook al gezegd. Ik moet de dingen afmaken. Je moet me begrijpen. Ik kan niet anders.'

'Is de politie al achter die camera?' vroeg ze.

'Wat dacht je? Ik had je toch gezegd dat je die Boersma niet mag onderschatten. Toch loopt de politie van hot naar her. Ik had het niet vollediger kunnen dromen. Het dun loopt langs de benen van al die mooie schuinsmarcheerders. Ze grossieren in allerlei smoezen. Het is te aandoenlijk om te zien. Dat stukje onbenul denkt van die beelden garen te spinnen, maar beseft tegelijk niet dat zijn hoofd bij mij op het kapblok ligt. Hij is nota bene op zijn eigen beelden te zien met een jachtgeweer in de handen.' Hij wist van geen ophouden.

'Wat zegt tante Lucy daarvan? Weet ze het wel?' Ze probeerde haar emoties in toom te houden.

'Doe me één plezier en zwijg over tante Lucy, wil je.'

'Ben jij wel zeker dat ze niet achter je aan zitten?'

'Mij zullen ze nooit weten te vinden. Ik heb alles afgedicht. Ik neem ze bij de hand en trek hen weer de tijd in. Dat zal hen bij de keel grijpen zodat ze dreigen te verstikken.'

'Over wie heb je het nu?'

'Over de politie. Hun verdiende loon.'

'In godsnaam, stop ermee.'
Kribbig. 'Ben jij een rechter of ben jij een vriendin?'
'Doe het voor mij.'
'Goede nacht', zei hij kort.
'Bende sana iyi geceler diliyorum.'
Dan veel zachter. 'Ik hou van je.'
'Seni çok seviyorum. Öptüm seni canim. '
'Kusjes ook van mij.'
'Ömur boyunca seni bekleyecegim.'
'Ik vrees dat het daarvoor te laat is. Te laat om je leven aan dat van mij op te hangen. Het spijt me, Nazmiye.'

Hij bleef een hele tijd met de gsm in de hand zitten en hoorde alleen nog een zacht gesnik aan de andere kant van de lijn. Hij keek door het dakraam de hemel in en liet een diepe zucht.

16

Maandag 20 augustus
Oostende, politiekantoor

De ronde klok tegen de muur van het verhoorlokaal wees iets na negen aan. De tijd had zich een sukkeldrafje aangemeten. Dat kwam door de houding van de ondervraagde. Een mengeling van arrogantie en stugheid. Hoofdinspecteur Boersma tikte met de vingers tergend langzaam tegen de rand van de tafel, ging dan onderuit in zijn stoel liggen.

'Als u me nu eens in uw eigen woorden de waarheid zou vertellen, hoeven we hier niet tot vannacht te blijven zitten. Mensen willen altijd dat de waarheid mooi is, maar ze is meestal pijnlijk.'

De ondervraagde keek verschrikt op en rechtte de rug. 'U stelt me voortdurend dezelfde vraag.'

'En u geeft me voortdurend hetzelfde antwoord, maar niet het antwoord dat ik van u verwacht.' Boersma gebruikte met opzet niet het woord liegen. 'Voor de laatste maal: hebt u deze man omgelegd?'

De uitvergrote foto van de dode man in de badkuip lag al een kwartier vlak voor Joe Tavernier, de afgevaardigd bestuurder van 'Mita Investments'.

'En ik antwoord voor de laatste maal dat ik alleen getuige ben geweest van het spijtige voorval en dat ik die man nooit gezien laat staan gekend heb. Ik ben een rechtgeaard zakenman, geen moordenaar. Ik durf mezelf elke morgen in de spiegel bekijken. Ik hoop van u hetzelfde, hoofdinspecteur.'

'Vertrouw nooit de laatste getuige, het eerste wat ze je leren bij de politie. En wat die spiegel betreft, ieder ziet daarin wat hij wil zien. U bent een man die me te veel stennis trapt, daar hou ik niet van.'

'Als ik een politieman was, zou ik zoiets nooit durven zeggen. Vergeet niet dat ik mensen ken die u...' snauwde Tavernier.

'Ik ben u niet. En wat die mensen betreft, valt u in herhaling telkens wij mekaar ontmoeten. Ik laat me verdomd niet manipuleren.' De hoofdinspecteur ging nu achterover leunen, keek enkele seconden naar het plafond, dan ineens naar de ondervraagde. 'Vroeg of laat doe ik u struikelen over uw eigen voeten, meneer Tavernier. Of wenst u misschien nu al een beroep te doen op een advocaat?'

Bervoets, die naast zijn chef in verhoor drie zat, kreeg niet de gelegenheid om een vraag te stellen en keek met stijgende verbazing naar de eigenzinnigheid waarmee Boersma de randen van de verhoortechniek opzocht. Tavernier had alleen zijn reputatie tegen zich, niets concreets wees erop dat hij van dicht bij de moorden in flat 04.02 betrokken was. Dat had Boersma die morgen nog zelf aan zijn adjunct toegegeven.

'Ik *ben* advocaat, hoofdinspecteur. En nog een verdomd goeie ook, al zeg ik het zelf. En in die hoedanigheid wil ik niet op uw aantijgingen ingaan,' zei Tavernier sarcastisch.

'U bent ook een verdachte, meneer Tavernier. En in die hoedanigheid hou ik u hier in het zweetkamertje net zo lang als ik dat wil. Maar laten we het nog eens hebben over zaken waar u tijdens ons vorig gesprek wel op bent ingegaan. Zoals: waarom zat onderzoeksrechter Vermaelen vlak voor zijn fatale autocrash zo hardnekkig achter 'Mita Investments' aan?'

'De grillige vinger van het lot wees toen ineens onze richting uit. De onderzoeksrechter heeft zich door die vinger laten misleiden. Dat kan met iedereen gebeuren.' Hij wachtte bewust. 'Met u toch ook?'

'We hadden het wel over u. Met uw ingepakte woorden als 'de grillige vinger van het lot' doelt u op een klacht die een gedupeerde tegen 'Mita Investments' indiende wegens gesjoemel, fraude en witwas. Allemaal leuke dingen, moet ik zeggen.'

'De klager bleek achteraf iemand te zijn waarbij ze vergeten waren de draadjes in zijn bovenkamer uit de war te halen.'

'Maar onderzoeksrechter Vermaelen geloofde hem wel. De zaak is nooit helemaal uitgeklaard geworden. Daar kreeg Vermaelen jammer genoeg de gelegenheid niet meer toe.'

'Het parket seponeerde terecht het dossier. Wat dat betekent moet ik u toch niet meer uitleggen, hoofdinspecteur?'

Boersma bewoog de wenkbrauwen een paar keer op en neer. 'Dat seponeren gebeurde anders wel erg vlug, meneer Tavernier.'

De ogen van Tavernier werden opeens erg groot. 'Zit u nu ook al te beweren dat ik het parket op mijn hand heb, hoofdinspecteur? Als ik u was zou ik maar verduiveld goed opletten, want voor u er erg in hebt wordt een intern onderzoek opgestart.' Hij wachtte. 'Met alle gevolgen vandien.'

'Is dit een bedreiging of wat?'

'Een waarschuwing. Dossiers worden nu eenmaal van tijd tot tijd geseponeerd, dat weet u. U hebt het namelijk zelf meegemaakt ten tijde van die zaak van zogenaamde bouwfraude, waar uw team tevergeefs de tanden kapot heeft op gebeten.'

Boersma nam een paar tellen de tijd om de woorden en de bijhorende beelden met veel speeksel door te slikken. Het ogenblik dat hij toen in dat dossier tegen de kliffen ging, zou hij zijn ganse leven meedragen, ondanks de bemoedigende schouderklopjes van de collega's die het voorval nadien angstvallig doodzwegen.

'Ondanks dat bleef Vermaelen zich met de verbetenheid die hem kenmerkte in het dossier vastbijten en kwam hij met nieuwe bewijzen aandraven. Tot...'

'Hoe weet u dat? Bij mijn weten bent u onbevoegd in dit dossier.' Hij klakte met de tong tegen de bovenste tanden. 'Terwijl we het net nog hadden over de dreiging van een intern onderzoek.'

'...tot hij eigenaardig genoeg ineens zijn gesnuffel stopte. Had dat soms te maken met de indecente beelden waarop hij te zien was? In uw flat 04.02. nog wel. Kijk eens aan, zo komen we weer bij u terecht.' De vingers van Boersma hervatten hun enerverend getik van daarnet. 'Zuiver hypothetisch: had u enig belang bij de dood van onderzoeksrechter Vermaelen?'

Tavernier leunde in zijn stoel achterover en snoof lucht in. 'U gaat erg snel door de bocht, hoofdinspecteur. De onderzoeksrechter zag het wanhopige van zijn daad gelukkig net op tijd in. Om op uw vraag te antwoorden: neen, dus. Maar zelfs zonder dat waren wij er gerust in. Wij hadden in voorkomend geval een topper van een advocaat in huis.'

'*Maître* Aurélien Renauld, bewoner van het hemelrijk in een *penthouse* op de dijk van Bredene. Frontaal zeezicht, luxe als hoofdkussen.'

'Dat weet u goed.'

'Ik ken hem *en* zijn reputatie.'

'Gaan we de toer van de afgunst op, hoofdinspecteur? Zijn praktijk loopt inderdaad als een trein. U hebt zijn vakkennis in die zaak tegen 'Mita' kunnen bewonderen en naar ik hoop waarderen.' Dan met fluisterende stem, begeleid door een fijn lachje. 'Zoals u hebt kunnen genieten van zijn kunde in de zaak van zogenaamde bouwfraude, die u inderdaad nachtmerries moet bezorgd hebben. Spijtig dat topadvocaten steeds weer worden afgeschilderd als baarlijke duivels, zelfs door de politie.' Het laatste leek niet op een sneer, het was het.

'Zijn vader, een professor-emeritus werd ook op die beelden op de dvd gezien, meneer Tavernier. Maar bij hem was het niet de *full monty*, wat het bestaan van andere beelden doet vermoeden, die ongetwijfeld minder verhulden.'

'U gebruikt ineens moeilijke woorden, hoofdinspecteur. Ik meng mij niet in iemands privéleven.'

'Beide heren van stand gingen zich te buiten met een zekere Inneke Boersma, die nog altijd kantoor houdt boven de bar 'Trocadero' hier in de Langestraat.' Op zijn beurt fluisterend. 'Die meid hebt u vast nooit ontmoet?'

'Moet dat?'

'Een hete Hollandse uit de naaste omgeving van de bloedmooie Karin Cockmartin, waarmee u op meer dan vriendschappelijke voet leeft. Hebt u zelf toegegeven. Cockmartin is nog altijd de echtgenote van de privédetective, die compleet aan flarden op uw flat werd gevonden. Toeval of niet, we komen telkens weer bij u terecht.'

'Ik herhaal het: ik ben alleen maar een zakenman. Jullie politie hebben het altijd over motief en gelegenheid. Ik zou niet zo meteen een motief kunnen verzinnen.'

'Geld en liefde zijn altijd een motief, meneer Tavernier. Ik heb me laten vertellen dat ondanks alle uiterlijke schijn uw handeltje de laatste tijd danig rood begint te kleuren. Rood is toevallig ook het kleur van de liefde. De privédetective stond u in de weg.'

'Die Hoogmartens was alleen een hobbeltje in mijn leven. Toegegeven, ik heb tijdelijke geldproblemen, hoofdinspecteur, maar de zaak zit zo weer op de sporen.' Hij dacht een ogenblik na. 'Waarom zou ik anders vijfduizend euro ongemoeid laten, terwijl ze in een asbak vlak voor mijn neus voor het grijpen lagen?'

'Wij hebben alleen de wikkeltjes teruggevonden. Het geld was verdwenen.'

'Bent u wel heel zeker van de eerlijkheid van uw mensen, hoofdinspecteur?'

Boersma trok de uilenogen zo mogelijk nog meer open.. Binnenin werd hij dooreengeschud. In een reflex besloot hij niet op die uitdaging in te gaan.

'U hebt die morgen wel goed rondgekeken, toen u de badman in uw flat aantrof. Eerst lekker rondneuzen en pas dan een belletje naar de politie. En waarom repte u zich weg van de plaats delict toen die toekwam? Onzeker voor de confrontatie?'

'Een overladen agenda. Of had u op meer gehoopt?' Hij wachtte. 'Maar laat het ons over de gelegenheid hebben. Eén: bij de moord op de privédetective was ik in het buitenland op een beleggingscongres, heb ik u al gezegd. Twee: bij het andere voorval heb ik een waterdicht alibi.'

'Een vrouw?'

'Hoe kunt u het raden?'

'U bracht de nacht bij haar door, maar zij wenst haar naam uit het dossier te houden. Klassieker kan haast niet.'

'U verbaast me elke seconde meer.'

'Ik was net mijn glazen bol aan het afstoffen. U was die nacht in Bredene. Bij mevrouw Cockmartin, als mijn inlichtingen kloppen.'

'Opmerkelijk, u hebt goede informanten. Zoals beloofd houdt u haar naam toch buiten de zaak?'

'Ik beloof helemaal niks. En zeker niet aan u, meneer Tavernier. Vooral omdat u die avond inderdaad samen met mevrouw Cockmartin werd gesignaleerd. In een peperduur restaurant nog wel. Maar u was niet alleen.'

'En?'

'U was samen met een zekere *maître* Aurélien Renauld. Een *ménage à trois*, meneer Tavernier? Altijd een riskante zaak.'

'De toevalsfactor.'

Boersma kwam voorover leunen. 'Weet u wat ik denk? U was bij een *candlelight music dinner* met *maître* Renauld de plooien aan het glad strijken in opdracht van zijn vader.'

'Eerlijk, ik kan u niet meer volgen, hoofdinspecteur.'

'Toch wel. Mijn informant wist er bij te vertellen dat er op een bepaald ogenblik een discussie ontstond, waarbij Renauld behoorlijk van de haak ging. Zodanig zelfs dat de ingehuurde vioolspeler in paniek van uw tafel wegliep, om zijn instrument te redden. Eigenaardig genoeg gedroeg u zich enkele minuten later weer als de beste maatjes. Dat bevestigde wat ik dacht. Renauld voelde zich maar al te persoonlijk bij indecente beelden betrokken.'

'Raadsels, hoofdinspecteur.'

'Inderdaad, een raadsel hoe u op de een of andere manier in het bezit kwam van beelden van hoge pieten, die zich door meisjes van Karin Cockmartin in flat 04.02 flink lieten verwennen. Uw flat, meneer Tavernier. U gebruikte die beelden, meneer Tavernier. Ik durf wedden dat u er zelfs rode kaakjes van kreeg.'

'Is dat een beschuldiging?'

'Zo zou u het kunnen noemen. Of wilt u dat ik de chantagepraktijken met pikante beelden, waarbij Renauld van op de achtergrond toekeek voor het geval er juridisch geweld zou komen aanrollen, officieel tegen het licht houdt?'

'Is dat een bedreiging?'

'Zo zou u het kunnen noemen. De waarheid komt soms keihard aan. Dat moet het geval geweest zijn voor Renauld, toen hij opeens de piemel van zijn vader tussen al dat jonge geweld zag bengelen.'

'Als ik u was, zou ik op uw taalgebruik letten. De professor-emeritus is iemand die recent nog in de adelstand werd verheven. Daar staan behoorlijk wat verdiensten tegenover, hoofdinspecteur. U weet even goed als ik dat het koningshuis daar nauw bij betrokken is.'

'Wat wilt u daarmee zeggen?'

'We hadden het toch over reputatie, hoofdinspecteur?'

'Het duurt jaren om een reputatie op te zetten, een seconde slechts om ze te verliezen.'

'Als ik u niet beter kende, zou ik denken dat dit onderzoek het werk is van een dilettant. Maar wie ben ik om u tegen te houden, terwijl u zonder lantaarn het duister in holt. Laat u zich in uw fantasie maar niet remmen, want remmingen leiden alleen maar tot frustraties.' Hij boog het lichaam op zijn beurt naar voren, duidelijk een bewuste imitatie. 'Van Sigmund Freud', kwam er achteraan.

Boersma stond recht, liep een paar keer achter Tavernier op en neer. 'Verbleef er het voorbije weekend een vrouw op uw flat, meneer Tavernier?'

'Op die vraag kan ik niet antwoorden.'

'Kunt u niet of wilt u niet?'

'Ik kan niet, omdat ik het niet weet.'

Alleen Bervoets kon merken dat Tavernier op dat ogenblik de ogen neersloeg en sneller begon te ademen.

'Iets totaal anders: rijdt u ook in een zilvergrijze Toyota terreinwagen, meneer Tavernier?'

Hij schudde ontkennend het hoofd. 'Hoe komt u daar nu ineens bij? Ook?'

'Ik dacht aan iets.'

'Zoals...?'

'Nooit belangstelling gehad voor de herenliefde, meneer Tavernier?'

Het bleef enkele seconden stil rond de verhoortafel. Tavernier begon nog zwaarder te ademen. Was het ingehouden woede of was er meer aan de hand? Bervoets besefte dat het hoog tijd was voor een koffie en stelde een break voor, waar Boersma gewillig op inging. Dat gaf de gelegenheid aan Tavernier om de stukken in zijn hoofd te lijmen. Boersma duwde op de knop van de recorder, stond op en holde naar buiten, op de voet gevolgd door zijn adjunct.

Ze liepen samen naar de koffiehoek.

'Je suggereert van alles en nog wat, Gijs, je gooit hem dingen voor de voeten zonder concrete aanwijzingen. Besef je dat wel?'

'Ik gebruik hem alleen als koevoet, Rudi. Had je dat niet al lang door? Die man weet veel, zoniet alles. Maar hij houdt de lippen stijf of elkaar, daar heeft hij vast een goede reden voor. De enige manier om zijn lippen van elkaar te krijgen is angst in hem jagen.'

'Zoals met die herenliefde?'

'Ik wou alleen zijn reactie zien. Dingen elimineren helpt een zaak soms meer vooruit dan je op het eerste gezicht zou denken.'

'Toen jij die vraag over die vrouw in de flat stelde, sloeg hij ineens de ogen neer.'

'Dacht je dat ik dat niet gemerkt had?'

'En wat deed die zilvergrijze terreinwagen ineens midden in het verhoor?'

'Correctie: helemaal op het einde, Rudi. Er schoot mij opeens een link te binnen. Zo'n wagen was vlak voor de flat te zien op de foto die ik toegestuurd kreeg en waarop ik het flatgebouw verliet. Het viel mij op dat hij fout geparkeerd stond, wat zou kunnen wijzen op kort parkeren, bijvoorbeeld net lang genoeg voor het nemen van een foto.'

'Je verdenkt Tavernier toch niet van...?'

'Ik verdenk hem van alles en nog wat, Rudi. Alleen kan ik het verdomd niet bewijzen. Ik zie je het zo denken: was dit verhoor een maat voor niets of heeft het wat opgeleverd? Het tweede, Rudi. En meer dan je voor mogelijk houdt. De ogen van Tavernier vertelden dat hij de dooie badman op zijn minst kende of toch al gezien had. We weten nu dat hij het intiem aanlegt met de mooie Karin en samen met die andere gladjanus Aurélien Renauld plannetjes in mekaar draait.'

'Hij leeft op chantage?'

'Die man heeft hopen geld nodig om het hoofd boven water te kunnen houden.'

'Hij heeft die vijfduizend euro van de salontafel gegraaid en alleen het wikkeltje achtergelaten?'

'Juist niet, Rudi. Hij begon namelijk zelf over het geld.'

'Iemand anders heeft het geld op zak gestoken?'

'Ja. En dat maakt de zaak er niet makkelijker op. Vijfduizend euro zijn voor Tavernier *peanuts*, vergeleken bij de shit waar hij zich momenteel in bevindt. Hij wordt geconfronteerd met een hoop verkeerd gelopen beleggingen, die normaliter een resem klachten gaan opleveren. Het water staat hem tot aan de lippen.'

'En onderzoeksrechter Vermaelen was dat handeltje op het spoor.'

'Tavernier heeft de hand in de dood van de onderzoeksrechter, al is me het hoe nog niet duidelijk.'

'Jij hebt een bloedhekel aan die Tavernier, is het niet? En je kunt het niet verbergen. Waarom Gijs?'

'Troost je, er zijn dingen die hij niet gedaan heeft. Hij heeft badman niet zelf omgelegd en nam niet die verdomde foto toen ik 'Residentie Winston Churchill' verliet. Herenliefde laat hem volkomen koud, wij maken bij hem geen kans, Rudi.'

'Je bouwt de laatste dagen almaar theorietjes op en het volgende ogenblik begin je er zelf aan te twijfelen. Zo ken ik je niet langer, Gijs.'

'Bij de moord op de privédetective was ik niet zeker. Maar na de foto van mezelf en het vinden van de dooie badman staat het voor me vast. Wat we nu meemaken heeft een dimensie die me tegelijk overstijgt en opjaagt. Misschien omdat ik voel dat de zaak met vroeger kan te maken hebben. Mijn eigen vroeger wel te verstaan. Niets is erger dan jezelf weer tegen te komen in omstandigheden die je eigenlijk niet meer wou.'

Bervoets antwoordde niet. Hij was een en al verbazing. Er flitsten verschillende vragen tegelijk door zijn hoofd. Wat was er gebeurd in dat verleden van zijn chef waar hij nooit over sprak? Hadden de jongetjes op die foto, waar hij steeds weer op terugkwam, daar wat mee te maken? Wie was die man met wie hij nu al jaren optrok en die hij dacht te kennen als een vriend?

De automaat sprak hen pruttelend toe. Ze besloten de hele koffiepauze verder met geen woord over de zaak te reppen.

17

Dinsdag 21 augustus
Leuven, Maria-Theresiastraat

'Hoe vaak heb ik al niet gezegd dat je in een zaak steeds je intuïtief kompas moet volgen, Nico? Op dit moment draait het mijne echter dol.' Tegen zijn gewoonte liet Bottu de woorden hollen.

Polak stond voor de spiegel van de toiletkast, toen de commissaris belde. Hij had net met de scheerkwast een zeepbaard aangebracht.

'Ze zitten verdomd al in mijn achtertuin, als woelmuizen. Ik heb zelden meegemaakt dat ze zo dicht bij me kwamen.' Hij likte over zijn lippen, trok de zware voelsprieten boven zijn ogen op van pure opwinding. 'Weet je, ik had ze vanmorgen net zo goed tegen het lijf kunnen lopen. Al zal het wel allemaal vannacht gebeurd zijn.' Hij ademde lang uit. 'Ze laten een spelletje op ons los, Polak man.'

De commissaris noemde hem alleen zo als hij aanvoelde dat er dagen van spitsroeden lopen zaten aan te komen. Polak veegde met een handdoek het schuim van het gezicht, drukte de gsm tegen de oren, liep de leefkamer in, knipte de koffiezet aan. Dan ging hij met een plof zitten in de rode Ikeastoel.

'Wil je me nu eindelijk vertellen waar je het over hebt, Claude?'

'Ze zijn verdomd in het donker een envelop in mijn bus komen droppen en dagen me gewoonweg uit.'

'Me?'

'Dat heb je goed gehoord. Het hele zootje ligt hier al de hele morgen op de keukentafel voor me uitgesteld.'

Polak veegde slaap uit de ogen. 'Zootje? Uitdagen, Claude?'

'Hoe noem je anders een envelop met daarin een blinkende foto van jezelf en op de achterkant in koeien van letters geschreven *'Zie je het nu?'* '

'En ik die dacht dat een rechtgeaarde Antwerpenaar als jij ijdel was en graag op de foto ging', probeerde Polak de onrust uit zijn chef te jagen.

'In hoofdletters, zwarte inkt, met vulpen, frulletjes alom. Iemand die daar duidelijk zijn tijd voor heeft genomen.'

Polak ging wiebelen in de stoel, probeerde na te denken. 'En heb je een idee waar en wanneer de foto gemaakt werd?'

'Donderdag negen augustus, op het moment dat ik auditorium AG.OO van de medische faculteit verliet. Een scherpe foto, van niet ver geschoten, waarschijnlijk vanuit een van de auditoria aan de overkant.'

'En de woorden *'Zie je het nu?'* zijn volgens jou de aanzet tot een spelletje?'

'Een terechtwijzing, Nico.' Hij hakte zo hard hij kon.

'Zou het niet kunnen dat iemand je bij het onderzoek gewoonweg wil helpen, zonder daarbij zelf in het licht te komen?'

'Dan kom je niet zo dicht bij me, Nico. Dan gaat zo'n envelop via de post. Bovendien maken ze in dat geval een foto van ons tweeën. Bij het buitenkomen van het auditorium ben ik hooguit een tiental seconden alleen geweest, want jij kwam achter me aan lopen. Net op dat ogenblik drukt de fotograaf af.' Hij haalde diep adem. 'Een print van excellente kwaliteit, professioneel formaat, perfecte kadrering, fijne korrel, dus prima apparatuur. Het zit allemaal te juist, bijna volmaakt.'

'Laatst zei je me nog dat volmaaktheid altijd iets lelijks in zich draagt', probeerde Polak weer luchtig.

'Verdomd, Nico, laat dat kinderachtige gedoe! Ik zit me hier de hele morgen suf te denken. Iemand wil duidelijk een oordeel over me vellen door me te provoceren. Die 'nu' stoort me mateloos. Waarom wacht de fotograaf twee weken, alvorens me de foto te bezorgen? Wat zou ik nu opeens moeten zien, wat ik vroeger niet zag?'

'Iemand wil je er duidelijk op wijzen dat je dingen over het hoofd hebt gezien.'

Aangespannen. 'Zei ik toch?'

'Doelt hij op deze zaak? Of gaat het allemaal veel verder terug, denk je? Wil iemand met je misschien terug de tijd in, Claude?'

'Eindelijk ben je wakker, Nico.'

'Wat stond er ook weer op de achterkant van de foto, die we vorige week aantroffen achter een stapel boeken bij dokter Leleux?'

'*Zie je nu wel wat er gebeurt met mensen die veel te hebberig zijn.* Ik ken de woorden stilaan uit het hoofd. Het heeft allemaal met elkaar te maken. De foto's die we daar aantroffen hadden net hetzelfde formaat als die hier voor me liggen. Dat zet natuurlijk aan tot denken.'

'Dezelfde fotograaf dus?'

'Bijna zeker. Alleen was het geschrift op de achterkant verschillend.

Minstens twee personen zitten ons in de zeik te nemen.' Hij wachtte. 'We zien straks verder.'

'Ik ben over een klein halfuurtje op het bureau, patron.'

'Ik vrees dat je me daar niet zult zien. Het belangrijkste heb ik je namelijk nog niet verteld, Polak.'

Te veel Polak op te korte tijd.

'Ja, en...?'

'De vrouw van dokter Leleux heeft me vanmorgen vroeg uit bed gebeld. Haar man schijnt van de aardbol verdwenen te zijn. Hij had zaterdag een afspraak met een vroegere vriend in Heverleebos, had hij haar verteld. Ze heeft in zijn agenda gekeken, maar daar was geen naam ingevuld. De collega's hebben zijn jeep al teruggevonden aan de rand van het bos. Met daarin zijn gsm, zijn overjas en zijn agenda. Geen portefeuille. Niet het minste spoor van de dokter zelf.'

'Een onrustwekkende verdwijning.'

'Van een spilfiguur in ons onderzoek. Je zou van minder onrustig worden.'

'Heb ik gemerkt. Ik dacht anders dat de dokter en zijn vrouw uit elkaar waren?'

'Nog zo'n eigenaardigheidje. Ik moet bekennen, ze klonk aan de telefoon behoorlijk in paniek. Ze heeft aan één stuk door tegen me zitten snotteren. Dat kun je alleen als je een doorgewinterde comédienne bent. Of...'

'Misschien is ze dat wel, Claude?'

'Ze had het ook nog over iets anders, wat ze over de telefoon niet aan me kwijt wilde. We zijn in een stuk beland en we weten niet in welk bedrijf we zitten, Polak.'

Polak was er met zijn gedachten niet meer bij. De dag voordien had zijn collega Vicky Coetsier uit vakantie terug op kantoor moeten zijn. Ze was er niet, ze had zelfs niets laten weten. Haar gsm stond uit. Was er wat met haar?

Dinsdag 21 augustus
Leuven, Tervuursesteenweg

Het tikken van de staanklok overheerste het hele salon. De mechanische armen wezen tien na negen aan.

Ze had het gemerkt en kwam naast hem staan. Haar dicht bij elkaar staande ogen en haar brede wangen waren het eerste wat hem was opgevallen. Pas nadien had hij gemerkt dat ze klein en frêle was.

'Een erfstuk,' zei ze, 'altijd prominent in huis aanwezig. We wilden de klok al lang weg. Voor ons huwelijk gekregen van een rijke suikertante. In zo'n geval zie je natuurlijk veel door de vingers.'

Ondanks de prangende gebeurtenissen had ze blijkbaar een gevoel voor humor bewaard. Ze gaf een teken om te gaan zitten in de driezit onder het raam. Haar ranke vingers openden de koekjestrommel op de salontafel, herschikten dan de kopjes, de melk- en suikerpot op het zilveren dienblad. Ze had ook nog oog voor details.

'Huub was een sloddervos, commissaris. Dingen op de onmogelijkste plaatsen laten rondslingeren. Maar in zijn dossiers en persoonlijke papieren was hij een pietje-precies. Alle afspraken in het ziekenhuis gingen in zijn elektronische agenda, voor persoonlijke contacten gebruikte hij deze *organizer*.' Ze wees op de groenlederen agenda, een stille getuige naast het dienblad.

'Was, mevrouw? Had?'

Ze zocht een zakdoek in de mouw van haar hemdbloes. 'Ik ben bang dat er iets vreselijks met hem gebeurd is, commissaris.' Ze wees weer naar de agenda. 'Er staat voor zaterdagmorgen niet één afspraak in. Hij moest normaal die morgen naar het ziekenhuis, maar dat heeft hij naar het schijnt vrijdag afgebeld. Zonder aan zijn secretaresse een reden op te geven.'

'Zijn secretaresse.' Hij wreef over de kin. 'Een zekere Martine Verhelle, als ik me niet vergis?'

Verbaasd. 'Kent u haar dan?'

'Vaag, mevrouw.' Voorlopig een leugentje om bestwil.

Ze vroeg hoe hij zijn koffie wilde, schonk in, presenteerde de koekjes. Hij koos een rond chocolaatje, nam er twee, wat haar een korte glimlach ontlokte.

Dan zonder enige aanleiding. 'Het gras is altijd groener aan de overkant, tot je aan die overkant staat, commissaris. Dan merk je dat het één grove leugen is.'

Hij knikte. Hij kon vermoeden in welke richting ze het gesprek wilde sturen, maar ging er niet op in. Mevrouw Leleux in de gobelinstoel vlak voor hem was ook geen archetypische doktersvrouw. Ze was zwaar opgemaakt. Haar geblondeerde haar in een paardenstaart werd bijeengehouden met een geel lint. Ze droeg witte laarsjes, rode netkousen, een zwarte, wijd openslaande rok en een knalgele hemdbloes, die niet probeerde te verhullen dat ze geen beha droeg. Een kleurrijke dame die de commissaris niet boven de veertig schatte. Een stuk jonger dan haar dokter.

'Hebt u er enig idee van waar uw man zich op dit ogenblik zou kunnen bevinden?'

'Als dat zo was, had ik geen misbruik gemaakt van uw tijd, commissaris. En voor u het me voor de voeten gooit, hij is er niet vandoor.' Ze nam haar zakdoek. 'Net nu alles weer rozengeur en maneschijn was, gebeurt dit.'

Een merkwaardige ontwikkeling, dacht Bottu, vooral na wat de dokter hem verteld had over de seksuele onhebbelijkheden van zijn vrouw, die hem zo goed als de strot uit kwamen.

'U had het vanmorgen aan de telefoon over een vriend van vroeger, waar uw man zaterdagmorgen een afspraak mee had in Heverleebos. Acht u het mogelijk dat de verdwijning van uw man met zijn verleden te maken heeft?'

De fijne wenkbrauwen gingen omhoog, ze keek hem met een koude blik aan. 'Waarom hebben jullie het in godsnaam altijd over vroeger, terwijl mijn man er juist alles aan deed om vroeger te vergeten.'

'Dus toch?'

'Het doet hier niets terzake. Het verleden van mijn man is een gesloten boek. Misschien krijgt u het open. Mij lukte het niet, hoe ik mijn best ook deed.'

Bottu wreef over het voorhoofd. 'U bent niet zijn eerste vrouw?'

'Zijn derde, we zijn net geen tien jaar samen', fluisterde ze en glimlachte. 'Derde keer, goeie keer, zei Huub altijd.' Ze dronk snel van de koffie. 'Zijn vroegere leven zit propvol vrouwen, commissaris. Huub was een *womanizer*. Daar was niks mis mee, tot die Vera opdook. Een wolvin in schapenvacht.' Ze snoof minachtend. 'Uit op geld, macht en aanzien. Dat is veel voor één vrouw, vooral als je je hele leven al een sloerie bent.'

Bottu nam nog een koekje. 'Het verleden van uw man dus?'

'Mijn man had duizend gebreken, commissaris, maar één grote deugd: hij had een hart van koekenbrood. Dan maken mensen vlug misbruik van je. Zoals toen in Antwerpen.'

'Antwerpen?'

'Huub heeft een flink deel van zijn carrière doorgebracht in het UZ van Antwerpen. Tot hij daar op een dag een aanvaring kreeg met de raad van beheer van het ziekenhuis.' Ze kwam in de driezitszetel vlak naast hem zitten. Haar adem stonk naar whisky, merkte hij nu. 'U kent dat, het nieuwtje gaat rond, eerst bemoedigende schouderklopjes van je collega's, maar achteraf kiest iedereen eieren voor zijn geld. 'Het denken van de fossielen van de raad van beheer van een ziekenhuis zit vol kronkels', zo zei mijn man het altijd. Meer wilde hij niet kwijt.'

'Hij werd dus ontslagen?'

Vonkende ogen. 'Hij heeft zelf ontslag genomen, commissaris.' Dan weer rustig. 'Meer weet ik echt niet.'

Bottu schoof enkele centimeters op, bekeek de vrouw opzij. 'Jullie hebben geen kinderen?'

'Huub hield niet van trappelende kindervoetjes, vooral na wat zijn eigen kinderen hem hebben aangedaan. Een volwassen zoon en dochter, commissaris. Ik heb ze in die tien jaar niet één keer gezien, hij ook niet. Ze zijn tot alles in staat.'

'U bedoelt toch niet dat..?'

'Die twee aasgieren waren er alleen toen Huub en ik een koppel werden en hij zijn villa in Kapellen verkocht. Nota bene het huis dat hij van zijn ouders had geërfd. Ook ons appartement op de dijk van Oostende hebben ze vergeefs geprobeerd in handen te krijgen.'

'Gingen jullie vaak naar zee?'

'Ik heb nooit één voet in die flat gezet. Ik hou niet van opstuivend zand en wind, commissaris. Bovendien was het de plaats waar hij met zijn vroegere vrouw vaak naartoe trok. Hij gaat nog steeds vaak naar de kust, maar alleen dan. Om na te denken, dat zei hij toch.' Ze gaf de indruk dat de laatste woorden zich moeilijk lieten uitspreken. 'Het leven was mijn man niet zo goed gezind, commissaris. Daar bovenop kwam nog die mysterieuze zaak met de man zonder geheugen.'

Ze kwam opeens vlak tegen hem aan zitten, legde haar hand op zijn been. De warmte ervan stroomde door zijn lijf.

'Is er in die zaak al een oplossing in zicht, commissaris?' Ze was amper te verstaan.

Hij schudde ontkennend.

'Die Vera heeft daar vast wat mee te maken, commissaris.'

'We doorzoeken alle mogelijke pistes, mevrouw.'

'Hebt u al een idee wie die man uit het ziekenhuis was?'

'Zoiets behoort tot het geheim van het onderzoek, mevrouw.'

Haar wijsvinger ging over en weer alsof ze een trage leerling wilde berispen. 'Martine Verhelle heeft er niets mee te maken, commissaris. Als ik u was zou ik gaan snuisteren bij die geheimzinnige dame die de man in het ziekenhuis dropte.'

'We hadden het over uw echtgenoot, mevrouw.'

'Juist. Maar door alle consternatie vergat ik u te vertellen over die foto, meneer Bottu.'

Ze stond op, diepte een gele envelop op vanonder een stapel kranten, maakte hem open en schoof de foto over de salontafel. 'Heb ik vanmorgen gevonden. Zonder postzegel. Iemand moet hem in de bus komen stoppen zijn.' Haar bloedrode nagel gleed over het adres in kleine, regelmatige lettertjes. 'Alleen aan mij gericht, zoals u ziet, niet aan mijn man.' Ze schoof de foto behoedzaam uit de envelop. 'Bent u dat niet, commissaris?' Ze draaide de foto om. Op de achterkant stond in regelmatige letters en met zwarte inkt *'HET IS NOOIT TE LAAT'*.

'Begrijpt u zoiets, commissaris?'

Wat kon hij anders doen dan ontkennend met het hoofd schudden?

'Alsof iemand mij op iets wil wijzen. Of erger nog, voor iets wil waarschuwen. In wat voor een wereld leven we, commissaris?'

Bottu schudde nogmaals het hoofd. Hij stond oog in oog met zichzelf, toen hij verleden donderdag na de zoeking het huis van de dokter verliet. Hij probeerde met vaste hand de glanzende foto weer in het donker van de envelop te steken.

Weer buiten zaten in het hoofd van de commissaris nog meer vragen dan een uur geleden. Waarvoor had de vrouw van de dokter hem ontboden? Ze had hem niet één keer gevraagd om haar man dringend te gaan zoeken. Interesseerde die man zonder geheugen haar meer dan hij kon vermoeden en wilde ze er achter komen hoe ver het stond met de zaak? Haar verdriet overtuigde hem niet. Ze wist ongetwijfeld meer dan ze losliet. Die foto van hem kon ook niet de reden zijn, want daar was ze rijkelijk laat mee op de proppen gekomen.

Bottu keek verschillende keren om zich heen. Gelukkig viel er in de verste verte geen mens met een fototoestel te bespeuren. Tijdens het lopen troostte hij zich dat er van paranoia bij hem geen sprake was. Niet vroeger, niet nu.

18

Woensdag 22 augustus
Oostende, politiekantoor

Hoofdinspecteur Boersma liep al minuten met grote stappen door het kantoor, van het raam naar de koffiehoek en weer terug. In de stilte weerklonk de echo van dikke druppels, die van de dakgoot op de glazen koepel vielen. Het weer had een rothumeur.

'Soms zie je twee foto's met 'zoek de zeven verschillen'.' Boersma nam de ene foto in de linkerhand, de andere in de rechterhand, keek om de beurt naar de glanzende beelden. 'Ik zie hooguit twee verschillen. Op de tweede foto draag ik andere kleren en is er meer licht. De voorbije zondag was het inderdaad een extreem zonnige dag.' Hij keek bedrukt naar de koepel. 'Voor het overige gaat het om exact dezelfde foto. Slecht nieuws is dit, het maakt alles donker binnen in me.' Een siddering van opgekropte woede, die even aan de oppervlakte kwam.

Dan ging hij weer aan de tafel zitten, waar de zoete zonde lag uitgestald. Bervoets was vroeg langs de bakker gelopen, omdat hij wist dat zijn chef er dol op was. Boersma schoof echter zijn bord van zich af, de koffiekoeken bleven haast onaangeroerd. Hij schonk zijn mok boordevol zwarte koffie, deed hetzelfde voor zijn adjunct, zonder hem iets te vragen.

'En ik die dacht dat jij de delicate kunst van het overbrengen van slecht nieuws als geen ander beheerste, Gijs.' Bervoets probeerde wat lucht in de trieste morgen te jagen.

'Je zit bovenop een zaak. Je hebt ze keurig in beeld: een dooie snuffelaar en een verdronken badman. Je zit een arrogante bink, een materialistische moordmeid en een huppelkutje achter hun reet aan. Je hebt je valletjes met kaas in elke hoek van de kamer uitgezet. En ineens wordt alles door elkaar gehaald door een paar kutfoto's. Daar word ik nu bloedlink van, Rudi.'

Te veel Hollandse woorden in één adem om goed te zijn, dacht Bervoets. Dat was lang geleden. Het kwam door de gele envelop, die het koerierbedrijf vroeg in de morgen op het politiekantoor had afgeleverd. Daarop was hoofdinspecteur Boersma te zien toen hij afgelopen zondag na het aantreffen van de geëlektrocuteerde man uit 'Residentie Winston

Churchill' naar buiten kwam. Boersma draaide de foto voor de zoveelste keer om. Hij las de woorden zonder ze nog te bekijken.

' '*Zie je het nu?*' Godverdomme, wat moet ik dan zien? Dezelfde envelop, hetzelfde handschrift, dezelfde inkt als vorige keer, Rudi. Alsof de tijd niet heeft bewogen.'

De grijze ogen van de hoofdinspecteur bleven de foto ondoorgrondelijk aankijken. Hij mocht Bervoets absoluut niet vertellen dat een irrationele angst hem stilaan besloop. Dat kwam door herinneringen waaraan zijn adjunct geen deel mocht hebben. Het moest een zaak blijven tussen hem en die Bottu. Lang geleden. In die tijd samen in Antwerpen was het ook geëindigd met een foto.

'Identiek dezelfde foto als die andere. Twee verschillen slechts: je kleren en de zon', herhaalde Bervoets. 'Deze keer geen vier kleine jongetjes op een draaimolen, geen hallucinante beelden achteraf van het slachtoffer zelf. Dan toch een verschil, Gijs?'

'Dat komt misschien nog allemaal. Het is nog maar geleden van zondag. Vorige keer heeft het ook een paar dagen geduurd.'

Terwijl hij de foto bleef bekijken, dronk Boersma zijn koffie leeg en zette de mok blindelings met een klap op de tafel. Zijn ogen lichtten plotseling op. 'Er zijn verdomd niet twee, maar drie verschillen! Ik heb daar domweg de hele tijd over zitten kijken.' Zijn vinger tikte onophoudelijk tegen de meest recente foto.

Bervoets schoof bij. 'Die geparkeerde auto, is het dat?'

Boersma knikte onophoudelijk. 'Een zilvergrijze Toyota RAV4, een vijfdeurs van het vorige model. Getinte ruiten achteraan. Die jeep staat er weer. Bijna op dezelfde plaats als op de eerste foto, maar niet helemaal. Weer fout geparkeerd. Die auto heeft wat met de zaak te maken. Spijtig dat we de nummerplaat niet kunnen zien.'

'De persoon met de initialen H.L. waarmee het slachtoffer op de flat een afspraak had? De moordenaar? Was hij met die auto, denk je?'

'In dat geval gaat hij erg ver. Maar misschien is dat juist de bedoeling.'

'Iemand die zich onaantastbaar waant?'

'Of iemand die gevat wil worden, Rudi.' Boersma snoof smalend.

'Zal ik gaan rondneuzen hoeveel wagens er van dat type in en om Oostende geregistreerd zijn?'

'Je raadt mijn gedachten, Rudi. Hoewel, niet helemaal.'

'Niet helemaal?'

Boersma draaide zich naar het raam, alsof hij bang was dat zijn adjunct gedachten van zijn gezicht zou kunnen aflezen. Hij had nog een zet in zijn hoofd, maar die wilde hij voorlopig nog in reserve houden. Hij zou zich in het hol van de leeuw wagen. Samen met iemand van wie hij al lang niets meer gehoord had. Hij kon en zou niet langer wachten.

Woensdag 22 augustus
Leuven, Maria-Theresiastraat

Tweeëntwintig uur.

De oproeper had zich eerst niet voorgesteld, maar zelfs nog half ingedommeld had de commissaris de stem aan de telefoon meteen herkend. Was het telepathie dat hij hem net die avond contacteerde?

'Vanwaar bel je? Hoe ben jij in godsnaam aan mijn mobiel nummer gekomen?'

'Van bij me thuis, in Oostende. En je nummer heb ik zelfs in het telefoonboek van mijn gsm gestopt.' Hij wachtte een paar tellen. 'Waar hebben wij mekaar voor het laatst gezien? Denk goed na.'

'Op dat congres in Brussel. Iemand van de Londense politie is toen een ganse dag komen spreken over nieuwe ondervragingstechnieken, als ik het me goed herinner. Dat is verdomd vijf jaar geleden.'

'En wat hebben wij die avond gedaan?'

'Wij zijn onder ons beiden flink doorgezakt. Om te vieren dat we mekaar van dan af nooit meer zouden zien. Jij hebt van mijn benevelde toestand toch geen gebruik gemaakt om mijn nummer..?' Hij wist dat het onaangenaam en arrogant klonk.

'Goed, we mogen dan geen vrienden zijn, maar dat betekent niet dat we mekaar eeuwig en altijd moeten blijven ontlopen, Bottu. Toen ik je vorige vrijdag belde, klonk je nog zo vriendelijk.'

'Dat was op kantoor.'

De commissaris draaide het London Philharmonic Orchestra samen met het Levy Mahlerkoor met tegenzin drie streepjes zachter, rukte zich met moeite los van het beeld van Bes.

'Zo laat nog. Ik hoop maar dat je daar een goede reden voor hebt, Boersma.'

'Alles komt terug, ik voel het. Al kan ik niet zeggen waarom.' Hij wachtte.

Het bleef enkele ogenblikken muisstil. 'Probeer het te vergeten, hebben de psychologen met hun mooie theorietjes ons toen gezegd, weet je nog? Is het jou soms gelukt, Bottu? '

De commissaris antwoordde niet. Maar hij was opeens klaarwakker.

'Een zaak waarin een Leuvense privédetective een rol speelt, zei je me vorige vrijdag al. Daar bovenop een onbekende, die vanuit Leuven naar Oostende spoorde, om in bad vermoord te worden. En je stelt voor om daar volgende dinsdag samen een informeel babbeltje over te houden. Je bent die dag toch in Leuven, je woont een lezing bij aan de universiteit, zei je.'

Bottu vatte kort samen wat Boersma net verteld had. De hoofdinspecteur had het de voorbije minuten ook uitvoerig gehad over het spiedende cameraatje en de gele enveloppen met foto's.

'Ik weet dat ik het risico loop mijn nek te breken, als er hoge pieten bij de zaak betrokken zijn. Ik beeld me dingen in en wil ze tegelijk van me wegduwen. Maar verschil ik daarin van jou, Bottu?'

De commissaris begon eigenaardig genoeg sympathie te voelen voor iemand die bij hem was geweest op die verdomde dag toen in Antwerpen. Die dag dat hij zijn opvatting over zichzelf niet meer in overeenstemming kon brengen met wat hij gedaan had. Vanuit Boersma's perspectief was dat wellicht net zo. Waarom hadden ze mekaar al die tijd ontlopen?

'Volgende dinsdag, achttien uur. Da's afgesproken, Boersma. Taverne-restaurant 'Clochard de luxe', Ladeuzeplein, tegenover de universiteitsbibliotheek. Je kunt je auto daar met alle gemak ondergronds kwijt.'

Het verbaasde Bottu dat hijzelf met geen woord had gerept over de man zonder geheugen, terwijl hij vanop afstand voelde dat de enscenering van die zaak veel gelijkenis vertoonde met wat er zich in Oostende had afgespeeld.

Hij zette zich weer in z'n stoel, draaide het London Philharmonic Orchestra samen met het Levy Mahlerkoor zoveel streepjes hoger dat de buren het ongetwijfeld konden horen en dacht aan Boersma. Misschien kwam het ooit nog zover. Dat ze mekaar weer helemaal konden vertrouwen.

19

Donderdag 23 augustus
Leuven, Maria-Theresiastraat

De nacht lost maar langzaam zijn greep op de dag.

Hij staat als een stenen beeld voor het raam van zijn kantoor in de politietoren. Door de laag hangende wolken en het mistige weer krijgen de voorbijvarende schepen op de Schelde iets onwezenlijks. De collega's willen allemaal een kantoor aan de kant van het water. Iedereen heeft de behoefte om uit zijn eigen leven te ontsnappen. Al was het maar enkele seconden. Water trekt aan en doet verlangen.

In zijn hand houdt hij een bruine envelop. Die werd die morgen op het bureau afgegeven door iemand die zich even vlug met zijn lawaaierig brommertje uit de voeten maakte. Op de envelop staat in onbeholpen handschrift zijn naam en die van zijn partner. Het gaat dus niet om een vergissing.

Morgen is het kerstavond, daarna is het kerstdag. Zijn verjaardag. Hij is een kerstekind. De collega's grappen er voortdurend over hier op kantoor. Hij laat ze begaan. Morgen zullen hij en zijn vrouw langs de lichtjes van de stad van het Zuid naar de middernachtmis in de kathedraal lopen. Niet dat hij zo'n kerkganger is. Maar Kerstmis is speciaal. Simon zal tussen hen beiden in zitten. Al is hij vijftien, hij is nog een kind. Hij zal altijd een kind blijven. Simon zal er weer zijn. Hopelijk sneeuwt het. Er hangt een flink pak sneeuw in de lucht, hij voelt het aan zijn ledematen. De weersvoorspellers beweren het tegendeel, maar ze hebben het goed mis. Je zult het zien. Er komt vast sneeuw. Sneeuw maakt alles veel mooier. Simon houdt zo van sneeuw.

Morgen is het kerstavond. Zijn allerliefste vrouw zal er niet meer zijn. Hij zal proberen niet te denken aan haar verwrongen fiets, het eerste wat hij zag toen hij die verdomde morgen op de plaats van het ongeval kwam. Daarna pas zag hij de vrachtwagen. Dan de bestuurder hoog in zijn cabine, nog altijd verward door het moment van onoplettendheid in de spiegel.

Het leven is één grote wraakoefening

Morgen is het kerstavond. Maar Simon zal er niet meer bij zijn. Vijftien was hij. De doder zal er wel zijn. Elke kerstavond, elke kerstdag weer zal hij hem terugzien. De geur van alcohol zal in de lucht hangen. Over een paar jaar zal hij hem op straat voorbij wandelen. Die vuile moordenaar.

Het leven is één grote wraakoefening.

De schepen varen voorbij, alsof er niets gebeurd is. In zijn hand houdt hij nog steeds de foto uit de bruine envelop. Vanmorgen op het kantoor afgegeven. Honderd keer heeft hij de foto bekeken. Jammer dat zijn partner er vandaag niet is. Verlof om dringende reden. Hij begint zijn partner zo stilaan door te hebben. Hij kijkt om de beurt naar de foto en naar het water. Hij ziet Simon aan de kade. Op zondag als het mooi weer was. Simon kleurde zijn zondagen en gaf hem rust. Simon hield van schepen en van sneeuw. Maar het gaat niet om Simon. Al gaat het altijd om Simon. Hij kijkt naar de foto. Hij kan exact zeggen waar hij gemaakt werd. Het zal weer wel gaan om een dreigement van die met hun donkere huid. Ze doen niets anders dan provoceren, komedie spelen en dreigen. Zo zijn ze nu eenmaal. Hij kan op de foto geen gezicht zien, alleen bloed. Een hele plas bloed in een kamer die hij tot in de kleinste details kan beschrijven. Hij kent zelfs de geur die in de kamer en in het hele huis hangt. Hij houdt niet van die geur. Vroeger wel, maar niet meer na wat de laatste weken gebeurd is. Het zal weer wel een aardig stukje komedie zijn. Zij kan niet anders dan doen wat er haar gevraagd wordt. Hij kan het huis van het meisje vanuit de politietoren zien als hij dat zou willen. Hij moet dan wel naar de kant lopen die uitziet op het station. Met zijn geoefend oog de Schuttershofstraat zoeken, van daar de blik laten glijden naar de tweede straat rechts. Vierde huis, nummer acht. Haar familie houdt niet van de politie. Zeker haar vader en haar broers niet. Zij beweren geen dochter en zus meer te hebben. Haar leven zit vol dreigementen. Wat moet hij doen? Die ernstig nemen? Doen wat zij en haar zus al zo lang aan hem en aan zijn partner vragen? De vlucht is niet altijd de beste oplossing. Dat weet hij uit ervaring.

Die vreemdelingen met hun spottende zelfzekerheid zijn tot alles in staat. Het wemelt in Antwerpen van de vreemdelingen. Maar zij is lief. Een beeld van een meisje. Zo ontzettend lief.

Toen Bottu die morgen badend in het zweet wakker werd, probeerde hij uit alle macht zich niets van de droom te herinneren. Toch zocht zijn hand op het nachtkastje zenuwachtig naar de bruine envelop met de foto van het meisje. Maar die foto lag er niet. Hij zat alleen vastgeroest in zijn geest. De commissaris had weer het gevoel dat hij midden in de nacht op een onbekende plaats werd achtergelaten en de weg terug helemaal alleen moest lopen. Dat gevoel was hem al lang niet vreemd meer. Zou het met Boersma anders zijn? Nee toch?

Donderdag 23 augustus
Antwerpen, Schuttershofstraat

Antwerpen, 23 augustus

Mijnheer de commissaris,

Ik weet niet of ik in mijn brief aan u van zondag 19 augustus voldoende klaar geweest ben.
Binnenkort zult u echt met hem te maken krijgen. Wraak moet heet opgediend worden, vindt hij. Alle stoppen zijn bij hem doorgebrand, al zal niemand dat aan hem merken. Dat betekent dat hij de sluizen van het kwaad nu helemaal heeft opengezet.
De moord op een privédetective en een man zonder geheugen was maar een voorproefje van wat nog komen gaat. Daar is nu in Oostende de moord bijgekomen op iemand van wie niemand weet wie hij is.
Ik weet het wel: het gaat om iemand die aan de dood ruikt als een kaasliefhebber aan oude camembert.
U kunt wat hem drijft niet begrijpen, het is een obsessie.
Ik weet dat ook ik een dikke, zwarte viltstift nodig heb om door te strepen wat ik allemaal voor vreselijke dingen heb gedaan. Maar wat je wel of niet gedaan hebt is niet belangrijk, zit ik te denken. Wat telt is wat je nu gaat doen. Daarom schrijf ik u deze brieven. Al betekenen de afgewogen woorden misschien wel mijn doodvonnis.
Alles gaat voorbij als het water onder de brug en de tijd filtert de dingen, zegt men. Maar wat toen gebeurde, gaat nooit voorbij. Niet voor hem, niet voor mij.
Vijfentwintig, dertig jaar geleden.
Ik zei het u vorige keer al, in exact dezelfde woorden.
Ze zeggen dat ik gek ben. Misschien hebben ze wel gelijk, want je

moet goed gek zijn om te doen wat ik gedaan heb. Maar ik heb voor ze gezorgd, als waren het mijn eigen kinderen. Liefde overlegt niet, commissaris. Ik ben er meer dan zeker van dat iemand als u dat weet.
U moet me helpen. U moet vermijden dat ik gek word door alles wat er gebeurt. Want wonden doen zo vreselijk pijn als de wind erdoor waait. Ik ben er meer dan zeker van dat u ook dat begrijpt.

Zeer genegen,

uw Luciana

Ze rolde met haar bureaustoel een kleine meter de kamer in, bukte zich, trok de onderste lade van de tafel open, legde het beschreven blad daarin, deed de lade weer dicht, draaide aan de sleutel, vergewiste er zich van dat ze goed gesloten was en keek de kamer in. Dan plooide en strekte ze de gewrichten en keek naar de klok. Vier uur vierenveertig. Ze stond op en schoof de verduistering voor de ramen van haar dakappartement omhoog. Als je goed keek, waren er in de lucht al enkele strepen licht te zien. Ze haalde opgelucht adem. Weer een dag. Net als de andere voorbije dagen. Of misschien juist niet.

20

Donderdag 23 augustus
Leuven, Hogeschoolplein

De zon buitelde ongegeneerd over wat voor hen het mooiste plein van Leuven was. Toen Bottu en Polak er rond drieën toekwamen, puilde het terras van café 'Dewerf' uit van het volk. De commissaris draaide zich naar links, richting Pauscollege.

'Dit college werd bij testament gesticht door paus Adrianus de Zesde. Een classicistisch gebouw met vier indrukwekkende gevels, die zijn opgesteld rond een rechthoekig binnenplein. Opgetrokken in de zestiende eeuw, zoals je kunt lezen boven de arduinen inrijpoort. Maar het huidige gebouw, ontworpen door architect Montoyer, dateert van het einde van de achttiende eeuw', debiteerde de commissaris, terwijl hij buiten een tafeltje uitzocht en tegelijk met een breed handgebaar de waard in de deuropening groette.

'Hoe weet je dat allemaal? Je verbaast me, Claude.'

'Ik heb de voorbije zondag een wandeling gemaakt met een enthousiaste stadsgids, op tijd een stop voor wat vocht, afgesloten met een etentje in restaurant 'De Wiering'. Wat kan een mens meer wensen?' Hij knikte en geeuwde. 'Ik heb vannacht verdomd slecht geslapen, Nico.'

De commissaris vertelde zijn adjunct nooit wat van zijn dromen. Hij ging zitten en bestelde een zwarte koffie. In afwachting nam hij de tijd om een pijp te stoppen. Van zijn belofte om op te houden met roken zou weer niets in huis komen, dacht Polak, maar hij zei niets.

'Die hoofdinspecteur uit Oostende komt je dus dinsdag *en passant* een bezoekje brengen, na het bijwonen van een lezing aan de universiteit. Deze periode van het jaar worden er bij mijn weten aan de universiteit geen lezingen gehouden,' zei Polak, 'maar wie is die Boersma eigenlijk?'

Bottu had hem verteld van het telefoontje vorige avond.

'Als er een archetype moest bestaan van de Nederbelg, zou hij aardig in die buurt komen. Een zelfverklaarde bourgondiër, soms niet te verstaan als hij zijn ondertitels heeft thuisgelaten, al zijn kleren gingen in een tweedeurs kleerkast. Tenminste toen we nog partners waren in de metropool.' Hij keek zijn adjunct aan. 'Ik heb nooit de behoefte gevoeld om hem nadien nog te zien.'

'Dat klinkt niet zo positief.'

'Hij had anders wel zin voor details en objectiviteit. Ik heb het hem nooit willen zeggen. Maar als je de dingen achteraf van op afstand bekijkt, worden ze soms heel anders.'

'Ik begrijp je niet.'

Nors. 'Laat dat maar best zo.'

'En opeens komt hij?'

'*Out of nowhere*. Maar zoals je al langer weet, heb ik opgehouden te geloven in het toeval.'

'En hij zit nu in Oostende?'

'Gebeiteld. Ik heb het veel langer dan hij in Antwerpen uitgehouden. Vergeet niet dat ik een echte sinjoor ben, van vader op zoon.' Hij keek de lucht in, probeerde ongemerkt te slikken. 'De dag dat Boersma vertrok was ik in recup.'

'Hij was toch je vaste partner? Dag in, dag uit.'

Bottu haalde diep adem door de neusgaten. 'Is dit een spitse opmerking van je? Luister, waar gehakt wordt, vallen spaanders. Dacht je soms dat het in de metropool anders was dan hier in Leuven? Laat ons erover ophouden, Nico.'

Waarom had hij het nooit met Polak over zijn periode in de metropool gehad? Zonder in details te treden natuurlijk. Over hoe hij daar op dezelfde dag met Boersma als inspecteur was begonnen. Hoe ze nooit echt hun geheimen hadden gedeeld. Maar hoe gebaren en stiltes soms veel meer zegden dan woorden.

Gelukkig had Boersma er nooit wat van geweten: hoe de korpschef steeds weer de hand boven het hoofd van Bottu had gehouden, tot die ene dag dat hij het niet meer kon. De bewijzen waren verpletterend geweest. Hij was er met een blaam vanaf gekomen. Boersma was toen al lang vertrokken. Moeten vertrekken. Losse handjes, beweerde men. Nood aan een nieuwe omgeving, had het officieel van de leiding uit geklonken. Bottu wist beter. Marloes, de vrouw van Boersma, had die onweerstaanbare drang in zich waar geen man tegenop kan als hij weer eens gekwetst wordt door een tegenspeler. Losse handjes, zou kunnen. Toch gooide hij zijn huwelijk niet weg als gedemodeerde kleren.

Ondanks alles waren hij en Boersma geen vrienden geworden. Misschien hadden ze daarvoor net niet voldoende tijd gehad? Hoe zou het echt met Boersma zijn? Wat zou er van de korpschef geworden zijn? Het enige wat Bottu wist was dat hij zich teruggetrokken had in zijn buitenhuisje in Weert aan de Oude Schelde. Moest hij hem niet eens gaan opzoeken?

Hoe zou het zijn met zijn eigen vorige leven?

'Die Boersma had het over een privédetective uit Leuven, een zekere Hoogmartens, zei je net? En over een totaal onbekende, die in bad werd geëlektrocuteerd in een luxeflat aan de kust?' vroeg Polak.

'Beiden spoorden vanuit Leuven naar Oostende. Die Hoogmartens heb ik al laten opdiepen. Staat ingeschreven in een luxe bel-etage aan de Kaboutermansstraat. Vier ruime slaapkamers, twee terrassen. Twee afgesloten garageboxen, met daarin een Porsche oldtimer en een spiksplinternieuwe Hummer. Geen hap voor schooiers, Polak. De kans is groot dat ook de tweede man in of om Leuven woont.' Hij slurpte aan zijn koffie, gooide er twee klontjes suiker in en bleef een hele tijd roeren. 'Was het daar maar bij gebleven.'

Polak keek bedenkelijk. 'Foto's? Die Boersma werd tijdens het moordonderzoek toch ook niet..?'

Bottu hield de tas voor de mond om de vertwijfelde uitdrukking op zijn gezicht te maskeren. 'Ze hebben Boersma op dezelfde manier in zijn kruis gepakt als ze met mij deden. Ik gruwel van dat besluipen, Nico.'

'Die foto die ze je privé toestopten dus?'

'Dat niet alleen, Boersma stootte ook op vier jongetjes op een aftandse draaimolen. Zoals ik net zei, ik heb afgezworen te geloven in het toeval.'

'Wat kan betekenen dat er ons nog meer van dat fraais te wachten staat?'

'Iemand heeft een ziel in verwarring, Nico, maar zijn geest staat vlijmscherp. Na wat ik van Boersma te horen kreeg, ben ik er zeker van dat we te maken hebben met iemand die een plan *en* een doel heeft.'

'De ervaring heeft geleerd dat zo iemand geen fouten maakt.'

Even nors als daarnet. 'Uit ervaring volgt nederigheid. Vergeet dat niet, Nico.'

'Geef toe, hij zit toch aardig uit te dagen? Vroeg of laat wordt hem dat fataal.'

'Correctie: hem of haar. Ik zat aan de foto met de vier jongetjes te denken. Zo'n foto associeer je al vlug met een vrouw. Al hoop ik op een hem. Mannen verachten vaak waar ze naar streven, vrouwen doen dat niet. Juist dat maakt ze gevaarlijk. Dat heb ik ooit aan den lijve mogen ondervinden.'

'Antwerpen? Alweer?'

Bottu antwoordde niet met woorden, maar trok het gezicht van ik-weet-het-wel-maar-zeg-lekker-niets dat Polak zo haatte. Hij kon geen enkele zinnige reden bedenken waarom hij het niet aan zijn adjunct vertelde. Polak had er recht op.

'Dacht je soms aan dokter Leleux?'

'Een man die een boel te verbergen heeft, met een flinterdun alibi, een vrouwengek met een meer dan dubieuze levenswandel, en hij kan met wapens overweg. Maar zelfs dat op een hoopje maakt van hem nog geen moordenaar.'

Polak hoorde dat er geen overtuiging in zijn stem zat.

'Zullen we maar, Polak?'

De commissaris stond op. Zijn adjunct kon niet anders dan hem volgen.

'Je hebt die Boersma toch verteld over de moordzaak waar *wij* mee bezig zijn, patron?'

'Wat dacht je, Polak? Geen woord.'

Ze liepen samen richting stadhuis. In het wijkkantoor op de Grote Markt moest Bottu om halfvier een dossier ophalen. Hij had daarvoor die morgen getelefoneerd en hoopte dat het enige klaarheid kon brengen in de aanslepende zaak. Ze hadden de auto daarstraks al achter het wijkkantoor gestald.

'Vicky heeft me gisteravond laat gebeld. Maar ze klonk zo raar.'

'Zal de Griekse zon zijn. Wie komt er graag terug naar kantoor na drie weken Kretos? Wees verstandig, Nico.'

Als het dat soort sentiment betrof, konden de komende dagen wel eens onaangename verrassingen in petto houden, dacht Bottu. Maar hij verkoos over zijn voorgevoel aan Polak niets te zeggen. Op dat moment ging de telefoon van de commissaris over. Die bevestigde wat hij gevreesd had. Het zou weer nachtwerk worden.

Donderdag 23 augustus
Leuven, Heverleebos

Tegen middernacht aan.

Een wandelaar had de politie gebeld. Hij had een paar dagen geleden wat gemerkt en had de link gelegd met de oproep in de media rond de verdwijning van dokter Leleux. Hij had toen een zilvergrijze Toyotajeep gezien in Heverleebos en twee mannen die ruziënd van de auto wegliepen. Hij dacht nog een tweede vier maal vier gezien te hebben, gelijkaardig aan de eerste, maar daar was hij niet zeker van.

Toen Bottu daarstraks werd opgeroepen, had hij zijn adjunct gevraagd om het van hem over te nemen. Hij voelde zich die donderdagavond niet zo lekker. De hoofdinspecteur was meteen naar Heverleebos vertrokken om aan de zoekactie deel te nemen.

Rond deze tijd van het jaar bleef het nog licht tot na tienen en kregen de politiemensen zo lang hulp van de dag. Daarna hadden de lampen bovenop de wagens en de gloeiende schijnwerpers het werk overgenomen. Ze hadden nooit gedacht dat het zoekwerk zo taai zou zijn, vooral omdat in een geval als dit het slachtoffer vaak gevonden wordt binnen een kleine straal vanaf de wagen die hij had achtergelaten.

De plek die de wandelaar beschreven had, was Polak niet vreemd. Ze lag wel een eindje van de plaats waar de jeep van de dokter was teruggevonden. Het was de hoofdinspecteur die bij het zoeken voor de doorbraak had gezorgd. Jongetjes die ooit bij de scouts zijn geweest hebben in bepaalde omstandigheden dat ietsje voor op de anderen.

'De oude observatiepost voor vogels is een eindje richting noord opgeschoven,' had Polak bij het invallen van de duisternis gezegd, 'maar de oude is er nog steeds. Ik zou daar een kijkje gaan nemen. Meer dan twintig jaar geleden was het een van onze geliefde pleisterplaatsen, toen de zondagen nog eindeloos waren.' Hij had bij die woorden zo ver het bos ingekeken als hij nog kon. Het bos en de zondagse kring rond het kampvuur kenden al zijn geheimen. Hij wist toen nog niet dat het leven als een blad aan een boom opeens de andere kant uit kon waaien.

Daar vonden ze hem, aan handen en voeten gebonden met gele, geplastificeerde wasdraad. Het soort draad dat zich moeilijk laat oversnijden, laat staan doorbijten. Op het eerste gezicht had hij weinig weerstand geboden, want aan voeten en handen waren geen afdrukken te zien. Hij droeg een wit hemd met korte mouwen, waarvan enkele knopen afgerukt waren, zodat zijn weelderig borsthaar te zien was. De pijpen van zijn beige zomerpantalon waren een paar keer omgeslagen, de gulp stond open, zijn kousen en schoenen lagen wat verderop.

'De dood is fascinerend,' zei Polak tegen de wetsdokter die pas was toegekomen, 'dat heb ik daarnet ook aan de chef gezegd.'

De hoofdinspecteur stak zijn gsm weer weg en trok zijn anorak aan. Wolkenloze hemels konden ook deze tijd van het jaar behoorlijk fris zijn. De woorden van Bottu van daarstraks over Vicky Coetsier waren in Polaks hoofd blijven hangen, hij wist er niet dadelijk blijf mee. Hij kreeg het beeld van zijn collega maar niet weg. Zelfs niet in het aanschijn van dokter Leleux van het UZ Gasthuisberg, die vlak voor hem op de rug met wijdopen ogen naar de sterren lag te staren.

De wetsdokter zette zijn tas neer, spande de band met het onderzoekslichtje rond het hoofd, haalde luidruchtig de neus op. Daarna deed hij routineus zijn werk.

'Wie is het, Polak?'

'Dokter Huub Leleux. Werkte in het UZ Gasthuisberg. De dokter-diensthoofd, die de man zonder geheugen behandelde die donderdag 9 augustus, en 's nachts alleen college volgde in de medische faculteit aan de Minderbroedersstraat', probeerde Polak te grappen.

De wetsdokter maakte er zich met een langgerekte 'hmmm' van af.

'Hoe lang zou hij al dood zijn, dokter?'

'Moeilijk zo voor de vuist weg te zeggen. Vermoedelijk een paar dagen, misschien wel een dag of vijf.'

'Het kan dus al in het weekend gebeurd zijn? Met al die wandelaars hier in het bos is dat anders...'

De dokter wreef zachtjes over de onderbenen van het slachtoffer. 'Het zou best kunnen dat het bij het krieken van de dag gebeurde. Er was voor mijn collega meer tussen hemel en aarde dan een witte doktersjas en lange ziekenhuisgangen,' zei hij, terwijl hij nadrukkelijk wees naar de voeten van het slachtoffer. Er zat een voorzichtig lachje op zijn lippen.

De vergulde vrouwenlaarsjes blonken erg fel in het licht van de schijnwerpers.

'Je zou zeggen...' mompelde Polak.

'Attributen van een travestiet, zo te zien. Ik ben bang dat de collega verzeild is geraakt in toestanden waar ze bij de orde en in het ziekenhuis niet om zullen kunnen lachen.'

De stem van de wetsdokter klonk geaffecteerd, hij keek weg van het lichaam, als wilde hij plots afstand nemen van het tafereel.

Polak wees op de talrijke bandensporen. 'De vraag is: waren ze met meer aanwezig bij het nummertje? Dat het op deze plaats behoorlijk druk was, is wel duidelijk.'

'Travestie en homofiele contacten, mijn collega had blijkbaar een ingewikkeld leven', mompelde de wetsdokter.

'Ik herinner me dat Bottu dagen geleden krek dezelfde woorden uitsprak,' zei Polak, 'en ik begin te geloven dat het plaatje hier voor ons klopt met wat u net zei. Maar misschien niet helemaal.'

Polak trok plastic handschoenen aan, diepte uit een zakje een vuurrood kaartje op met zware, gouden opdruk en liet het de wetsdokter zien. 'De Ultieme Hallucinatie' stond op het kaartje, verder een adres in Heverlee, niet ver van de plaats waar dokter Leleux was gevonden. De dokter bekeek het, maar zei niets.

'De naam is gepikt van een bekend etablissement in Brussel', vervolgde Polak, 'al wordt in deze hallucinatie andere koek geserveerd. Een exclusieve club voor wie van mannenliefde houdt, jaarlijks lidgeld van een paar duizend euro. Buiten op de parking alleen maar dure bolides, rond en in de afgelegen hoeve zelf stoot je het hoofd voortdurend tegen bewakingscamera's.'

'Hoe ben jij zo goed op de hoogte? Toch niet?' De dokter maakte een gebaar dat niets aan de verbeelding overliet.

'Zoals je weet kom ik al eens in 'De Blauwe Kater'. In dat soort kroegen vangt een mens soms dingen op voor later gebruik.'

'Het plaatje hier voor ons klopt niet helemaal, zei je net?'

'Iemand wil ons duidelijk de richting van de homowereld uit duwen, maar ik ben bang dat later zal blijken dat dit een afleidingsmanoeuvre was. Eén: geen zinnig mens trekt op deze plaats zijn schoenen en kousen uit om ze te vervangen door glitterbotjes, terwijl de rest van de outfit van geen kanten klopt. Tenzij iemand anders dat in zijn plaats deed natuurlijk. Twee: het kaartje van de homoclub werd klaarblijkelijk door een derde in de portefeuille van het slachtoffer gestopt, het bedekte het kaartje met de medische gegevens dat bij een ongeval wordt gebruikt. Een ietsje te veel enscenering, dat valt op.'

'Ofwel wil iemand een teken geven. Een vingertje dat wijst naar die wereld, omdat de oplossing daar allicht te vinden is.'

Polak schokschouderde en wees naar de koord. 'Gewurgd? Eerst en dan..?'

De dokter schudde ontkennend het hoofd. 'De waskoord werd rond het slachtoffer gelegd toen hij al dood was. Nog iets waar symboliek in kan zitten. Misschien moeten we het 'aan handen en voeten gebonden zijn' figuurlijk zien en slaat het op iemand die met wat hij deed of wist geen kant meer uit kon?' Hij wachtte. 'Als dat het geval is, hebben we te maken met een sluwe moordenaar, die de zaak goed voorbereid heeft. Om eerlijk te zijn, daar twijfel ik al lang niet meer aan.'

'In dat geval is er boven Leuven nog een donkere wolk bij komen hangen.'

'Speuren, dat is het werk van de politie, Polak. Ik ben maar een simpele dokter.'

'Laat het ons niet te ver zoeken. Hoewel...' Hij wachtte. 'Ik weet niet of ik het mag zeggen, maar er is nog wat met de portefeuille van de dokter.'

De gehandschoende handen van de hoofdinspecteur visten een bijeengevouwen papiertje op. De wetsdokter keek bewonderend toe.

'Hij heeft zaterdagmorgen om negen uur vijfduizend euro van zijn rekening gehaald bij *Citibank*', zei Polak, terwijl hij het papiertje openvouwde, 'die bank is dan open. Het moet dringend geweest zijn, want aan zijn betaalkaarten te zien was *ING bank* zijn hoofdbankier. Er is een kantoor van die bank rechtover zijn woning.'

'En van de vijfduizend euro natuurlijk geen spoor te bekennen', zei de dokter op een toon alsof het de evidentie zelf betrof.

Polak schudde ontkennend.

De wetsdokter ging op de knieën zitten, het hoofd vlak bij de dode. 'Het rijmt inderdaad allemaal niet. De omgeving, de attributen, de manier van doden.' Hij veegde het zwartgeverfde haar van het slachtoffer weg. 'Ik vrees dat je de wereld van de beroepsdoders in zult moeten, Polak. Een gaatje tussen de ogen, geen millimeter meer links of rechts, iemand met zin voor precisie. Al de rest is spijtig genoeg minder klaar.'

'Van één ding ben ik al zeker, ik hoef daarvoor niet te wachten op het papiertje van de ballistiek. De dokter werd door dezelfde doder omgebracht als zijn patiënt. In dat geval hebben we toch al één aanknopingspunt.' Polak sprak tot zichzelf.

De wetsdokter luisterde niet. Die was te zeer benomen door een detail dat hem opeens opviel. Hij kon niet wachten. Om zeker te zijn moest hij zo vlug mogelijk sectie verrichten. Hij liep naar zijn auto wat verderop.

Polak volgde in zijn spoor. Geen van beiden had gemerkt dat er wat in de struiken gebeurde. Niet eens tien meter van hen vandaan.

'Vicky heeft me vandaag een mailtje gestuurd, Nico', had Bottu daarstraks gezegd, toen Polak hem meldde dat ze het lichaam gevonden hadden. 'Volgende maandag komt ze weer naar kantoor. Stel je voor, ze is al een paar dagen terug uit vakantie van Kretos en ze zat thuis. Ze wist verdomd toch dat haar vakantiedagen voorbij waren! Ze had ons toch iets kunnen laten weten, of niet? Geen telefoontje, niet ziek melden, gewoon thuis op haar luie krent zitten. Wat heeft die meid toch? Begrijp jij haar, Polak?'

Nico Polak had het evenmin begrepen. Wat was er toch aan de hand met zijn lieve, lieve collega Vicky Coetsier?

Op de weg van Heverleebos naar huis probeerde hij nare, nachtelijke gedachten ongeduldig van zich af te zetten. Zijn nachtrust zou er gegarandeerd aan gaan. Dat wist hij nu al.

21

Vrijdag 24 augustus
Leuven, café 'De Appel'

Bottu en Polak stonden al een minuut of vijf op de stoep van de Ravenstraat te trappelen. Om halftien ging hun stamcafé 'De Appel' open, dat gelegen was in de schaduw van de universiteitsbibliotheek. Ze waren die morgen al langs de dienst Bevolking in de Muntstraat gelopen. Ze wilden dingen in de zaak van dokter Leleux verifiëren die op het eerste gezicht niet klopten. Van het stadhuis tot aan de bibliotheek op het Ladeuzeplein was maar een boogscheut.

'Tot omstreeks 1804 stond op deze plek het clarissenklooster, vandaar dat Leuvenaars het weleens over 'de karlisse' hebben. De bibliotheek is tot twee keer toe door de Duitsers in brand gestoken, in 1914 en in 1940. Alleen de toren en de muren bleven overeind. Bijna één miljoen boeken gingen in de brand verloren. Gelukkig werd de bibliotheek met de hulp van de Amerikanen weer opgebouwd, de architecten ervan zijn trouwens Amerikanen. Het carillon en het torenuurwerk in de 85 meter hoge toren zijn ook al een gift van Amerikaanse ingenieursverenigingen. Wist je dat allemaal, Polak?'

De commissaris had het anders niet zo begrepen op het culturele erfgoed. Deze keer was het anders, hij was niet te stoppen. Hij wees naar links. 'Voeg daar nog het Herbert Hooverplein aan toe. Leuven is Amerikaanser dan je zou denken.'

Schouderklopje. 'Antwerpen al vergeten, Claude?'

'Leuven is een juweeltje, Polak. Maar waarom dacht je dat ze Antwerpen de diamantstad noemen?'

Het deurslot maakte twee omwentelingen. Pieter, de waard van het café, liet hen binnen. Goed vijf minuten later arriveerde wetsdokter Lievens. Hij had die morgen aangedrongen om hen zo vlug mogelijk te zien. Samen een koffie nemen in 'De Appel' leek wat. Geen alcohol tijdens de diensturen, luidde het reglement. Aan de wallen onder zijn ogen te zien kon de wetsdokter een bakje troost anders best gebruiken.

'Niet eens twee uurtjes geslapen', zei de dokter, terwijl hij zich liet neerploffen op de bank tegen het raam. Hij haalde meteen het papier boven waarvoor ze gekomen waren. 'Om één uur vannacht lag hij al op de tafel. Ze zeggen dat het snijden went, maar dan toch niet bij mij. Zeker niet als je een collega moet openmaken.' Hij streek het papier met de tekening van de kogelbaan glad. 'De kogel ligt al bij de jongens van de ballistiek. Je kunt het natuurlijk niet met het blote oog zien, maar je moet geen genie zijn om uit te knobbelen dat de dokter in dezelfde loop heeft gekeken als zijn patiënt.' Blik van verstandhouding naar Polak. 'Een kogel zo exact plaatsen vergt een vaste hand *en* een geoefend oog. Hij werd afgevuurd vanop korte afstand, hooguit een meter of drie, toen het slachtoffer nog rechtop stond.'

'Dat betekent dat dader en slachtoffer elkaar kenden. Het heeft wat van een executie', zei Polak.

'Dauw en andere sporen wijzen erop dat het vroeg zaterdagmorgen moet gebeurd zijn. En ja, hij was al dood toen hij gebonden werd.'

'Dat laatste is dus toch een teken?' Polak keek bij de woorden tegelijk naar de commissaris en de dokter.

Bottu zweeg opvallend.

De wetsdokter drukte de vingertoppen behoedzaam tegen elkaar. 'Ik ben bang van wel.'

Het bleef een tijd stil rond de tafel.

Bottu begon langzaam met het hoofd te schudden. 'Stilte kan soms een mooi antwoord zijn. Het was dus niet hiervoor dat je ons dringend wilde zien, Werner?' De klank van zijn stem verscherpte zich moeiteloos.

De wetsdokter ging in zijn vestzak, haalde een papiertje tevoorschijn dat achter plastic zat en dat zo te zien in stukjes was geweest en weer aan mekaar geplakt.

'Dit hier...' Hij schoof het papiertje over de tafel naar de commissaris.

Bottu las de tekst luidop, hoefde niet naar de woorden te kijken.

'Engelen...
zijn zij niet allen dienende geesten,
die uitgezonden worden ten dienste van hen,
die het heil zullen beërven.

Iemand die bijbelbelast is. Exact dezelfde woorden als bij de man zonder geheugen. Was het papiertje ook in zijn strot gepropt?'

De wetsdokter knikte, greep de voorarm van Polak. 'Het viel me vannacht opeens op. Sorry dat ik je op dat ogenblik niets gezegd heb.'

Polak lachte verlegen terug, keek dan de andere kant uit.

Bottu kwam voorover leunen, ging in zijn binnenzak. 'En wat valt hier op te zeggen, Werner? Twee dagen in dezelfde week zitten ze verdomme in mijn privé te woelen.' De commissaris toonde de wetsdokter de foto die hij die morgen in de bus van zijn flat had gevonden en die hij al aan zijn adjunct had getoond.

De dokter wreef met de vingers over het glanzende oppervlak. 'In volle nacht geschoten, nog wel. Hoe laat zou het toen geweest zijn, Polak?'

'Een flink stuk over middernacht alleszins.'

De foto toonde Polak en de wetsdokter, toen die klaar stond om te vertrekken en de achterklep van zijn wagen optilde. Zonder woorden draaide Bottu de foto om. *'Zie je het nu?'* stond er in uitdagende, zwarte drukletters.

'Deze keer geen foto van het slachtoffer zelf?' vroeg de dokter.

'Nog niet. Misschien komt dat nog', antwoordde Polak.

'Dat geloof ik niet', zei de commissaris korzelig en geïrriteerd.

'Weet jij soms meer dan wij, Claude?'

Bottu gromde, maar zweeg veelbetekenend.

De dokter wreef over zijn voorhoofd en trok een bedenkelijk gezicht. 'Ik zei het toch, een *serial killer*, Claude. Eentje die spelletjes wil spelen daar nog eens bovenop.'

'Ofwel eentje die absoluut wil gevat worden.' De commissaris sprak langzaam en benadrukte elk woord.

'Heb je al gezegd. Geloof je dat nu echt?' vroeg de dokter.

Bottu ging gevaarlijk wiebelen op de achterste poten van zijn stoel. 'Het is altijd een zaak van geloof en... bewijs.'

Hij zat in gedachten een eind terug in de tijd. De dokter en Polak hadden niet het minste benul van wat hij toen had meegemaakt. Hij probeerde zichzelf wijs te maken dat wat op dat ogenblik in zijn hoofd ronddraaide alleen een wilde gok was.

Noch Bottu noch Polak hadden aan de wetsdokter verteld wat ze die morgen op de dienst Bevolking te weten waren gekomen. Dat stelde alles wat met en rond dokter Leleux gebeurde opeens in een totaal ander daglicht.

De commissaris gaf de waard een teken en bestelde een Lindemans kriek. Polak en de dokter hielden het bij een tweede koffie. Buiten sloeg het torenuurwerk van de bibliotheek tien keer. Het café liep stilaan vol. Misschien hield de moordenaar hen wel van ergens in de gaten?

22

Maandag 27 augustus
Leuven, politiekantoor

Ze hadden die morgen allebei opgekeken alsof ze een Mariaverschijning zagen.

Ze probeerde geen geluid te maken toen ze het kantoor binnenkwam. Ze schoof langs de zijkant, als wilde ze liever in de muur verdwijnen. Aan de manier waarop ze hen met een vaag handgebaar groette, haar zomerjasje ophing, dan haar tas met schouderriem op haar tafel legde, was te zien dat ze moe en ongeconcentreerd was. Haar anders zo keurig gekamde haar was vettig en lag in de war. Ze droeg een zonnebril, dikke kousen die haar benen bedekten, een trui met rolkraag. Ze betastte voortdurend haar gezicht ter hoogte van het jukbeen, zoals iemand doet die slecht geslapen heeft.

Ze hadden nog meer opgekeken toen ze eindelijk haar zonnebril afzette en duidelijk werd dat haar linkeroog dicht zat. Toen ze merkte dat ze het in de gaten hadden, krulden haar lippen in een zuur lachje. Nog steeds zonder een enkel woord te zeggen was ze naar de koffiemachine gelopen. Bottu en Polak hadden een blik gewisseld en beiden gelijktijdig de schouders opgehaald. Een atypische manier van haar om na drie weken deugddoende vakantie weer op kantoor te verschijnen. Zo hadden haar collega's Vicky Coetsier voordien nog nooit gezien. De vreugdesprongetjes, die Polak in zijn binnenste had verwacht, waren een bang vermoeden geworden. Moest hij iets voor haar doen? Luisteren? Helpen? Raad geven? Wilde ze dat wel? Hoe meer hij over dat laatste nadacht, hoe onzekerder hij was geworden. Bottu had diep geademd, wilde naar haar toe lopen, maar was weer gaan zitten. Haar bij het lopende moordonderzoek betrekken kon best nog even wachten.

Het liep tegen tienen.

De koffiepauze wenkte. Coetsier had nog geen woord gezegd, maar was al aardig opgeschoten met het wegwerken van de stapel 'IN' op haar tafel. Tussendoor had ze ook een paar telefoontjes gepleegd met haar advocaat.

Polak had niet kunnen verstaan waarover ze het had. Ze had heel de tijd de hand voor de mond gehouden en schichtig in zijn richting gekeken.

Bottu kneep de ogen halfdicht, terwijl hij aan zijn espresso slurpte. 'Ik vrees dat de vrouw van dokter Leleux het bij het rechte eind had toen ze de assistente van haar man een sloerie noemde.'

Polak kwam voorover leunen, bang dat Coetsier zijn woorden zou horen. 'Die Vera waarmee hij van bil ging in zijn kamer in de medische faculteit, bedoel je?'

Bottu knikte. 'Het is vast niet bij die paar keer gebleven, Nico. Tenminste als ik de buurman van die Hoogmartens mag geloven. Je weet, de privédetective die collega Boersma met een kogel pal tussen de ogen aantrof in Oostende.'

'Die privédetective aan de kust met zijn cameraatje blijft je intrigeren, niet? Je hebt je weekend weer tot aan het boordje met werk gevuld?'

'Gevolg van mijn bezoekje aan de wijkpolitie, na ons terrasje op het Hogeschoolplein, vorige donderdag. Jij was er toen toch bij?'

Polak gleed met de vinger langs de rand van zijn kopje. 'Je had toen een plotse inval, meer heb je me niet gezegd. Ik heb in de auto op je zitten wachten, terwijl jij naast het stadhuis bij de collega's binnen was. Hoe zou ik...?'

'Ik had hun hulp nodig. Het adres van de privédetective, dat ik van Boersma kreeg, zat me dwars. Dat optrekje in de Kaboutermansstraat bestond namelijk uit twee samengevoegde panden. *Des Guten zuviel* voor iemand of een gezin alleen, Polak. Ik kwam te weten dat die Hoogmartens op dat adres gasten liet domiciliëren die al in ons verhaal zijn opgedoken.'

'En vermits het de wijkpolitie is die dan altijd een kijkje gaat nemen of ze er effectief ook wonen...'

'Ik zei toch dat ik een plotse inval had?'

Polak wreef over zijn ongeschoren wang en grijnsde. 'Heb ik op dit ogenblik ook, Claude. Vera, de assistente van dokter Leleux in het UZ, woonde op dat adres. Meer nog: de buurman heeft er de dokter zelf zien rondhangen.'

Bottu trok grote ogen. 'Er is aan jou een ware paragnost verloren gegaan, Nico. Vera was daar inderdaad ingeschreven, wat op zich niet veel betekent. Ze heeft zich recent laten uitschrijven, om te gaan samenhokken met haar professor-emeritus. Hoe was zijn naam ook weer?'

'Renauld,' mompelde Polak, 'maar ik zou niet zo denigrerend doen. Misschien is de vonk tussen die twee gewoonweg overgeslagen. Zoiets gebeurt, Claude.'

'Die Renauld was wel degene die in het UZ een bezoekje bracht aan de man zonder geheugen.' Hij tokkelde met de vingers tegen de tafel. 'Dat is iets wat we intussen weten, Polak.'

'Wat je net zei betekent dus dat de dokter de privédetective al langer kende?'

Bottu knikte. 'En dat het via Vera een kleine stap is van de privédetective naar de professor-emeritus. Misschien is er zelfs een link tussen de privédetective en onze man zonder geheugen.'

'Of hoe een balletje wild kan gaan rondtollen. Maar je had het over gasten, in het meervoud?'

De commissaris diepte zijn notitieboekje op. 'Er is ook een Hollandse studente schoonheidszorg. Een zekere Inneke Bouwman. Haar naam staat nog altijd op de bel van Hoogmartens' pand, al is ze daar al een tijdje weg. Ze schijnt vertrokken te zijn een tijdje voor ook de ex van de privédetective er vandoor ging.' De commissaris keek naar het plafond, verstrengelde de vingers. 'Het bed mogen delen met Karin Cockmartin, stel je zoiets even voor, Nico.'

Polaks ogen glansden. '*De* Karin Cockmartin, toch niet?'

'Jawel, Polak, die is het.' Bottu liet zijn vingertje in de richting van zijn adjunct dansen. 'Kijk, zo reageren mannen als ze met vijfenveertig in de midlife zitten. De gewezen miss België, die het modellenbureau 'Toplook' runt in Brussel en in haar eigen tv-show vooral reclame voor zichzelf maakt.'

Plagend. 'Je kunt zelf amper je verbeelding onder controle houden, Bottu. Als je zo'n bekend bureau hebt, is het toch logisch dat de meiden in drommen afkomen op een carrière als fotomodel?'

'Die Inneke was er eentje uit de rij. Ze heeft het niet tot model geschopt, maar ze hangt nog steeds als een klit aan Cockmartin. Ze liet zich naar het schijnt aan Hoogmartens' pand oppikken door wat oudere heren in dure wagens.'

'En die buurman vertelde je dat allemaal?'

'Iemand die zijn ogen duidelijk de kost gaf. Inneke Bouwman deed klaarblijkelijk nog wat anders dan studeren en heeft zelfs klanten van die hitsige Vera ingepikt, wist de buurman te vertellen. Dat gebeurde allemaal onder het dak en onder de ogen van die Hoogmartens.'

'En jij bent natuurlijk de dingen aan mekaar beginnen te rijgen?'

'Wat dacht je?'

'Inneke en Vera prostitueerden zich daar?'

Bottu schokschouderde. 'Ze kregen daar alleszins de smaak te pakken. Inneke staat nu ingeschreven in Oostende, boven de 'Trocadero', een etablissement waar het altijd nacht is en de sterretjes onophoudelijk glinsteren.'

'Vrouwen, verdomme...'

'Zeg me niet dat je nog verbaasd bent over wat zogenaamde brave huismoeders en ijverige studentes allemaal uitspoken! Na alles wat je bij de politie al te zien hebt gekregen, Nico.'

Polak deed de ogen dicht. 'Die Cockmartin was dus een 'madame', Claude?'

'Daar heeft het alle schijn van. Maar de wijkpolitie vertelde me nog iets anders. Er is een verrassende maar opgedoken, Polak.'

'Iets wat we nog niet wisten?'

'De politie werd ten huize Hoogmartens verschillende keren opgeroepen voor echtelijk geweld. Soms was jouw Karin daarbij zelfs niet meer om aan te zien.'

'Die privédetective had losse handjes? Hij ook al? Zoals die dokter Leleux? Zou dat ook met de zaak te maken kunnen hebben?'

'Ongetwijfeld. Maar hoe? Vergeet niet dat een op zestien vrouwen ooit te maken krijgt met echtelijk geweld. De huisgevels zijn niet altijd wat ze lijken, Nico. Deze zaak moet niet onderdoen in schone schijn. Herinner jij je nog wat ze ons gisteren op de dienst Bevolking vertelden?'

'Dat die dokter Leleux en zijn vrouw niet getrouwd waren en dat alleen mevrouw in Leuven gedomicilieerd was, op de flat aan de Tervuursesteenweg.'

'Waar nota bene de dokter deed alsof hij er al zijn hele leven woonde en zelfs zijn vrouw de deur wees. Zij liet hem blijkbaar begaan. Schone schijn, ik zei het toch. Er speelde iets tussen die twee waar wij nog geen zicht op hebben.'

'Op Bevolking zeiden ze ook dat de dokter zijn vaste domicilie had op een flat in Oostende en dat hij al zijn post liet toekomen op het UZ.'

'Als het nummer klopt, ligt die flat in Oostende vlak naast de plaats waar de privédetective vermoord werd. Weer toeval zeker, Polak?'

'De privédetective en de dokter kenden elkaar en kregen beiden een kogel pal tussen de ogen. De ene woonde in Leuven en keek in Oostende in een handgemaakte loop, de andere verging het net omgekeerd. Nog eens toeval?'

'Hitsige Vera zit in een warm holletje in de buurt van Oostende, maar blijft hier in het UZ werken. Is haar libido te groot voor haar professor-emeritus? Cockmartin heeft haar kuikentje Inneke van Leuven meegenomen naar Oostende. Het begint veel weg te hebben van een *shuttle* tussen Leuven en Oostende.'

'En het verhaal zit propvol met vrouwen, Claude.'

'De vrouw van Leleux gebruikte dezelfde woorden toen ze het had over het leven van de dokter. Ze weet meer dan ze kwijt wil en eigenaardig genoeg wil de moordenaar dat ze met me spreekt.'

'De woorden 'het is nooit te laat' achter op die foto van jou, bedoel je?'

Bottu knikte vol overtuiging. 'Alles slaat in dit dossier op weten en spreken. De zaak zit vol onuitgesproken dingen. Leleux is geen gewone dokter, net als zij geen gewone doktersvrouw is. Zij, die in het sadomasochisme was gerold via een assistente van haar man.'

'Martine Verhelle, die hem later naar zo'n tent meetroonde en tegelijk zijn alibi op losse schroeven zette.' Hij wachtte. 'Alleen onze man zonder geheugen duikt nergens in het verhaal op.'

'Wat niet is, kan nog komen, Polak. Ik ben bang dat we op een carrousel zitten met niks dan rode lichtjes en zoveel vrouwen rondom ons dat je er duizelig van wordt. We zijn beland in een pikant seksverhaal met dodelijke kantjes.'

'Jij bang van seks, nee toch?'

'Van dat soort seks wel, Nico. Maar misschien vertelt Boersma ons morgen nog meer en krijgt ook onze man zonder geheugen dan eindelijk zijn plaatsje in het verhaal.'

'De *missing link*?'

Schouderklopje. 'Wat zeg je dat mooi, Nico.' Bottu kruiste de vingers. 'Ik kan amper wachten om Gijs te zien. Het is ooit anders geweest, Polak.'

De commissaris schoof zijn kopje aan de kant.

'Als we nu eens samen naar Vicky gingen en deden of onze neus bloedt?'

'Een niet onaardig idee. Maar ik voel me er eigenlijk wat ongemakkelijk bij, patron.'

'Ik heb dat gevoel ook, Polak.'

Hun voorgevoel had hen niet bedrogen.

Ze namen haar van haar tafel mee naar de koffiehoek voor een verlengde pauze. Ze had er recht op.

Eerst waren er tranen en heftig snikken, maar bij de tweede espresso vloeiden de woorden, alsof ze zich leeg wou praten. Twee weken Kretos. De zon maakte alles mooier. Zee en lucht, blauwer dan blauw. Ze had zich almaar lichter voelen worden. Er was de ontdekking van onverkende grenzen geweest. De seks was overheerlijk, zei ze, ze wilden mekaar met haar en huid verslinden. Na enkele dagen begon hij haar te slaan, het deerde haar niet, er was alleen blind genot. Pas veel later kwam de pijn, het besef, schaamte of hoe je het wilt noemen. Ze keek naar Polak. Hij wilde in haar blik zoveel zien, maar hij zag niets. Coetsier zei dat niemand van haar mocht verwachten dat ze trouw bleef aan eigenschappen die ze niet bezat. Polak begreep dat niet zo goed. De woorden gaven Bottu de bevestiging dat Coetsier een vrouw was die een speciale handleiding nodig had. Misschien verschilde ze daarin niet van hem. Hij mocht dat soort mensen. Polak wist niet wat hij met die maandag aan moest.

23

Dinsdag 28 augustus
Heverlee, Katharinadreef

Het beeld klopte met wat ze in gedachten hadden. Een gerestaureerde vierkantshoeve midden in de velden, enkel bereikbaar via een speciaal aangelegde kasseibaan met bord 'Uitgezonderd bewoners en landbouwvoertuigen'. Een slotgracht, een smeedijzeren hek met hoge pinnen, overal bewakingscamera's die zich ongegeneerd over honderdtachtig graden gek draaiden. Stukken verweerde muren tussen gulzig kruipende klimop, die een verstandshuwelijk had gesloten met purperen passiflora. Daarin een symfonie van bijengezoem. Een idyllische plek, zo leek het toch.

Het was hen gelukt om heimelijk achter de leverancier van sterke dranken de elektrisch opendraaiende poort binnen te glippen. Een boom van een vent in jeans en witte polo kwam nors op hen toegestapt, toen ze de Golf cabrio op het grind vlak voor de hoeve parkeerden. Coetsier en Polak stapten uit en toonden hun penning. Er verschenen opeens prettige lijntjes op zijn gezicht .

'Ik ben de *security officer*, we zijn dus een beetje collega's', zei hij trots.

Coetsier streek de kreukels uit haar rok. 'En u hebt een naam?' vroeg ze, terwijl ze de man van achter haar donkere zonnebril observeerde.

'Joeri Vlaminck. Zeg maar Joe, we noemen iedereen hier bij de voornaam. Geen onderscheid in rang en stand. De manager is er niet, hij komt pas tegen de middag, als de eerste gasten voor de lunch arriveren.' Hij keek op zijn horloge. 'Over goed een uurtje.'

'Niet erg, u kunt ons vast een eind op weg helpen. Ik dacht dat dit een privébedoening was?' vroeg Coetsier, terwijl ze haar tas greep, die over haar schouder hing en parmantig naar de inkom stapte, tien meter verderop.

De veiligheidsman kon niets anders dan knikken en haar volgen. Haar woordgebruik stoorde hem, al probeerde hij een neutrale uitdrukking op zijn gezicht te bewaren.

'Dit is een exclusieve club, met tevens een exquise keuken en uitgelezen wijnen, mevrouw.' De woorden schenen zo uit een glanzende folder met goudopdruk te komen.

Coetsier duwde de zware deur open. Die gaf uit op een ruime inkom met opvallend veel licht. Dat viel door een glazen wand, die uitkeek op een binnenplaats, maar ook door de witgekalkte muren, de moderne schilderijen in pastelkleuren en de witte zeteltjes. Polak keek bewonderend hoe zijn collega het voortouw nam. Eindelijk krijgen we weer een stukje van de vertrouwde Vicky te zien, dacht hij, ze maakt zich op enkele uren een dossier meester, concludeert en anticipeert dan als de beste.

De blik van de bewaker loste Coetsier geen ogenblik, alsof net een vreemd wezen zijn universum was binnengedrongen.

'Bent u misschien naar iets speciaals op zoek, mevrouw?'

'Wij proberen een moord op te lossen. Daarom zijn wij op zoek naar zoveel mogelijk antwoorden.' Ze bleef hem aankijken. 'Alle antwoorden, zelfs op de meest onmogelijke vragen', corrigeerde ze zichzelf.' Ze rommelde in haar tas, haalde een foto tevoorschijn. 'Kent u deze man?'

Hij bekeek de foto, maar pareerde haar vraag met een andere. 'Wat brengt u juist hier naartoe?'

Eindelijk was het de beurt aan Polak. Hij toonde het kaartje van 'De Ultieme Hallucinatie', dat ostentatief in de portefeuille van de dokter had gezeten. Hij wees naar de foto die Coetsier nog steeds onder de neus van de veiligheidsman hield.

'Gevonden in zijn portefeuille,' hij wachtte, 'als een teken.'

'Dat is normaal.' De veiligheidsman glimlachte. 'De man op de foto is Huub.'

De lippen van Coetsier krulden. 'Hoe lang was hij al lid van deze exclusieve club?' vroeg ze.

De man gaf een teken om te gaan zitten. 'Hij is helemaal geen lid. Hij is de eigenaar van dit pand, samen met nog twee andere vennoten.'

Coetsier probeerde haar verbazing te verbergen. 'Die hebben een naam, neem ik aan?'

De man dacht na, ging dan zitten. 'Doet dat ertoe?'

'Eigenlijk niet', zei Coetsier, terwijl ze zijdelings naar Polak keek. 'En die Huub was hier al lang?'

'Tien jaar. Ik ben nog door hem aangenomen. Toen hij zijn villa in Kapellen verkocht, heeft hij dat geld hier geïnvesteerd. Huub heeft... had een neus voor beleggen. Dit etablissement draait als een oude naaimachine.' Aan zijn gezicht was te merken dat hij de dubbelzinnigheid van zijn grapje meteen inzag.

'De club wordt dus uitsluitend door mannen bezocht?'

'Wij zijn een exclusieve club, maar we hebben geen exclusieven, mevrouw.'

Coetsier diepte haar zakboekje op en zocht naar het potloodje.

'Toch wel, meneer, toch wel.'

Hij sprak haar niet tegen.

'De klassieke vraag dan maar: is er u de laatste tijd iets speciaals opgevallen?' vroeg Polak, 'ik bedoel: ongewone bezoekers, ongewone voorvallen.'

De veiligheidsman keek de hoofdinspecteur onderzoekend aan. Hij stak de vinger op als teken dat hij het begrepen had. 'Als er incidenten zijn, worden die onmiddellijk bekeken. We zoeken dan alles tot op de draad uit en het belandt in *special files*.'

'Bekeken, zei u?'

'Wij hebben een gesofisticeerd veiligheidssysteem. Alle bewakingsbanden worden gedurende één maand in een kluis bijgehouden. Een mens kan vandaag de dag niet voorzichtig genoeg zijn. Er komen hier veel mensen over de vloer met geld, macht, invloed.'

'We hadden het wel over dokter Leleux', kwam Coetsier tussen.

De veiligheidsman negeerde haar en bleef naar Polak kijken.

'*Special files* worden dan aangelegd, zoals ik net zei. Dat was ook die twee keer het geval. In bepaalde gevallen worden daarvan uitvergrote foto's gemaakt. Wij hebben daarvoor eigen apparatuur aangeschaft. Zo ver is het toen niet gekomen.'

'Twee keer?' vroeg Polak.

De man keek door de glazen wand de binnentuin in, het leek of hij tijd wilde winnen.

'Twee keer? En het ging telkens over dokter Leleux?' herhaalde Polak.

'Tot twee keer toe zag ik op de bewakingsbeelden duidelijk dat Huub bedreigd werd door een man, die hier ongenood was binnengeraakt. Twee keer op dezelfde dag nog wel.'

'En weet u nog wanneer dat juist was?'

'Vrijdag 10 augustus', antwoordde de man zonder één seconde te aarzelen. 'Toen ik Huub daarover aansprak, deed hij het af als een grap onder gabbers. Maar aan zijn ogen merkte ik dat hij bang was.' Hij draaide zich opeens naar Coetsier, alsof zij alleen een antwoord kon geven. 'Denkt u dat het wat met zijn dood kan te maken hebben?'

Ze zat ijverig te noteren. 'Ik herhaal, wij zijn op zoek naar zoveel mogelijk antwoorden', zei ze, zonder op te kijken. Ze hield haar potloodje tegen de lippen, dacht na. 'Vanaf die tape kan een uitvergrote foto van de agressor in kwestie gemaakt worden, neem ik aan?'

De veiligheidsman knikte en sprong als een veertje overeind. *'A piece of cake.* Ik fiks het voor u in een paar minuten. Mag ik u tijdens het wachten misschien iets aanbieden? Van het huis, wel te verstaan.'

Coetsier bestelde een kruidenthee, Polak hield het bij een koffie, zwart, zonder verder iets.

Weer buiten stak Coetsier een sigaret op, keek nadenkend naar het gloeiende puntje. 'Ik heb het gevoel dat je daar iets bijzonders onder de arm houdt, Nico. Misschien zelfs een aanzet tot doorbraak in de zaak.' Ze wees naar de envelop met daarin twee vrij scherpe foto's op A4 van een onbekende vijftiger.

'Claude moest ons weer bezig zien, Vicky.' Hij legde bewust nadruk op 'weer'.

Ze liet een kirrend lachje horen. Net een schoolmeisje, dacht Polak. Hij bekeek haar figuur langs achter. Groot, slank, pas gewassen blinkend haar in een paardenstaart, bijeen gehouden met een felgeel lintje. Leuke, witte laarsjes, rode pull op een blauw plooirokje, een eind boven de knie. Jammer van die donkere zonnebril.

Dinsdag 28 augustus
Leuven, restaurant 'Clochard de luxe'

Bottu had een halfuurtje op hem moeten wachten. Genoeg tijd om zich voorstellingen te maken van de manier waarop de vijf jaar dat ze elkaar niet meer hadden gezien, vat op hem hadden gekregen.

Om iets voor zeven uur kwam hij het restaurant binnen en liep recht op de commissaris toe. Hetzelfde schriele mannetje met het uitdunnende haar van jaren terug, het ronde brilletje, de uilenogen. Alleen wat meer groeven, een vals gebit, grijzer haar.

'Bottu, ouwe gabber, jij bent geen haar veranderd. Ik had je meteen herkend.'

De commissaris kwam brommend tot leven en drukte de kleine hand. Vel over been, voelde hij. Boersma deed een paar stappen achteruit, monsterde zijn vroegere collega.

'Wat minder haar, je lijn ligt nog altijd behoorlijk dwars, merk ik. Je knapt zowat uit je jasje, kerel.'

Zo had hij hem altijd gekend. Recht voor de raap, op het randje af brutaal.

De commissaris had een tafeltje uitgekozen met zicht op de universiteitsbibliotheek, veruit zijn lievelingsgebouw in de stad van de Petermannen. Boersma kwam erbij zitten, boog zich voorover, de voorarmen op de tafel.

'Het spijt me heel erg van je vriendin Bes. Borstkanker, heb ik gehoord. Het zit je heus niet mee in de liefde, kerel.'

Bottu trok zijn ruige wenkbrauwen op. 'Hoe weet jij..?'

'Vernomen, Bottu. Toegegeven, er zat indertijd behoorlijk ruis op onze lijn, maar jij bent bij mij nooit helemaal uit beeld geweest. Laat de tijd de tijd zijn.' Zijn stem klonk opmerkelijk zacht.

'En jij en je vrouw Marloes, na zovele jaren nog steeds...?'

Boersma zuchtte diep. 'Kort geleden zei ze me nog: 'Ik ben lang genoeg met een politieman getrouwd om het spuugzat te zijn'. Wat doe je dan? Je gaat nog harder werken, om de leegte buiten te sluiten. Eenzaamheid en whisky om drie uur 's nachts, Bottu. Zaterdagavond een biljartje leggen, terwijl zij met andere....' Hij nam de commissaris bij de voorarm. 'Weet je, ik trek nu al jaren op met mijn maatje Bervoets. Dit zijn dingen die ik hem nog nooit verteld heb.' Hij wachtte. 'Ben ik duidelijk genoeg?'

'En de lezing aan de universiteit waarvoor je naar Leuven gekomen bent, interessant?'

Boersma schudde het hoofd. 'Tot een nader te bepalen datum uitgesteld.'

'Oh, zeggen jullie het op die manier?'

'Ik *moest* je zien. Ik wist geen betere smoes te verzinnen. Ik ben in de modder blijven steken en ik hoopte dat jij al het mogelijke zou doen om me eruit te halen. We zijn per slot van rekening al die jaren samen in Antwerpen op pad getrokken, zonder dat er ook maar een onverdroten woord is gevallen. Behalve op het einde natuurlijk.'

'Jij had het toen moeilijk, Gijs, met Marloes en...'

'Jij wist wat er toen al aan de gang was? En je hebt me daar nooit wat van gezegd.'

'Ik vermoedde het alleen, Gijs.'

'Het wordt weer niet makkelijk voor ons, Bottu.'

'Ons? Hoezo ons?'

'Je voelt toch aan je ellebogen dat wij de komende weken gedoemd zijn om weer samen te werken.' Nadruk op 'weer'.

'Er zitten verschillende onderzoeksrechters op een zaak die loopt over verschillende politiezones. Hoe in godsnaam gaan wij...?'

'We staan kniehoog tussen de lijken en we weten niets, Bottu. Het is niet makkelijk, maar het is het enige wat we kunnen doen. Inventiviteit, daar komt het nu op aan. Voor een dubbeltje kun je niet op de eerste rij zitten.'

Bottu had zich een andere opener voorgesteld. Maar het ijs was wel gebroken.

Ze bestelden beiden een Griekse sla met frietjes. Boersma wilde geen wijn, dus liet Bottu hem kennismaken met Lindemans kriek. De commissaris vertelde in grote lijnen wat hij over Hoogmartens te weten was gekomen. Het bleef per slot van rekening toch de zaak van de Oostendse speurder.

Bottu keek zijn gewezen collega over de rand van het glas aan. 'Dus jij zit even goed als ik met een lijk zonder naam waar je geen kant mee uit kunt?'

Er verscheen verbazing op het gezicht bij Boersma. 'Je hebt me aan de telefoon daarover niets verteld. Jij hebt dus ook te maken met het ergste wat een speurder kan overkomen: een lijk zonder naam?'

Bottu veegde wat ingebeelde kruimels van de tafel.

'Je bent in al die jaren nog niets veranderd, Claude. Die eenzaat van toen...'

Er viel een ongemakkelijke stilte.

'Wat mijn onbekende man betreft, slechts een paar aanknopingspunten, Claude. Een treinticket Leuven-Oostende, een notitieboekje met gecodeerde adressen, in fluorescerende letters 'SATAN' tegen de muur.'

'Een satan is iemand die mensen bewust kwaad wil doen, Gijs.'

'De verpersoonlijking van het kwade, Claude. Het zet aan tot denken. De wetsdokter heeft me daar attent op gemaakt, toen we het slachtoffer aantroffen. Al rijmt het niet met wat ik denk.'

'Wat denk je dan?'

'Ik ben er zeker van dat een vrouw er veel, zoniet alles mee te maken heeft. Netjes opgeplooide kledingstukken, een inlegkruisje bij het afval, producten voor lichaamsverzorging die ze liet rondslingeren. Alsof ze een teken wilde geven. Enerzijds dat geraffineerde en anderzijds dat slordige. Het lijkt wel of een schizofreen iemand aan het werk is. En tegelijk heb ik de indruk dat verschillende zaken door elkaar lopen, wat maakt dat je over de essentie heen gaat kijken.'

'Wanneer heb je die onbekende man juist gevonden?'

'Zondag voor acht dagen. Negentien augustus. Exact twaalf dagen nadat we op diezelfde flat tegen die privédetective met een gaatje tussen de ogen waren aangelopen.'

'Donderdag negen augustus troffen wij onze man zonder geheugen aan in de medische faculteit, dus twee dagen nadat de privédetective in Oostende werd omgelegd. Een gaatje pal tussen de ogen, net als bij die Hoogmartens van jou. Geen enkel identiteitsgegeven, alleen een hoop veronderstellingen, Gijs.'

'Uit een handgemaakte loop, Claude?'

Bottu knikte.

'Dat betekent drie moorden in minder dan twee weken. Twee die duidelijk een verband tonen, namelijk een speciale kogel uit een handgemaakte loop.'

'Maar ze hebben wel alledrie duidelijk met Leuven te maken, Gijs.'

'Ik ben nog iets vergeten, Claude. Op de privédetective zat een verfrommeld papiertje met het adres van de flat in Oostende en de initialen H.L.'

Er ging een siddering door Bottu heen. Hij greep de aangerukte kriek bij de ranke hals en dronk hem in één teug leeg. 'Er zijn nog meer dingen die met Leuven te maken hebben, Gijs. De dokter, die de man zonder geheugen hier in het UZ behandelde, kreeg op zijn beurt een kogel uit een speciale loop tussen de ogen. Midden in een bos aan de rand van deze stad. Eigenaardigheidje: de dokter was gedomicilieerd op de zeedijk van Oostende.'

Bottu toonde het adres.

'Het pand vlak naast de moordflat', zei Boersma.

'Het kan niet anders of hij moet vroeg of laat in jouw dossier opduiken, Gijs. De dokter had namelijk te doen met een zekere Vera, die het aanlegde met een ouwe professor en die nu in zijn warme holletje ergens rond Oostende zit. Nog een eigenaardigheidje: die professor was de enige die de man zonder geheugen in het UZ kwam opzoeken.'

'Een professor, zei je?'

'Aurélien Renauld de Termonde.'

Boersma wendde zijn gezicht af en keek lang over het Ladeuzeplein. Zijn blik bleef hangen boven de toren van de universiteitsbibliotheek. 'Correctie: Aurélien de Termonde senior. Gewezen magistraat, nadien professor aan de faculteit Rechten hier in jouw Leuven. Er loopt me ook een Aurélien Renauld junior voor de voeten, een bloedlinke advocaat, gespecialiseerd in fraudedossiers van lui met tonnen poen. Wil niet anders dan met *maître* aangesproken worden. Woont in Bredene, een poepchic *penthouse* met frontaal zeezicht. Daar laat hij zich met plezier verwennen door zijn buurmeisje, een zekere Karin Cockmartin.'

'De ex van de privédetective. Runt een modellenbureau in Brussel. Heeft een *talkshow* op televisie. Ze zit in de dromen van mijn adjunct Polak.'

'Dan is hij niet de enige. Jij bent wel erg goed geïnformeerd, moet ik zeggen. Zeker gaan neuzen na ons telefoontje van afgelopen woensdag?'

Bottu knikte.

'De bloedmooie Cockmartin wordt geneukt door het beste maatje van me, de eigenaar van de moordflat en tegelijk businessvriendje van *maître* Aurélien Renauld. De ouwe Renauld laat zich anders ook niet onbetuigd, want hij werd in volle glorie gezien op de beelden die gedraaid werden door de privédetective.'

'Zeg me niet dat Vera op die beelden te zien was, Boersma!'

'Weet ik niet. Ik ken die Vera trouwens niet. Al popel ik om haar te leren kennen, na het fraais dat je net over haar vertelde.'

'Die beelden dus?'

'Jammer genoeg heb ik maar een deeltje van de boeiende collectie in mijn bezit, een broodkruimeltje, zo lijkt het. Maar het is zoonlief Renauld die me vooral interesseert. Hij huppelt door het hele verhaal, maar op fluwelen voetjes, zodat je hem amper hoort. Een schim, maar hij is er wel.' Boersma beet op zijn onderlip.

'Leuven komt telkens terug', herhaalde Bottu. Hij zocht en vond meteen zijn kleine vriendje in zijn bovenzak, begon als een gek te bladeren. 'Er was nog sprake van een Hollandse studente, die hier in Leuven bij je privédetective inwoonde, toen die nog tussen de zijden lakens van Cockmartin lag. Ze vertrok tegelijk met Hoogmartens' vrouw naar Oostende.'

'Kan niemand anders dan Inneke Bouwman zijn,' pikte Boersma in, 'een mokkeltje met een zijden accent van over de Moerdijk. Leukte in Oostende het leven op van een onderzoeksrechter, die zich tot aan zijn dood had vastgebeten in een fraudegeval. Mijn maatje *maître* Renauld junior werkte zich uit de naad voor dat dossier.'

'Tot aan zijn dood?'

'De onderzoeksrechter is kort geleden op de autoweg jammerlijk verongelukt. Geen remsporen, vreemd bloed in de wagen. Het dossier werd bliksemsnel geseponeerd, na tussenkomst van hogerhand. Zo heb je het hele plaatje.'

Bottu schoof het lege bord van zich weg, bestelde nog een kriek. 'We zitten te roeien in hetzelfde schuitje, Boersma.'

'We moeten van hetzelfde blad zingen, Claude. En dan hebben we het nog niet over die verdomde foto's gehad. Het beste bewijs dat er verschillende moordenaars aan het werk zijn die een hechte band met elkaar hebben. Of erger nog: één enkele, maar dan wel een kanjer.'

De commissaris greep de envelop die al de hele tijd op het tafeltje ernaast lag, opende hem en schoof een glanzende A4-foto richting Boersma. 'Heb je deze man ooit gezien, Gijs?'

De Oostendse speurder moest niet lang nadenken, slikte en klopte met de vlakke hand op de tafel. 'Mijn hemd staat in brand! Hij is het, Claude! Verdomd, hij is het!'

'Wie?'

'De onbekende man die we in bad vonden. Hoe ben jij verduveld aan die foto gekomen?'

'Een print van de bewakingsbanden van een chic etablissement, waar exclusief mannen komen, met een hoop poen.'

'Zeg niet dat we ook nog de *dark rooms* in zullen moeten, Claude. Wie is het?'

'Als ik je dat zou kunnen zeggen, zou een deel van mijn probleem opgelost zijn. En het jouwe. Maar ik kom er wel achter.'

'Ik wist dat ik op je kon rekenen, Bottu.' Er blonk vertrouwen in zijn ogen. Dat was lang geleden.

'Een ingewikkeld seksverhaal, Boersma.'

'Dat zeker. Een poppenkast met veel poppen en vooral veel draden. Maar er is een boel meer aan de hand, Claude. Iemand probeert me weer de tijd in te sodemieteren.'

' *Zie je het nu?* Achter op de foto's. In druklettertjes, keurig met pen geschreven, zwarte inkt.'

'Daarvan heb ik je tot nog toe niets verteld. Jij dus ook?'

'Ik ook, Boersma. Bij het verlaten van de medische faculteit en van het huis van een... getuige.'

'Alleen weet ik geen blijf met die zilvergrijze Toyota terreinwagen, die op elk van die foto's opduikt. Als ik mezelf niet beter kende, zou ik in paranoia beginnen te geloven. Die terreinwagen toevallig ook niet tegengekomen, Claude?'

De commissaris reageerde niet op wat zijn collega zei, maar streepte het merk van de wagen met rood aan in zijn hoofd.

'En dat is nog niet alles. Waarom vermijd jij net als ik iets te zeggen over die foto met de vier jongetjes, Gijs?'

'Bij jou ook al? Ook daar heb je me niets van gezegd.'

'Het ging die avond om een telefoongesprek, Boersma. Ik was niet helemaal meer wakker en...'

'Niet veranderd dus, Bottu.' Hij wachtte. 'Ik dacht dat die foto alleen bij mij te zien was geweest. Heel even maar, want hij is op een mysterieuze manier alweer uit de flat verdwenen.'

'Bij mij was hij te zien, voluit op een muurgroot scherm in een aula. De moordenaar wou ons er met de neus op drukken.'

'Maar moeten we de zaak niet gaan officialiseren, Bottu? Je zei het daarstraks zelf: verschillende politiezones, verschillende onderzoeksrechters.'

Nors. 'Waarom moet je zo dringend de dingen herhalen, Boersma?'

'Wij zijn de politie, zij zijn het gerecht, twee totaal verschillende zaken.'

'Ben je nu ineens van idee veranderd? Waarom denk je dat het gerecht bakken kritiek over zich heen krijgt?'

Boersma schudde langzaam het hoofd. 'Nu we het toch over vroeger hadden, heb je die vrouw nadien nog teruggezien, Bottu?'

'Denk je dat ze wat met deze moorden te maken heeft, Boersma?'

'Het was maar een vraag, Bottu, niks meer dan dat.'

'Ik ben net als jij uit Antwerpen vertrokken, Boersma. Ik heb daar definitief een punt achter gezet.'

'Correctie: jij bent er veel langer gebleven. Je had ruim de gelegenheid om haar een bezoekje te brengen.' Hij wachtte. 'Of was het een gebrek aan moed, Bottu?'

De commissaris dronk zijn tweede kriek leeg en bleef het glas aan de lippen houden toen de bodem al lang te zien was. Zijn ogen stonden dof.

'Troost je, morgen fluiten de vogels weer als op andere dagen, Boersma.'

De commissaris wist maar al te goed dat hij niet meende wat hij zei. Er spookten te veel dingen tegelijk door zijn hoofd. Dat was met hoofdinspecteur Boersma ongetwijfeld niet anders. Ze bestelden beiden een sterke koffie en besloten om wat over het voetbal te praten. Boersma was namelijk een fervent supporter van Ajax Amsterdam. Nog altijd.

24

Woensdag 29 augustus
Heverlee, Katharinadreef

'Er valt soms meer af te leiden uit non-verbale dan uit verbale communicatie.'

De veiligheidsman glimlachte verontschuldigend. Hij ging tegen de muur leunen, zijn geruite hemd viel open zodat zijn afgetrainde torso zichtbaar werd.

'Je leert vaak meer uit gebaren dan uit woorden,' verduidelijkte Coetsier, 'het is met bewakingsbanden niet anders. Vrijdag 10 augustus was het toch dat dokter Leleux die ontmoeting had met een man die volgens jullie niet koosjer was?'

Hij knikte.

'Ik veronderstel dat u de ganse band van die dag voor me kunt opduikelen, na wat u me gisteren zei?'

'Onze klanten dienen zich hier aan strikte regels te houden. Voor ons geldt dat niet minder. Regel één: er gaat niets boven de privacy van onze bezoekers.'

'Is dat een antwoord?'

Er verscheen iets vranks in zijn blik. 'Zo zou u het kunnen noemen, ja.'

'Ik had het niet over beelden van binnen, maar over hier buiten.'

'En ik had het over privacy. Waar begint die in dit specifieke geval?'

'Zou u zeggen dat u en dokter Leleux vrienden waren?'

'Ik noem iedereen die ik goed ken een vriend.'

'Of een vriendin?'

'Dat ook.'

Ze wees naar de parkeerplaats wat verderop. 'Waterdichte camera's. Ze doen hun werk, zelfs overdag. Worden daar ook bewakingsbanden van bijgehouden?'

Hij knikte weer. 'Er is permanent toezicht op de toegangsweg, de parkeerplaats, het buitenterras, de inkom, overal binnen, behalve op de intieme plaatsen.'

'De toiletten, bedoelt u?'

'De intieme plaatsen, zoals ik zei.'

Ze deed haar laatste zet. 'Vindt u niet dat u als vriend dokter Leleux moet helpen?'

Hij wrong zijn handen. 'Maar hebben jullie daarvoor niet zoiets nodig als een bevel?'

Ze probeerde beminnelijk de schouders op te halen. 'Eigenlijk wel, maar het is natuurlijk zoveel prettiger als mensen ongedwongen met elkaar omgaan. Het gerecht heeft de laatste tijd nogal vlug de neiging om bepaalde dingen onder 'belemmering van het onderzoek' onder te brengen.'

Hij klakte een paar keer met de tong tegen de tanden. 'U bent van de harde soort?'

Ze kon niet dadelijk opmaken of hij het meende of probeerde te spelen. 'Alleen wie daar vlug achter komt, maakt bij mij kans.' Ze wachtte, keek hem lang aan. ''s Ochtends liegt een mens minder goed. Dat is wetenschappelijk bewezen.'

Ze bespiedde zijn reactie van achter de donkere glazen. Ze was alleen naar de hoeve gekomen, had Polak gevraagd wat anders te doen. Het weer was uitzonderlijk mooi, ze had daarnet de cabrio opengelegd, genoten van het makke windje en een leuk muziekje, de zonnebril in de wagen afgezet.

De bewaker kneep zijn ogen halfdicht. 'Goed dan maar.'

Ze dwong zich weer te glimlachen. 'Maar misschien kunnen we best even met mekaar praten,' zei ze, 'wat dacht u ervan om met me buiten op het terras naar de vogeltjes te gaan luisteren?' Ze was bereid alles wat ze in haar hoofd had met een engelengeduld uit hem los te peuteren.

'Oké. Mijn baas is er toch niet. Wat heb ik te verliezen?'

Coetsier liep met de veiligheidsman langs het grote raam richting parasols. In het voorbijlopen keek ze in het weerkaatsende vensterglas. Best een mooie man, dacht ze, getaande huid, blond, karbonkels van ogen, een snuifje zuiders, een tikkeltje viking. Zou hij alleen maar van mannen houden? Ze betrapte zich erop dat ze iets te ver ging. Ze moest haar hoofd bij de les houden en doen wat Bottu van haar gevraagd had. Hij was per slot van rekening nog altijd de chef. En dicht bij zijn pensioen. Van Polak had ze niets te vrezen. Al was hij al hoofdinspecteur.

Maar vooral moest ze er alles aan doen om dat ellendige Kretos zo vlug mogelijk te vergeten. Dat wilde maar niet lukken. Op bepaalde ogenblikken stond ze versteld van zichzelf. Een tweeslachtig gevoel.

Woensdag 29 augustus
Leuven, politiekantoor

Drie uur in de namiddag.

'Het heeft me veel moeite gekost, maar hier zijn ze. De ene al interessanter dan de andere, maar alle vier behoorlijk intrigerend.'

Coetsier legde de vier foto's in chronologische orde op de tafel in de koffiehoek. Onderaan op de rand had ze met zwarte stift aantekeningen gemaakt. Polak schoof zijn stoel dichterbij en ging over de tafel leunen om niets te missen.

'Zoals je gevraagd had, chef', voegde ze er met afwachtende spanning aan toe, terwijl haar vinger langs de tafelrand gleed.

Ze had die namiddag binnen in het politiekantoor voor het eerst haar zonnebril af gezet en hem vervangen door een modieus brilletje met rode montuur en gerookte glazen. Polak vond het haar beeldig staan, maar kreeg geen reactie op zijn compliment. Ze had alleen haar hoofd tegen hem geschud en de schouders opgehaald. Ze was duidelijk te zeer met de foto's begaan. En met de reactie van de commissaris.

'Wat hebben we in godsnaam de afgelopen week zonder jou zitten aanklungelen, Vicky? En opeens schiet de zaak uit de startblokken.' Bottu deed geen moeite om te verbergen dat hij jokte.

Coetsier begon te stralen. Ze schoof haar espresso weg en legde haar vuurrode wijsvinger op de eerste fotoprint van de bewakingsband van 'De Ultieme Hallucinatie'. 'Er zit logica in wat daar op vrijdag 10 augustus gebeurde,' zei ze, 'zestien uur drie zevenentwintig is het op deze foto, de beide mannen zijn nog op de parking, lopen richting inkom. Geen vuiltje aan de lucht, hartelijke begroeting, misschien vrienden. Ze kennen mekaar, anders legt de dokter niet de arm op de schouder van de man. Maar daar komt verandering in.'

Polak bekeek haar met een onpeilbare blik.

Haar vinger schoof naar de tweede foto. 'Om zestien uur vier eenendertig. Ze staan met de rug naar de camera gekeerd. De hand van de dokter midden tegen de rug van de man, een impliciete uitnodiging om hem weer te doen vertrekken, misschien mekaar bij een andere gelegenheid en op een andere plaats te zien.'

'Intrigerend', mompelde Bottu terwijl hij het plastic bekertje aan de lippen hield.

De regelmatige tanden van Coetsier glinsterden in een glimlach. Ze haalde diep adem. 'Derde foto. Zestien uur zes vierenveertig. De beide mannen staan op nog geen meter van mekaar. Dreigende vinger van de dokter richting zijn opponent. De ogen en de mond van de dokter staan wijdopen, hij roept en tiert duidelijk. De man duwt met beide handen de woorden van zich af.'

Ze nam de drie foto's op, schoof ze tegelijk onder de vierde foto. Ze dronk langzaam haar espresso leeg, gooide het plastic bekertje welgemikt in de afvalemmer, een meter of twee verder. Dan monsterde ze de commissaris en haar collega. Die zeiden niets.

'Vierde foto. Zestien uur acht zevenenvijftig. De man gaat terug naar de auto, kijkt niet meer om, slaat de deur dicht, zonder de ander aan te kijken, rijdt wild weg, opstuivend zand. Er zitten amper vijf minuten tussen foto één en foto vier. In die tijd is er een fameuze kink in de kabel gaan zitten.'

'Dat heb je uitstekend voor mekaar gebracht, Vicky', zei Polak.

'Er valt soms meer af te leiden uit non-verbale communicatie dan uit verbale', zei Coetsier met exact dezelfde woorden die ze die morgen al met succes had gebruikt tegen de veiligheidsman van 'De Ultieme Hallucinatie'

'En..?' vroeg Polak om meer.

'Een zilverkleurige Toyota RAV4, verduiveld nog aan toe', riep Bottu achteruitleunend, de ogen gesloten om beter te kunnen nadenken.

'Wat had je anders verwacht?' antwoordde Coetsier op een uitzonderlijk kalme toon en wachtte, bekeek Polak. 'Het beste bewijs dat de redenering tot nog toe veel te zwak is en dat de negatieve aspecten in het verhaal bewust genegeerd worden.'

Bottu keek op. 'Herhaal dat nog eens, wil je.'

Ze staarde hem met onderworpen blik aan. 'Ik wilde je niet bruuskeren, Claude, na al wat jullie tijdens mijn afwezigheid al voor mekaar hebben gebracht, maar...' Ze legde haar handen voor zich op de tafel en bekeek ze een tijdlang.

'Maar wat?' De woorden van de commissaris klonken ongeduldig en tegelijk geïrriteerd.

Polak keek geschrokken, maar diep in zijn hart steeg zijn bewondering voor zijn collega. Ze kon zo heerlijk dwars gaan liggen en meestal kreeg ze dan nog gelijk ook.

Coetsier schoof haar stoel weg van de tafel, sloeg de benen over elkaar, trok haar korte rokje weer decent. 'Jij hebt het steeds over uit de hand gelopen seksspelletjes, Claude. Je laat je verblinden door ene Vera en Karin, door Inneke en Martine. Jullie mannen lopen altijd zo graag achter jullie pik en de poppetjes aan en zitten dan verhalen in mekaar te draaien met veel erotische complicaties. Als dan alles nog tegen een decor van luxe loopt met dure flats, *penthouses* met frontaal zeezicht, onbetaalbare optrekjes hier in Leuven, is het plaatje compleet.'

'En dan? Is dat soms een verwijt, Vicky?'

'Een vaststelling, Claude. Misschien is het een voordeel geweest dat ik pas later in de zaak gerold ben en daardoor de luxe heb er van op afstand naar te kijken.'

'Dat begint al een boel redelijker te klinken. En, Miss Marple?'

Ze had het duidelijk niet zo met de sardonische grijns op zijn gezicht. Ze schoof haar stoel weer bij, ging met de ellebogen op de tafel leunen, de kin in de handen. 'De hele setting is een luxewereldje, toegegeven. De poppetjes zijn niet zo onschuldig als ze lijken, toegegeven. Op de *bühne* staan behoorlijk wat macho's met poen en dus macht, toegegeven. Maar de essentie is veel minder lyrisch. Het zou me niks verwonderen als het alleen maar om wraak draaide, Claude. Alles in het leven draait uiteindelijk om wraak.' Ze wachtte even, slikte. 'Maar in dit spelletje is ze zo buitensporig, dat er al vier doden gevallen zijn. In Oostende: een privédetective en een man in bad, voorlopig nog een gezicht zonder naam, maar lang zal dat niet meer duren. In Leuven: een moord in een ziekenhuiskamer op iemand van wie een boel mensen weten om wie het gaat, maar die hun bek niet open willen doen omdat ze bang zijn, verder een dokter wiens leven te ingewikkeld in mekaar zit om nog normaal genoemd te kunnen worden. En neem het van me aan: de doder zal het hier niet bij laten. Waarom? Omdat het gaat om een psychopaat. Tenzij wij hem tegenhouden, natuurlijk.'

Bottu kwam dicht bij haar. 'Maak me wakker als de preek voorbij is, Vicky.'

Haar handen bewogen onrustig in haar schoot. 'Maar wat heb je aan concrete bewijzen in je tas zitten, chef?' Ze wachtte. 'Niets.'

'We hebben enkele zeer waardevolle aanwijzingen.'

Ze kneep eerst haar mond afkeurend dicht, bekeek dan de commissaris met neutrale blik. 'Correctie: veronderstellingen, gebaseerd op aanwijzingen van enkelingen die zelf niet zuiver op de graat zijn en misschien wel bij de zaak betrokken zijn.'

In zijn binnenste bewonderde de commissaris haar. In de twee jaar dat ze samenwerkten, had hij haar nooit zo op dreef gezien.

Ze kwam op haar beurt dicht bij hem. 'Je was daarnet zo verbaasd een Toyota in beeld te zien, chef?'

'Ik had het toch net over zeer valabele aanwijzingen? Die jeep is daar een deel van.'

Ze reageerde met een droog lachje. 'Eén: die auto reed hier in Leuven inderdaad op het cruciale ogenblik met gierende banden weg van de medische faculteit.'

'Volgens de vermoorde dokter zijn eigen auto met de hitsige Vera aan boord. Hij liep te voet terug en kwam pas veel later op het UZ toe', antwoordde Bottu prompt.

'En je twijfelt geen seconde aan zijn woorden? Hij had er alle belang bij de aandacht van zichzelf af te leiden, vergeet dat niet.' Ze stak twee vingers in de lucht. 'Twee: jij hebt zelf zo'n jeep opgemerkt, toen je op weg naar het kantoor van de vermoorde dokter over de parkeerplaats van het UZ liep. Een wandelaar merkte de auto op in Heverleebos, niet veel verder werd eindelijk het lichaam van de dokter gevonden.'

'Eindelijk?'

'Geef toe, er ging veel tijd verloren.'

'Jij hebt het nu zelf de hele tijd over de Toyota, merk ik.'

'Drie: dezelfde terreinwagen duikt op in Oostende, op de foto's die Boersma van zichzelf in de bus heeft gekregen.'

'Die jeep duikt inderdaad regelmatig op. Welke kant wil je nu uit?'

Ze wachtte met antwoorden, keek de commissaris bewust lang aan. 'En op de foto's die ze in jouw bus kwamen stoppen is daar opeens geen spoor van?'

'Jij bent al de tweede die mij dat vraagt, Vicky.'

'O ja? En wie was mij dan voor?' Ze wachtte. 'Als ik jou was, zou ik maar eens goed naar die foto's kijken, Claude.'

Hij liet de vraag bewust in de lucht hangen. Maar haar laatste woorden bezorgden hem een rilling, alsof hij midden in de nacht werd wakker geschud.

'Waarom hebben we het steeds over die auto?' vroeg Polak.

Coetsier rechtte de rug. 'Omdat een schijnbaar doodgewone terreinwagen een niet te onderschatten rol in het hele verhaal speelt. Ik zei bijna een sleutelrol. Die rol hebben jullie hem nooit toegedicht, ik nu wel. Eén zwak punt: ik ben niet zeker of het steeds over dezelfde auto gaat.'

'Detail: op geen enkele foto is de nummerplaat van de jeep te zien. Ook niet op jouw foto's, Vicky.'

Ze haalde met een onverschillig gebaar de schouders op. 'Problemen moeten alleen opgelost worden als ze zich stellen, patron.'

'Jean-Luc Dehaene, een groot denker.'

'Een man met gewicht, patron. En als je niet oplet, ga je dezelfde...' Ze hield zich net op tijd in. Ze liep naar de koffiemachine, draaide zich opeens om. 'En dan is er nog iets. Die papiertjes in de strot van de slachtoffers zijn er niet zomaar gekomen. Gisteravond heeft *Google* de tekst thuisgebracht. Hij komt uit Hebreeërs 1:14. Dat gaat over het verzorgen van mensen. Het zou me niets verbazen als de man zonder geheugen wat met de geneeskunde zou te maken hebben.'

Ze duwde op de knop. Het pruttelen van de machine vulde de hele ruimte. Het geluid klonk anders dan anders.

Bottu wist het nu zeker. Ze was net als hij, er waren geen verschillen. Of toch, ze was een vrouw. Dat maakte het alleen nog erger. Die avond zou hij aan Marco Borsato over haar vertellen. Nadat hij de dingen gedaan had die hij dringend van plan was te doen.

Coetsier vertelde haar collega's niets over het plannetje in haar hoofd dat met de seconde concreter vorm kreeg. Die avond nog zou ze het doen. Ze wist nu al dat ze de volgende morgen allemaal zouden opkijken.

25

Donderdag 30 augustus
Oostende, politiekantoor

Het onderzoek naar de moorden op de privédetective en de badman zat al meer dan een week muurvast en het zag er niet naar uit dat de komende dagen verandering zouden brengen. Het was hopen op een *deus ex machina*, of beter nog op een mirakel.

'Een mirakel, er is vanmorgen een mirakel gebeurd!' Het waren de eerste woorden van Boersma, toen die pas na tienen het kantoor kwam instormen.

Bervoets was net van plan het gsm-nummer van zijn chef te vormen om naar hem te informeren. De hoofdinspecteur stond bekend als een ochtendmens, was nooit ziek en doorgaans al voor achten op kantoor te vinden. Toen dat die morgen niet het geval was, vreesde zijn adjunct dat er iets ernstigs gebeurd was.

'Die Coetsier schijnt een turbogriet te zijn, Rudi. Bottu, anders een chronisch ontevreden mens, strooide vanmorgen toen ik nog aan de ontbijttafel zat werkelijk karrenvrachten lof over haar heen. Hoogst uitzonderlijk als je hem een beetje kent.' Hij wees naar de koffiehoek en deed het drinkgebaar. 'Zullen we misschien eerst?'

Ze namen beiden een warme choco. Buiten was het weer een van die dagen die vakantiemensen naar het zuiden joeg, maar er zat verbetering aan te komen, had Frank Deboosere beloofd. Boersma diepte uit zijn broekzak een papiertje op dat diagonaal volgekrabbeld stond en waarop koffievlekken te zien waren.

'Lou Hendrik Van Keel voluit. Lou, zal wel van Louis of Lodewijk komen, maar zo staat hij ingeschreven. Woonde in Herent bij Leuven, in een oude brouwerij die recent omgebouwd werd tot enkele lofts. Stukprijs: minimum vier ton.'

'Gulden?' vroeg Bervoets, meer uit gewoonte dan uit interesse.

'Euro. Meer dan driehonderd vierkante meter voor hem alleen. Klinkt natuurlijk als muziek in de oren van een kleinbehuisde Nederbelg als ik.'

Bervoets zuchtte gefrustreerd. 'Ik ben bang dat ik niet mee ben, chef.'

'De badman in de moordflat, Rudi. Eindelijk is hij thuisgekomen. Waarom dacht je anders dat ik zo laat op kantoor ben geland?'

Bervoets keek naar behoren verbaasd, schoof zijn stoel dichterbij. Boersma vertelde het verhaal dat Bottu hem in geuren en kleuren had doorgebeld.

De bewakingsband van vrijdag 10 augustus had gewezen op een ruzie die op de parkeerplaats van 'De Ultieme Hallucinatie' was ontstaan tussen dokter Leleux en een man die reed in een zilvergrijze Toyota RAV4. Onder de hoek die de camera nam, viel de nummerplaat van die wagen niet af te lezen. Coetsier was gaan doordenken, was teruggekeerd naar het etablissement en had de banden opgevraagd van de ganse week voor en na die bewuste 10 augustus. Het leek een pure gok, maar iets in haar zei dat de man in de Toyota daar op vertrouwd terrein rondliep. En gelijk kreeg ze. De veiligheidsman had haar verteld dat de dokter daar uitsluitend op dinsdag- of vrijdagavond te zien was. Ze had zich een flink stuk van de nacht in het televisielokaal op de banden van die twee avonden gegooid. Toen ze de beelden van dinsdag 7 augustus versneld doorspoelde, had ze beet. De Toyota van de dokter stond op de gewone plaats, vlakbij de inkom, die nummerplaat kende ze al uit het hoofd. Om negen uur vierenvijftig, toen het snel was gaan donkeren, herkende ze het silhouet van een gelijkaardige auto, die met gedoofde lichten de parkeerplaats kwam opgedraaid. Hij zocht een plaatsje onder de struiken, buiten het licht van de neonlampen en bleef daar een hele tijd, zonder dat er één beweging te zien was. Wel merkte ze dat een gedaante vanuit het neergelaten raampje iets naar buiten stak, waarbij ze eerst aan een geweer dacht. Toen ze wat later flitslicht zag, wist ze dat het ging om een fototoestel, voorzien van een meer dan volwassen telelens. Nog wat later stapte de man uit de wagen, om in de struiken een plasje te doen. Coetsier zoomde op hem in en stelde vast dat het om de man ging met wie de dokter de vrijdag daarop op nagenoeg dezelfde plaats zou gaan ruziën. Wat haar verbaasde was dat van het flitslicht op de parkeerplaats geen *special file* was aangelegd, zoals de veiligheidsman dat noemde. Was er dan toch meer aan de hand dan op het eerste gezicht leek? In elk geval was op die band van 7 augustus de nummerplaat van de Toyota wel duidelijk te zien. Daarna was het via de Dienst Inschrijving Voertuigen een koud kunstje om achter de naam van de eigenaar te komen. Coetsier was zelfs nog verder gegaan en had vroeg in de morgen naar een vriendin gebeld, die op de dienst Bevolking van de gemeente Herent werkte, en ze was er zo achter gekomen dat badman zelden of nooit op het opgegeven loftadres te vinden was. Hij had goed twee jaar geleden een bewakingsfirma opgericht en verzorgde opdrachten over het hele land, maar vooral aan de kust.

Bervoets klakte met de tong tegen de tanden. 'Een kei toch, die Coetsier, Gijs. En bovendien gezegend met een meer dan gemiddelde fysieke verschijning, heb ik dan weer zijdelings vernomen.'

'Bloedmooi, als ik Bottu mag geloven. En die heeft verstand van vrouwen, geloof me.'

'En zijn andere adjunct, die brave Polak?'

Boersma glimlachte wrang. 'Die zal nu een plaatsje achteruit geschoven zijn in de pikorde, vrees ik. Zou ik met jou nooit doen, Rudi.' Hij kneep het lege plastic bekertje plat.

'Het onderzoek krijgt zo weer lucht, Gijs.'

'Er zitten wel twee valse noten in de hoopvolle wending.' Boersma deed de ogen halfdicht. 'Dat gedoe met de bewakingsfirma van die Van Keel staat me helemaal niet aan. Je weet hoe rekbaar zo'n term is.'

'We leken eerst beland in uit de hand gelopen seksspelletjes. We gaan toch niet de toer op van de exclusieve huurmoordenaars?'

Boersma wreef peinzend over zijn wang. '*Wake up*, Rudi, dat zijn we al lang. Ik zou dolgraag willen dat het daar bij zou blijven. Maar ik vrees dat er nog veel meer onder het maaiveld zit.'

'Er was wel zo'n Toyota te zien op de beide foto's die ze vlak voor de moordflat van je maakten, Gijs.'

Boersma lachte, een holle lach. 'Dacht je soms dat ik dat vergeten was?'

'Je bent ervan overtuigd dat jij even goed een doelwit bent? De eerste valse noot?'

Hij knikte, te lang. Hij keek strakker dan hij de voorbije weken had gekeken. Hij verwerkte de woorden stilzwijgend.

Bervoets stak twee vingers in de lucht. 'Je had het over twee valse noten, toch?'

'Oostende en Leuven, twee totaal verschillende speelterreinen. Bottu wilde het niet officialiseren, het wordt een ren tussen hen en ons, Rudi. Hij is nu eenmaal zo, niets of niemand zal hem daarin veranderen.'

'Ben jij dan zo verschillend van hem, Gijs?'

Boersma antwoordde niet, liet alleen een lang gebrom horen dat slechts langzaam verstomde.

Donderdag 30 augustus
Oostende, flat aan het station
Tweeëntwintig uur.

De stem aan de andere kant van de lijn had zich weer niet voorgesteld. Dat was ook niet nodig. Al zat er wijn in, vermoeidheid ook, toch had Bottu ze meteen herkend.

'Waarom bel je me thuis en niet op kantoor?'

'Is het vroeger anders geweest?'

'Je belde me toen als het je uitkwam, desnoods midden in de nacht.' Boersma probeerde lacherig te doen. Hij zette de talkshow met Pauw & Witteman uit. Hij was alleen in de kamer, want zijn vrouw Marloes was met vriendinnen op stap. Weer eens. Als ze maar thuiskwam voor het ochtend werd.

'Ik had het veeleer over hoe we de boel afwerken buiten het gezichtsveld van de onderzoeksrechter en hoe we dan samen pats boem in zijn kantoor verschijnen met niks dan resultaten onder onze arm.'

'Hoeveel pilsjes heb jij vanavond al op, Bottu?'

'Kom op, zou jij een zaak ooit anders kunnen aanpakken, Boersma? Net als ik krijg jij het schurft van betuttelende vingertjes. Net als ik wil jij dat niet toegeven, zelfs aan jezelf niet.'

Na enig aarzelen. 'Misschien heeft Antwerpen me toen veranderd. Daar al aan eens gedacht, Bottu?'

'Eerlijk gezegd zat ik veeleer te denken aan die verdomde foto's die van ons gemaakt zijn, Boersma. Als het klopt wat ik denk, zou er misschien een nieuw spoor in het onderzoek kunnen opduiken. Een *deus ex machina*, een woord dat je indertijd zo graag gebruikte.'

'Ik hoor een ietsiepietsie te veel als en misschien. Jij bezit als geen andere de kunst te koketteren met je onzekerheid. Wat heb je van me nodig, Bottu?'

'Wanneer juist heb je die privédetective in de flat aangetroffen, Boersma?'

Hij ademde diep. 'Op 7 augustus. Op een dinsdag.'

'En toen je die dag de moordflat verliet, werd er van jou een foto gemaakt, waarop een Toyota jeep te zien was?'

'Juist.'

'Weet je nog hoe laat het toen was?'

'Voor tienen in de voormiddag moet dat geweest zijn.'

'Op 19 augustus werd Lou Van Keetel in bad geëlektrocuteerd in dezelfde flat.'

'Juist. Op een zondag, tot vandaag de mooiste dag van deze zomer.'

'Die zondag werd van jou een tweede foto gemaakt, waarop weer een Toyota te zien was. Ging het om dezelfde jeep als de eerste keer?'

'Volkomen identiek, Bottu. Een zilvergrijze vijfdeurs, zwarte ruiten achteraan.'

'Donderdag 9 augustus trof ik de man zonder geheugen aan in de medische faculteit. Die dag ging ik op de foto, toen ik de *locus delicti* verliet. Dinsdagavond 7 augustus werd jouw badman op de parkeerplaats van 'De Ultieme Hallucinatie' aangetroffen, terwijl hij vanuit een Toyota jeep stiekeme kiekjes nam van dokter Huub Leleux. Diens identieke auto stond daar toen geparkeerd.'

Hij zuchtte. 'Daarmee wil je zeggen dat badman alias de hitman zowel op dinsdagavond als op donderdag in Leuven rondhing?'

'Daar wil ik niet naartoe. De dokter werd op donderdag 23 augustus aangetroffen in Heverleebos. Volgens de wetsdokter was hij al dood van zaterdag, vroeg in de morgen. De hoeveelste was het toen, Boersma?'

'Zaterdag 18 augustus. Waar wil je dan in godsnaam naartoe, Bottu?'

'Naar de foto van jou op 19 augustus, toen je naar Lou Van Keel bent gaan kijken. De Toyota op die foto was niet die van de dokter, want die stond op dat ogenblik in Heverleebos. Je vertelde me dat de wijkpolitie op de plaats voor de flat om het halfuur passeert om foutparkeerders op de bon te zetten. Het kan dus ook niet de wagen van Van Keel zijn geweest die dood in bad lag.'

'Die had trouwens een treinticket Leuven-Oostende op zak en was schijnbaar al op zaterdag gearriveerd.'

'Dat treinticket kan een vernuftig afleidingsmanoeuvre geweest zijn, maar *soit*.' Hij wachtte. 'Dus?'

'Maak me niet wijs dat er nog een derde gelijkaardige jeep in het spel is.'

Hij kneep zijn ogen tot spleten. 'Zou dus kunnen, en het begint daar ook stilaan op te lijken, Boersma. Die jeeps van vorig model rijden er bij bosjes rond, zeker in een zilvergrijze kleur.'

Er ontstond een stilte die geen van beiden ogenblikkelijk kon vullen.

'Als dat waar is, vergemakkelijkt het de zaken niet. Integendeel.' Weer een stilte. 'Ben je zeker dat er bij jou op de foto geen jeep te zien is, Bottu?'

'Dat is nu al de tweede keer dat je me dat vraagt, Boersma.'

'Ik heb namelijk iets naars in gedachten, Bottu.'

'Ik heb hetzelfde akelige gevoel, Boersma.'

De Oostendse speurder nam zijn agenda. Bottu hoorde hoe hij begon te bladeren. 'Tussen twee haakjes: ze verwachten aan de kust in het weekend een weertje om van te snoepen, Bottu.'

'Ik dacht juist dat er een rotweertje op komst was.'

'Je moet die weersvoorspellers niet geloven. Ze lullen maar wat als het hun maar goed uitkomt.'

'Wat wil je zeggen, Boersma? Is dit soms een uitnodiging?'

'Nodig jij jezelf bij me uit, Bottu?'

'Ik heb iets prettigs in gedachten, Boersma.'

'Ik heb net hetzelfde, Bottu. Zaterdagochtend rond elven bij me thuis, past dat? Je weet waar ik woon.'

'Eén verzoekje, Boersma: breng dat verfrommelde briefje mee dat je vond in de zakken van Lou Van Keel.'

'Jij weet toch even goed als ik dat het bij de stukken in het dossier zit?'

'En dan? Denk aan vroeger, Boersma. Kom me alsjeblieft niet zeggen dat je nu in een bos woont waar de ouwe vos zijn streken verleerd heeft.'

26

Vrijdag 31 augustus
Leuven, politiekantoor

Coetsier was die morgen naar het UZ om haar ogen vakkundig te laten fatsoeneren, na haar Griekse tragedie, zoals ze het voorval nu zelf lichtvoetig noemde. Bottu en Polak merkten evenwel aan de begeleidende gestes dat de voorbije vakantie diep in haar had gesneden.

De commissaris stond al een tijd bij het raam. Met de beide handen steunend op de vensterbank keek hij naar de gitzwarte lucht waar een zomeronweer hing.

Van achter zijn tafel kon Polak onmogelijk zien dat hij de ogen gesloten hield.

'Weet je wat een dom blondje doet als ze het erg koud heeft, Claude?' vroeg hij. Hij verwachtte dat de commissaris zich als gewoonlijk bij dat soort grappen begerig naar hem zou draaien. Er gebeurde echter niets. Er was alleen een licht gebrom te horen.

'Ze gaat in de hoek van de kamer staan, daar is het negentig graden', maakte Polak grinnikend de grap af. Hij liet een boer. Het bier in zijn maag brak hem op. Zijn huid leek alcohol uit te wasemen.

Bottu bleef door het raam kijken. Hij schudde met het hoofd. Zijn adjunct had het voorbije jaar een ontwenningskuur gevolgd die vruchten had afgeworpen. Maar de zwakte was gebleven, vooral op ogenblikken dat hij zijn alleen-zijn als uitzichtloos ervoer.

'Je moet verdomd de drank laten, Polak. Ik kan je hoofd niet boven water blijven houden. Stel je voor, als ik je vanmorgen niet uit bed had gebeld, was je nog niet op kantoor geweest. Je vrouw Helga is van je weggelopen. Weg, weg. Voorgoed, als je het mij vraagt. Je zit tot aan je nek in de schulden. Je ziet je kinderen amper. Allemaal door die verdomde drank.'

'Ik heb het daar al met Vicky over gehad. Ze heeft beloofd om Helga...'

'Je denkt dat je haring zal braden bij Vicky, maar daar ben ik nog lang niet zeker van. Pas op, ik zou niet beter voor je vragen, maar toch denk ik dat... Godverdomme, Nico!'

Het bleef iets te lang stil in het kantoor.

'Maar wat ik vannacht uit 'De Blauwe Kater' heb meegebracht, helpt het onderzoek toch een eind vooruit, patron? Ben je niet blij dat ik...'

De commissaris draaide zich met een ruk om. 'Moet ik nu echt blij zijn, Polak?'

'Had die gewezen wijkagent en nu patron van 'De Totem' vannacht niet in mijn stamcafé gezeten en was die niet begonnen over zijn ex-collega Lou Van Keel, dan hadden wij niet zo vlug geweten dat de Oostendse badman ooit nog in het Leuvense korps had gezeten.'

'De geur van 'De Blauwe Kater' hangt nog altijd in je kleren, Polak.'

'En dat Van Keel op de schietbaan toen boven iedereen uittroonde. Zodanig zelfs dat hij een aanbod kreeg om bij de speciale interventie te gaan.'

'Ga naar huis, Polak, neem vlug een douche, trek andere kleren aan en poets je tanden.'

'En dat hij na zijn verblijf bij de politie gesolliciteerd heeft voor een baan bij de bewakingsfirma 'Securitas'. Hij werd daar ook effectief aangenomen, maar kort daarna om dwingende redenen ontslagen.'

'Polak, je walmen hangen straks in het hele kantoor. Stel dat de korpschef hier toevallig zou...'

'En dat hij daarna voor het vreemdelingenlegioen heeft gekozen.'

'Ja, Polak, ja...'

'En dat de zogezegde bewakingsfirma, die hij nadien opzette, alleen maar een dekmantel is voor onfrisse praktijken.'

'Is of was?'

'Is.'

Weer bleef het stil. Polak stond op.

'Kom verdomme hier, kerel.' Bottu stapte op zijn adjunct toe en gaf hem een knuffel. Een eigenaardig gezicht en voor buitenstaanders op een onverwacht moment. Maar volkomen normaal voor twee mannen die elkaar echt mochten.

'Dus je meende het daarnet niet, dat naar huis moeten, patron?'

'Ben je gek, jij stinkende makker! Hou je vanavond maar klaar, we gaan samen op pad.'

'Moet dat echt, patron? Ik dacht net eens goed te gaan uitmaffen.'

Bottu zwaaide met een papier. 'De onderzoeksrechter heeft geen moment geaarzeld om te tekenen, na wat hij te zien kreeg op de bewakingsbanden van 'De Ultieme Hallucinatie'. We gaan vanavond samen snuffelen in die loft van badman in Herent.'

'Die badman, is dat niet een zaak voor de collega's in Oostende, Claude?

En de dokter was daar gedomicilieerd, nog wel vlak naast die moordflat. Dus...'

Bottu zette de handen achter de oren. 'Heb jij iets van Oostende gehoord, Polak? Ik anders niet.'

Polak lachte breed. 'Nu je het zo zegt, patron, ik ook niet.'

De commissaris liep weer naar het raam toe. 'In de wereld worden meer dan drieduizend talen gesproken, Polak, maar in geen enkele taal zou ik kunnen zeggen hoezeer ik haar mis.'

Hij draaide zich naar de lucht. De regen viel met bakken neer. Zwarte paraplu's voerden een hopeloos gevecht met de wind. Maar over goed een halfuur zou de zon terug zijn en alles opdrogen. Het zou allemaal weer worden alsof er niets was gebeurd.

Polak moest opgelucht zijn. Maar dat was niet het geval.

Zaterdag 1 september
Oostende, restaurant 'Stad Kortrijk'

De ober had net voor beiden een droge sherry aan tafel gebracht en noteerde het gekozen menu.

'En wat vinden je adjuncten ervan dat we zo samen op pad zijn?' vroeg Boersma.

Bliksemsnel. 'Vertel jij die Bervoets van jou soms alles?'

'Alleen wat goed voor hem is *en* voor mij, meer niet.'

Ze klonken en dronken het aperitief in één teug leeg, alsof ze dat afgesproken hadden.

'Al van bij de eerste aanblik had ik het gisteren gemerkt, alles lag er te netjes bij. Er waren duidelijk poetshandschoenen op bezoek geweest. Geen vaat in de gootsteen. Geen rondslingerende kleren. Geen kranten of boeken. De asbakken leeg. Het bed keurig opgedekt. Het rook in de hele loft naar boenwas en naar schoonmaakmiddel uit spuitbussen, ideaal om vingerafdrukken en sporen weg te wissen.'

'Verdacht', zei Boersma.

'Nergens een wapen of een kogel te vinden. Terwijl je van iemand met een eigen bewakingsfirma het tegendeel zou verwachten. Verdacht, maar tegelijk een opluchting. Iemand is ons voor geweest. Het bewijs dat we het bij het rechte eind hebben, Gijs.'

'Je kent dat verhaal van de wagen en het paard...'

'Alle stukjes beginnen netjes in mekaar te vallen. Het een heeft te maken met het ander, al zijn nog niet alle verbanden duidelijk.'

De garnaalkroketten van het huis, begeleid door een fruitige chablis die was gekozen door Bottu, hadden heerlijk gesmaakt. Ze hadden het tijdens het voorgerecht vooral gehad over de huiszoeking door Bottu en Polak, vorige avond in de loft van de vermoorde Lou Van Keel in Herent bij Leuven.

Het hoofdgerecht kwam er aan. Hun keuze was gevallen op zeebaars in een bed van sla en verse groenten. De chablis mocht hen gezelschap blijven houden.

'Dat papiertje...' zei Bottu op een toon die duidelijk maakte dat met het hoofdgerecht het ogenblik was gekomen om te tonen waarvoor hij naar de kust was afgezakt.

Het gekende gebrom van Boersma steeg op aan de andere kant van de tafel. Hij draaide zich om, ging diep in de zak van zijn vest, die hij aan de leuning van zijn stoel had opgehangen. Dan legde hij zonder woorden een papiertje in een plastic hemdje vlak naast het bord van Bottu.

'Niet openen zonder handschoentjes, veronderstel ik', zei de commissaris met een glimlach van je-hebt-het-toch-maar-lekker-klaargespeeld.

'Ik heb het zo voor je geschikt dat alles door het plastic heen te zien is. Openen hoeft niet eens. Tevreden?'

De commissaris legde het bestek neer, veegde een paar keer zijn mond met het servet, keek lang naar het papiertje. 'Het gaat om de instructies van een vrouw, dat is duidelijk,' zei hij, terwijl hij het plastic nog in de hand hield, 'ik had trouwens niet anders verwacht.'

Boersma zette even grote ogen op als de zeebaars op zijn bord.

De commissaris schoof het plastic weer naar zijn overbuur. 'Bes was dol op die dingen en ze gebruikte ze voor boodschappen allerhande, soms als *reminder*.' Hij keek Boersma aan. 'Zie jij een man gerecycleerd papier gebruiken met in de bovenhoek een tekening van een trommelend beertje? Nee dus.'

De Oostendse speurder vond niets beter dan gewoonweg mee te knikken.

'Een vrouw stopte Lou Van Keel dit papiertje in de hand, Gijs', herhaalde de commissaris. 'Herken jij het handschrift?'

Boersma keek naar de regelmatige, zwarte lettertjes die schijnbaar met vulpen waren geschreven. 'Hetzelfde handschrift als de woorden *'Zie je het nu?'* achter op de foto's die van ons werden gemaakt. Je bedoelt dat een vrouw die verdomde foto's in onze bus kwam stoppen, Claude.' Hij plaatste geen vraagteken en er zat geen verbazing in zijn woorden.

'Aan de manier waarop je het zegt, merk ik dat je er al achter was, Gijs. Of vergis ik me?'

De hoofdinspecteur knikte instemmend. 'Denkpistes in je hoofd ga je niet aan de grote klok hangen. Verschil jij daarin soms van mij? En er is nog iets. Het adres van de flat staat hier in keurige lettertjes *en* in inkt. De initialen H.L. daaronder zijn met potlood neergekribbeld in een ander handschrift. Dat betekent dat twee verschillende personen adres en initialen schreven. Of was jij daar ook al achter, Bottu?'

'Ik had het papiertje tot vandaag nog nooit gezien, Gijs.'

'Toch ging er een siddering door je heen, toen ik je er vorige dinsdag over sprak in dat leuke restaurant in Leuven. Je was even van de wereld en je dronk je kriek in één teug tot op de bodem leeg. Dacht je soms dat ik het niet gemerkt had? Dat kwam door die initialen, niet?'

'H.L. of Huub Leleux.'

'Het was me opgevallen dat je het in dat restaurant voortdurend over de dokter had, zonder één keer zijn naam te noemen, terwijl je dat met alle andere protagonisten wel deed. En in ons telefoongesprek van eergisteren gooide je die naam er opeens uit, alsof je me een wortel wilde voorhouden. Ik ken je al langer dan gisteren, Bottu.'

'Dat was eergisteren, Boersma.'

'Hou op met je grapjes, Claude. Weer een van je technieken om je onzekerheid te verbergen. Over die initialen gesproken, ik heb ze teruggevonden tussen een heleboel andere in het zakboekje dat Van Keel nog vlug in zijn reet had gestopt, toen hij die dekselse zondag zijn einde voelde naderen. Wij hebben het dagenlang in het kantoor te drogen gehangen. Een grafoloog heeft daarna bevestigd dat de initialen in het boekje en op het papiertje van dezelfde hand kwamen.'

'Van Lou Van Keel zelf?'

'Samengevat: een vrouw gaf aan Van Keel het adres van de flat waar hij naartoe moest en los daarvan schreef hij zelf de initialen van de dokter op dat papiertje. Vraag: waarom?'

'Een kattebelletje om iets niet te vergeten. Dat hij de dokter moest telefoneren, of ontmoeten, of...'

'Of dat hij hem moest bespieden en daarvoor speciale apparatuur nodig had.'

'Om hem nadien te...'

'Doden of te chanteren. Ik hou het bij het eerste. Ik zie geen andere mogelijkheid.'

'Als Van Keel de dokter doodde, dan was hij het ook die de privédetective en de man zonder geheugen omlegde. De gebruikte methode was namelijk exact hetzelfde precisiewerk.'

Bottu hield een volle vork met zeebaars voor zijn open mond. 'De methode was dezelfde, maar er was één belangrijk decorverschil: foto's. Bij de privédetective en de man zonder geheugen werd een foto aangetroffen met vier jongetjes, bij de moord op de dokter was dat niet het geval. Van de moord op de dokter zijn ons ook nooit foto's toegestuurd.'

'Dat versterkt alleen maar de thesis dat het Van Keel was die de dokter omlegde, Claude. Hij doodde de dokter op zaterdag 18 augustus in Leuven, van het tijdstip van de moord was de wetsdokter vrij zeker, zei je. De volgende dag werd hij hier in Oostende zelf geëlektrocuteerd. Veel tijd voor kiekjes en de administratie daarrond bleef er dus niet.'

'Of Van Keel had indertijd de foto's van de privédetective en de man zonder geheugen gemaakt vanuit een perspectief waar de moord op de dokter niet in thuishoorde?'

'Dat zou natuurlijk kunnen. Van Keel of iemand anders.'

'Wat bedoel je?'

'Wat ik zei: Van Keel of iemand anders maakte die foto's.'

'Maar je blijft er wel bij dat Van Keel een contractje uitvoerde, Gijs?'

'Nogal evident, als je ziet in welke business hij zit. Hoewel, het heeft er alle schijn van dat hij de dokter al veel langer kende. De initialen H.L. staan namelijk in zijn zakboekje, tussen een heleboel andere, zoals ik net zei. Je zakboekje met namen vullen doe je niet op één dag, daar gaan vaak jaren overheen.'

Bottu legde het bestek weer neer, ging achterover leunen, wreef een paar keer met de vlakke hand over zijn kale schedel. 'Jij denkt dat Van Keel koelbloedig werd geliquideerd en dat het niet om een uit de hand gelopen ruzie ging?'

Boersma knikte, nipte aan zijn chablis. 'De poppenspeler legde Van Keel zelf om.'

'Waarom?'

'Twee mogelijkheden. Omdat de hitman niet had gedaan wat ze gevraagd had. Of omdat ze sporen wilde uitwissen.' Hij wachtte. 'Of om iets waar we nog niet aan gedacht hebben.'

'Ze? We hebben het dus de hele tijd over een vrouw, Gijs?'

'We hebben het daar in dat restaurant in Leuven toch over gehad?'

'Toen hadden we het alleen over een vrouw die bij de moord op Van Keel betrokken kon zijn.'

'Je hebt het daarnet zelf nog eens gesuggereerd, Claude. Met je theorie rond het bestaansrecht van dat papiertje met het beertjeslogo.'

'Op die manier zitten we wel een eind verder dan alleen maar de moord op Van Keel, Gijs.'

Boersma knikte. 'Als we nog effe doorredeneren, zou die theorie met het handschrift betekenen dat we allebei voortdurend beslopen worden door een vrouw. Misschien wel dezelfde die een rol speelde in de moorden op Van Keel en op de privédetective. Er zijn verbanden die we niet zien, Claude.'

'Nog niet zien, Boersma.' Bottu trok de wenkbrauwen op, nam een flinke slok wijn. 'Er is een evidente band tussen de dokter en de man zonder geheugen, namelijk de band dokter-patiënt.'

'En wellicht nog een andere band die meer knelt.'

'Juist. Uit die historie met de initialen H.L. blijkt dat er een band is tussen de zogenaamde huurmoordenaar en de dokter. Maar wat doe je met de privédetective? Die kende de dokter hoogstens zijdelings.' Hij nam weer een slok.

'Zijdelings? Hoezo?' vroeg Boersma.

'Vera, de hitsige vlam van de dokter, vertoefde graag in het wereldje van de pluchen zeteltjes en de champagne. Laat dat net de wereld zijn waarin de ex van de privédetective blindelings haar weg weet te vinden. Vera kende Cockmartin al van toen die nog in Leuven woonde. Beide vrouwen stonden zelfs ingeschreven op het adres van die Hoogmartens.'

Onmiddellijke reactie. 'Hoe weet jij dat?'

'De wijkpolitie in Leuven doet uitstekend zijn werk.'

'Zo zit dat dus, Bottu.'

'De dokter werd opgemerkt toen hij daar rondhing. Of hij de privédetective ook echt ontmoet heeft, wist niemand te zeggen.'

'Ook al opgeraapt bij de wijkpolitie?'

'Een gezellig praatje gemaakt met de buurman over de heg.' Hij wachtte, maar er kwam geen reactie. 'Alleen van de man zonder geheugen weten we nog helemaal niets.'

'Misschien wordt hij op de duur wel de spil in het verhaal, Claude. Mensen aan de zijlijn of zij die het spel vanuit de coulissen volgen, hebben vaak het meeste van het stuk gezien.'

'We blijven met te veel vragen zitten, Gijs. Een daarvan is: waarom kwamen de privédetective en de badman met de trein naar de kust?'

'Dat noemde jij donderdag zelf nog een vernuftig afleidingsmanoeuvre. Maar misschien is het antwoord heel eenvoudig: de moordenaar wilde geen auto voor de deur van flat 04.02, dat zou opvallen. Bovendien kun je het tijdsgebruik van iemand die aan uren van de trein gebonden is beter inschatten en behoud je de controle over de situatie.'

Bottu schoof het lege bord aan de kant, legde de beide handen in de nek. 'Privédetectives doen niets anders dan aan sporen ruiken. Met Hoogmartens was dat niet anders, neem dat van me aan.'

'Laten we het uitgangspunt in elke moordzaak toch niet uit het oog verliezen, Claude.'

Bottu lachte opeens hard. 'Vrouwen, macht en geld.'

De ober keek ervan op.

'Juist. Misschien zien we de zaak zelfs te eng en zijn niet alleen Oostende en Leuven in beeld.'

Bottu begon opeens in zichzelf te praten. 'De privédetective was iets op het spoor dat belangrijk genoeg was om het met zijn leven te bekopen. Het spionerend kameraadje in de kleerkast zette mensen letterlijk en figuurlijk in hun blootje, daar is natuurlijk niemand op gesteld.'

'Hij had daardoor te veel mensen in de klem. Misschien wilde hij zelf in de winst delen? Zelfs een hele zaal vol hoerenrijders is nooit een sociaal niemandsland.'

Bottu keek Boersma aan en glimlachte. 'Het klinkt bijna als muziek. Vrouwen, macht, geld.'

Boersma stak de rechterduim in de lucht. 'Eén: de vrouwen. De mooie Cockmartin, waar mijn adjunct zo gek op is, al ziet ze hem en jou en mij niet eens staan. De Hollandse Inneke Bouwman, die met d'r achterste schudt tot je er gek van wordt. Inneke was te zien op de beelden in de flat, misschien Cockmartin ook wel. Jammer dat onze collectie pikante dvd's niet compleet is, Claude.'

'Nog niet. Verder in het rijtje: de hitsige Vera uit het UZ met haar nachtelijke nummertjes in de medische faculteit en haar collega Martine met een voorliefde voor sm-praktijken.'

'Misschien bracht jouw Vera af en toe wel een bezoekje aan flat 04.02,

Claude?'

'Best mogelijk. Maar wie zal het zeggen?' Hij wachtte. 'En natuurlijk de vrouw van Leleux zelf niet te vergeten, een atypische doktersvrouw, een echt stuk, Gijs.'

Nu ging naast de duim ook de wijsvinger van Boersma de lucht in. 'Twee : de macht. Onderzoeksrechter Vermaelen, een echte pitbull in zijn onderzoeken en tegelijk een gek op zoek naar jeugdig groen, die tegen het beton aanknalde op de autoweg, terwijl Inneke Bouwman zo goed als zeker bij hem in de wagen zat. Hij nam al zijn geheimen mee in het graf. Van daaruit moet hij zeker het gezucht van opluchting horen. *Maître* Aurélien Renauld, evenwichtskunstenaar op de foor van Malversatie, die zich daarbij gesteund voelt door een senior, die uitrust tussen warme vrouwenbillen.'

Bottu keek met lachende ogen toe.

Het was de beurt aan de middelvinger. 'Drie : geld. 'Mita Investments', toverbol voor velen, walhalla voor weinigen, waar Joe Tavernier in een gewaad van geweven zelfgenoegzaamheid op de troon zit. Sinds kort achtervolgd door waanbeelden over misgelopen beleggingen en dito misnoegde beleggers. Gevolg: acuut geldgebrek.'

'Een hele fanfare van lust en last. Kan het nog erger, Boersma?'

'Amper.'

'Toch wel, Boersma. Bedenk eens een ogenblik dat die geweldige complottheorieën die we nu al een hele tijd in mekaar draaien maar één bedoeling hebben.'

'En die is?'

'Wraak. Pure wraak. Misschien is iemand op dit eigenste ogenblik wel bezig met het reinigen van het verleden en gebruikt daarbij detergent dat in je neus blijft hangen tot je er misselijk van wordt.'

'Iemand die niets te verliezen heeft, Claude.'

'Het ergste soort, Gijs.'

Ze bekeken elkaar lang, zonder een woord te zeggen. Bottu kon zijn vroegere collega toch niet vertellen dat hij wraak als motief had opgeraapt bij zijn jonge adjuncte? Gelukkig kwam het dessert er aan. Een sorbet van frambozen dat verkoeling moest brengen.

'Wie ons besluipt rijdt in een Toyota jeep en is een vrouw. Daar brengt niemand me nog van af.'

'Ben jij een paragnost of wat, Boersma?'

'En ben jij een schijterd of wat, Bottu? Ik heb je kleine gebaartjes van onzekerheid weer herkend. Kom op met je verhaal, man.'

Bottu had al lang het voorgevoel dat Boersma op de hoogte was van iets dat hij van plan was pas later op de avond te vertellen. De commissaris vertelde eindelijk dat de Toyota ook te zien was op de foto die van hem gemaakt werd, toen hij de woning van dokter Leleux verliet na de zoeking. Op zijn aangeven had het lab de glinstering die te zien was in de ruiten van de gelijkvloerse verdieping, gereconstrueerd tot een autospiegel. Daarna hadden ze van het gereflecteerde vlak contouren gemaakt, waarvan iedereen in het lab zeker was dat ze van een Toyota RAV4 afkomstig waren. Na ettelijke malen uitvergroten en bijwerken was er door het neergelaten raampje van de wagen, waaruit naar alle waarschijnlijkheid de foto was gemaakt, een persoon met zonnebril te zien. Aan het haar en het fijngesneden profiel te oordelen, was de kans groot dat het om een vrouw ging.

'We krijgen met ons gevoel gelijk, Claude. Een vrouw speelt een beslissende rol. Ongetwijfeld intelligent, maar geplaagd door een getormenteerde ziel.'

'Met een ziekelijke geest, Gijs.'

'Alles heeft zijn reden in het leven, alles heeft een doel.'

'Motief, gelegenheid, middelen. Hoe dikwijls hebben wij dat al voor onszelf herhaald?'

'Zelfs in onze dromen.'

'Zien wij iets cruciaals over het hoofd, Gijs?'

'Dat is zo stilaan duidelijk. Maar wat?'

'Misschien slaan we de bal volledig mis en zitten de zaken nog ingewikkelder in elkaar dan we al dachten. In dat geval wordt de tijd kort.'

'Over tijd gesproken, heb je plannen voor vanavond, Claude?'

'Ik was van plan nog een avondwandeling te maken langs de waterlijn, de dingen wat te laten bezinken. Dan een Lindemans te drinken, waarin ik de zon langzaam kan zien ondergaan. Daarna de auto weer in naar mijn vaste stek in Leuven.'

Boersma greep Bottu bij de voorarm. 'Als je dat wilt, kun je bij mij overnachten, Claude.'

'En je vrouw dan, Gijs?'

'Maak je maar geen zorgen over Marloes, die redt zich wel. Weet je, we drinken eerst samen een biertje op de dijk, kijken er wat naar de meisjes en duiken daarna samen de Langestraat in. Geen van ons beiden heeft dienst, dus niemand kan ons wat verwijten.'

'De Langestraat, dat is toch die straat met heu... die heu... en die heu. En je vrouw dan, Boersma?'

'We slapen in hetzelfde bed, Bottu, maar we hebben verschillende dromen.'

Het was de commissaris opgevallen dat ze het niet één keer gehad hadden over *toen*.

Bottu bleef het eigenaardig vinden dat Boersma blijkbaar dacht dat ze beiden de metropool om dezelfde reden verlaten hadden. Gek toch dat een nuchtere Hollander als hij na zovele jaren niet doorhad dat de commissaris om een totaal andere reden van Antwerpen naar Leuven overgeplaatst was. Boersma zou die kronkel in het leven van de commissaris nooit begrepen hebben. Dat kon maar best zo blijven. Het deed echter niets af aan 'toen'. Het snijpunt van alle lijnen in zijn leven. In *hun* leven?

Zou het weer samen op een zaak zitten en die tot een goed einde brengen dan toch de therapie zijn om alles van toen te vergeten? Het was alleszins het proberen waard. Er was de laatste dagen in het hoofd van Bottu iets gebeurd wat hij weken geleden niet voor mogelijk had gehouden. Hij was die Boersma weer wat gaan mogen, meer dan hij aan zichzelf wilde toegeven. Die Hollander met al zijn onhebbelijkheden: eigenzinnigheid, alleen mededeelzaam wanneer hij daartoe gedwongen werd, vervuld van zijn eigen gelijk. De commissaris dacht opeens aan wat de korpschef in Antwerpen zei als het weer eens knelde: de toekomst is niet iets wat je voorspelt, maar waar je op bouwt.

27

Maandag 3 september
Herent bij Leuven

Negen uur.

De loft was gelegen in het centrum van Herent, op een boogscheut van Leuven. Op de gerestaureerde gevel van het rechthoekige gebouw hing een koperen plaat. Daaruit bleek dat daar vroeger een lokale brouwerij gevestigd was. Op de benedenverdieping woonde een dokter op rust en een jong koppel met twee kinderen. De loft boven het koppel was een nog in te richten ruimte in ruwbouw en stond te koop. Lou Van Keel bewoonde de loft vlak boven de dokter. De grote ramen boden aan de bewoners van 'Residentie De Kempen' aan de overkant ruim inkijk.

Dat was Bottu de eerste maal niet opgevallen. Hij besefte op dat ogenblik ook niet dat bij zijn tweede bezoek aan de loft een paar ontbrekende stukken van de puzzel op hem lagen te wachten. De commissaris en zijn adjunct stapten vol verwachting naar binnen.

Binnen was de aanblik dezelfde als toen ze de vorige donderdag voor het eerst een voet in de loft hadden gezet. Weinig meubels, maar stuk voor stuk pure klasse. Tegen de muur een werk van Bram Bogart. Op de salontafel een beeld van Roger Raveel. Vorige keer waren ze zonder succes op zoek geweest naar wapens en munitie. Al na enkele minuten was duidelijk dat ze ook deze keer geen andere aanknopingspunten zouden vinden. Wat hen vooral interesseerde waren documenten en foto's, maar die vielen in de hele loft niet te bespeuren. Er hing nog altijd een geur van schoonmaakmiddelen, minder fel dan vorige keer. Op de meubels lag nu een laagje stof, een bewijs dat de ruimte de voorbije vijf dagen onaangeroerd was gebleven.

Opeens stond een man vlak achter de commissaris. Rond de zeventig, kaal, vinnige oogjes, vergaan T-shirt en joggingbroek.

'Zoeken jullie wat?' Hij had een hoog, bijna vrouwelijk stemmetje.

'Ik was net van plan u hetzelfde te vragen', antwoordde Bottu nors.

'U bent van de politie? Er niet aan gedacht dat ik jullie misschien zou kunnen helpen?' Aan de toon te horen was het luchtig bedoeld.

De commissaris zette een neutraal gezicht op. 'En is dat dan zo?'

'Ik woon hier recht tegenover, daarboven.' Hij wees op het dakappartement, waarvan het raam opengekanteld stond. 'Ik ben gepensioneerd, mijn vrouw is spijtig genoeg vorig jaar overleden, ik heb niet zoveel meer omhanden. Maar met wat hier de laatste tijd allemaal gebeurde, kreeg ik mijn avonden wel aangenaam gevuld.'

'Avonden gevuld?'

'Cinema voor het open raam was het hier. Meestal in het weekend. Zij in haar blootje, net als hij. Geil als boter renden ze achter mekaar aan, als twee veulens. En dan gebeurde het, altijd daar in de rode canapé. De lucht trilde ervan, man, man. Zo jong waren ze niet meer. Rond de vijftig schatte ik hen, zij wat jonger. Hun relatie begon einde juli en duurde twee, drie weken. Van de ene op andere dag was het uit. Ik had zo gehoopt op langer.'

'We spreken over deze persoon?' Bottu toonde een foto van Lou Van Keel.

De man knikte uitbundig. 'Hij is het, maar vraag me niet hoe hij heet. Hij praatte hier met niemand. Hij parkeerde zijn wagen vlak voor de deur en ging naar binnen zonder op te kijken.'

'Zijn auto? Reed hij in een Toyota?'

Zijn beide handen gingen de lucht in. 'Merken van auto's moet u mij niet vragen. Zo'n ding op hoge poten was het, zilvergrijze kleur en donkere ruiten. Vaak zagen we die man hier in maanden niet. En opeens was hij er weer, hij bleef een paar dagen en was weer de hort op. Zij was meer van het spraakzame type. Eén keer heeft ze me zelfs verteld dat ze van Antwerpen afkomstig was.'

'Hoe zag ze eruit?' vroeg Polak die er bij was komen staan.

'Een eind over de veertig, zei ik al, maar een figuurtje van een meisje van twintig. Een vrouw zoals iedere man er zich in zijn dromen eentje wenst. Glanzend, rossig haar, tamelijk kort geknipt. Volle lippen, donkere ogen en een gave, lichte huid. Man, man.' Hij wachtte, zette een ernstig gezicht op. 'Ik heb vernomen dat de man onlangs plots gepasseerd is. Aan de kust, wisten ze te zeggen. Ik lees geen kranten, kijk geen televisie. Was hij ziek? Een ongeluk?'

'Een ongeluk', zei Bottu.

'En daarom bent u hier', concludeerde de man voor zichzelf. 'En zij erft alles natuurlijk, samen met die zoon van haar. Maar waarom moest ze met die jongeman hier binnen dan zo te keer gaan?'

'Een jongeman? Ik ben bang dat ik niet goed kan volgen', zei Bottu.

'Niet langer dan zondag voor twee weken kwam ze hier de eerste keer met die jongeman. Iemand half zo oud als zij. Getaande huid, krulhaar. Haar zoon dus, al weet een mens maar nooit, vandaag de dag. Hij is nog buiten komen telefoneren, stak de straat over en liep op de stoep onder mijn raam op en neer. Dit is een stille straat, ik kon horen wat hij zei, maar ik verstond het niet. Het was Turks, want mijn buren spreken net zo.' Hij wachtte, keek de commissaris aan met pretoogjes. 'Hij belde met een vrouw. Als een man met een vrouw belt, dat merk je', zei hij als een volleerde kenner.

'Bent u heel zeker van die zondag?'

Hij knikte vol overtuiging. 'Ik herinner het me zo goed omdat het die dag in het dorp braderie was. Het begon te donkeren. Ze staken het licht aan en ik heb hen alles door elkaar zien halen. Net twee wilden. Zouden ze op zoek geweest zijn naar zijn testament, denkt u?'

Bottu schokschouderde. 'En hoe waren ze die zondag hier naartoe gekomen?' wilde hij weten.

'Ze was met die auto van haar man. Zij zat aan het stuur, de jongeman zat naast haar. En ze hebben wat meegenomen. Een paar dozen en enkele hoezen, met daarin waarschijnlijk zijn geweren. Hij was een schutter, heb ik vernomen.'

Bottu keek de man zijdelings aan. 'De eerste keer, zei u net, dus zijn ze na die zondag hier nog geweest?'

'De volgende dag al. Toen hebben ze zitten poetsen als twee gekken. Ik heb ze hier ook begin vorige week gezien. Raar, toch?'

De commissaris haalde een foto van dokter Leleux boven. 'Hebt u deze man hier ooit gezien?'

De man schudde onmiddellijk ontkennend het hoofd.

'En deze man?' Nu was het de beurt aan privédetective Hoogmartens.

'Die ook niet.' Hij snoof diep. 'Ik ben bang dat ik u niet veel heb kunnen helpen, inspecteur.'

'Commissaris. Toch wel, u hebt ons goed geholpen, meneer', zei Polak.

'Dan ga ik maar', zei de man. Hij liep een paar stappen de gang op en kwam weer de loft in. 'Misschien is er toch nog iets wat ik moet vertellen, inspecteur.'

'Ja, en..?'

'Die man liep 's avonds vaak met een zaklamp rond te snuisteren in de loft naast de zijne. Die staat te koop, heb ik vernomen. Vierhonderdduizend euro, wie kan zoiets betalen? Misschien wilde hij die wel kopen?'

'Zou kunnen,' zei Bottu, terwijl er allerlei dingen tegelijk door zijn hoofd maalden, 'u hebt ons goed geholpen.'

'Zei u daarnet al.' Hij droop af, zonder nog om te kijken.

Bottu keek hem na. Op weg naar een nieuwe eenzaamheid, dacht hij.

'Hier!' riep Polak vanachter een palet met nog in het plastic verpakte snelbouwstenen. Hij haalde een blikken doos tevoorschijn, waarin ooit Engelse koekjes voor bij de thee hadden gezeten.

Bottu kwam aangelopen van de andere kant van de loft die te koop stond. 'Verstopt?'

'Je maakt voor je plezier geen gat in het plastic, haalt er een paar stenen uit en stopt er dit ding in. Niet gek gezien anders, een plaats waar je niet direct gaat zoeken.'

'Maar goed dat het mannetje er ons attent op maakte dat Van Keel hier 's avonds rondhing, anders...' zei Bottu, terwijl Polak de blikken doos opende.

Er zat een bruine omslag in, overdadig met gele tape dichtgekleefd. Daaronder zat een boekje met rekeningafschriften op naam van Lou Hendrik Van Keel en een boekje boordevol adressen. Verder nog vijfduizend euro in biljetten met daarrond een wikkeltje van 'Citibank'.

'Het holletje van het eekhoorntje,' zei Bottu, 'sparen tegen de winter.'

'Of iets totaal anders,' antwoordde Polak, 'bezwarend materiaal. Voor hem of voor iemand anders.'

Bottu tikte tegen de omslag. 'Daar kunnen we vanuit gaan. Ik gok op het tweede. Al blijft deze zaak boordevol afleidingsmanoeuvres zitten.'

Het gezicht van de commissaris en zijn adjunct stond opeens bedenkelijk.

Maandag 3 september
Leuven, politiekantoor

De bruine envelop die ze in Herent in de oude brouwerij gevonden hadden, lag vanop de tafel van de commissaris al de hele tijd naar hen te lonken. De inhoud had Bottu meegenomen naar de koffiehoek. Twee foto's waren het. De eerste van een persoon, waarvan ze nooit hadden durven denken dat hij geleund tegen uitgerekend die gevel zou opduiken. De tweede van een groep onbekende mensen, gemaakt tegen een volkomen onbekende achtergrond. Het adresboekje had hij die voormiddag al een paar keer doorbladerd. Er stonden minstens tweehonderd namen in, de meeste met een adres of een telefoonnummer in het buitenland. Geen enkele naam had speciaal zijn aandacht getrokken, behalve die ene. Hij had het zwarte ding daarna in zijn onderste lade gestopt en die tegen zijn gewoonte in met de sleutel dichtgedraaid. Het boekje met de rekeningafschriften was blijven liggen op zijn tafel, in afwachting dat hij Coetsier zou vragen om er die namiddag mee langs de bank te lopen.

De airconditioning was uitgevallen. De hitte verspreidde zich in het kantoor met een tergende traagheid. Buiten lagen de hondsdagen op de loer, die vaak de eerste weken van september toesloegen. Bottu en zijn twee adjuncten zaten te zweten en hadden de tafel van de koffiehoek uitgekozen, een grote beker met ijskoude limonade vlak voor zich.

'We zijn verder van huis dan ooit,' zei Polak.

De commissaris stak de vinger ontkennend in de lucht. 'Deze week nog lekker volmaken en vrijdag of zaterdag hebben we alles voor mekaar,' zei hij, 'alleen nog een strikje rond de zaak doen en dan een paar dagen lekker gaan uitwaaien bij Boersma.'

Coetsier keek hem aan. Uit ervaring wist ze dat hij het meende. Al begreep ze hem niet.

'Boersma? Ik dacht anders dat jullie het niet zo met elkaar...?' zei Polak.

'Bij wijze van spreken natuurlijk, ik dacht alleen aan de zee', zei Bottu.

De commissaris had met zijn adjuncten nog niet over het voorbije weekend met zijn Oostendse collega gesproken en was ook niet van plan dat te doen. Ze zouden toch alleen maar verkeerde conclusies trekken.

'Ieder heeft wat met ieder te maken, deze foto maakt de redenering rond,' zei de commissaris, 'en tegelijk geeft hij ons een spoor, dat naar de naam van onze man en naar zijn holletje zal leiden.'

'Omwegen en onbewandelde paden zijn vaak de meest boeiende', gooide Coetsier tussen.

' 'Stardust' is anders een vaak voorkomende naam in de horeca', zei Polak.

'Was,' antwoordde Bottu met een fijn lachje, 'een oubollige naam voor een hoerentent die zo te zien haar beste tijd heeft gehad. En dat is waarschijnlijk ook voor het bedienend personeel het geval.'

Coetsier ging over de tafel leunen. 'Maar de foto is wel vrij recent,' zei ze, 'de zaak is gelegen langs een drukke baan, als je voortgaat op de weerspiegeling van de wagens in het glas. 'Stardust', bordeaux overgordijnen, een groot raam, daarop klevers van de brouwer en een bord met 'dringend meisjes gevraagd', een huisnummer.'

'Onze man, een hoerenloper dus...'

'De twee op de foto zijn helemaal geen hoerenlopers, Nico, ze dragen een net pak en een das. Bovendien kijken ze te triomfantelijk in de lens.' Bottu schoof de foto richting Polak. 'Een hoerenloper gaat alleen op pad en doet dat zo verdekt mogelijk. We zitten te kijken naar een bijna klassieke afsluiter van drie mannen, na een of ander bedrijfsfeestje.'

'Drie mannen?'

'Wie dacht je dat de foto gemaakt heeft? Drie mannen die tegelijk binnenvallen herinneren de dames zich, wees gerust. Aangeschoten, luidruchtig en niet zelden weinig subtiel in voor wat ze komen. In zo'n geval noteren de dames altijd de nummerplaat van de wagen.'

'Jij bent erg goed op de hoogte, Claude.'

'Geleerd in Antwerpen, Nico. In Leuven zijn ze voor dat soort dingen veel te braaf. Hoewel...'

Ze hadden het over de foto waarop iemand duidelijk te herkennen was. De man zonder geheugen namelijk. Meer dan twee weken nadat hij dood was gevonden in de medische faculteit, lichtte hij zelf onverwacht een tipje van de sluier op. Door te poseren voor een foto, tegen de gevel van een bar langs een drukke weg. Hoe heette hij? Woonde hij in of rond Leuven? Wat was zijn rol in het hele verhaal? Ze waren er alledrie van overtuigd dat ze het vlug te weten zouden komen.

Op de tweede foto poseerden een twintigtal mensen voor een grote bouwwerf. Duidelijk mensen die elkaar kenden. Er was een diepe bouwput te zien voor ondergrondse verdiepingen of parkeergarages. Een bouwkraan, met daarop de naam van de aannemer was bezig met het verwijderen van de prefabelementen waartussen het beton was gestort en dat zijn dagen droogtijd achter de rug had.

Bottu wees naar de bouwkraan. 'Een Antwerpse aannemer, ging jaren geleden in verdachte omstandigheden failliet, een naam als een klok in de wereld van grote overheidsgebouwen, zag je zeer uitzonderlijk bij private projecten, heeft na het proces zelfmoord gepleegd', zei de commissaris in telegramvorm.

'Jaren terug?'

'Een kleine vijfentwintig jaar geleden, Nico. Deze foto moet dus minstens zo oud zijn.'

'Maar de beide foto's zijn wel voldoende belangrijk om zo lang na datum nog verstopt te worden in een blikken doos, tussen een hoop stenen, naast de loft van iemand die gewelddadig om het leven werd gebracht,' vatte Coetsier samen.

'Iemand wil het verleden bedekt houden... of misbruiken.'

'Daar waren we al langer uit, Polak.' Het klonk uit de mond van de commissaris net niet verwijtend. 'We zijn er haast zeker van dat we te maken hebben met iemand die van haat en nijd zijn stiel heeft gemaakt. We moeten nu denken als gekken en vlug handelen, dat komt op de eerste plaats.'

'En op de tweede plaats?'

Bliksemsnel. 'Er is geen tweede plaats, Polak.'

'Heeft het te maken met de aannemer, de groep mensen, een individu daartussen? Wil de foto de vinger leggen op grootscheepse fraude? Heeft het soms te maken met de zelfmoord van de aannemer?' vroeg Coetsier.

'Wie zijn die mensen?' vroeg Polak.

'Aan hun kleding te zien alleszins geen bouwvakkers. Bezoekers wellicht. Een groep architecten? Aannemers? Toeleveranciers?' antwoordde Coetsier.

'Mensen die de werf kwamen bezoeken van wat hun werkplek zou worden', zei Bottu, als gold het een evidentie.

'Wat doet je dat besluiten?'

'Intuïtie, Polak,' antwoordde de commissaris met een ik-weet-het-wel-maar-zeg-lekker-niets-gezicht. Alsof hij de binnenste kleur van de aarde kende.

Dat deed Coetsier en Polak vermoeden dat de commissaris meer wist. Alleen had hij in zo'n geval nog wat tijd nodig om zeker te zijn dat hij zich niet vergist had. Dat werd vaak een eenzame rit. Ze wisten het uit ervaring.

Bottu besefte dat de doodeerlijke Polak zich niet lekker moest voelen bij dat soort situaties. Waarom klampte hij zich zijn hele leven al vast aan een houding, die hij zelf niet echt wilde? Straks zou hij Coetsier op een verder onderzoek van de bankafschriften zetten die nog op zijn tafel lagen. Niet langer dan vorig jaar in die zaak met die Tsjechische professor Horwitz had ze op dat gebied haar waarde voor hun team nog bewezen. Een eerste, vluchtig onderzoek van de afschriften had al duidelijk gemaakt dat Lou Van Keel elke derde van de maand duizend euro op zijn rekening gestort kreeg. Spijtig genoeg betrof het stortingen in contanten door een derde en gebeurde dat nagenoeg altijd in een verschillend bankkantoor, zodat niet onmiddellijk te achterhalen viel van welke mecenas het geld afkomstig was. Alleszins van iemand die door Van Keel al jarenlang in de tang werd gehouden met onthullingen die maar beter het daglicht niet konden zien. Had de gewelddadige dood van de badman iets met die stortingen te maken? En met die foto's? Vast wel.

Bottu voelde dat er vuurwerk in de lucht hing. Ook dat was intuïtie. Of toch niet helemaal. Straks zou hij samen met Marco Borsato vanuit zijn flat naar de laaghangende, roestrode wolken kijken en hem alles vertellen. Hij kon hem hoe langer hoe minder missen. Soms zat het leven tot aan de rand vol toeval. Je kon in zo'n geval maar één ding hopen: dat niemand er achter zou komen. Dat was met die onverwachte foto's het geval. Maar tegelijk besefte Bottu dat het van hem een boel stuurmanskunst zou vergen om er helemaal ongeschonden uit te komen.

De commissaris schrok opeens op en stelde vast dat hij nog altijd met de twee foto's in zijn handen in de koffiehoek zat. Coetsier en Polak waren al terug naar hun tafel. Het beste bewijs dat ze niets aan hem gemerkt hadden.

28

Dinsdag 4 september
Antwerpen, Schuttershofstraat

Antwerpen, 4 september

Mijnheer de commissaris,

Het einde nadert. Iedereen voelt het. Ook hij.
Ik heb lang dezelfde droom gehad als hij.
De seizoenen veranderen, maar echte dromen veranderen nooit.
Hij is bij de oversteek van een immense vlakte echter getroffen door een bliksem die hem onaantastbaar maakte. Vanaf dan werd het leven voor hem een permanente hellevaart. Niemand had ooit kunnen denken dat hij zo'n ravage zou aanrichten. Hij zal iedereen in zijn val meesleuren. Dat staat nu wel vast.
Hij is ziekelijk. Maar misschien ben ik dat even goed als hij, zij het op een andere manier. Er is niemand die alles van meer nabij heeft meegemaakt. Ik heb altijd op de eerste rij gezeten.
Van zijn grootste slachtoffer wil hij het lijden verlengen, zodat die goed beseft wat hij heeft aangericht.
Op zaterdag 8 september is het zijn verjaardag. Die dag wil hij alles afgemaakt zien, heeft hij gezegd. Hij gelooft niet meer in het soort gerechtigheid dat de wet biedt. Ik geloof niet dat hij bluft. Hij heeft nog nooit tegen me gebluft.
Ik geloof dat hij er achter is dat ik hem met u bedrieg. Nee, ik weet het zeker.
Er zullen dus nog doden vallen. Dat u ook op het lijstje staat zal u niet verwonderen. De dood wist alles uit, behalve de waarheid. Dat beseft hij niet.
Toch blijft hij de zoon die ik nooit gehad heb.
Wat zou mijn echte zoon hiervan zeggen? Het kan toch niet anders of hij moet wat gemerkt hebben? Of is wat hij mij toegooit zijn manier om de pijn en de verloren tijd van vroeger goed te maken?

Onze enige redding is dat wij mekaar dringend zien en alles vertellen. Zelfs de dingen die wij niet willen horen. Onze ziel mag geen moeras worden.
Wij moeten niet het hoofdstuk maar het boek sluiten.
Ik kom naar u toe in Leuven. We zullen mekaar zien onder de kever van Jan Fabre op het Ladeuzeplein. Daar loopt altijd veel volk af en aan en zo zal onze ontmoeting niet opvallen. Wees daar volgende vrijdag om stipt vier uur in de namiddag. Ik wacht niet op u. Al is het een plein met veel volk, er blijft het gevaar van de open ruimte. Dat weet u als politieman beter dan wie ook. Vooral omdat het voor ons beiden geldt. Spreek dus vooral met niemand over onze ontmoeting.
U kunt op mij rekenen. Eens een belofte is gedaan, is er geen weg terug.

Zeer genegen,

uw Luciana

Ze opende haar zwarte pennendoos, borg de zwarte vulpen weer op, raakte de pot met zwarte inkt even aan, schoof hem opzij. Ze hield van zwart. Ze rolde met haar bureaustoel een kleine meter de kamer in, bukte zich, trok de onderste lade van de tafel open, nam een envelop, schreef daarop zijn persoonlijk adres in Leuven, plakte een postzegel en stak de brief in haar tas. Ze deed de lade weer dicht, draaide aan de sleutel, vergewiste er zich van dat ze goed gesloten zat en keek de kamer in. Dan plooide en strekte ze de gewrichten en keek naar de klok. Twee uur twee. De tranen biggelden over haar wangen. Binnen enkele uren was het weer licht.

God zij dank.

Dinsdag 4 september
Oude Baan Antwerpen-Mechelen

De zon kleurde de velden tussen Mechelen en Antwerpen in groene en bruine pasteltinten. De hemel duldde geen wolkje aan de lucht. Het was tot daar een goeie dertig kilometer rijden geweest. Coetsier keek op haar klok en knikte goedkeurend naar haar collega. Ze waren een paar minuten te vroeg, ze hadden om vier uur afgesproken. Ze voelde zich altijd wat onwennig bij een opdracht buiten de zone. De Golf cabrio stond daarom een eind verderop geparkeerd. De commissaris had hen daarstraks nog op het hart gedrukt het discreet te houden, ingepakte woorden te gebruiken en de situatie zeker niet te bruuskeren. Hij had hen verteld dat hij die namiddag andere dingen te doen had en dat bij een opdracht als deze de voelsprieten van een vrouw zoveel meer vermochten dan de platvoeten van een man. Dan had hij nog iets gemompeld in de zin van 'ik heb de collega's ginds verwittigd dat we maar heel eventjes in hun zone komen neuzen'. Toch hadden zijn adjuncten aan dat laatste bitter weinig geloof gehecht.

Coetsier en Polak konden niet verbergen dat ze brandden van nieuwsgierigheid toen ze richting de bar stapten.

De deur was op slot. Ze ging ongeveer twee decimeter open toen ze aanbelden. Een vriendelijke dame stak haar hoofd naar buiten.

'Madame Géraldine?' vroeg Coetsier met een glimlach.

'Ja.' Er verscheen een frons op haar voorhoofd, omdat ze niet een vrouw had verwacht die dan nog haar naam kende.

'Ik ben inspecteur Coetsier van de Leuvense politie, dit is mijn collega Polak. U kunt ons helpen. Zou u er bezwaar tegen hebben als we even met u kwamen praten?'

De vrouw gaf geen antwoord, maar deed het kettinkje van de deur. Ze liet hen binnen en draaide de deur weer dubbel op slot.

Madame Géraldine kon net zo goed Els of Mia geheten hebben. Misschien was dat wel zo. Coetsier schatte haar tegen de vijftig, wellicht net erover. Beladen met goud, zelfs op dat uur van de dag. Weelderige boezem, die ze graag toonde, overdadig opgemaakt gezicht, gekleurd haar. Er bestond dus geen ander type vrouw die een etablissement als dit runde. Ze loodste de politiemensen naar een kamertje vol spiegels waar de meisjes zich waarschijnlijk opmaakten. De 'Stardust' was een bar als elke andere in de sector. Verschoten overdag, vol beloften als tegen de avond de rode lichtjes aan de gevel en achter de ramen begonnen te dansen en de wereld binnen eindeloos werd.

Madame Géraldine schoof twee stoelen bij en ging zelf zitten op het taboeretje van de kaptafel. 'Om halfvijf gaan we al open, veel tijd heb ik niet voor u', zei ze verontschuldigend.

'Dat begrijpen we', antwoordde Coetsier.

Polak had zijn collega zelden zo begripvol gezien.

Coetsier ging in haar handtas en haalde de foto boven waarvoor ze gekomen waren. 'Als ik me niet vergis, werd deze foto hier vooraan tegen de gevel genomen. Herinnert u zich soms deze twee mannen? Denk goed na, mevrouw, want het kan belangrijk zijn. Wees niet bang.' Dan fluisterend. 'Als iemand ooit naar ons zou komen informeren, dan zijn wij hier nooit geweest.'

Ze antwoordde onmiddellijk. 'Ze waren toen met zijn drieën. Twee en de fotograaf. Is er wat gebeurd met een van hen? Toch niet met alledrie?' In haar toon en gezicht zat het meevoelen van een vriend.

'Ik ben bang van wel,' zei Coetsier, 'de rechtse man is midden augustus dood aangetroffen in Leuven. Maar we hebben niet eens zijn naam.'

Madame Géraldine stond ineens op. 'Hebben jullie misschien zin in iets fris?'

Coetsier en Polak knikten gelijktijdig. Toen de barhoudster de kamer uit ging, lachten ze naar mekaar als twee schoolkinderen. Nog geen minuut later zaten ze achter een groot glas cola met ijsblokjes. Madame Géraldine zelf dronk niets.

'Einde juni kwamen die drie mannen hier op een avond aan,' zei ze 'ik herinner het me, omdat het de laatste dag was voor onze jaarlijkse sluiting. Bovendien krijg je niet elke dag drie mannen tegelijk binnen. Ze zijn die avond zelfs niet toegekomen aan datgene waarvoor ze gekomen waren. Ze bolden uit van een bedrijfsfeestje in een restaurant ergens in Antwerpen.' Ze wees naar de foto. 'Ik heb hier in deze kamer met hen gezeten. Iets voor zevenen zijn ze weer vertrokken. Twee wilden naar de meisjes toe, maar konden niet meer op hun benen staan. De rechtse man daarentegen was broodnuchter en wilde alleen praten. Hij was het die met de auto reed. Een Bob.'

'Ofwel was hij iemand die goed tegen de drank kon?'

Ze schokschouderde. 'Sommigen worden dronken van de geur van alcohol, anderen kunnen nog koorddansen als ze een fles whisky op hebben. Ik heb het hier allemaal meegemaakt.' Ze wachtte. 'Hij was het ook die me verzorgde.'

'Verzorgde?' Polaks stem schoot uit.

'Ik zat toen met een lelijke wonde aan mijn been. Hij had het meteen gemerkt. Hij heeft ze verzorgd en me goede raad gegeven. Een week nadien stelde ik het al veel beter.'

'Was hij dan een dokter? Of een verpleger?' vroeg Coetsier.

'Dat dacht ik eerst ook. Hij wist wat hij deed, alsof hij het al duizend keer gedaan had. Maar ze bleken alle drie journalist te zijn bij *Gazet van Antwerpen*. Uit wat ik opmaakte zaten ze op een fameuze kluif. Ze zouden er met hun artikel voor zorgen dat een oude rechtszaak weer zou geopend worden. Waarbij naar zijn zeggen de politie haar werk niet naar behoren had gedaan. Er viel mij toen iets op. Ik weet niet of ik...'

'Doet u maar.'

'Die nuchtere man toonde toen zijn horloge. Zo'n peperduur Rolexding. Had hij gewoonweg gekregen omdat hij druk op de ketel kon zetten voor het heropenen van die zaak. Hij was doodernstig toen hij het vertelde. De twee dronkenmannen lalden maar wat aan. Ik had echter de indruk dat de nuchtere man de meester was van het artikel.'

'Net die man werd vermoord. Wij hadden tot nu de indruk dat het om een passionele moord ging, maar...' zei Coetsier.

'Die man woonde in Antwerpen, zei hij toch.' Ze keek Coetsier strak aan. 'Passionele moorden gebeuren vlakbij, inspecteur.' Het had iets van een terechtwijzing.

'U noteerde de nummerplaat niet?' vroeg Polak.

Ze knikte. 'Doen we altijd, als we dat kunnen. Maar weggegooid', voegde ze er dadelijk aan toe.

Madame Géraldine kwam nu dicht bij Coetsier. Een gek gezicht, vond Polak.

'Ik schrijf om niet te hoeven praten', zei ze.

'Hoe bedoelt u?'

'Dat zei hij, die nuchtere man. Je merkt het aan mensen als ze een geheim verdriet met zich meedragen. Het leek alsof hij niet kon lachen, zelfs een glimlach kon er niet af. Wij zijn welzijnswerkers, inspecteur, alleen worden we niet als dusdanig beschouwd. Hoe heet uw commissaris ook weer?'

Coetsier en Polak schrokken door de plotse wending in het gesprek.

'Commissaris Claude Bottu', zei Polak.

'Breed bovenlichaam, korte beentjes, eerder corpulent', zei ze als een kleermaker, die de maat voor een nieuw pak aan het nemen was.

Alleen het gezoem van de neonlampen verstoorde de complete verbouwereerdheid van de politiemensen.

'Kent u hem dan?' vroeg Coetsier.

Ze negeerde de vraag volkomen. 'Heeft hij zijn vrouw niet verloren bij zo'n dodehoekongeval?'

De twee politiemensen konden niet anders dan knikken.

'Een dronken chauffeur reed wat later ook nog eens zijn zoon dood?' Ze schudde het hoofd.

'Kent u hem?' herhaalde Coetsier met nadruk.

'Daar kwam dan nog in Antwerpen dat geval bij van die...' Haar toon was ineens ijzig. Ze kneep haar mond afkeurend dicht, keek op haar brede polshorloge. 'Had u soms nog meer vragen?' Ze stond recht. Op haar gezicht stond te lezen dat wat haar betrof, de tijd verstreken was.

Madame Géraldine had veel gezegd met weinig woorden. Veel laten verstaan met weinig gebaren. Vooral toen ze opeens over de commissaris begonnen was, alsof ze hem al jaren kende.

Bottu had de avond voordien 'De Stardust' opeens herkend als een van de talrijke bars langs de oude baan van Antwerpen naar Mechelen. Toen hij pas in Leuven werkte en zelf nog in Antwerpen woonde, nam hij die steenweg als de autoweg dicht zat, had hij gezegd. Ze hadden hem geloofd. Maar na wat ze net te horen hadden gekregen, was die plotse inval van Bottu misschien nog veel eenvoudiger te verklaren, dacht Coetsier. Polak zou wel weer niets doorhebben, voegde ze er in haar hoofd aan toe.

Het bleef lang stil in de auto op de terugweg naar Leuven. Toen ze Mechelen al voorbij waren, draaide Polak zich opeens naar Coetsier.

'Weet je, Vicky, er is een groot verschil tussen jou en die vrouwen daar in die bar', zei hij.

'Dat hoop ik maar, Nico', glimlachte ze.

'Zo bedoelde ik het niet. Jij hebt al die beschilderingen niet nodig. God heeft ze een gezicht gegeven en ze maken er een ander van. Maar jij bent door de natuur uitzonderlijk bedeeld.'

Coetsier antwoordde eerst niet, keek haar collega dan op haar beurt zijdelings aan. 'Wat je zonet zei vind ik erg lief, Nico.'

Zou hij het gemerkt hebben dat ze heel even kleurde?

Dinsdag 4 september
Leuven, politiekantoor

De commissaris was al naar huis toen Coetsier en Polak om iets voor zessen weer op kantoor toekwamen. Het verbaasde hen, want op andere dagen bleef hij meestal tot zeven uur en vaak later. Zeker na de dood van zijn vriendin Bes.

Coetsier zette zich aan haar tafel en zocht op het internet de contactgegevens van *Gazet van Antwerpen*.

Polak tikte hardnekkig tegen zijn polshorloge.

Coetsier wuifde zijn gebaar weg. 'Ben je gek? Het leven op de krant draait nu pas op volle toeren', zei ze.

'We wagen het er dan maar op,' zei Polak, 'trouwens, wat kan hij ons verwijten?'

'Ik heb zo'n vermoeden dat als er iemand wat te verwijten valt...'

'Zo is hij niet. Alles heeft een reden.'

'Juist, Nico. Alles in het leven heeft een reden,' zei ze, '*en* een doel.'

Het nare was dat hij wist dat ze gelijk had.

Het viel mee. Coetsier schreef alles netjes op een papiertje en legde het ostentatief midden op de tafel van de commissaris. Het eerste wat hij de volgende morgen zou zien als hij toekwam.

De man zonder geheugen was dus vlak voor zijn dood naar Leuven verhuisd. Hugo Lemmens, zo heette hij, woonde in een flat aan de Kapucijnenvoer, vlak bij de ring. Hij was tweeënvijftig, ongehuwd en een gewaardeerd onderzoeksjournalist. Lemmens stond bij zijn collega's bekend als een minzaam man, sterk altruïstisch. Alleen wat hij precies voor beroep gedaan had voor hij twintig jaar geleden op de krant begonnen was, bleef voor iedereen een raadsel. Vragen over zijn verleden had hij telkens afgewimpeld met een strak gezicht en een onpeilbare blik.

29

Woensdag 5 september
Leuven, Kapucijnenvoer

Hugo Lemmens woonde vier hoog. Via een immens raam had hij een panoramische uitkijk op het vroegere slachthuis. De notaris bevestigde dat hij de flat met ruim hoekterras en bijhorende dubbele garagebox had gekocht voor bijna driehonderdduizend euro. Lemmens was er begin juli ingetrokken en had er net geen twee maanden gewoond.

Tien uur.

Coetsier liep op en neer in de leefkamer, streelde het zachte leder van de fauteuils, droomde weg bij de home cinema, bewonderde de subtiele maar dure accenten in de decoratie. Ze had in haar hoofd de rekenmachine aangezet, die aftikte op een klein half miljoen. Van horen zeggen wist ze dat kranten niet de beste betalers waren. Er moest dus wat anders aan de hand zijn. Ze dacht terug aan de commentaren van Bottu, na zijn bezoek vorige maandag aan die loft in Herent. De luxe daar was vergelijkbaar met wat ze hier onder ogen kregen.

Bottu had die morgen op haar gsm gebeld. Hij voelde zich niet lekker en was niet zeker of hij die dag nog naar kantoor zou komen. Polak en zij moesten in het onderzoek maar hun eigen instinct proberen te volgen, had hij eraan toegevoegd. Zijn woorden hadden hen verbaasd, het klonk alsof hij wat in het schild voerde. Vooral omdat het briefje met naam en adres van de man zonder geheugen, dat de vrouwelijke inspecteur vorige dag op zijn tafel had gelegd, mysterieus verdwenen was.

Coetsier schrok op toen Polak opeens op haar schouder tikte en keek achterom. 'Ik zocht je, Nico, maar je was plots verdwenen.'

'Ik was hieronder effe gaan horen bij de buren. De ervaring heeft geleerd dat die altijd dat ietsje meer weten.'

'En wat opgevangen?'

'De onderbuurman fluisterde me een paar interessante dingen in het oor, zo van man tot man, inspecteur', zei hij met plagend gezicht.

Ze gaf met de hand een teken om vaart te maken. 'Kom op, hoofdinspecteur!'

'Hij had het over een mysterieuze vrouw, die hier midden juli een paar keer op bezoek is gekomen. Een eind over de veertig, maar een figuurtje van een meisje van twintig. Rossig haar, volle lippen, donkere ogen en lichte huid. Klinkt vertrouwd, niet?'

'En ze gaf een nummertje ten beste in haar blootje vlak voor het raam, neem ik aan?'

Hij schudde ontkennend. 'Eén keer was ze vergezeld door een jongeman van vreemde origine, een late twintiger.'

'Niets nieuws, Nico.'

'Die een verwarde indruk maakte.'

'Dat is nieuw. Haar zoon? Zijn zoon? Hun zoon?'

'Wist hij niet.'

Ze glimlachte naargeestig. 'Die man beschikt over veel tijd om zijn buren in de gaten te houden.'

'Een schrijver die net over een *writers block* heen is en nu op zoek gaat naar inspiratie, Vicky. Hij werkt godganse dagen op zijn terras dat uitziet op het hoekterras van onze man.'

Haar vinger ging rondom. 'Er klopt hier iets niet, Nico. Alles ligt er te netjes bij.'

'Hadden we dat ook al niet gehoord?' zei hij plagend.

'Ik heb hier nergens identificatiestukken aangetroffen. Geen vaat in de gootsteen, geen rondslingerende paperassen of kleding.' Ze wees naar de werkhoek. 'De laptop werd volledig gewist, geen documenten, geen mails, niets. Alsof iemand de deur van zijn eigen leven achter zich had dichtgetrokken.'

'Daar geloof ik niet in. Zeker niet in dit geval, Vicky.'

Ze stak haar vinger op als teken dat ze het met hem eens was. 'Iemand is ons voor geweest, Nico.'

'En je hebt geen toegangscode op de computer moeten invoeren, dat meen je niet? Journalisten zijn juist mensen die over hun teksten waken als over hun eigen kinderen.'

'Geen code. Of toch niet meer. Hoogst eigenaardig, zoals je zegt.'

'En dan is er nog iets, Vicky. De vrouw waarover we het hadden, werd hier ook na negentien augustus nog opgemerkt. Toen lag de bewoner van deze flat al in de koeler bij de wetsdokter. Ze moet dus een sleutel gehad hebben.'

'Wat betekent dat ze Hugo Lemmens al langer kende.' Coetsier schudde het hoofd. 'Het doet raar om de man opeens bij zijn naam te noemen. Was ze familie van hem? Een vriendin? Hadden die twee misschien een LAT-relatie? Waren ze *lovers*?'

'Om hem daarna naar het leven te staan, nee toch?' Hij haalde beminnelijk de schouders op. '*Lovers* horen prettiger dingen te doen dan mekaar verrot slaan, Vicky.'

Coetsier kneep haar ogen half dicht, haar onderlip trilde. De woorden bezorgden haar fysieke pijn.

Hij legde zijn hand op haar voorarm, ze trok niet terug. 'Sorry, het was echt niet zo bedoeld.'

De stilte die volgde duurde langer dan verwacht.

'Waar zou jij dingen stoppen in de hoop dat niemand ze zou vinden, Vicky?'

Ze glimlachte weer. 'Op een onverwachte plaats natuurlijk.'

'Juist daarom ben ik naar beneden gegaan.' Een knipoogje. 'Dus niet enkel om die buurman te zien.'

Ze kwam dicht bij hem. 'Je hebt tussen het vuilnis zitten snuffelen, stouterd?'

Hij knikte, zijn ogen blonken. 'En wat gevonden, Nico? Ja, ja, Vicky.'

'Iemand moet Hugo Lemmens dus danig bang gemaakt hebben. Net als die Van Keel in zijn loft. Kom op, Nico.'

'Ik ben tussen het oude papier in zijn garagebox gaan snuisteren.' Zijn witte, gehandschoende handen toonden trots een plastic zakje. Daarin zaten een map met bankafschriften, een adresboekje en een brief gericht aan Lemmens. 'De plaats waar de politie gewoonlijk het eerst gaat kijken.'

'Eén ding is duidelijk: wie ons hier voor is geweest, was geen beroeps, Nico.'

'De snuffelaar niet, maar de doder wel. Lemmens voelde het dreigende gevaar en verstopte nog gauw wat dingen.'

'Voor hij met de dokter door Van Keel werd omgelegd.'

Hij knikte. 'Maar Van Keel legde er wel zelf het loodje bij. Dat is het bewijs dat er nog iemand anders in het spel was, die uit was op andere dingen dan doden voor de poen.'

Coetsier kwam dicht bij haar collega. 'Daar heeft de chef het ook al over gehad. Maar zijn we er wijzer uit geworden, Nico?' Ze keek hem aan met grote ogen. 'Had jij soms iets speciaals in gedachten?'

'Iemand die uit was op gebruik en misbruik van het verleden. Maar de tijd geeft niet zo makkelijk zijn geheimen prijs. De zaak zit ingewikkelder in mekaar dan we denken *en* hopen.'

Ze kwam zo mogelijk nog dichter bij hem. Hij kon haar ruiken. Haar warmte voelen toen ze vluchtig haar hand langs zijn wang liet glijden.

'Dat de chef er niet bij is heeft blijkbaar zo zijn voordelen, Nico. De dingen lijken plots een stuk vlotter te verlopen.'

'Dacht je?'

Hij besefte dat hij zich niet door haar mocht laten betoveren. Al was de keuze tussen een zekere vriendschap en een onzekere liefde in dit specifieke geval niet makkelijk.

Woensdag 5 september
Leuven, politiekantoor

Antwerpen, Schuttershofstraat, 10 juli

Liefste Hugo,

Hij is totaal veranderd. Ik weet zeker dat hij beseft dat er hem nog weinig tijd rest. Als je een hersentumor hebt, kan het licht ineens uit gaan.
Hij is die privédetective gaan opzoeken en die bewakingsagent. Ik heb de indruk dat hij iedereen van vroeger weer samen wil. Maar ik kan me natuurlijk vergissen.
Ik weet dat het een schok voor je zal zijn als een verleden dat je verdrongen had, weer voor je staat. Hij wil ook jou zien. Het is zijn laatste wens. Hij wil zien hoe je leeft en hoe je het stelt.
Natuurlijk weet hij dat we allemaal vol wroeging zitten.
De vraag is alleen: is wroeging voldoende?
Via de krant is hij er achter gekomen dat er plannen zijn om het onderzoek weer te openen. Het maakt hem echter niet gelukkig. Integendeel. Hij wil de ellende niet nog een tweede keer door.
Ik heb een hersentumor, elke dag is het feest in mijn hoofd, zegt hij.
Op een of andere dag zal hij dus voor je deur staan.
Ik hoop maar dat je het zult aankunnen.
Hij wil niet anders. Ik kan niet anders.

Al ben ik ongelooflijk bang dat zijn geest elk ogenblik kan ontploffen.
Laat ons hopen van niet.

Zeer genegen,

je Luciana

Ze waren aan de vergadertafel van de commissaris gaan zitten en hadden de met vulpen geschreven brief tot driemaal toe herlezen. Maar de regelmatige, zwarte lettertjes hadden hun geheim niet gelost. Ze hadden alleen een paar nieuwe aanknopingspunten gevonden.

'Geschreven op 10 juli. Lemmens moet die brief ontvangen hebben een paar dagen voor hij met een hoofd compleet in de war in het UZ Gasthuisberg belandde. Zo goed als zeker heeft die brief en wat de dagen nadien gebeurde alles met die verwarring te maken.'

'De briefschrijfster heeft het over een schok, over het verleden, over wroeging,' zei Polak, 'ze kende Lemmens blijkbaar erg goed, anders hef je niet aan met 'liefste Hugo' en sluit je niet af met 'je Luciana'.'

'Ik heb de indruk dat de woorden in de brief meer dan één betekenis hebben.' Coetsier keek de andere kant op. 'Schuld en boete, het is nooit anders geweest, Nico.'

Polak nam de brief weer in zijn handen. 'Als iemands geest ontploft zijn de gevolgen desastreus.' Zijn toon was die van iemand die er nauwelijks van bewust was dat hij gesproken had. 'Maar het blijft natuurlijk nog altijd mogelijk dat het verlies van geheugen een stukje komedie was om aan zijn belager te ontsnappen. Pas nadien is de zaak behoorlijk uit de hand gaan lopen.'

Ze draaide zich naar hem met een volkomen uitdrukkingsloos gezicht. 'Zei Bottu ook.'

Polak wees naar de brief, dan naar het adresboekje en de rekeningafschriften, die ze daarstraks uit het plastic hadden gehaald en even hadden bekeken.

Coetsier was ze dan op haar tafel gaan leggen.

'Ik denk dat we Claude maar eens op de hoogte moeten brengen, Vicky. Maar wie weet waar hangt hij op dit ogenblik uit?'

Ze zweeg eerst. Polak merkte aan haar gezicht dat ze nog een zet in gedachten had.

'Het moment van de koudwatervrees, dat is ons probleem. Dat van jou en van mij, Nico,' zei ze dan.

'Het valt allemaal wel op zijn plaats,' mompelde Polak.

Drie uur.

Ze zaten in de koffiehoek, in betere dagen het geliefkoosde plekje van de commissaris om zijn gedachten de vrije loop te laten.

'Hugo Lemmens had een duister kantje, Vicky.'

'Hebben we dat niet allemaal, Nico?'

Ze hadden hun handschoenen op hun tafel gelaten. En al de rest: de brief, de rekeningafschriften, het adresboekje, de foto die totaal onverwacht was opgedoken. Coetsier had daarstraks lang zitten bladeren door de afschriften van vijf jaargangen.

'Hugo Lemmens was alvast een kleine sjoemelaar, Nico. Elke maand duizend euro rond op je rekening gestort krijgen bovenop je wedde, daar zit meer dan een reukje aan.'

'Misschien een betaling in het zwart, een bonus, een speciale opdracht, een royale vergoeding voor gemaakte kosten, je weet hoe dat tegenwoordig gaat.' Polak zocht een vermakelijke toon.

'Komaan, Nico, doe niet kinderachtig. Het toeval heeft zijn grenzen. Duizend euro, elke derde van de maand, storting in contanten door derden, telkens in een ander bankkantoor. Hallo, waar hebben we dat nog gehoord?'

Hij deed of hij nadacht. 'Hier niet ver vandaan, in Herent. Bij badman Lou Van Keel, een hitman volgens onze bevindingen.'

'De bewoner van een luxueuze flat in hartje Leuven pleegde chantage, net als de bewoner van een luxeloft in Herent. En wie weet wie nog allemaal, Nico?'

'Maar degene die elke maand tweeduizend en misschien veel meer euro afdokte, wilde niet in beeld komen. Misschien heeft die wel iemand die de stortingen voor hem doet.'

'Correctie: niet heeft, maar had. Waarom stopten de betalingen deze maand opeens? De derde van de maand, dat was vorige maandag.'

'Dat verklaart meteen je dringende telefoontje van daarnet, naar de bank?'

Ze knikte. 'Ik zei toch dat wij een gesmeerd team vormen. Jij de aangever, ik de afwerker.'

Polak zette zijn vingers onder de kin. 'Twee mogelijkheden. Eén: de opdrachtgever van de stortingen weet van de dood van Van Keel en Lemmens. Twee: hij is zelf dood.'

'Er is nog een derde mogelijkheid: hij heeft al wie hem chanteerde omgelegd of heeft dat laten doen. De vraag is: waarom deed hij dat dan niet veel eerder?'

Coetsier dronk haar espresso leeg, plette het bekertje tussen haar vingers. Ze liep naar haar tafel, greep de foto onder het plastic, kwam naast Polak staan.

'Zij hier moet ongetwijfeld meer kunnen zeggen. Maar wie is ze?' zei Polak.

Hij bekeek de dubbelgevouwen foto, die hij daarstraks onverwacht achteraan in het adresboekje had gevonden. Hugo Lemmens samen met een vrouw van zijn leeftijd. Kort, rossig haar, volle lippen, donkere ogen. Zijn bekertje onderging hetzelfde lot als dat van Coetsier daarnet.

'Zij is de vrouw die beschreven werd door de onderbuurman van Lemmens, Nico', zei ze zelfzeker.

'Wie weet is zij ook niet die Luciana, de vrouw die Lemmens op 10 juli die brief schreef? Als dat zo is, zijn we een hele hap opgeschoten. Eindelijk een echte... doorbraak?'.

'Zonder de chef', zei ze en wachtte, uit op een reactie.

Er was alleen een licht gebrom te horen.

'Wat je zei klinkt best aannemelijk', zei ze dan maar.

'We zullen daar samen vlug achter komen, Vicky.'

'In dat geval is die Luciana ook degene die met een donkerhuidige jongeman van eind van de twintig gezien werd in de loft van onze badman in Herent.'

'Nadat ze voor het raam een bloot nummertje opvoerde?' Hij keek naar haar, maar stootte op een zuur gezicht.

'De beschrijving schijnt alleszins te kloppen.'

'Stel dat Luciana ook nog de vrouw zou zijn die de man zonder geheugen midden juli dropte in het UZ?'

'Een mens mag niet te veel ineens wensen, Nico.' Ze sloeg het adresboekje open, haar vinger ging als een razende langs de namen. 'Toch wel eigenaardig dat er in dit boekje geen enkele Luciana te vinden is. Zie je wel, we zijn weer te gulzig.'

'We moeten wachten tot morgen. Misschien is Claude dan terug.'

Ze zuchtte diep. 'Ik vrees dat we geen andere keuze hebben.'

Ze keek hem lang aan. Hij voelde het. Het maakte hem zo heerlijk warm vanbinnen.

Zijn gezicht is bleker dan anders, dacht zij, in zijn ogen zie je de combinatie van te veel bier en te weinig slaap. Maar trouw als een hond, voegde ze toe, niet iemand die de behoefte heeft op geregelde tijdstippen zijn leven opnieuw uit te vinden. Ik moet alles doen om hem helemaal aan mijn kant te krijgen, ging er door haar hoofd. Met die laatste gedachte speelde zij zelf de voorbije maanden steeds meer en meer. Haar eigen team, haar eigen regels, het zou wat zijn.

30

Donderdag 6 september
Leuven, flat in de Maria-Theresiastraat

'En het onderzoek, schiet het wat op, Boersma?'

Gestommel aan de andere kant. Dan een stem waar de slaapogen zo bij te denken waren. 'Zo vroeg, Bottu? Om zes uur dertig.'

Uitgeslapen. 'Ik vroeg hoe ver het onderzoek staat, Boersma. Wanneer laat je het valletje dichtklappen?'

'Mijn onderzoek ligt op apegapen, Bottu. Komt ervan als iemand als jij het vloerkleed compleet naar zich toe trekt.'

'In Leuven en veel andere steden gebeurt meer dan in Oostende, Boersma. Maar dat wist je jaren geleden al toen jij Antwerpen opeens de rug toekeerde.'

Het bleef enkele tellen stil. De commissaris legde de eveneens goed uitgeslapen Borsato van op afstand het zwijgen op, nipte dan aan de bordeaux die hij bij dergelijke gesprekken altijd binnen handbereik hield.

'Ik houd die moordflat op de zeedijk voortdurend in de gaten, maar er gebeurt niets. Alsof iedereen iedereen beloert. Ik heb zelfs twee mannetjes ingezet, die mijn vriendje *maître* Aurélien Renauld en die Joe Tavernier van 'Mita Investments' geen centimeter lossen. Want betrokken zijn die twee, geloof me, Bottu.' De woorden leken te sluipen, toch klonk het alsof zijn stem ineenkromp.

'Pas op, Boersma, want voor je het beseft, knal je tegen een muur waarvan je niet wist dat hij op die plaats stond.'

'Ik weet alleen niet welke hun verdomde rol is, maar ik kom er achter. Mooie Karin Cockmartin zit al een tijdje in het buitenland en bij hete Inneke Bouwman is het *business as usual.*'

'Cockmartin in het buitenland?'

'Opeens vertrokken, zonder ons te verwittigen. Met meer koffers dan ze gewoonlijk doet. Dat lijkt me geen al te best teken.'

'Gevlucht dus?'

'Heb jij daar soms een ander woord voor, Bottu? Hoe moet ik het aan de onderzoeksrechter weer gaan uitleggen? Maar ik durf wedden dat jij me niet daarvoor belde.'

'Ik heb Polak gisteravond meer dan een uur aan de lijn gehad, Gijs.' Hij nam een flinke slok. 'Ik weet het nu zeker. Wees gerust, alles komt weer jouw kant op. Het is zoals eb en vloed. Ik heb zelfs het voorgevoel dat de finale zich helemaal in Oostende zal afspelen. En je weet uit ervaring dat mijn voorgevoelens me nooit bedriegen.'

'Ik volg niet, Claude. En hou asjeblief op met in raadsels te spreken, wil je.'

'Ik heb de indruk dat alles zich meer en meer aftekent, Gijs. Je had gelijk toen we het in Oostende hadden over vrouwen, macht en geld. Maar er is veel meer.'

'Het draait *altijd* om vrouwen, macht en geld. Of heb jij soms een wereldbeeld dat verschilt van het mijne? Er is veel meer, zei je?'

Terug een slok. 'Er zijn nog maar eens foto's opgedoken. In een decor dat wij beiden maar al te best kennen. Het lijkt allemaal opeens een heel andere kant op te gaan. Een kant die wij niet willen, Gijs.'

'Toch weer geen foto's van ons?'

'Niet rechtstreeks. Een foto van drie mannen tegen de gevel van de 'Stardust'. Ik had het warme holletje van bij de eerste aanblik herkend.'

'Die verdomde 'Stardust', dat meen je niet?'

'Coetsier en Polak hebben hem onder ogen gekregen, ik kon niet anders.'

'En je hebt toch gedaan of je neus bloedt tegen die adjuncten van je?'

'Wat dacht je? Ik ben niet gek, Boersma.'

Gelukkig voor Bottu vroeg Boersma niet waar hij die foto vandaan had.

'Ik heb mijn adjuncten naar de 'Stardust' laten trekken. Ze hebben Géraldine ontmoet. Daar zijn ze erachter gekomen dat mijn man zonder geheugen de Antwerpse onderzoeksjournalist Hugo Lemmens was die...'

'Godverdomme, weer iemand met initialen H.L., Bottu.'

'...die in Leuven is komen wonen.' Hij wachtte. 'En die initialen slaan op de dokter, Huub Leleux, geloof me.' Hij wachtte, ademde diep. 'Voorlopig toch nog. Al mogen we niets meer uitsluiten.'

Mijmerend. 'Ach, Géraldine, Ze duikt nog altijd op in mijn dromen. En ze heeft hen over ons iets...?'

'Op dat punt klonk Polak behoorlijk verward, maar ik hoed me eerder voor de heimelijke toespelingen van Coetsier.'

'We hadden het toch over vrouwen, niet?'
'Maar er is nog meer, Gijs. Die onderzoeksjournalist zat naar het schijnt op een reeks artikels rond het heropenen van een rechtszaak. Waarbij de politie indertijd niet naar behoren haar werk zou gedaan hebben. Stel je even voor dat alles...'
'Godverdomme, Claude!'
'Ssst, misschien loopt het zo'n vaart niet.'
'Dat kunnen we alleen maar hopen.'
'Paniek is een slechte raadgever, Gijs. Moet ik jou toch niet meer komen vertellen? Via een gunstige wind kreeg ik ook nog een groepsfoto in handen, waar ik geen grip op krijg, Boersma. Ik krijg hem maar niet uit mijn hoofd. Ons fotoboek raakt stilaan vol. Misschien moeten we weer afspreken en kun jij me helpen. Ik heb namelijk een donkerbruin vermoeden dat ook die foto lang geleden in Antwerpen gemaakt werd.'
'Ook? Nog een foto? Antwerpen, godverdomme!'
'Het is geen uur om te vloeken, Gijs. En jij doet niets anders.' De bordeaux lonkte naar hem, hij gaf toe. 'Ken jij soms een zekere Luciana? Onze leeftijd, iets jonger, maar veel beter geconserveerd.'
'Moet dat?'
'Ze leverde seks aan huis bij de badman en de man zonder geheugen. Die laatste schreef ze een behoorlijk intrigerende brief vanuit de Schuttershofstraat.'
'En die straat stond open en bloot vermeld in de brief? Ben je wel zeker?'
'Ja. Maar dat kan ook betekenen dat ze op verschillende adressen verblijft.'
'Godverdomme, Bottu, zeg dat het toeval is dat die straat weer in beeld komt. Zeg niet dat de golven weer op ons af komen rollen.'
'Het is gewoonweg toeval, Gijs. Alles is toeval. Het kan niet anders, maak ik mezelf steeds wijs Toch droom ik er 's nachts nog altijd van. Ik zie het huis, de gezichten, het bloed. Ik ruik de afkeuring. Ik voel nog steeds de pijn.'
'Dacht je dat het bij mij anders was? Godverdomme, Bottu. Antwerpen toch weer niet! En ik die dacht dat alles eindelijk voorbij was.'
'Voor die dingen kun je niet blijven vluchten, Gijs. En hou asjeblief op met dat gevloek en dat gejammer. Laat ons gewoon rustig blijven en nadenken.'
Ze hielden het beiden enkele seconden stil. Er was alleen diep geadem

te horen. Aan weerszijden.

'Laat ons het over macht hebben, Gijs. Mijn man zonder geheugen chanteerde iemand en jouw badman deed niet onder.'

'Ik zei toch dat het te maken heeft met die windmuil Joe Tavernier en het cameraatje dat hij liet installeren in de moordflat. Niemand is meer bereid om af te dragen als een machtig man met een blote piemel.' Boersma was als bij wonder opeens weer helemaal op dreef.

'Het duurt al veel langer dan het lonken van het cameraatje, Gijs. Ik heb rekeningafschriften gezien die al meer dan vijf jaar teruggaan. Nog een bewijs dat het cameraatje een verhaal in de marge is en dat waar we nu middenin zitten veel vroeger begonnen is.'

'Stortingen in contanten door derden, telkens op een andere plaats.'

'Hoe raad je het? Misschien gaat het nog veel verder terug. Dat jouw badman er warmpjes bij zat, had ik je al verteld. Maar mijn man zonder geheugen had zich ook genesteld in een flat van om en bij het half miljoen.'

Bewonderend gefluit. 'Als onderzoeksjournalist, zei je net. Jij gelooft toch niet in sprookjes, Bottu? Al vind ik dat je verdacht veel op verdacht korte tijd over mijn badman te weten bent gekomen.'

'Zoals ik al zei, in Leuven gebeurt een boel meer dan bij jou in Oostende. En als je dan nog flink geholpen wordt door het toeval.'

'Ik ken jouw toeval... Je mag niet denken dat dit jouw privé jachtterrein is, Bottu.'

'Niks is zo privé als moord, Gijs, maar ik wed dat je dat al lang wist. Een ding is zeker: die Luciana speelt een cruciale rol in het stuk en ik heb het gevoel dat we haar niet in Antwerpen of Leuven, maar in Oostende in de netten gaan vinden.' De commissaris genoot van zijn onverwachte woordspeling.

'Ik had toch gezegd dat de touwtjes door een vrouw bediend worden.'

'Ik had voor jou nog twee vragen, Gijs. Eén: heb jij er een idee van waarom badman zijn contacten spreidde over twee adresboekjes?'

'Twee boekjes?'

'Beide hebben hun geheim. Anders stak hij het ene niet in zijn reet en verborg hij het tweede niet tussen een hoop stenen.'

'Een hoop stenen, Bottu? Bij mijn weten alleszins niet hier in Oostende?'

'Ik zei het toch, het toeval heeft me flink geholpen. Maar als je dat wilt, officialiseren we het onderzoek en dragen we de boel netjes over aan twee onderzoeksrechters.'

'Twee vragen, zei je?'

'Ben jij in het adresboekje van de vermoorde privédetective de namen Van Keel, Lemmens of Leleux soms tegengekomen?' Hij wachtte. 'Het zou me sterk verwonderen als dat niet het geval zou zijn.'

'Kan ik nakijken. Van Keel en Lemmens zijn twee doodgewone namen, misschien heb ik er gewoonweg over gekeken. De naam Leleux zegt me wel iets. Dat was toch die rare dokter van je?'

'Kun je me vlug iets laten weten?' Tikje met de tong tegen de boventanden. 'En dan schiet er me nog iets te binnen.'

'Vlug betekent bij jou straks, dat weet ik. Nog iets, zei je?'

'Wanneer is het zonenummer Antwerpen van 031 veranderd in 03?'

'Weet ik niet, daarvoor moet je bij Belgacom zijn. Waarom vraag je dat zo opeens?'

'Dat zou van kapitaal belang kunnen zijn.'

'Waar ben je mee bezig, Claude?'

'We moeten deze keer de aanstormende golven voor zijn, Gijs.'

'Nu we het toch over kapitaal hebben. Ik had ook twee vragen voor je.'

'Laat maar komen, Gijs...'

'Heb jij nog iets vernomen van mijn vriendjes bij 'Mita Investments'? Of is de naam Aurélien Renauld ergens bij jou opgedoken?'

De commissaris aarzelde even. 'Niet dat ik weet.'

Het bracht Bottu op een idee. Hoe had hij dat over het hoofd kunnen zien? Het beloofden in dat geval nog spannende dagen te worden. Hij hoopte dat Boersma zijn aarzeling niet opgemerkt had.

'We moeten voor één ding opletten, Gijs. Het moet een moordonderzoek blijven en niet een heksenjacht.'

'Gelijk heb je.' Hij wachtte. 'Ik blijf het eigenaardig vinden dat we mekaar na al die jaren weer ontmoeten, Claude.'

'We zitten op dezelfde zaak.'

'Is het dat of is er iets anders?'

'We moeten die Luciana vinden en liefst zo vlug mogelijk, anders zijn we reddeloos verloren. Ze denkt dat ze alle sporen wist, maar iedereen laat sporen na. Zij is de poppenspeler, ik weet het nu zeker, als gold het een visioen. Maar je zei net dat je twee vragen voor me had?'

'Komen we er nog onderuit, Claude?'

'We mogen niet paranoïde worden, Gijs.'

'Spreek je voor mij of voor jezelf, Bottu?'

'Laat ons hopen dat het goedkomt, Boersma. Maar na wat je me net vertelde, ben ik overtuigd dat we een goede kans maken.'

'En ik hoef je zeker niet te vragen hoe dat zo opeens komt?'

'Nee, Gijs. Verbaast je dat?'

Donderdag 6 september
Oostende, restaurant 'Ostend Queen'

Bijna eenentwintig uur.

Het is deze tijd van het jaar het uur waarop de dag twijfelt tussen hond en wolf.

Ze wees naar de kreeft, de champagne in de koelemmer. 'Is dit niet wat duur voor een etentje?' vroeg ze.

Als voorgerecht waren er net oesters geserveerd.

Hij wees naar de wijnkaart. 'Ik heb wijn van exact dertig jaar oud besteld. Ze hebben hier behoorlijk moeten zoeken. Een heel speciaal jaar, mijn geboortejaar. Dit is dan ook een heel speciale gelegenheid.' Hij rekte twee keer het woord 'heel', maar zijn stem had iets ondefinieerbaars.

Hij riep de ober. Die haastte zich naar hun tafel, maakte een diepe buiging.

'Wij willen straks een sorbet van mango en yoghurt met frambozenconfituur in de plaats van een sorbet van pistache. Verder een keuze van sorbet van appel met calvados, van cassis, citroen, framboos, passievrucht en poire Williams in kleine glaasjes op voet. Wij willen deze avond zo bont mogelijk kleuren', zei hij.

Het was geen vraag, maar een bevel, met een heldere, brutale stem. Hij vroeg zijn tafelgenote zelfs niet of ze akkoord ging met de verandering in de keuze van het dessert. De ober knikte, maar zei niets. Repte zich dan als een haas naar de keuken.

'Ik ben op een punt gekomen waar niets of niemand me nog kan verbazen of ontroeren. Het is verschrikkelijk, alles wat ik gemist heb in het leven. De hele tijd in een mand in een hoge mast zitten, afgesneden van alles en iedereen. Alleen maar luisteren naar hoe de wind zijn treurige mars speelt', zei hij traagjes, alsof er in zijn leven geen haast bestond.

Ze keek hem aan, glimlachte. Ze kon goed raden waar hij op doelde.

Hij boog voorover, sprak met gedempte stem. 'Denk je dat ik gek ben?'

vroeg hij.

Ze schudde ontkennend het hoofd.

Hij ging dan met zijn stoel opeens gevaarlijk op de achterste poten wiebelen, keek door het gebogen raam langs de strandkant. 'Als je goed kijkt, kun je van hieruit de flat zien waar voor de buitenwereld alles begonnen is,' zei hij.

Ze knikte. 'We zijn er daarstraks nog langs gelopen. Of ben je dat al vergeten?'

Hij knikte. 'Ze denken dat het daar begonnen is op dinsdag 9 augustus. Met de dood van die Mout Hoogmartens,' zei hij.

'Het is allemaal veel vroeger begonnen,' antwoordde ze.

Hij lachte, maar zei eerst niets. Het was een lach waar je alle kanten mee uit kon. Het spottende tintje in zijn ogen kon even goed angst als onzekerheid zijn voor wat nog ging komen.

Dan bleef het een hele tijd stil.

'Echt goede boeken hebben een gave epiloog. Het is de hoogste tijd om alles af te ronden', zei hij na een poos.

'Alles? Er zijn ook dingen gebeurd waar jij niet eens benul van hebt.' Het was eruit voor ze het in de gaten had. Ze had ook de scherpte van haar toon niet onder controle.

Hij brak de kreeft, glimlachte bij het geluid. 'Misschien heb je gelijk', zei hij, 'natuurlijk heb je gelijk.' Hij schonk hun beide glazen weer vol. Hij zette opeens een triomfantelijk gezicht op, zoog zich helemaal vol lucht. 'Ze komen er nooit achter wie we zijn.' Hij keek haar lang aan. 'Maar waarom moest jij zo nodig dat spel met die foto's met ze beginnen te spelen?'

Ze keek niet op. 'Omdat ik niet anders kon. Ik weet dat je me kan begrijpen.'

'Achteraf gezien was dat natuurlijk een geniale zet. Net als je telefoontje aan die Boersma waarin jij je uitgaf voor de schutter. Ze daarmee de andere kant uit sturen. Ge-ni-aal.' Hij hield het glas voor de lippen. 'De politie is een bende klojo's, oenen, sullen. Terwijl ze zich blind staren op een vals paspoort, een damesschortje of andere kruimeltjes, weten die Bottu en Boersma niet hoe dicht de moordenaar hen op de huid zit.' Zijn ogen gingen blinken. 'Op hun huid.'

'Ieder detail heeft een betekenis,' zei ze. Ze keek hem indringend aan. 'Voor mij toch.'

'Weet ik.'

Ze klonken. Dan dronk hij het glas in één keer leeg.

'Het is nooit anders met ze geweest', zei ze, 'ze kijken de andere kant op. Daar zijn ze bijzonder goed in. Ze weten dat ze dan niet het minste risico lopen.'

Hij schonk zichzelf weer bij, klonk tegen haar nog volle glas. 'Eindelijk is het *annus mirabilis* aangebroken.'

'Het wonderjaar,' herhaalde ze zachtjes.

Hij fronste het voorhoofd. 'Maar waarom moest je zo nodig die brieven naar die commissaris Bottu sturen?'

Compleet verrast. 'Hoe weet jij dat?'

'Ik heb ze namelijk gevonden. Je lade was op slot. Je was blijkbaar vergeten dat ik een tijd terug een reservesleutel heb laten bijmaken. Een mens kan nooit voorzichtig genoeg zijn.'

Er was iets aan zijn ogen dat haar helemaal niet beviel. Eindelijk nam ze een flinke slok. 'Troost je, ik heb die brieven nooit verstuurd', zei ze.

'Je moet je vergissen, ik heb er in je lade slechts twee teruggevonden. Op je laptop zaten er drie. Volgens je laatste brief zou je commissaris Bottu nu morgen vrijdag zelfs ontmoeten. Afspraak om stipt vier uur in Leuven op het Ladeuzeplein, onder de kever van Jan Fabre, stond er. Als hij er niet was, zou je geen seconde op hem wachten. Je bent toch niet bang? Kijk me aan. Toch niet bang van mij?'

Ze tikte met de vingers staccato tegen de rand van de tafel. 'Ik herhaal het: die brieven zijn nooit verstuurd. Het was mijn manier van stoom aflaten.' Ze keerde zich van hem af. 'Ik wil niet dat je je nog langer in mijn leven mengt. Alles is voorbij.'

Zijn onderlip begon te trillen. 'Alles is inderdaad voorbij.'

Ze kon niet van hem wegkijken. Ze greep zijn hand, hield ze lang vast. 'Zo bedoelde ik het niet. Mijn God, zeg dat je me gelooft dat het niet zo bedoeld was. Ik zou je nooit pijn kunnen doen. Na alles wat we samen hebben doorgemaakt.'

Hij nipte aan de wijn, keek door het raam naar de zilveren vlekken op het water. Hij probeerde duidelijk weer grip op zichzelf te krijgen. 'Ik heb de brieven gelezen. Meer nog, ze hebben me ontroerd. Maar waarom laat jij je in godsnaam de laatste weken zo opeens Luciana noemen?'

'Omdat ik niet anders kan.'

Hij keek op zijn klok. 'Eenentwintig uur dertig. Ik was het uur helemaal uit het oog verloren. Er blijft geen tijd meer voor het dessert. Ik ga afrekenen. Ik wil alle plaatsen nog één keer zien. Zoals afgesproken moeten we nog naar Leuven. Als alles meevalt wordt dat anderhalf uur rijden tot het centrum. Verleden nacht heb ik het traject gedaan in een uur en een kwartier, maar er was amper verkeer.'

'En wat doe je nu met hem?' Nadruk op het laatste woord.

Hij keek niet naar haar. 'Ik wil zijn lijden verlengen, zodat hij goed beseft wat hem overkomt.' Zijn blik ging nu zo hoog mogelijk de lucht in. 'Het is feest in mijn hoofd. Deze avond moet ik het verhaal afronden, ...Luciana.' Pas nu keek hij weer naar haar. 'Heb jij die foto bij je? Ik heb de mijne namelijk ergens achtergelaten.' Hij probeerde te glimlachen, verwachtte van haar hetzelfde.

Ze reageerde slechts na een paar tellen. 'Ik draag hem altijd bij me, dat weet je. Waarom vraag je het dan?'

'Zomaar, ik dacht er net aan,' zei hij.

Ze knikte. 'Vannacht zal alles eindelijk voorbij zijn.' Ze stond op, keek hem op haar beurt niet aan. 'Geef me enkele minuten om me op te frissen. We hebben nog een lange rit voor de boeg. Ik neem het stuur wel', zei ze.

'Goed,' zei hij.

'Mag ik de sleutels?'

Hij keek haar aan, lachte. 'Nog zo'n geniale zet, de aankoop van net dezelfde wagen als zij. Ze daardoor van hot naar her sturen en tegelijk rustig naar je eigen brand kunnen komen kijken, als een pyromaan. Ge-ni-aal. Ge-ni-aal.' Hij tastte in zijn zakken, haalde de sleutels te voorschijn. Tegelijk viel er een rolletje plakband op de grond dat haar richting uit rolde.

Ze boog zich, raapte het op.

Hij keek haar niet aan toen ze het hem gaf. Hij stond op, zocht al lopend zijn portefeuille. De tranen biggelden opeens over zijn gezicht. Hij liet begaan.

Donderdag 6 september
Oostende, flat bij het station

'Ik heb vandaag verschillende keren geprobeerd je op kantoor te bellen, maar Polak zei dat je je niet lekker voelde en thuis was gebleven. Daarna heb ik op je gsm geprobeerd, maar die stond de hele tijd uit.'

'Ik was ziek of hoe noem je dat', antwoordde hij kort. Hij drukte zijn gsm tegen het oor, liep naar zijn fauteuil toe, herschikte de kussens en liet zich neerploffen. 'En, nieuws?'

'Dan toch bang om je adjuncten onder ogen te komen, Bottu? Bang dat ze vragen zouden beginnen te stellen over alles?'

'En nieuws?' herhaalde hij aangebonden.

'Ik heb het nagekeken, de drie namen die je me opgaf stonden inderdaad in het adresboekje van de privédetective. Van Keel, Leleux, Lemmens. Je had gelijk.'

'Ik heb altijd gelijk, Boersma. Maar dat wist je natuurlijk al lang.'

Gelukkig kon hij weer jokken.

'Mijn badman Van Keel werd er recent in geschreven. Jouw mannetje Lemmens en zijn dokter Leleux stonden er al lang in. Maar geen van de drie met een adres.'

'Lang, zeg je?'

'Aan het telefoonnummer te zien wel. De dokter eerst onder een 031-nummer, dat werd vervangen door een 03-nummer met toevoeging van een gsm-nummer. Je mannetje zonder geheugen kreeg eerst een 03-nummer, waarna een gsm-nummer in andere inkt in de plaats kwam. Was het daarom dat je me vanmorgen die vraag stelde over het zonenummer van de regio Antwerpen?'

'Wat dacht je, Gijs? Ik ben er vandaag achter gekomen dat het zonenummer 031 al bijna dertig jaar geleden omgevormd werd tot 03.'

'Ik heb het laten uitzoeken: het vaste telefoonnummer van de dokter betrof een nummer in Kapellen, dat niet meer toegekend is. Leleux stond wel eerst ingeschreven onder 'Huub', pas toen het gsm-nummer werd bijgeschreven, veranderde het in 'dokter Leleux'.'

'De privédetective en de dokter kenden mekaar dus van toen ze nog jong waren, Gijs. Een scoutsverleden?'

'Zou best kunnen. Ik vond in Hoogmartens boekje ook het oude 031-nummer van zijn ouders. Weer een nummer in Kapellen. Zeg niet dat het toeval is, Claude.'

'Ook in het adresboekje van de man zonder geheugen stonden de dokter en de privédetective, in dat van de dokter stonden badman, de man zonder geheugen en eveneens de privédetective. Maar er is nog meer...'

'Wacht even, het boekje van jouw man zonder geheugen had je gevonden onder een berg oud papier. Maar van het adresboekje van de dokter heb je mij nooit wat gezegd. Toch niet toevallig gevonden in zijn flat hier op de zeedijk?'

'De vrouw van de dokter heeft me daarstraks bereidwillig geholpen.'

'Jij was toch ziek thuis?'

'Het besluit ligt voor de hand: de dokter, de man zonder geheugen en de privédetective kenden elkaar al lange tijd, Gijs. Dat dokter Leleux in Kapellen had gewoond, wist ik van zijn vrouw. Maar ik dacht dat het korter geleden was. Dat drie van de vier doden hun roots in Antwerpen en omgeving hadden, zou wel eens een *changement de décor* kunnen betekenen in ons verhaal.'

'Drie van de vier, zei je? De dokter, de man zonder geheugen en...?'

'Jouw badman. Die stond in het adresboekje van de dokter ook eerst onder een 03-nummer. Raad eens? Een nummer in Kapellen. Daarna werd zijn gsm-nummer tot drie maal toe veranderd. Zijn naam stond zelfs met rood omrand. Dat doet een mens niet met iedereen. '

'Samengevat: de dokter, de man zonder geheugen en de privédetective waren wellicht jeugdvrienden.'

'Als het pus na zoveel jaren weer uit de jeugdpuistjes spuit, zijn de gevolgen vaak niet te overzien, Gijs.'

'Mijn badman werd in het boekje van de privédetective recent bijgeschreven, maar zat al in dat van de dokter van toen ze wellicht beiden nog in Kapellen woonden. Die dokter en mijn badman moeten een speciale band gehad hebben, Claude.'

'Ik zou het niet beter kunnen verwoorden. Maar of er al langer een band was tussen jouw badman en mijn man zonder geheugen, daar zijn we nog niet achter.'

'We zitten weer volop in Antwerpen. Ik dacht dat je vanmorgen nog gezegd had dat de actie zich naar Oostende aan het verplaatsen was?'

'Toen ik dat zei, had ik het alleen over de finale en daar blijf ik bij.'

'Maar er is nog meer, zei je net?'

'Ik heb vanmorgen een brief in mijn bus gevonden van een zekere Luciana. Dezelfde die een brief schreef aan de man zonder geheugen. Je weet, die brief die we op zijn flat hebben gevonden.'

'En je hebt het adres van de afzender?'

'Geen naam voluit, geen adres. Dat verontrust me, Gijs.'

'Ze schreef jou dezelfde brief als aan de man zonder geheugen?'

'Dat heb ik nu ook weer niet gezegd. De man zonder geheugen noemt ze 'liefste Hugo', terwijl ze het bij mij houdt op 'mijnheer de commissaris'. Maar ze eindigt wel met 'uw zeer genegen Luciana'.'

'Ze kent je dus?'

'Ofwel speelt ze een stukje theater. In elk geval wil ze me zien. Morgen om vier uur stipt onder de kever van Jan Fabre op het Ladeuzeplein, vlak tegenover het restaurant waar we vorige dinsdag samen zaten te eten. Maar er zijn nogal wat overeenkomsten in de twee brieven. Het bewijs dat het om dezelfde briefschrijver gaat.'

'Zijn er dan redenen om daaraan te twijfelen?'

'Ik twijfel aan alles. Vooral omdat ze het over de moordenaar heeft en tegelijk toegeeft dat ze bij de zaak betrokken is.'

'Schuld en boete, Claude.'

'Zei Coetsier ook, toen ze die eerste brief onder ogen kreeg.'

'Je hebt Coetsier dan toch over de zaak gesproken?'

'Neen, zij verwart een moordonderzoek nog steeds te veel met een spelletje 'wie is de slimste'.' Een diepe zucht. 'Dat zal wel aan haar leeftijd liggen.'

'Is het ooit anders geweest, Bottu?'

'Polak heeft het me allemaal verteld. Nico en ik zijn vrienden, al gedraag ik me niet zo. Ik ben niet zo goed in vriendschappen.'

'Is het met ons ooit anders geweest, Bottu?'

'De pot verwijt de ketel, Boersma. Tevreden? Luciana heeft het in haar brief over een ziekelijke moordenaar en noemt hem tegelijk de zoon die ze nooit gehad heeft. Wat verder heeft ze het opeens over haar echte zoon, waarmee het contact blijkbaar zeer moeilijk verloopt.'

'Die dingen gebeuren nu eenmaal, Claude.' Zijn adem stokte, maar hij herstelde zich. 'Het leven kan hard zijn.'

'De eerste indruk kan er een zijn van een onevenwichtig iemand, maar er zit zoveel tussen de lijnen dat ik die gedachte weggezet heb. In de brief aan mij zegt ze dat de zogezegde moordenaar niet meer gelooft in het soort gerechtigheid dat de wet biedt.'

'Met andere woorden: hij neemt het recht in eigen handen.'

'Juist. In de brief van 10 juli aan de man zonder geheugen, Hugo Lemmens dus, heeft ze het over een onderzoek dat dreigt heropend te worden en waar die zogezegde moordenaar niet tegenop kan.'

'De conclusie komt op hetzelfde neer. Die Lemmens had het eind juni in de 'Stardust' ook al over een onderzoek dat heropend zou worden en waarin de politie niet naar behoren werk leverde, zoals je vanmorgen zei. Het klit allemaal aan mekaar.'

Het bleef even stil.

'Worden in de brieven soms namen genoemd, Claude?'

'Toch wel, de moordenaar is zogezegd jouw twee slachtoffers gaan zien, de privédetective en de badman, die ze in de brief een bewakingsagent noemt.'

'Zien is in dit geval duidelijk een metafoor voor doden. Als dat zo is, waarom richt ze de brief dan uitgerekend aan jou?'

'Ze woont in Antwerpen, Gijs. Op een boogscheut van de politietoren. Ik ben daar een stuk langer gebleven dan jij. Misschien kent ze me van daar, al hoop ik van niet.'

'Je hoopt van niet?'

'De brief is aan mij gericht, omdat erin gezegd wordt dat mijn naam ook op de dodenlijst staat. En dan is er nog iets. Als we alles mogen geloven wat ze schrijft, moet het werk van de moordenaar klaar zijn tegen zijn verjaardag.'

'En die is..?'

'Acht september. Over twee dagen dus.'

'En ik die dacht dat jij vrouwen altijd met een korrel zout nam?'

'Niet deze keer, Gijs. Niet deze keer, geloof me.'

'Morgen om iets na vieren zul je het weten, Claude. Maar neem alvast één ding van me aan: Luciana zal niet haar echte naam blijken.'

'Dat weet ik.'

Het bleef veel te lang stil, alsof geen van beiden de stilte wilde breken.

'Er is één persoon wiens naam in alle boekjes die ik onder ogen kreeg, terugkomt en waar we het nog niet over gehad hebben, Gijs.'

Hij wachtte geen seconde. 'Aurélien Renauld.'

'Hoe kom je daar zo vlug op?'

'Intuïtie, Claude.'

'Zwijg me in godsnaam van intuïtie.'

'Waarom dacht je dat ik zo verbeten achter hem aanzit?'

'Ik had het niet over jouw vriendje *maître* Aurélien Renauld, maar over senior Renauld, professor emeritus aan de universiteit van Leuven.'

'Wie dacht je dat ik in gedachten had?'

Het was alsof hoofdinspecteur Boersma bij het uitspreken en het horen van de naam Renauld opeens wakker werd gemaakt uit zijn meest vertrouwde nachtmerrie. Zijn afgang in die zaak over de bouwfraude was het ergste wat hij tot nog toe in Oostende meegemaakt had. Hij had zo dikwijls gehoopt Renauld junior op de een of andere dag te laten struikelen over zijn eigen voeten.

Hij duwde zijn gsm uit, keek het donker boven Oostende in. Hij probeerde rustig te blijven ademen en zei duidelijk verstaanbaar: 'Eindelijk heb ik je!'

Hij haalde zijn vertrouwde nagelknipper boven, plooide hem open en toe en stak hem ongebruikt weer weg. Hij keek de hele kamer rond zonder iets echt te willen zien. Op zijn gezicht verscheen een grijns die hij niet van zichzelf gewoon was.

Donderdag 6 september
Leuven, Minderbroedersstraat

Het was de eerste keer sinds lang dat hij haar zelf opbelde. Haar telefoon ging lang over. Net voor hij op voicemail zou overschakelen, nam ze op.

'Waarom bel je nog zo laat?' vroeg ze meteen. 'Ik lag al in bed.'

'Dat wordt je later wel duidelijk.'

'Voel je je wel goed? Je klinkt zo raar. Vertel me, wat is er? Vanwaar bel je? Ik hoor rond je allemaal geluiden.'

'Ik loop door de stad', zei hij.

'Waar dan?'

'Leuven. Het donker dekt alles toe, maar de geluiden van de nacht blijven. Geluiden krijg je nooit helemaal weg. Zoals het krijsen van een kind. De moeder stopt haar oren toe en probeert te slapen, maar zelfs dan blijft ze het horen.'

'Je fantasie speelt je weer parten. Jij leest te veel boeken.'

'Echt goede boeken hebben een gave epiloog.' Hij merkte dat hij zijn uiterste best deed om ieder woord klaar en duidelijk uit te spreken, maar dat lukte hem niet zo goed.

'Ik ben op je kamer in Antwerpen geweest en ik heb alles gezien. Waarom? Waarom?'

Het was niet het antwoord dat hij van haar verwacht had. Ze was dus op zijn kamer geweest. Deed ze hoogstzelden. Hij had die ook niet afgesloten. Deed hij nooit. Misschien had zijn onderbewuste dus wel gewild dat iemand het zou zien?

Opeens stond hij te roepen. 'Mijn klok springt op nul uur. Morgen is het mijn verjaardag. Eindelijk. Ik heb daar zo lang op gewacht.'

'Dus je bent echt van plan te doen wat je in je agenda in het rood hebt aangestipt?'

'Ja.' Hij wachtte, ademde vlug. 'Jij bent de enige tegen wie ik nooit heb gelogen.'

'Tegen mij en tegen tante Lucy, bedoel je?'

'Tante Lucy, nou ja. Ze heeft het zo gewild, ik kon haar niet stoppen.' Hij wachtte. 'Stoppen, stoppen', herhaalde hij.

'Er is toch niet wat met haar? Zeg dat het goed gaat met haar.'

'Het wordt je allemaal duidelijk. Geduld.'

'Het was je dus om *hem* te doen in je plan?' vroeg ze.

'Had je al gezegd. En trouwens, het is geen plan. Het is een missie. Ik ben de enige die het moet doen.'

'Wanneer zien we mekaar eindelijk?'

Het bleef lang stil.

'Hallo, ben je daar nog?' riep ze.

Weer een wegende stilte.

''Elveda, Nazmiye. Vaarwel. Van morgen af zal alles anders zijn. Eindelijk.'

Ze duwde de telefoon uit. Ze wist dat ze vanaf nu geen seconde te verliezen had om te doen wat ze al lang van plan was. De tijd die ze daarvoor had leek alleen maar lang, hij was het niet. Ze zat in een onderaardse ruimte, op de bodem van een put of in een heel diep graf en besefte dat ze almaar meer wegzonk.

31

Vrijdag 7 september
Leuven, Minderbroedersstraat
Zes uur vierentwintig

De zon kroop al vroeg enthousiast tegen de gevels op en zorgde voor een vals gevoel van warmte. Toen Bottu samen met Polak op de *locus delicti* arriveerde, wees de thermometer op de binnenplaats van de medische faculteit amper negen graden aan. Minder dan een halfuur geleden was de commissaris gewekt door een telefoontje, waarvan hij wist dat het een dag inluidde die zou gaan kreunen van onzekerheid. Tegelijk brandde hij van nieuwsgierigheid om te weten of dit voorval misschien zou zorgen voor de beslissende stap in het onderzoek. Een tweeslachtig gevoel.

De wetsdokter had het weer klaargespeeld. Hij liep gehaast terug naar zijn wagen toen Bottu en Polak toekwamen op het binnenplein, waarrond de verschillende auditoria lagen.

Hij had het gemerkt. 'Je voelt je weer door mij te grazen genomen, is het niet, Bottu?'

'Laat me met rust, Lievens, ze moesten de mensen verbieden om zo vroeg op de morgen te sterven.'

'Het is vannacht al gebeurd, Bottu. Voor middernacht zelfs. Dit is hier duidelijk *the place to be.* Dezelfde bewaker van toen is op het slachtoffer gestoten.' Hij wees naar de man die wat verderop stond.

De bewaker knikte wat onbeholpen naar de commissaris en zijn adjunct.

'Zijn er getuigen?' riep Bottu hem toe.

De man schudde ontkennend en kwam dichterbij. 'We hadden sinds het voorval vorige keer een voorlopig bewakingssysteem geïnstalleerd, dat 's avonds wordt aangezet, commissaris. Gisteren hebben wij vastgesteld dat er 's nachts was ingebroken. Eigenaardig genoeg leek op het eerste gezicht niets verdwenen. Tot vanmorgen bleek dat het bewakingssysteem gesaboteerd was.'

'Er is een *copycat* aan het werk, of erger nog...' zei de wetsdokter, terwijl hij in zijn kofferbak zat te rommelen.

'Dezelfde, Lievens? Dezelfde *killer* als vorige keer, hier op dezelfde plaats? Dat zou betekenen dat ik mijn hele theorie moet herzien en van voren af aan moet herbeginnen.'

De wetsdokter keerde zich naar de commissaris. 'Jij bent de speurder, Claude. Niet ik.'

'Draai je plaat om, wil je, Lievens', zei Bottu, terwijl hij verder richting auditoria liep.

'Platen bestaan niet meer. Cd's, dvd's en andere *high tec* rommel is in de plaats gekomen. Weg geruis, weg krassende naalden, weg vinyl, weg nostalgie, Bottu.'

'Wacht maar, Lievens, wacht maar. Alles komt terug.'

Toen hij de deur van auditorium AG.00 opende, besefte de commissaris niet dat hij profetische woorden sprak. Eerst leek het inderdaad alsof de klok een kleine maand teruggedraaid was. Donderdag 9 augustus zat nog gedetailleerd in het hoofd van de commissaris. Maar al gauw zou hij moeten vaststellen dat de moordenaar andere, frappante accenten had aangebracht.

Eens binnen hadden ze vlug door dat het tafereel eerder hard dan schokkend was. Er was geen bloed te zien. Een onaandachtige toeschouwer zou zelfs gezworen hebben dat er vooraan een professor college stond te geven voor een compleet leeg auditorium. Alleen gebeurde dat in een voorover gebogen houding en waren de stiltes eindeloos. Er was dus meer aan de hand. Alleen de spots boven de lessenaar van de professor waren aangestoken. Uit de geluidsinstallatie klonk een enerverend gezoem.

Polak wees naar het projectiescherm, dat zo fel verlicht was dat het pijn deed aan de ogen. Daarop was een dame te zien.

'Dat is een foto van Florence Nightingale, bekend als de *lady with the lamp*, die bij nacht en ontij liefdevol gewonde soldaten verzorgde', zei Bottu.

'Ik wist niet dat jij zo goed was in geschiedenis, Claude.'

De commissaris antwoordde niet, keek zijn adjunct zelfs niet aan.

Op dat ogenblik kwam de wetsdokter langs achter weer het auditorium binnen, op de voet gevolgd door twee mannen van de technische recherche. Hij was in de wagen een zwartlederen tas gaan halen. Hij nam met grote halen de treden naar voren en bleef ongeveer in het midden van de collegezaal staan. Alsof de vorige keer zich tot in de details herhaalde.

'Wie is het, Werner?' riep Bottu van vooraan.

'Deze keer een vrouw. Al de rest zou ik jou moeten vragen, Claude.'

'Zoals vorige keer? Geen papieren? Geen verdere aanwijzingen?'

De dokter kwam hun richting uit. 'Helemaal niets. Een *copycat*, Claude. Hoewel, niet helemaal.' Hij haalde de neus op.

Er hing duidelijk een lucht van gebraden vlees in het auditorium. Bottu en Polak waren na de oproep onmiddellijk gekomen en hadden nog niet de gelegenheid gehad om wat te eten. Hun maag speelde op, omdat hun hersenen de geur niet konden associëren met de sfeer die gewoonlijk in een collegezaal hing.

De dokter tilde de dame achter de lessenaar op, zodat haar gezicht goed te zien was. Haar ogen waren star op de commissaris gericht.

'Ik vrees dat er niets anders op zit dan de boel gewoon los te snijden, Bottu. Haar vlees plakt verdomd aan het ijzer', zei de wetsdokter.

Polak klemde de handen op elkaar en begon te zweten. Bottu vloekte binnensmonds.

Een van de mannen in witte jas zat geknield en stak zijn hoofd boven de lessenaar uit. 'De microfoon is de boosdoener. Iemand heeft geknoeid met de draadjes, met als gevolg dat er een fameuze stroomstoot door dit hele ding hier is gegaan.' Hij wees op de ijzeren lessenaar. 'Haar handen zijn er werkelijk aan gaan plakken, het lichaam is voorover gevallen, vandaar die akelige brandwonden ter hoogte van de borst.'

'Ze moesten die dingen terug uit hout maken, zoals in onze tijd, nietwaar Polak?' zei de wetsdokter.

De hoofdinspecteur wist op dat ogenblik niets anders te doen dan verlegen te knikken. Hij nam aan dat het als grap bedoeld was. De commissaris stond op een meter of twee van het slachtoffer en keek gebiologeerd naar het hoofd met het rossige haar. Het tafereel had iets onwezenlijks. Net een etalagepop.

De wetsdokter kwam vlak naast hem staan, bekeek hem zijdelings. 'Zoals ik al zei, ik ben niet de speurder, Bottu. Maar iedereen ziet in één oogopslag dat het zaakje hier vol zit met symboliek.'

'Florence Nightingale op deze plaats, bedoel je?'

'Niets is toeval, Claude.'

'Stel je voor dat ik goed twee weken geleden nog een biografie van haar gelezen heb. Toeval dus toch, Werner. Een boeiende vrouw.'

'Jij wilt me toch niet zeggen dat je het slachtoffer kent?'

'Ik had het over Florence Nightingale.'

'Wat wil je nu precies zeggen, Claude?'

'Als je haar biografie gelezen hebt, onthoud je vooral drie dingen over haar. Eén, ze had oog voor de armen. Twee, aan het einde van haar leven was ze compleet blind. En *last but not least,* ze stond bekend als de grondlegster van de moderne verpleging.'

'Ik sta volkomen paf van je kennis, maar ik begrijp nog altijd niet wat je wilt zeggen.'

Bottu keerde zich naar de wetsdokter. 'Je had het daarnet toch over symboliek, Werner? De dame daar achter de lessenaar is zo goed als zeker een verpleegster, die aan goede werken doet. Maar ze is blind in de figuurlijke zin, ze wil bepaalde dingen niet zien. Dat wil de moordenaar ons met deze foto tonen.'

'Een theorietje?'

'Waarmee begin je anders, Werner?'

'Zo vroeg en al zo goed wakker, Claude.'

'Reken maar.'

'Toen ik het net over symboliek had, bedoelde ik iets totaal anders', zei de dokter. 'Dit hier namelijk. Gevonden onder het lichaam van het slachtoffer. Een papiertje en twee foto's.'

Vanop afstand zag Bottu dat hij het papiertje niet hoefde te lezen.

'Engelen...
zijn zij niet allen dienende geesten,
die uitgezonden worden ten dienste van hen,
die het heil zullen beërven?'

De commissaris nam zijn pijp en stak ze weer weg. 'Hebreeërs 1:14, Werner.'

De dokter floot tussen de tanden. 'Waarom doet iemand al die moeite?' Hij wachtte. 'Toch is er wat met die ene foto, Bottu.'

Hij toonde een gescheurde foto, die weer netjes met tape aan mekaar was geplakt. Vier jongetjes op een aftandse draaimolen. De commissaris nam de foto in beide handen, bekeek hem zeker een minuut lang. De wetsdokter en Polak keken alleen maar toe.

'De cirkel is rond', zei Bottu dan. Hij sloot de ogen en bleef staan als een beeld.

Geen van beide mannen durfde zijn gedachten onderbreken.

'De cirkel is eindelijk rond', herhaalde hij. 'Nu ben ik aan de beurt', zei hij met nog steeds gesloten ogen, 'tenzij we vlug handelen. Elke minuut, elke seconde telt vanaf nu.'

'Ik ben bang dat ik je niet begrijp, patron', zei Polak.

De commissaris opende de ogen, liep een paar keer op en neer, alsof hij zijn gedachten nog wilde ordenen. 'Ze zijn eindelijk gescheiden, alles wat we de laatste weken meemaakten, heeft daar en daar alleen mee te maken', zei Bottu.

'Gescheiden?'

'De tweeling', antwoordde de commissaris, 'op de eerste foto stonden ze vlak naast elkaar. Dit is dezelfde foto, maar gemanipuleerd. Hier staan ze ieder aan de buitenkant en staan de twee andere jongetjes naast elkaar. Verder uiteen kunnen ze niet. De cirkel is rond. We moeten alleen alles nog aan elkaar proberen te koppelen. Maar ik vrees dat ons daarvoor erg weinig tijd rest.'

'Wil je zeggen dat jij ook gevaar loopt, patron?'

De commissaris knikte, liep dan in de richting van de mannen van de technische recherche. 'Kan iemand van jullie een foto maken van het slachtoffer en die als de bliksem voor me printen? In kleur alsjeblieft, en als het kan op A4.'

De ene man schokschouderde. 'Maken wel, maar hem printen is een andere zaak, ik vrees dat we daarvoor naar het...'

'Een afdruk, daar kan ik voor zorgen,' kwam de bewaker tussen, die op een paar stappen van Bottu stond, 'er is hier voldoende apparatuur voorhanden, dus...'

Hij kreeg in retour een schouderklop van de commissaris, die almaar over en weer bleef lopen.

'Zijn hoofd is ontploft, Polak.'

'Voel jij je wel goed, patron?'

'Beter dan ooit. Ik voel me nooit beter op momenten dat ik een gok moet wagen. Het ogenblik van de ultieme gok is aangebroken, Polak. Er is slechts één risico: die gok zal beslissen over leven en dood.'

De hoofdinspecteur wees naar het tafereel vlak voor hen. 'En dit hier dan?'

'Bel dringend Coetsier uit bed, zij moet dit hier van ons overnemen.'

'Van ons?'

'Wij moeten dringend naar Antwerpen. De sleutel van het hele raadsel ligt in Antwerpen.'

'Maar jij moest deze namiddag toch op het Ladeuzeplein onder de kever die mysterieuze Luciana ontmoeten?'

Bottu wees naar het slachtoffer. 'Ik vrees dat die ontmoeting niet meer zal kunnen doorgaan.'

Polak wees op zijn beurt naar de lessenaar. 'Zij?'

'Zij daar is dezelfde als zij hier. Had je dat al niet gemerkt, Polak?' De commissaris diepte uit zijn binnenzak het plastic op met daarin de in tweeën gevouwen foto, die de hoofdinspecteur tijdens de huiszoeking in de flat van de man zonder geheugen bij het oude papier had gevonden. 'Iemand die balanceerde op de rand van de schizofrenie.'

'En hoe weet je dan dat ze Luciana heet?'

'Intuïtie, Polak', zei Bottu. 'En tegelijk een gok', kwam er achteraan.

'Ik had je daarover aan de telefoon verteld, maar jij bent toch niet meer op het bureau geweest? Jij was toch ziek? Jij beseft toch dat dit een stuk uit het dossier is? Hoe kom je eraan, patron?'

'Ik heb geen tijd om zoveel vragen ineens te beantwoorden, Nico. Maar vind jij nu echt dat ik er ziek uit zie?'

De twee politiemannen lachten zo luid dat de collegezaal er van opschrikte.

'En die tweede foto, die onder het lichaam lag?' vroeg de dokter aan Bottu.

'Dat kleine jongetje met de zwarte krulletjes dat met zijn schopje in het zand speelt, is ongetwijfeld haar zoontje, Werner.'

'Hoe weet jij..?'

'Pure intuïtie, Werner. En geen gok deze keer, geloof me. Alleen moeders doen zoiets. En het zou me verbazen dat het hier echt om moord gaat. Daarvoor is de symboliek te sterk. We komen er wel uit. Kom Polak, we hebben geen tijd te verliezen. En vergeet niet Coetsier vanuit de wagen te bellen.'

De wetsdokter keek verbouwereerd toe hoe Bottu en Polak twee treden tegelijk namen en het raadsel in het auditorium AG.00 lieten voor wat het was.

Voorlopig tenminste.

Vrijdag 7 september
Antwerpen, universitair ziekenhuis
Tien uur vierentwintig

Toen ze daarstraks vanuit Leuven de E40 op gingen en daarna de E19 namen, was het tot voorbij Mechelen stil gebleven in de auto. Bovendien had Bottu voortdurend in zijn achteruitkijkspiegel zitten kijken, vaker dan je op een autoweg gewoonlijk doet. Dat getuur was slechts kort onderbroken geweest door een telefoontje dat de commissaris had gepleegd naar iemand die hij niet bij naam had genoemd en die hij klaarblijkelijk van plan was over een klein halfuur te ontmoeten. Uit wat Polak kon opmaken, hadden ze de voorbije dagen al verschillende keren met mekaar getelefoneerd. Het was die dag eindelijk zover, had Bottu benadrukt, de dag waarop hij gewacht had. Pas toen de Craeybeckxtunnel al in zicht was, had Polak de wegende stilte doorbroken.

'Denk je dat we gevolgd worden?' had hij gevraagd.

'Waarom zeg je dat?'

'Je rijdt erg zenuwachtig en onzeker, je vertraagt bruusk en versnelt weer, je gaat bewust tussen de vrachtwagens op het eerste rijvak. Bovendien zat ik te denken aan wat je vanmorgen zei, dat jij de volgende in het rijtje van doden kon zijn.'

'Een indruk, niet meer dan dat, Polak. Ik zit te piekeren over dingen die niet kloppen of waar ik gewoonweg nog geen kant mee uit weet. Voorlopig toch.'

'Voorlopig?'

'Dat heb je goed gehoord, Polak. Ik verwacht veel van de komende uren.'

Ze hadden de Passat aan de afdeling Spoed gestald en waren van daaruit een wirwar van gangen in gelopen. Het was van meet af duidelijk dat de commissaris het ziekenhuis goed kende. Polak achtte het echter niet het moment om daar vragen over beginnen te stellen. Na een heel eind lopen, waaruit bleek hoe goed de fysieke conditie van de commissaris nog was, kwamen ze op de bovenste verdieping.

'Ik hoop dat je beseft dat we ons hier op het terrein van de collega's begeven, patron?'

'En dan?'

'Ik hoop maar dat we geen narigheid met ze krijgen.'

'Ik ben officieel in ziekteverlof, ik mag het huis uit, ik mag me dus door gelijk welke dokter laten onderzoeken en dat op een plaats die *ik* kies. Vertel me, wat is daar mis mee, Polak?' Het klonk droogjes.

'Als ik de wegwijzers mag geloven, zijn we hier wel aanbeland op de verdieping van de algemene directie. Niet meteen een plaats waar je patiënten aantreft.'

'Correctie: we zijn hier bij vrienden, Polak.'

Polak vond dat de commissaris hem de laatste dagen veel te veel Polak noemde.

Ze namen naast mekaar plaats in de oranje stoeltjes van wat het koffielokaal van het personeel bleek te zijn. Nog zo'n eigenaardigheidje. Na nog geen twee minuten kwam een wat oudere man in keurig maatpak hen halen. De begroeting met de commissaris verliep erg hartelijk. De man was volledig kaal, een gebeeldhouwd gezicht als Bottu, even fors gebouwd, maar minstens een kop groter. Polak schatte hem midden de zestig, dacht zelfs een ogenblik dat de dokter en de commissaris broers of alleszins verwanten waren, maar dat bleek niet het geval.

'Ik ben dokter Marc Van Duyn, directeur van het ziekenhuis,' zei hij tot Polak op een formele manier en zonder hem echt aan te kijken. Dan liep hij hen voor naar zijn kantoor.

'Ziek dus, Claude...' jokte de dokter, terwijl hij aan zijn tafel ging zitten en nog amper te zien was achter de stapels papier, die hij geroutineerd aan de kant schoof.

'Dat komt ervan als je constant met vrouwen in het hoofd zit', grapte Bottu terug.

De commissaris haalde de afgedrukte foto uit het blauwe mapje, dat hij gedurende het lopen tot een rolletje had bewerkt. 'Over deze vrouw gaat het, Marc', zei hij, terwijl hij de foto gladstreek en hem in de richting van de dokter schoof.

'Lucy Servaes,' zei de dokter zonder aarzelen, 'is zij het die in uw verhaal een rol speelt die dringend moet uitgeklaard worden?'

Bottu knikte. 'Lucy Servaes dus?'

De dokter tikte een paar keer tegen de foto. 'Een gewezen verpleegster. Zij is het, geen twijfel mogelijk. Al is het lang geleden.' Hij zei het op een toon alsof hij het gesprek voorbereid had.

'Lang geleden?'

'Ik was hier maar pas directeur. Het loopt eigenaardig in het leven, vaak zijn het de eerste dossiers die je behandelt, die je het best bijblijven. Meer dan twintig jaar geleden is ze hier vertrokken, maar ik herinner me haar alsof ze gisteren nog voor me stond. Een mooie vrouw, ze deed mannen dromen, maar dat was schijn. De inzet, het meevoelen, de opoffering van die vrouw, iets wat je zelden meemaakt.'

'Maar ze is niet gebleven? Een andere job? Ziek? Stress?' Bottu kon zijn opwinding niet onderdrukken.

'Privéproblemen. Dat soort mensen loopt vroeg of laat vast in de privésfeer, waar ze meestal niet gediend zijn met een overdreven inzet voor de job. Ze heeft daar nooit veel over losgelaten, ze was nogal introvert. Vaak een kenmerk van mensen die opgaan in de zorg voor anderen. Schijnbaar totaal onverwacht wordt dat soort mensen gelokt door het oneindige duister.'

'Ze pleegde zelfmoord?'

'Een poging. Waarschijnlijk was schaamte de echte reden waarom ze het ziekenhuis opeens verliet.'

'De echte reden?'

'Er deden geruchten de ronde waar ik het liever niet over wil hebben.'

'Was ze getrouwd?'

'Dat weet ik niet, maar als je wilt haal ik haar personeelsdossier erbij.' Hij wees naar de computer op zijn tafel. 'In dat ding heeft ze nooit gezeten. Haar dossier, voer voor de archieven', zei hij met een gemaakt lachje.

Bottu knikte, maakte een instemmend gebaar met de hand. De dokter trok de deur open van een aangrenzend lokaal. Bottu en Polak hoorden ijzeren laden open en dicht gaan. Een paar ogenblikken later verscheen hij opnieuw met een blauw dossier onder de arm.

'Lucy Servaes, een West-Vlaamse, een adres in Oostende, staat hier. Toen gehuwd met een zekere Michel Tavernier, een Oostends advocaat. Ze hadden samen een zoon, Johan. Zegt u dat iets?'

Bottu schudde ontkennend. Binnenin borrelde alles als in een lab. Hij keek Polak zijdelings aan, maar die reageerde niet. Bij zijn weten had hij zijn adjunct nooit wat van die Tavernier verteld. De commissaris gniffelde bij de gedachte dat hij binnenkort aan Boersma zou vertellen dat zijn macho vriendje Joe Tavernier wettelijk gezien met de minder *coole* naam Johan door het leven moest.

'En deze vrouw zit ook nog in mijn hoofd, Marc.'

De commissaris diepte het plastic op met daarin de dubbelgevouwen foto van Lemmens en een vrouw die Coetsier en Polak onder een berg oud papier hadden gevonden, schoof die naast de computerfoto.

'Dezelfde vrouw', antwoordde de dokter, even vastberaden als daarnet. Hij drukte met de duim de vouw in het midden van de foto plat en liet dan de wijsvinger op de man naast Lucy Servaes rusten. 'En deze man heeft ook een tijdje in dit ziekenhuis gewerkt. Maar we spreken wel over vijfentwintig jaar terug.'

'En zijn naam?' wilde Bottu weten.

Weer geen aarzeling. 'Hugo Lemmens. Dokter Hugo Lemmens, hij zat nog in de opleiding tot geneesheer-specialist toen hij ons opeens verliet. Een briljant iemand, uitstekende studieresultaten. Toch had ik van bij het begin de indruk dat hij niet voor de geneeskunde in de wieg was gelegd. Bovendien was hij een onverbeterlijke gokker. Spijtig genoeg hadden nog anderen in het ziekenhuis ook die duivel in het bloed.'

'Zoals...?'

'Over dat soort zwakheden wordt in deze biotoop zoveel mogelijk gezwegen, Claude. Is het bij jullie anders?'

'Hij is nu onderzoeksjournalist bij *Gazet van Antwerpen*.'

'Wist ik. Hij kon de stress van ons beroep niet aan. Dan is het maar beter dat je dat onderkent en andere horizonten gaat opzoeken. Ik veronderstel dat het bij de politie net zo gaat, Claude. Alleen hebben jullie allerlei psychologische teams, die vangnetten kunnen uitgooien, als het grondig misloopt. Wij worden geacht het allemaal zelf te klaren. Wij zijn nu eenmaal dokters...'

'Is er dan wat misgelopen, Marc?'

'In een ziekenhuis kan altijd wat mislopen. Maar ik heb geen specifiek geval in het hoofd, ik bedoelde meer algemeen dat...'

'Via een gunstige wind heb ik vernomen dat die Hugo Lemmens een oude voor aan het uitploegen was en het onderzoek naar een vroegere zaak wilde laten heropenen. Zou het kunnen dat die zaak wat met zijn dood te maken heeft?'

'Ik heb dat gelezen in de krant. Een erg vaag artikel, dat veel deed veronderstellen.' Dan aangebonden. 'Maar hoe zou ik dat moeten weten?'

'Laat ik mijn vraag anders formuleren: zou het kunnen dat die oude zaak wat met dit ziekenhuis te maken heeft?'

De commissaris hoopte hartsgrondig dat de dokter ja zou zeggen, zoals de zon soms opeens door de wolken kan breken en alles anders kleurt.

'Luister, Claude, als groot ziekenhuis zijn wij in tal van rechtszaken verwikkeld. Jaar in, jaar uit. Op zich niets ongewoons. Wij verliezen die soms, maar meestal winnen we ze. Bij ons is het de regel dat wie als personeelslid bij een proces betrokken raakt en achteraf door een gerechtelijke uitspraak van alle blaam gezuiverd wordt, daar later niet de minste hinder van mag ondervinden. Noch professioneel, noch privé.'

'Met andere woorden: spons erover.'

'En er nooit meer over praten. Dat is toch duidelijk.'

'Wat bedoel je daar juist mee, Marc?'

'Wat ik net gezegd heb, Claude.'

Bottu begreep dat verder aandringen niet de minste zin had. Hij haalde een tweede foto achter een plastic hoesje te voorschijn en schoof die weer richting de dokter.

Polak kon niet anders dan toekijken.

'Nog meer foto's, Claude? Zeg niet dat je een heel fotoboek meezeult.' De woorden leken licht, maar de uitdrukking op het gezicht van de dokter was dat veel minder. Het was een eigenaardige mengeling van afwachting, spanning en nieuwsgierigheid.

'In deze zaak krioelt het van de foto's. De meeste kan ik een plaats geven. Alleen weet ik met deze foto niet goed blijf. Al gok ik dat hij hier in de buurt moet gemaakt zijn.'

'Klopt,' zei de dokter weer zonder aarzelen, 'dat is de bouwput van de nieuwe vleugel van het ziekenhuis. Exact zesentwintig jaar geleden zijn de werken gestart. Een goed jaar later bood de nieuwe vleugel onderdak aan de ploeg, die u hier trots voor de foto ziet poseren.'

Bottu kwam voorover leunen, als wilde hij geen woord missen van wat komen ging. 'De ploeg van..?'

'Dokter-diensthoofd Huub Leleux, een uitstekende dokter en een fijne collega. Een autoriteit op het gebied van de behandeling van *amnesia*.'

'De dokter staat wel niet mee op de foto, merk ik nu.'

'Daar zal hij een reden voor gehad hebben, neem ik aan.'

'Dezelfde Leleux die in het UZ Gasthuisberg werkte?'

Hij knikte. 'Werkte, dat zegt u goed. Hij verkoos Leuven boven Antwerpen. We hadden er veel moeite mee toen hij hier vertrok. Maar over keuze en smaak valt maar beter niet te twisten, Claude. God hebbe zijn ziel.'

'Hoe hebt u zijn dood vernomen?'

'Heeft dat belang?'

Bottu schudde ontkennend, maar zijn blik liet de dokter niet los. 'Zou het kunnen dat dokter Leleux ooit bij een zaak betrokken is geweest?'

Weer hoopte de commissaris op een positief antwoord, al was het maar een hoofdknik.

Nog meer aangebonden dan daarnet. 'Wat heb ik net gezegd, Bottu?'

'U bent zelf dokter. Is het mogelijk dat iemand het geheugen verliest door de plotse ontmoeting met iemand uit een verleden dat hij verdrongen had?'

'Dat is perfect mogelijk. We hebben hier trouwens tal van zulke gevallen behandeld. En met succes, mag ik zeggen. Dokter Leleux heeft daar trouwens een grote rol bij gespeeld, vooral bij behandeling van dissociatieve fugue, beter gekend als het zwerfsyndroom.'

'Daar heb ik nog van gehoord. Deed hij alleen dat soort werk of..?'

'Het ziekenhuis nam hem aan als chirurg. Later is hij een totaal andere richting uit gegaan. Wij stimuleren veranderingen in de loopbaan, Claude. Een ziekenhuis is een dynamisch gegeven. Kruisbestuiving is daarbij van groot belang.' Hij ging achteruit leunen. 'Best handig van u om via een omweggetje weer bij dokter Leleux te belanden.' Dan een fijn lachje. 'Of was dat niet de bedoeling?'

Bottu bracht de handpalmen tegen mekaar, liet de wijsvingers tegen de lippen rusten. 'Ik ben op zoek naar iemand die wellicht in dit ziekenhuis behandeld wordt voor een hersentumor. Waarschijnlijk iemand die jarig is op 8 september, morgen dus. Ik heb een sterk vermoeden dat hij hooguit dertig jaar oud is. Zoveel jonge mensen met een hersentumor kunnen er hier toch niet rondlopen? Misschien zou u me kunnen..?'

'Wat probeer je me nu zo onbeholpen te vragen, Claude? Vooral als je mijn antwoord op voorhand al kent.'

'Het medische geheim?'

De dokter knikte. Hij nam zijn pen en krabbelde uit het hoofd een telefoonnummer op een papiertje. 'Misschien kan dit u helpen.'

Bottu nam het briefje en stak het zonder te kijken in zijn vestzak. Hij wist dat op het papiertje het privénummer van de dokter geschreven stond.

'Nog één vraag, Marc. Weet u soms of Lucy Servaes zich hier indertijd Luciana liet noemen?'

'Dat weet ik niet. Maar het zegt me in elk geval niets. Voor die details is er te veel tijd over gegaan. Mijn geheugen wordt elke dag ouder en voller.' Een streepje lach. 'Ik wed dat het met jou niet anders is?'

Bottu lachte flauw tegen.

'Maar als je meer over haar wilt weten, heb ik in mijn kastje hiernaast misschien de naam van iemand die u beter kan helpen dan ik.'

'Graag,' zei Bottu.

De dokter verdween weer achter de deur. Vlugger dan daarnet verscheen hij terug in zijn kantoor. Hij bleef rechtstaan, een teken dat voor hem het gesprek afgelopen was.

'Al wat ik weet is dat Lucy Servaes nog sporadisch contact bleef houden met een gewezen collega, die een paar jaar terug met pensioen is gegaan. Hoe lang en hoe frequent dat gebeurde, kan ik u jammer genoeg niet vertellen. Die dame woont op de Luchtbal. Zal ik haar adres voor u opschrijven?'

Bottu knikte. Maar hij zat met zijn gedachten al een eind verder. Polak had de hele tijd alleen maar toegekeken en geen enkele vraag gesteld. Met Coetsier in de buurt zou het gesprek ongetwijfeld heel anders verlopen zijn.

Ze zaten terug in de auto. Ze zouden samen wat gaan eten aan de Oudaan.

'Herinner jij je nog wat ik begin deze week zei, Nico?'

'Waarover?'

'Dat ik de zaak tegen het einde van de week zou rondkrijgen. Alleen wist ik toen nog niet of het vrijdag of zaterdag zou zijn. Nu ben ik er zeker van dat het zaterdag zal worden. Morgen dus. Alleen, het spannendste komt er nu pas aan, Nico. *Fasten your seatbelt*!'

'Moeten we Vicky niet op de hoogte brengen, Claude?'

'Ik ga alleen op pad, Nico. Ik wil jou en Vicky niet nodeloos in gevaar brengen. Ik wil niet weer de fout maken die ik toen in Antwerpen heb gemaakt met de agente met het bolle buikje. Het laatste eindje is te steil en te glad. Ik neem alleen een gids mee uit het dal, die de gevaren even goed kent als ik. Ik hoop dat je dat kunt begrijpen, Nico.'

Het was Polak niet duidelijk. Maar hij was er wel bijzonder opgetogen over dat de commissaris hem opnieuw Nico noemde. Hij keek door het raam van de auto. Pas nu viel het hem op dat de nazomer als een gek tekeerging. Er lagen ongetwijfeld nog mooie dagen in het verschiet.

Vrijdag 7 september
Antwerpen, Luchtbal
Veertien uur drie

Bottu had Polak tegen diens zin naar het station gebracht en had op het perron gewacht tot de trein vertrokken was. Van achter het treinraam had zijn adjunct zelfs nog naar hem gewuifd. Die arme Polak, die toeliet dat hij naar hem floot als naar een hond. Zou hij beseffen dat hij niet meer zonder hem kon, ondanks wat hij hem aandeed? Hopelijk wel.

Het hele traject van het centraal station naar de Luchtbal leek het of zijn adjunct naast hem in de auto had gezeten en niets had gezegd. Na veel zoeken vond de commissaris een parkeerplaatsje bij het appartementsblok. Hij stopte het bordje met 'politie' in het deurvak, stapte uit, telde vanop het voetpad de verdiepingen. Ze woonde tien hoog, helemaal boven. Nu maar hopen dat de lift het deed.

Er stond een donker silhouet voor hem toen de deur openging. De zonneblinden in de flat waren neergelaten, tegen het late geweld van de zon aan de zuidkant van het gebouw. Hij stelde zich voor, zei dat hij een vriend van Lucy Servaes was, dat er wat met haar gebeurd was en dat hij daarover wilde praten. Ze liet hem binnen zonder één woord te zeggen. De vrouw maakte een jongere indruk dan hij verwacht had. Toen ze de blinden half omhoog deed, stond voor hem iemand die hij hooguit vijftig schatte, al wist hij dat ze minstens tien jaar ouder was. Ze droeg een knalgele blouse en een donkerblauwe jeans, liep op rode schoenen. Vooral haar open gezicht viel de commissaris op.

'Een vriend van Lucy, een gewone vriend of een..?' vroeg ze, terwijl ze een teken gaf om te gaan zitten. Zelf bleef ze recht staan.

'Een goeie vriend', antwoordde hij.

Bottu ging zitten, streek met de vlakke hand over zijn rechterdij, keek naar haar op. 'Ik ben bang dat ik u niet al te best nieuws breng, mevrouw.'

De commissaris keek opzij en merkte pas nu dat de kamerwand links van hem van boven tot onder met boeken gevuld was die allemaal millimeterjuist geschikt stonden.

'Ze is dus dood', zei ze zonder wachten. 'Vroeg of laat moest het gebeuren.' Ze sloeg de ogen neer, maar haar woorden werden uitgesproken op een bijna afstandelijke toon. 'Hoe is het juist gebeurd?'

'Een ongeluk', zei Bottu.

'Ik geloof u niet,' antwoordde ze meteen, 'en ik denk dat u helemaal geen vriend van Lucy bent. U wilt alleen meer over haar weten, u bent van de politie.'

Bottu knikte. Hij ging in zijn binnenzak en toonde zijn pasje.

Ze reageerde met een vage zwaai van de hand. 'U weet toch dat Lucy niet zo'n hoge dunk had van de politie?' Ze keek de andere kant op, de hand voor de mond. 'Ik besef opeens dat ik in de verleden tijd over haar aan het praten ben. Lucy was op het leven uitgekeken, meneer Bottu.'

'U denkt dat ze..?'

'De hand aan zichzelf geslagen heeft', vulde ze aan. Ze keek weer de andere kant op. 'Niemand met haar weldadige fysieke verschijning zou anders in afgedragen, katoenen jurken en op lelijke wandelsandalen rondlopen. Ik heb haar nooit anders gekend. Ik heb haar ook nooit weten lachen. Altijd voor anderen in het getouw zijn, zichzelf wegcijferen, geen zier dankbaarheid in ruil krijgen. Dat gaat op de duur te zwaar wegen. Wat zegt u daar als politieman op?'

Hij had niet verwacht dat hij in het defensief zou gedrongen worden. Hij kreeg het vermoeden dat ze het beiden over een andere vrouw hadden.

Hij diepte de gevouwen foto op van Lucy Servaes met de man zonder geheugen. 'We hebben het toch over deze vrouw, niet?'

'Natuurlijk. Twijfelt u soms aan haar?'

'En de man bij haar op de foto, kent u die?'

'Nooit gezien.'

Hij had de indruk dat haar antwoord er iets te snel kwam. Bovendien trilden haar lippen heel even.

'Ze had geen hoge dunk van de politie?'

' 'Als ze me toen geloofd hadden, zou het met mijn leven heel anders gelopen zijn', zei ze voortdurend.' Ze begon te fluisteren. 'Ze zat met een groot geheim en de politie geloofde haar niet. Meer wilde ze niet kwijt.'

'Waren jullie hartsvriendinnen?'

'Hoe komt u daar bij? We waren niet eens vriendinnen. Met veel goede wil zou u ons kennissen kunnen noemen hebben. Ze liet niemand in haar leven toe, meneer Bottu. Niemand wist wat van haar.'

'Acht u het mogelijk dat ze een dubbelleven leidde?'

Ze kwam vlak naast hem zitten, leek opeens sterk geïnteresseerd. 'Zoiets als een brave echtgenote overdag en feesten met minnaars 's nachts?'

Hij bekeek haar zijdelings, er zat een mysterieus lachje op haar gezicht. 'Ik heb het alleen wat moeilijk met de teruggetrokken vrouw die u beschrijft en de flamboyante dame hier op de foto. Meer niet, mevrouw.'

'Dat bent u niet de enige.' Ze wees naar de foto. 'Deze Lucy Servaes heb ik nooit gekend, het spijt me. Maar dat er iets niet klopt, moet u me niet vertellen.'

'U kende haar blijkbaar toch niet goed genoeg?' Hij liet zijn woorden uitdagen. 'U werkte dag in dag uit met haar samen in het ziekenhuis. Ik neem aan dat u wist waar ze woonde?'

'We gaan meer dan twintig jaar in de tijd terug, meneer Bottu. Het enige wat ik weet, is dat ze toen in Oostende verbleef en elke dag de trein nam naar het UZ in Antwerpen. Toen ze in het ziekenhuis wegging, is ze eigenaardig genoeg hier in de stad komen wonen.'

'In de Schuttershofstraat?'

'Hoe komt u daar weer bij? Nee, in de Carnotstraat, vlak achter de zoo.'

'Naar het schijnt was ze toen al getrouwd en had ze één zoon.'

'Dat betwijfel ik zeer. Ik heb ze een paar keer op straat ontmoet met een tweeling. Twee jongetjes van een jaar of vier. Twee lieverds. Een donkere huid. Ze heeft altijd een zwak gehad voor vreemdelingen, meneer Bottu. Ik heb haar man nooit ontmoet, dus...'

'Die ontmoeting, was dat tijdens of nadat ze in het UZ werkte?'

'Tijdens. Ze praatte nooit over haar kinderen. Nadat ze uit het UZ vertrok, heb ik haar nooit meer ontmoet. Of toch, nog één keer tijdens de kerstperiode. Ze was toen op stap met een van de jongetjes, het andere was ziek thuis, beweerde ze.'

'De directeur van het UZ liet verstaan dat jullie mekaar af en toe nog zagen. Toen ze niet meer in het ziekenhuis werkte, bedoel ik.'

Bliksemsnel. 'Dan moet hij zich vergissen. Dat zou trouwens niet de eerste keer zijn.'

Ze stond op, liep naar het raam, keek naar buiten.

Bottu probeerde de stilte te breken. 'Gisteren stak van haar een brief in mijn bus. Ik heb nog een andere brief die ze recent schreef vanuit de Schuttershofstraat.'

'Ik heb van haar in jaren niets meer gehoord. Ook geen brieven ontvangen, geen kerstkaartje, niets. Ik dacht dat ze terug naar de kust was. West-Vlamingen, een speciaal ras, weet u...'

Bottu stond op, sprak tegen haar rug. 'Nog één vraag. Lucy Servaes en dokter Leleux zijn beiden uit het UZ vertrokken. Gebeurde dat rond dezelfde periode?'

'Ze zijn inderdaad samen vertrokken. Leleux ging over de tong dat hij een vrouwengek was. En een onverbeterlijke gokker met een berg schulden. Sommigen beweerden dat hij wat met Servaes had en dat ze daarom beiden moesten vertrekken.' Ze draaide zich om. 'De dokter was meer dan een gelegenheidsdrinker, meneer Bottu. Iedereen wist het, maar daarover sprak niemand.'

De commissaris maakte het drankgebaar. 'U bedoelt dat hij..?'

Ze keek weer naar buiten. 'Niks ongewoons in een ziekenhuis. Je moet die ellendige stress ergens mee wegspoelen, want niemand helpt je. Maar ik herhaal het, dat is lang geleden. Ik begrijp niet waarom u zo blijft aandringen, meneer Bottu.'

'Ik had iets opgevangen over een poging tot zelfmoord', zei hij.

'Wat heb ik u daarnet laten verstaan, meneer Bottu? Of had u mij niet begrepen?' Het klonk kurkdroog.

'Beiden *moesten* vertrekken, zei u?'

'Jaloezie onder vrouwen gaat soms heel ver, meneer Bottu. Maar daar vertel ik u in uw vak waarschijnlijk niets nieuws mee? Het spijt me dat ik u niet verder kan helpen.'

Alles viel dus te herleiden tot een alledaagse mannenkwestie? De commissaris dacht aan de woorden van dokter Van Duyn toen die het nog geen vier uur geleden had over de echte reden van het plotse vertrek van Lucy Servaes uit het UZ. Iets in hem zei dat een relatie op het werk te triviaal was en dat er ongetwijfeld meer aan de hand moest zijn. Vooral omdat er ook nog een poging tot zelfmoord op gevolgd was.

Ze bleef naar buiten kijken, begon aan de blinden te frunniken en zei niets. Een teken dat voor haar het gesprek afgelopen was. Zoals hij daarstraks met de directeur in het ziekenhuis al had meegemaakt.

'Ik denk dat ik maar eens opstap, mevrouw.'

Ze keerde zich zijdelings naar hem. Hij zag dat ze gehuild had. Dan liep ze hem voor. Plots draaide ze zich om.

'Lucy en ik deelden dezelfde passie, meneer Bottu.' Ze wees naar de boekenwand. 'Nog zoiets eigenaardigs...' Ze stopte, keek hem aan.

'Eigenaardig, mevrouw?'

Ze liep terug de kamer in, greep zonder één seconde te aarzelen een boek. 'Haar lievelingsauteur,' zei ze, 'ze heeft me toen het boek uitgeleend en wilde het nadien niet meer terug. Het is zelfs met succes verfilmd. Eigenaardig, toch?'

Hij nam het boek in de hand. '*Vengeance is my forgiveness*' stond op de kaft. Daaronder de naam van de Italiaanse auteur. Luciana Ribet.

Ze keek hem weer aan, nog indringender als daarnet. 'En dan is er nog iets.'

'Ja, mevrouw?'

'U noemde daarnet de Schuttershofstraat in de stad. Ik denk opeens aan iets, meneer Bottu. Lucy had geen auto, dus heb ik haar een paar keer meegenomen. Telkens vroeg ze me om haar niet naar de Carnotstraat te brengen, maar haar te laten uitstappen in de Schuttershofstraat. Ze stapte dan binnen in een wat vervallen woning, rechts van die verlichtingszaak. Pas op, ik spreek over meer dan twintig jaar geleden. Toen vond ik dat niet eigenaardig. Nu wel.'

'U bent niet de enige die zo denkt, mevrouw.'

Hij wist dat het een verdomde gok was. Maar nu hij toch bezig was, kon hij maar best doorzetten. Ze knikte voorzichtig naar hem toen ze de deur sloot. Hij keek op zijn klok. Het was veertien uur vierendertig. De tijd trapte op zijn hielen.

Vrijdag 7 september
Antwerpen, Schuttershofstraat
Vijftien uur zestien

Het had niet meegezeten met het verkeer. Bottu had er bijna drie kwartier over gedaan vanuit de Luchtbal. Gelukkig had hij in de Schuttershofstraat vlug de woning gevonden, waar Lucy Servaes volgens haar vroegere collega jaren geleden wel eens langskwam. Het feit dat haar brief van 10 juli aan de man zonder geheugen in deze straat geschreven was, versterkte zijn vermoeden dat ze daar woonde of er van tijd tot tijd verbleef. Misschien achter de witte deur, waar hij net had aangebeld en geduldig wachtte tot er iemand zou verschijnen. Er stond geen naam op het plaatje onder de bel, de overgordijnen waren toegeschoven, er stonden geen fietsen tegen de gevel. Hij spitste de oren, maar kon binnen geen geluid horen. Op de vensterbank stond een bak met verdroogde geraniums, reclamefolders puilden uit de brievenbus. Een slecht voorteken. Vanuit de ooghoeken merkte hij opeens dat het overgordijn van het raam naast de voordeur enkele centimeter werd weggeschoven. Het volgende ogenblik ging het weer dicht. Hij fixeerde het raam enkele seconden. Ze moesten daarbinnen toch doorhebben dat hij het gezien had? Hij belde een tweede keer aan, deze keer lang, klopte dan met de vuist op de deur. Al na enkele seconden hoorde hij gestommel, een grendel werd weggeschoven, een sleutel twee keer omgedraaid.

Het meisje dat in de deuropening verscheen, schatte hij hooguit zestien jaar. Ze was klein en tenger, ze had een fijngesneden gezicht, donkere ogen en huid, lang, ravenzwart haar dat met een gele band bijeengehouden werd in een paardenstaart. Ze droeg een lang, wit hemd over een zwarte jeans en liep blootsvoets. Bottu stelde zich voor, zei dat hij een tijdlang bij de Antwerpse politie was geweest, toevallig langskwam en zich afvroeg of iemand die hij toen gekend had nog in de buurt woonde of er af en toe verbleef.

Ze keek hem lang aan. 'Ik vrees dat ik u niet zal kunnen helpen', zei ze. Ze sprak vlekkeloos Nederlands. 'Bovendien heb ik erg weinig tijd. Tweede zit, ziet u,' ze haalde de schouders op, 'het eerste jaar universiteit, niet makkelijk.'

Hij vond het een wat raar antwoord, nog voor hij een echte vraag had gesteld. Ze was dus ook ouder dan ze leek.

Bottu leunde naar voren. 'Mag ik soms weten hoe u heet?'

'Nazmiye', zei ze.

'En hoe nog?'

'Nazmiye Batu', antwoordde ze meteen.

Het meisje moest dus Turks zijn, concludeerde hij.

'En uw ouders, zouden zij mij niet kunnen helpen?'

Achter het meisje in de inkomhal zat een vrouw op haar knieën de vloer te dweilen.

'Is zij soms uw moeder?'

Ze schudde heftig van nee. 'Dat is Meltem,' antwoordde ze, 'onze inwonende meid, ze is hier pas, u hoeft haar niets te vragen, want ze begrijpt geen woord Nederlands.'

Bottu merkte dat er een vreemd soort angst in haar ogen verscheen. Ze keek schichtig om zich heen, alsof ze elk ogenblik iemand verwachtte.

'Mijn ouders zijn er niet.' Ze dacht schijnbaar na. 'Ze zijn voor lange tijd op reis', zei ze.

De commissaris zag aan haar ogen dat ze loog. 'Goed dan maar,' zei hij, 'misschien bel ik bij de buren aan en kunnen zij mij wel helpen. Misschien kennen zij deze vrouw wel.' Hij haalde ostentatief de gevouwen foto uit zijn zak, hield hem een paar tellen voor zich uit, zodat ook het meisje hem goed kon zien. 'Alvast bedankt en een prettige dag verder.'

Hij merkte dat de handen van het meisje beefden toen ze langzaam de deur sloot, terwijl ze naar hem bleef kijken.

Bottu stapte weer in zijn auto, draaide het raampje omlaag. Hij leunde achteruit in zijn zetel en bleef zo zeker een minuut zitten. De vrouw daarbinnen op haar knieën had slechts één seconde naar hem opgekeken. Hij had recht in haar ogen gekeken. Er was een gevoel door hem heen gegaan dat hij amper kon beschrijven. Hij had getwijfeld, maar het volgende ogenblik was hij heel zeker. Die blik, die ogen, dat gezicht, die opgekropte woede. Er was slechts één probleem: als dit geen kwade droom was, zou zijn wereld weer ondersteboven gaan staan. Opnieuw en opnieuw, na al die jaren. Waar zou het eindigen? Hij besefte op dat ogenblik dat hij vastzat in de modder. Misschien kon Marco Borsato hem er die avond uit trekken? Bottu zou hem in het oor fluisteren dat de tijd begon te dringen. Erger nog, dat het een zaak was op leven en dood. Alsof alle klokken tegelijk werden teruggedraaid. Hij moest dringend Boersma bellen. Hij wist nu zeker dat dit een zaak was waar ze samen doorheen moesten en waar ze alleen samen een antwoord op konden bieden.

Zaterdag 8 september
Antwerpen, Schuttershofstraat
Acht uur veertien

De vrouw die de dag voordien achter Nazmiye Batu op haar knieën de inkomhal zat te dweilen, deed de deur open. Haar glanzende haar was grijzend, ze droeg een rond brilletje, waarachter donkere ogen alles volgden. Haar zwarte, tot aan de hals gesloten jurk die tot op de grond hing en het feit dat ze een hoofd groter was dan de commissaris, maakten haar imposant. Ze keek Bottu vlak in het gezicht.

'U had mij gisteren onmiddellijk herkend, meneer Bottu.' Ze had een zachte, bijna vloeibare stem. Het was geen vraag, maar een bevestiging. 'Toen ik u vanachter het raam zag aanbellen, heb ik van mijn kant ook geen ogenblik getwijfeld.'

'Ik dacht dat ik me vergist had.'

'U hoopte dat u zich vergist had', antwoordde ze. Haar stem verscherpte zich moeiteloos.

'U bent geen haar veranderd sinds toen.'

'Het is dertig jaar geleden, meneer Bottu.' Een flauw lachje.

Pas nu viel het hem op dat haar Nederlands een zwaar Antwerps accent had gekregen. 'Net of het gisteren was', zei hij.

'U hoopt dat het gisteren was, meneer Bottu. U hoopte ook dat de tijd alles zou uitwissen, maar dat deed hij niet.' Ze wachtte. 'Zoals ik hoopte dat u hier op een dag weer voor me zou staan.'

'Waarom?'

'Omdat ik ondanks alles ben blijven geloven dat u een goed mens bent, meneer Bottu. Ik hoopte alleen op bevestiging.'

De commissaris keek even opzij, dan weer naar haar.

Ze bleef hem aankijken. 'Kijk, een naam als inspecteur Bottu zou in mijn land nog net gekund hebben.' Ze sprak de u uit als oe. 'Maar inspecteur Gijs Boersma, dat heb ik altijd een wat eigenaardige naam gevonden. Misschien net daarom heb ik hem al die jaren zo goed onthouden.' Ze wachtte bewust. 'Over zijn naam heeft mijn familie lang gestruikeld.' Pas nu keek ze naar Boersma, die al de tijd bewegingloos naast Bottu had gestaan en geen woord had gezegd. 'Maar troost u, meneer Boersma, jullie hebben natuurlijk net zoveel moeite met mijn naam. Wie heet er in dit land van jullie nu Llayda Bozkurt en is gehuwd met Altan Batu?'

'Anders een mooie naam', zei Boersma eindelijk.

Ze keek de beide mannen om de beurt aan. 'Maar het gaat om mijn zus Pelin Bozkurt, neem ik aan. Of vergis ik me?'

De beide mannen wisten eerst niet wat te antwoorden.

'Eigenlijk ging het om Lucy Servaes', zei Bottu.

De vrouw sloot de ogen. 'Wie Lucy Servaes zegt, zegt Pelin Bozkurt. Wie Pelin Bozkurt zegt, zegt Lucy Servaes.' Eindelijk keek ze van hen weg. 'Maar komen jullie toch binnen, heren.' Ze bracht de beide handpalmen bij mekaar. 'Ik had jullie al veel vroeger verwacht.'

De binneninrichting van de woning was niet in overeenstemming met de afgebladderde buitengevel. De man met de restauratiehamer was druk aan het werk geweest. Bottu en Boersma werden ontvangen in een ruime woonkamer, die aan de achterkant van de woning lag en via muurhoge ramen uitgaf op een grote stadstuin, waar verschillende tuinkamers en intieme hoekjes waren gecreëerd.

'Mijn man is arts', zei de vrouw.

Het klonk bijna verontschuldigend, als een alibi voor de klaarblijkelijke weelde. Achttiende-eeuwse antiek, vermengd met design op een manier die de toets van een binnenhuisarchitect liet vermoeden. Op haar vraag of ze voor hen thee mocht zetten, knikten ze bevestigend, al begrepen ze die plotse gastvrijheid niet. Van de woede in haar blik, de vorige dag, was niet het minste spoor meer, alsof ze een metamorfose had ondergaan. Na enkele minuten kwam ze vanuit de keuken aandraven met dampende thee in kleine glaasjes en een schoteltje met zoetigheden. Ze ging vlak voor hen in de canapé zitten en herschikte met haar fijne vingers de versnaperingen op de salontafel. Ze zei secondenlang niets, keek zelfs niet op. Het leek alsof ze zorgvuldig nadacht over wat ze zou gaan zeggen.

'Wij zijn Turkse christenen, wij leven volgens de bijbel', zei ze opeens. Ze fixeerde hen bij die woorden. Haar gezicht stond strak.

'Over wie hebt u het, mevrouw?'

'Over mezelf en mijn man Altan, over onze dochter Nazmiye en haar broers Kemal en Kadir.'

'Nazmiye is er vandaag niet?' vroeg de commissaris, terwijl hij zijn blik langzaam over de tafel liet glijden.

'Wilde u haar soms vragen stellen, meneer Bottu?' Het klonk alsof ze bang was dat hij dat ook zou gaan doen.

'Niet meteen. Ik had gisteren begrepen dat ze midden in de examens zit. We willen haar dan ook niet storen. Alleen als het echt nodig zou zijn...'

Ze liet hem niet de kans om zijn zin af te maken. 'Ze is een dagje naar zee. Even stoom aflaten, moet af en toe kunnen. Boven ligt een berg cursussen op haar te wachten, ze komt daar wel doorheen. Mijn dochter is een verstandig meisje.'

'U had het daarnet over uw zus Pelin, mevrouw', zei de commissaris.

Ze knikte en bracht de handpalmen weer bij mekaar. 'Een van de mooiste dingen die mensen kunnen doen is vergeven en verzoenen en dan weer verder gaan. Maar dat lukt niet altijd.' Ze wachtte, keek de beide politiemannen weer lang aan. 'Het leven zou anders gelopen zijn als jullie Pelin toen hadden geloofd.' Ze wachtte. De lange stilte scheen alles leeg te zuigen. 'Waarom hebben jullie haar in godsnaam nooit geloofd?'

Bottu schuifelde met de voeten. 'Wij dachten dat het nooit zover zou komen,' zei hij.

'Zelfs toen die verschrikkelijke foto in die bruine envelop op het bureau werd bezorgd, dachten wij nog altijd dat het om opgezet spel ging', voegde Boersma eraan toe.

Hoe kon Bottu op een cruciaal ogenblik als dit zeggen dat ze toen ook bang waren? Een politieman mag niet bang zijn. Zelfs als zijn jonge, vrouwelijke collega een week voordien werd neergelegd met een kogel uit een handgemaakte loop in een zaak van blind godsdienstfanatisme. Rioolratten komen 's avonds uit en hij wilde er toen eentje vatten. Zijn collega had niet getwijfeld, ze was uit het goede hout gesneden, even hardnekkig als hij. Alleen was ze een seconde te laat. De seconde die haar en zijn leven bepaalde. Het kind in haar buik kon niet meer gered worden.

'Een foto van Pelin in een plas bloed, afgemaakt als een dier', zei de vrouw.

Bottu schuifelde nog erger als daarnet. 'Het opstarten van een tuchtonderzoek blijft altijd een zwarte vlek in het leven van een politieman, mevrouw. Laat ons het daar alstublieft bij houden.'

Boersma knikte onophoudelijk.

'Zij was mijn zus, haar kinderen waren mijn twee neefjes en toch kon ik haar niet helpen. Op dat ogenblik toch niet. Ik woonde nog thuis. Hij keek toe op alles wat ik deed.' Felle nadruk op 'hij'. 'Pas toen hij samen met mijn moeder terug naar Turkije vertrok, kon ik eindelijk weer ademen. Misschien de gelukkigste dag uit mijn hele leven.' Ze keek hen vlak in het gezicht. 'Weet u, thuis had ik een poster op mijn kamer tegen de muur hangen met galopperende paarden. Ik keek daar elke avond met betraande ogen naar, als ik in bed kroop. Die paarden symboliseerden voor mij de vrijheid.'

Bottu nipte voorzichtig van de hete thee. 'Wij hebben toen een inschattingsfout gemaakt', zei hij.

'Inschattingsfouten, zo noemen jullie dat gemakkelijkheidshalve. Nog een geluk dat de korpschef tijdens het proces zijn inspecteurs met een ongewone hardnekkigheid verdedigde. En dat de rechter de lamentabele tussenkomst van de politie in het vonnis herleidde tot een randfenomeen. Met de huidige reglementen en procedures zou zoiets vandaag de dag ondenkbaar zijn.' Er zat onmiskenbaar dreiging in haar woorden.

'Een inschattingsfout', herhaalde Bottu.

'Na al die keren dat Pelin jullie om bescherming had gevraagd? Dat ze van huis wegliep en door hem werd teruggehaald en weer werd opgesloten als een dier. Ik ben toen bij jullie op het bureau komen smeken om iets te doen. Ik was wanhopig, razend, radeloos. Maar jullie schermden alleen maar met wetsartikels. Alsof wij tweederangsburgers waren... meneer Bottu.'

'Uw zus was toen minderjarig en er waren geen bewijzen, mevrouw.

Dachten we...'

'Ze werd gevonden in een smekende houding. Afgemaakt omdat hij geen bastaards als kleinkinderen wilde. Door iemand overgekomen uit Turkije dan nog, omdat hij te laf was om het zelf te doen. Gelukkig was iemand als Lucy Servaes er toen.'

'Een Florence Nightingale *pur sang*', zei Bottu.

Ze reageerde op de naam alleen met fel geknipper van de ogen. 'Zij heeft ervoor gezorgd dat de tweeling Kadir en Mahir opgenomen werd in een tehuis. Ze woonde toen in Oostende, maar ze kwam zo dikwijls ze kon naar Antwerpen om de kleintjes te zien en met ze te gaan wandelen. Daar kan een mens alleen maar bewondering voor hebben. Ze ging vaak met ze naar de zoo, de tweeling was dol op haar.'

'Lucy Servaes was toen toch getrouwd en had zelf een zoontje?' vroeg Boersma.

'Haar huwelijk met die Tavernier heeft nog geen twee jaar geduurd. Soms gaan twee mensen uit elkaar en worden ze er allebei verdrietig van, onbegrijpelijk dat ze het toch doen. Vaak heeft dat te maken met geld. Bij Lucy was het niet anders. Het jongetje werd het kind van de rekening en belandde bij zijn vader. Ik heb van hem nooit nog wat gehoord, laat staan gezien.'

Toen Bottu die morgen Boersma aan het centraal station van de trein was gaan ophalen, had hij hem verteld dat macho Joe Tavernier in feite Johan Tavernier heette. De Oostendse speurder had de hele weg van het station naar de Schuttershofstraat in de wagen zitten gieren van het lachen, ondanks zijn ogen die nog vol slaap zaten.

'Waarom vertrok uw vader terug naar zijn geboorteland? Hij is toch nooit echt beschuldigd van de moord op uw zus?' vroeg Bottu.

Ze keek naar de grond, alsof ze beschaamd was. 'De gesp was dicht en bleef dicht. Daar zullen jullie westerlingen nooit bij kunnen. Het heeft allemaal met eer te maken. Er was geen sprake van dat hij als hun grootvader voor Kadir en Mahir het vertellend verleden van hun land van oorsprong zou worden.' Haar lippen bewogen amper.

'Uw zus werd toch pas gedood nadat ze van de tweeling bevallen was?'

'U wilt toch geen begrip voor hem tonen?' Haar lippen trilden. 'Het blijft moord, meneer Bottu. Of had u daar soms een andere naam voor? Al stelde het proces niets voor. Of val ik in herhaling?'

'Toen uw vader weg was, bent u dus het huis uit gegaan?'

'Ik had mijn man leren kennen toen ik thuis woonde. Hij was op dat ogenblik nog gehuwd en had op dit adres een praktijk. Maar wat doe je nu eenmaal met liefde, meneer Bottu? Ik heb inderdaad gewacht tot hij weg was. Toen hebben wij de tweeling hier in huis genomen, als onze eigen kinderen. Ze waren een jaar of drie. Vijf jaar later werd mijn zoon Kemal geboren en nog later mijn dochter Nazmiye.'

'Bent u het die het dode lichaam van uw zus toen ontdekt heeft?'

'Wist u dat dan niet, meneer Bottu?'

'Nee.'

'Ziet u wel.' Ze wachtte. 'Nee, ik was het niet.'

'Wie dan wel?'

'Heeft dat nog belang?'

'Meer dan u zich kunt voorstellen.'

Ze overlegde kennelijk met zichzelf. 'Het was Lucy Servaes.'

'Was zij het ook die ons toen die foto van uw dode zus op het bureau bezorgde?'

Ze knikte. En nog eens. Ze kon niet weten dat de twee politiemannen die foto al duizend keer in handen hadden gehad.

Bottu haalde de foto met de jongetjes op de draaimolen uit zijn zakken en legde hem vlak voor de vrouw op de salontafel. 'Kent u die jongetjes, mevrouw?'

Ze schudde met het hoofd, alsof het dreigde los te komen van haar romp. Het viel op dat ze de foto niet bekeek.

'Die tweeling, zijn dat Kadir en Mahir?'

Ze knikte bevestigend. Ze vroeg niet hoe hij aan die foto gekomen was.

'Wat weet u, mevrouw Bozkurt?'

'Wat wilt u weten, meneer Bottu?'

'Een antwoord op al mijn vragen.'

'Soms wil iemand die alles heeft nog meer. U weet toch dat u zich nu hier in Antwerpen op vreemd terrein bevindt?' De vraag had meer van een verdediging dan van een aanval.

'Wat is er van de tweeling geworden, mevrouw?'

Ze wees naar de foto. 'Mahir kreeg rond die tijd een ongeval. Hij was amper vijf. Kadir groeide alleen verder op. Hij was uitermate begaafd als student en werd daarna een begenadigd taalvirtuoos. Totdat die amper te harden hoofdpijn kwam en hij begon te verdwalen in de draden van zijn eigen woorden.' Ze wachtte. 'Het was toen een ongeval. Tragedies maken je in één klap helder, meneer Bottu.'

'Waarom antwoordt u op een vraag nog voor ik ze gesteld heb? Het was dus iets anders dan een ongeval?'

'Een mens moet de tijd kunnen laten rusten, alles laten verdwijnen in herinneringen. Dat kan alleen door te vergeven, meneer Bottu.'

'Had Lucy Servaes er wat mee te maken? Met het ongeval en met al de rest.'

Ze sloot de ogen. 'Meer wil ik daar niet over kwijt, neem me niet kwalijk.'

'En Lucy's auto?' vroeg Boersma opeens.

De vrouw leek uit evenwicht gebracht door een vraag die ze niet verwacht had. 'Lucy had helemaal geen auto, daar had ze niet de middelen voor. Als dat nodig was, nam ze Kadirs auto. Niet lang geleden heeft hij nog een andere gekocht.'

'Een Toyota?'

'Ik ken niets van automerken, meneer Boersma. Zo'n jeepding.'

'Zilvergrijs?'

'Ja.'

'Donkere ruiten?'

Ze knikte.

Bottu nam twee flinke slokken thee. 'U had het net over hoofdpijn. Heeft Kadir een hersentumor, mevrouw Bozkurt?'

Nu antwoordde ze wel onmiddellijk. 'Kadir is ziek en kreeg een aangepaste behandeling. Wij bidden voor hem, hij was een goede jongen, meneer Bottu. Hij...' Ze wilde nog iets zeggen maar liet de woorden achter in een veelbetekenende stilte.

'Waarom spreekt u voortdurend over Kadir in de verleden tijd, mevrouw?'

'Het is nu langer dan een maand geleden dat we hem nog gezien hebben. We maken ons grote zorgen over hem.' Ze keek Bottu vlak in het gezicht. 'Maar op de politie hoeven we niet te rekenen, zeker?'

'Zoals u zei, wij bevinden ons hier op vreemd terrein, maar zelfs dan blijven wij politieman, mevrouw.'

Bottu stond op, ging naast haar zitten en nam haar zachtjes bij de voorarm. Een gebaar zacht als een liefkozing. Ze lachte voorzichtig. Het bleef lang stil.

'Ik hoop maar dat hij in Gent is, zijn studentenstad. Zijn studio heeft hij nooit willen opgeven. Als het hoog zit, trekt hij daar naartoe. Soms gaat mijn dochter Nazmiye dan bij hem logeren en trekken ze samen de stad in. Dat zijn echte hoogdagen voor haar.'

'En Lucy?'

'Die woont hier niet, meneer Bottu. Niet langer dan eergisteren heeft ze nog gebeld van de kust.'

'Was Kadir soms bij haar?'

'Daar heeft ze niets van gezegd.'

'Is er aan haar iets speciaals opgevallen? Ze was de laatste tijd erg in zichzelf gekeerd.'

'Juist.'

'Op bepaalde ogenblikken helemaal weg van de wereld en op andere weer niet.'

'Juist.'

'Ze contacteerde u op onverwachte ogenblikken, soms midden in de nacht?'

'Hoe weet u dat?'

'Ervaring, mevrouw. Een laatste vraag, of beter: een verzoek: zouden we een blik mogen werpen op de kamer van Kadir?' vroeg de commissaris.

Ze stond op, zonder een woord te zeggen, gaf een teken haar te volgen.

In de kamer van Kadir heerste dat iets te veel orde dat ze al waren tegengekomen in de loft van de badman en op de flat van de man zonder geheugen. Alsof de bewoner vertrokken was en alleen had nagelaten wat hij echt wilde. Ze hoefden niet ver te zoeken, het viel meteen op. Op de schrijftafel in de hoek van de tafel lag de open bijbel. Daarnaast de blokagenda, opengeplooid op zaterdag 8 september.

Laat nu je laatste droom maar komen
Wees niet bang meer
Je nacht van vrede is gekomen

Het stond er in vuurrode letters met stift geschreven. Daaronder, in drukletters, eveneens in rood, een naam met daarover een kruis. Helemaal onderaan het blad in zwarte inkt een tweede naam en een pijl die wees naar een bedrag. Vijftigduizend euro. Dan een reeks uitroeptekens. Het was wel de laatste naam die ze daar verwacht hadden. Boersma stond aan één stuk te knikken, maar zei geen woord.

'Alle draden zijn doorgeknipt!' riep Bottu. 'De finale speelt zich af in Oostende, godverdomme. Ik had het voorspeld en toch komt het nog als een verrassing. Ik hoop maar één ding: dat we niet te laat komen. Weet jij waar *hij* woont, Boersma?'

'Reken maar!'

Ze namen beiden twee treden tegelijk naar beneden. Llayda Bozkurt stond hen onderaan de trap op te wachten. Alsof ze verwacht had wat er ging gebeuren.

'Ik ben blij dat ik u weer ontmoet heb', zei Bottu zacht, terwijl hij haar de hand drukte.

'Ik ben ook blij, of beter nog, opgelucht, commissaris.' Het was de eerste keer dat ze hem commissaris noemde.

'Wanneer is Nazmiye precies naar zee vertrokken, mevrouw?' vroeg Bottu.

Zijn vraag verraste haar. 'Weet ik niet zo precies. Vanmorgen. Ik lag nog in bed. Zes, zeven uur. Is dat van belang, commissaris?'

'En waar is ze naartoe?'

'Ze is naar een vriendin in Oostende. Waarom vraagt u dat?'

'Nieuwsgierigheid, mevrouw. Maar u zou het even goed beroepsmisvorming kunnen noemen.'

Hij boog naar haar en gaf een kus op haar wang. Ze liet begaan. Toen hij haastig wegwandelde, keek hij niet meer om. Hij wilde niet weten of Boersma hetzelfde deed.

Zaterdag 8 september
Rand van Oostende, landweg
Negen uur eenendertig

Het had even geduurd voor het helemaal tot hen doorgedrongen was. En dan nog wisten ze niet wat er echt ging gebeuren. Van één ding waren ze wel zeker: ze liepen een verdomd risico, beiden of toch zeker een van hen.

Boersma had vanuit de wagen de onderzoeksrechter gebeld. Die had de hoofdinspecteur vrij spel gegeven en geen bezwaar geopperd dat Bottu bij de actie betrokken werd. De onderzoeksrechter zou een ploeg in *stand by* sturen, maar die zou niet in actie treden voor Boersma en Bottu ter plaatse waren. Op de autoweg had de commissaris de hele tijd als een gek met het zwaailicht aan gereden, terwijl Boersma hun wapens een laatste keer had gecontroleerd. Hun kogelvrije vesten lagen klaar op de achterbank. De kans was groot dat het er warm aan toe zou gaan. Ze beseften beiden dat elke minuut telde. Boersma had ook zitten telefoneren met een collega, die de streek goed kende en die hem de raad had gegeven de villa langs achter te benaderen. Daar liep een wegeltje dat enkel toegankelijk was voor landbouwvoertuigen en dat in deze tijd amper werd gebruikt, had de man gezegd. De hoge beukenhaag, die inkijk moest voorkomen, had nog geen enkel blad verloren. De politiewagen zou zo goed als zeker niet vanuit de woning te zien zijn. Door een smeedijzeren poortje kon je van op die plaats wel de achtergevel zien, had hij eraan toegevoegd. Het stond meestal open, maar zelfs erover klimmen kon geen probleem vormen. Van bij het wegeltje tot de achtergevel was het een kleine honderd meter lopen. Gelukkig zouden de talrijke rododendronstruiken op het gazon uitstekend bescherming bieden. Eén nadeel: de leefkamer lag zuid, aan de achterkant. Je wist dus maar nooit.

De beschrijving klopte met de werkelijkheid. Het beeld vlak voor hen, onder het afwisselend spel van wolken en zon, was idyllisch. Ze trokken hun kogelvrije vest aan en wensten mekaar geluk. Bottu zou als eerste bij het huis proberen te komen, terwijl Boersma dekking zou bieden. De villa lag gevangen tussen de weg en een strook bosland, die aan de ene kant langs een beek liep en aan de andere kant begrensd werd door een immens weiland. Zij dachten er een ogenblik aan om de woning vanuit het bosland te benaderen, maar dat bleek bij nader inzien vol bramen te zitten.

Rond het poortje zat een hangslot aan een verroeste ketting. Ze klommen erover, het was de enige mogelijkheid. Ze lieten zich onmiddellijk in het hoge gras vallen en wachtten daar een kleine minuut af. Van daaruit leek de villa, die helemaal onderkelderd was, op een echte vesting. Ze hadden zicht op twee van de drie schuiframen, die onder normale omstandigheden vanuit de leefkamer een adembenemend panorama moesten bieden. De gordijnen van het schuifraam uiterst rechts speelden met het makke windje, een meevaller dat het raam dus open stond. De gordijnen van het andere raam waren opengeschoven. Het was aan dat raam dat ze dachten beweging te zien.

'Mag ik de verrekijker even?' vroeg Bottu aan Boersma, die vlak naast hem in het gras lag.

Boersma schoof hem de kijker toe.

'Hoe ziet die man er eigenlijk uit?' fluisterde Bottu.

'Ik heb hem zelf ook nooit persoonlijk ontmoet. Ik heb alleen de beelden uit flat 04.02, maar die geven natuurlijk een vertekend beeld.' Boersma probeerde te glimlachen, maar besefte dat dit niet het juiste ogenblik was. 'Hij is groot, mager, kalend, lijkt een behoorlijk stuk jonger dan hij is. De beelden...'

'Verdomd, Gijs, het gaat niet alleen om die beelden! Dat hier veel meer aan de hand is, weet jij even goed als ik. Daarbinnen moet het op dit ogenblik een echte heksenketel zijn, man.'

Er was dezelfde geprikkelde spanning in hun stemmen en in de manier waarop hun ogen zeiden tot het uiterste te gaan.

Bottu hield de kijker zeker een halve minuut bewegingloos voor de ogen en zei niets.

'Ik zie hem! Hij zit aan een tafel en is alleen van achteren te zien,' fluisterde hij opeens, 'er is weinig twijfel dat hij het niet is. Hij draagt een geruit hemd, zijn haar zit compleet in de war, achter op zijn hoofd zie ik een streepje rood.' Hij wachtte. 'Wellicht heeft hij een slag gekregen, maar hij lijkt niet groggy. Als ik goed kan zien, zit hij te schrijven. Af en toe gaat zijn hand in de hoogte. Hij houdt een pen of een potlood tussen de vingers. Alsof hij voor een blad papier zit te denken wat hij precies gaat neerpennen.'

'Verdomd, Claude, we hebben ons vergist! Die andere is dus van geen kanten te zien?'

'Het heeft er alle schijn van dat we te laat gekomen zijn. Maar als hij al vertrokken is, klopt er duidelijk iets niet.'

'En van *haar* ook geen spoor?'

'Nee, niet te bespeuren', antwoordde Bottu botweg.

'Moeten we het risico dan wel nemen?'

'Ben jij verdomd een politieman of wat!' Hij hakte de woorden.

Bottu liet de kijker nu langzaam de andere kant op glijden. Hij hield abrupt stil en keek Boersma aan, gaf hem de kijker. 'Het bijgebouw rechts, een garage of zoiets. Kijk tussen de struiken, Gijs, houd de kijker daar gefixeerd en wacht tot de zon weer door de wolken komt', zei hij.

Boersma zette de kijker onmiddellijk aan de ogen en deed wat de commissaris gevraagd had. Na enkele ogenblikken begreep hij wat Bottu zonet bedoeld had. 'Daar staat verdomd een zilvergrijze Toyota jeep! Hij is dus wel in huis, Claude!'

De woorden van Boersma waren nog maar pas koud of opeens hoorden ze een schot in de villa. Het klonk niet echt luid, maar toch kliefde de knal de stilte in tweeën.

Dan bleef het weer een hele tijd stil.

Bottu nam de kijker. 'De man met het geruite hemd zit nog steeds onbeweeglijk aan de tafel. Hij wordt nu waarschijnlijk van vlakbij onder schot gehouden.'

'Je kunt *hem* niet zien?'

Bottu schudde ontkennend.

'En het schot van daarnet?'

'Een raadsel. De schutter heeft zich wellicht verdekt opgesteld ter hoogte van het tweede raam. Hij is van hieruit onmogelijk te zien. Er gebeuren daarbinnen dingen die we niet verwacht hadden. We hebben geen seconde meer te verliezen, Gijs. Dek je mij?'

Boersma knikte, haalde zijn wapen boven en zette het op scherp. Hij voelde hoe de adrenaline zijn hele lijf innam. Met zijn zakdoek veegde hij het zweet van zijn voorhoofd, zodat het niet in zijn ogen droop. Dan wenste hij met een lichte hoofdknik succes aan Bottu die opstond en zigzaggend tussen de rododendronstruiken richting villa liep.

De commissaris bereikte de achtergevel vlugger dan verwacht en bleef staan bij het open raam, buiten adem, de rug tegen de muur, het wapen in aanslag. Van daaruit gaf hij Boersma een teken dat de kust veilig was. De hoofdinspecteur kwam op hem toe gerend als een springende bok. Ze bleven beiden een tijdje vlak tegen de gevel staan en luisterden gespannen naar de twee mannenstemmen binnen in het huis.

'En wat gebeurt er met mij als ik niet doe wat u me vraagt?' zei een oudere stem.

'Dan schiet ik je hoofd compleet aan flarden', brulde een jonge stem ogenblikkelijk.

'En als ik het wel doe?'

'Dan zien we nog.'

'U vraagt van mij niets minder dan een schuldbekentenis. In dat geval is alles voor me voorbij. Begrijp me toch...' probeerde de oudere stem opnieuw.

'Ik heb niets te verliezen. Kom op, man!' De jonge stem werd duidelijk ongeduldig.

Vanuit zijn positie zag Bottu de reflectie van de twee mannen in de vitrinekast in de leefkamer, op nog geen drie meter van hem vandaan. Verder leek de kamer opvallend leeg. De jongeman stond lichtjes voorover gebogen naast een oude figuur aan een ronde tafel en hield een pistool tegen de slaap van de man die niemand anders kon zijn dan professor-emeritus Aurélien Renauld de Termonde. De jongeman was ongetwijfeld de Turk Kadir Bozhurt. Maar wie was er verder nog allemaal in de villa?

De commissaris deed een stap opzij, zodat Boersma op zijn beurt het tafereel kon zien. De hoofdinspecteur slikte een paar keer. Moesten ze het er maar op wagen? Ze zochten bevestiging in mekaars ogen. Bottu gaf met het hoofd een teken dat hij klaar was om de leefkamer in te stormen. Boersma knikte kort terug.

Go! *Go*! *Go*!

Op dat teken stormden ze gelijktijdig de leefkamer in, hun pistool in beide handen voor zich uit.

'Politie! Laat je wapen vallen en schuif het met je voet onze richting uit. Het is allemaal voorbij', riep Bottu zo luid hij kon.

Renauld keek verschrikt in hun richting. Zijn gezicht stond lijkbleek, zijn adem wist van geen ophouden. De jongeman bleef een ogenblik versteend staan, maar herpakte zich bliksemsnel.

'Eén enkele beweging en hij hier gaat eraan! Ik heb niets te verliezen!' riep hij. Hij gaf de professor met de loop van zijn pistool een teken om recht te staan.

'Het haalt niets uit, Kadir,' riep Boersma, 'als ik jou was, zou ik maar beter doen wat me gevraagd wordt.'

'Oh, zijn we al bij de voornamen aanbeland? En u kent mij niet eens.'

De jongeman had een zware, vaste stem, waarin geen angst laat staan emotie zat. Bottu en Boersma zagen hoe hij zijn wapen op Renauld bleef richten en zich nu bijna helemaal achter de professor verborg, zodat hij moeilijk vanuit hun positie te treffen was.

Het was de beurt aan Bottu. 'Ik heb je moeder nog gekend. Ik ken je dus al zolang je leeft. Waar ben je toch mee bezig, Kadir?'

'Ik doe het liefst waar ik mee bezig ben. En houd mijn moeder hier buiten voor ik u ook neerknal.' Zijn tong ging opgewonden langs zijn lippen. 'Maar het feit dat u me gevonden hebt voor ik mijn werk helemaal kon afmaken, bewijst wel dat ik u danig onderschat heb.' De woorden klonken alsof ze onder water waren uitgesproken. Hij ging nog dichter bij de professor staan, zodat hij nog amper te zien was.

De enkele seconden stilte leken minuten te duren. Bottu en Boersma bleven hun wapen op Kadir Bozhurt richten, al beseften beiden dat ze in de gegeven omstandigheden bitter weinig kans maakten.

'Ik ben altijd de sterkste, omdat ik niets te verliezen heb. Kijk maar naar die daar.' Bozkurt wees achter hem naar een gedaante tegen de grond die de politiemannen eerst niet was opgevallen. Dan bewoog hij de loop van zijn wapen van boven naar onder langs de wang van de professor. 'Misschien gaat deze zieligaard er ook aan, of misschien bedenk ik me in laatste instantie wel en spaar ik mijn kogels voor...' Hij begon opeens heel luid te lachen. 'Wie weet wat er dan nog allemaal gebeurt?'

Achter Bozkurt lag een man tegen de grond, met de rug naar de politiemannen toe, de knieën opgetrokken. Een blauwe baseballpet verstopte zijn haar. Hij was aan handen en voeten met gele waskoord gekneveld en klaarblijkelijk geblinddoekt. In zijn nek was een brede rode afdruk te zien, wat er kon op wijzen dat hij van achter was neergeslagen. Het kon natuurlijk ook een schotwonde zijn. Hij lag onbeweeglijk. Was hij dood? Bottu stootte Boersma met de elleboog aan en schokschouderde. De hoofdinspecteur zei niets, maar er zat een vreemde uitdrukking in zijn ogen. Op de tafel lag een stapeltje paarse bankbiljetten. Bottu telde vijf wikkels. Daarnaast een opengemaakte envelop, volgepropt met papiersnippers. Hij moest met zo'n kracht op de tafel zijn gegooid dat snippers een eind de kamer waren ingevlogen. Onder de omslag was een stuk van een dvd te zien. In het brein van Bozkurt was duidelijk een spelletje Russische roulette aan de gang, waar hijzelf de uitkomst niet van kende. Bottu en Boersma waren nu zeker dat ook zij gevaar liepen. Ieder woord, ieder gebaar, hoe klein ook, was van tel. De minste vonk was voldoende om de kamer ogenblikkelijk in een inferno te doen veranderen. De politiemannen bleven stokstijf staan, het wapen voor zich uit. De enige zekerheid die ze hadden was dat het om één tegen twee ging. Of toch niet helemaal, want zij vormden voor Bozkurt een ideale schietschijf, terwijl hij zich handig achter de professor bleef verstoppen. Hij voelde zich niet alleen de sterkste, hij was het duidelijk ook.

'Dus was het allemaal puur om het geld te doen', zei Bottu zuchtend, zonder bij de woorden een vraagteken te plaatsen.

'Had u dan wat anders verwacht, commissaris?' antwoordde Bozkurt ogenblikkelijk.

'Zoveel heisa om vijftigduizend euro.' Bottu probeerde stil en vlak, maar verstaanbaar te spreken en zijn emotie zoveel mogelijk te bedwingen.

Op het gezicht van Bozkurt verscheen een voorzichtige glimlach. 'Dat hebt u heel goed geraden, commissaris. Het plan is altijd geniaal, maar het zijn als steeds de uitvoerders die in gebreke blijven.' Hij maakte met het hoofd een beweging naar de gedaante tegen de grond. 'Die camera op de flat in Oostende was helemaal *zijn* idee. Een potje chantage tegen zijn aanzwellende schuldenberg.'

'Ik begrijp je niet, Kadir.'

'De beelden zijn een antwoord op de reden waarom al die machtige mannen tegen hem geen klacht indienden wegens misgelopen beleggingen en sommen geld die op een mysterieuze manier verdwenen waren. Maar wie een put graaft voor een ander...'

'Ik begrijp je niet.'

'Op zijn eigen beelden is te zien hoe hij die privédetective als een dolgedraaide in de flat ombrengt.'

'Ik begrijp je nog steeds niet, Kadir.'

'Hij werd volkomen gek toen zijn minnares het weer begon aan te leggen met haar ex. Toen de privédetective ook nog zijn potje op hetzelfde vuurtje te koken zette als hij en op zijn beurt met de beelden begon te marchanderen, ging hij helemaal door het lint. Toen die schijterd van die bewakingsfirma het niet wilde doen, deed hij het dan maar zelf, met een jachtgeweer nog wel. Zij was wel de laatste die hem daarbij zou tegenhouden. De bewakingsagent had het echter allemaal gezien en was zo dwaas om ook te beginnen chanteren. Dat is hem bijzonder zuur opgebroken. Einde verhaal.'

'Over wie hebben we het nu?'

'Over Joe Tavernier *en* Karin Cockmartin. Maar dat kon u toch al vermoeden?'

Het was opeens de beurt aan Boersma met lichtjes overslaande stem. 'Ligt Joe Tavernier daar dan dood tegen de grond?'

'U mag drie keer raden, hoofdinspecteur.'

'En Cockmartin?' vroeg Bottu.

'Haar nog vatten wordt een hele opgave. Wat gaat u beginnen tegen een sjeik in de Verenigde Arabische Emiraten? Toch niet staan zwaaien met een of ander internationaal aanhoudingsbevel? Bloedmooie vrouwen hebben het altijd makkelijker in het leven, vooral als ze ruim tijd en gelegenheid gehad hebben om in exclusieve kringen rond te kijken voor het geval dat. Maar dat ze ooit mishandeld werd, blijft een stigma voor elke vrouw. Zelfs hij heeft zich op haar verkeken.' Hij wees weer naar de figuur tegen de grond.

'Is hij dood of alleen maar bewusteloos?' probeerde Boersma opnieuw.

'Vroeg u zonet ook al. Dat moet u zelf maar uitmaken. En als dat zo is, eigen schuld dikke bult.'

'En waar bewaar je dan al die beelden, Kadir?' wilde Bottu weten.

'Het is aan u om de dvd's en dus meteen alle bewijsmateriaal te vinden, commissaris. Vergeet echter niet dat u daarmee het halve land op stelten kunt zetten. Fiscale fraude, overspel, seks met minderjarigen, u noemt het maar. Als u de moed heeft om door te drukken, tenminste.' Hij keek naar Boersma. 'Dat geldt even goed voor u, hoofdinspecteur.'

'Wie of wat zegt dat wij je moeten geloven, Kadir?'

'Wees gerust, ik heb voor de nodige broodkruimels gezorgd, commissaris. U weet dat ik als geen ander van spelletjes houd. Ik kon niet nalaten om voor een *teaser* te zorgen.' Hij wees naar de dvd op de tafel. 'Als u van een blote, oude en zielige professor houd, moet u dringend naar dat schijfje nummer vierentwintig hier kijken. U zult daarop ook nog vrouwen tegenkomen die u helemaal niet verwacht had.' Hij wachtte en keek lang naar Boersma. 'En mannen uit uw naarste dromen. De appel valt namelijk nooit ver van de boom, hoofdinspecteur.' Een kort lachje.

Het bleef enkele seconden stil.

'Maar misschien hoeft u niet eens ver te zoeken en zit alles akelig dichtbij.' Bozkurt maakte met het hoofd een beweging naar een vuilgroen, tot op de draad versleten kinderrugzakje met Flintstonesfiguurtjes, dat lusteloos aan de leuning van een stoel hing.

Bottu probeerde met diep ademen weer enige rust in zijn lijf te brengen en niet te denken aan de opkomende kramp in zijn pols. Boersma bleef opmerkelijk rustig en keek af en toe of Tavernier toch niet lichtjes had bewogen.

'Je hebt het de hele tijd over de doden die hier in Oostende zijn gevallen, Kadir. Maar in Leuven zijn gelijkaardige moorden gebeurd.'

'Daar was een vuile *copycat* aan het werk, commissaris. Die wilde u op het verkeerde spoor zetten. Heb ik vernomen.'

'Een van de doden daar was Hugo Lemmens. In een vorig leven anesthesist in het universitaire ziekenhuis, nu onderzoeksjournalist bij *Gazet van Antwerpen*. Hij was naar het schijnt tijdens het graven op een hard been gestoten. De andere was dokter Huub Leleux.' Bottu benadrukte de beide namen.

'Heb ik vernomen.'

'Correctie: je wist het.'

'Die Leleux was als geen ander betrokken bij wat u zo plastisch als een hard been omschrijft, commissaris. Er hing hen inderdaad een nieuwe rechtszaak boven het hoofd. Of vertel ik daarmee iets nieuws?'

Ondanks de spanning gaven de woorden Bottu ineens de indruk dat een weldadige warmte bezit nam van zijn hele huid. De zon begon dan toch soms te schijnen op een totaal onverwacht ogenblik.

'Hen?' vroeg hij, uit op bevestiging. Hij keek daarbij vluchtig naar Boersma die heel even scheen te willen lachen.

'Leleux en Lemmens zelf. Er al eens aan gedacht dat ze van kant werden gemaakt door iemand die absoluut wilde vermijden dat de zaak heropend werd? Het ziekenhuis zelf bijvoorbeeld? Een hint: uw vriend dokter Marc Van Duyn, de directeur van het UZ, is niet zo zuiver op de graat als u wel denkt. Hij en die bewakingsman kenden elkaar al veel langer, dat zal later nog blijken. Ze zijn beiden niet toevallig afkomstig uit Kapellen, zoals nog anderen in dit verhaal.' Hij wachtte, lachte dan schokkerig. 'Een tweede hint: die bewakingsman uit de luxeloft nam elke klus aan waarmee hij poen kon vangen. In Leuven schoot hij wel raak: de man zonder geheugen en de dokter, twee mannen met een UZ-verleden. Een *copycat*, ik zei het toch?'

Hij zei het met zoveel overtuiging dat Bottu begon te twijfelen.

'En al de rest? Hersenspinsels om het ons zo moeilijk mogelijk te maken?'

'Het was allemaal een spel, commissaris. Met verschillende spelers chaos in de hersenen creëren. Dat beseft u toch? Dezelfde auto's die door het beeld reden, een vrouw die uw collega belde toen hij in het casino deed wat voor een politieman streng verboden is.' Hij keek Boersma daarbij lang aan. 'De foto's die u werden gestuurd en die u zo bang maakten, de citaten uit de bijbel.' Hij wachtte. 'De voorwerpen op de flat die op een vrouw moesten wijzen.'

Bottu verzette heel even de voet om te vermijden dat die verkrampt zou raken. Bozkurt had het meteen gemerkt.

'Jezus, commissaris! Rustig, had ik gezegd!'

Bottu knikte lichtjes, een teken dat hij de waarschuwing begrepen had.

'Van één zaak ben ik zeker: het zit allemaal veel ingenieuzer in mekaar dan je nu wilt laten uitschijnen, Kadir. Maar over een vrouw gesproken: wat gebeurde met Lucy Servaes?'

'Suïcidaal gedrag, commissaris. Ze heeft dat altijd in zich gehad. Dat moet u tijdens uw geheime bezoekjes aan het UZ Antwerpen toch te weten gekomen zijn? Ze werd bereid gevonden om voor haar zoon in de flat een spelletje met de privédetective te spelen dat haar schijnbaar niet lag. Dat draaide onverwacht anders uit. Dat haar zoon ook nog begon te moorden, werd haar te veel.' Hij wachtte weer, slikte een paar keer. 'Met zijn eigen beelden kon ik Tavernier eindelijk de jaren betaald zetten dat zij om hem heeft gehuild. Ik was toen nog klein, maar op verdriet staat geen leeftijd, commissaris.'

'Lucy Servaes en spelletjes, het rijmt niet. Er heeft zich op zijn zachtst gezegd een metamorfose in haar leven voltrokken.'

'Zelfs een Lucy Servaes ontsnapte er niet aan dat vrouwen op een bepaald ogenblik in hun leven aan hun vrouwelijkheid beginnen te twijfelen en met alle middelen willen bewijzen dat ze nog meetellen. Op zo'n ogenblik vallen ze vaak in de klauwen van zielige gretigaards.'

'Ik had een totaal ander beeld van haar.'

'Het verbaast me dat u het woord schizofreen niet durft uitspreken, commissaris.'

'Maar waarom moest de professor hier het dan ontgelden?' kwam Boersma tussen.

Bozkurt wees om de beurt naar Tavernier en de professor. 'Die daar wilde maar al te graag afdokken om de beelden in zijn bezit te krijgen, maar deze wilde niet betalen om uit beeld te blijven, toch niet genoeg. Daarstraks begonnen ze mekaar zelfs te verdedigen en mij te beschuldigen dat ik het was die alles in gang had gezet. Zoiets kun je toch niet zomaar over je heen laten gaan, hoofdinspecteur?'

'Ik geloof je niet, Kadir', antwoordde Bottu in de plaats van Boersma.

'O ja, u verwachtte natuurlijk combines en netwerken met veel gedonder en lichtflitsen. Maar u stootte op iets triviaals als geld, machtsspelletjes en vrouwenaffaires. Ontgoocheld, commissaris?'

Buiten waren in de verte politiesirenes te horen. Bozkurt deed alsof het hem allemaal ontging, maar Bottu wist dat de radertjes in zijn hoofd zich op dat ogenblik gek draaiden.

'Ik wilde dat ik je kon geloven, Kadir.'

'Ik geef u anders dringend de raad om dat wel te doen.' Er zat oplaaiend vuur in de ogen van Bozkurt.

'Jij zit hier ter plaatse een verhaaltje in mekaar te draaien dat je zelf niet gelooft. Ik vraag me alleen af waarom je dat doet, Kadir. Maar van één ding ben ik zeker.'

'Weer eens? Een minuut geleden was u dat ook al.'

'Het draait niet om het geld, Kadir, maar om de eer.'

Onmiddellijk en met fors stijgende toon. 'Het gaat in het leven altijd om de eer, commissaris. Altijd en overal.'

Bozkurt nam het papier dat vlak voor de professor lag en probeerde het ongemerkt in zijn binnenzak te steken.

'Waarom probeer je dat papier weg te moffelen?'

'Ook daar komt u vroeg of laat wel achter, commissaris.'

'Zoals ik zei, ik geloof je niet, Kadir. Toch niet helemaal.'

Bozkurt liet zijn wapen heel even zakken, maar herpakte zich meteen. 'Dat laat ik geheel en al voor uw rekening. Maar waarom is de cavalerie naar hier opgeroepen? Wat heeft me uiteindelijk de das omgedaan, commissaris?' De woorden zaten plots propvol arrogantie.

"Ik wil zijn lijden verlengen zodat hij goed beseft wat hem overkomt.' Ik ben namelijk de hele tijd dingen aan mekaar gaan binden, Kadir. Ik heb die uitspraak van je gevonden in een brief.'

'Op dinsdag 4 september geschreven en nog wel aan u gericht, commissaris.'

'Juist. Door iemand van wie je ontzettend veel hield.'

'Ik heb van niemand meer gehouden dan van haar. Op één iemand na.' De buiging in zijn stem liet alles vermoeden.

'Door die brief wist ik dat je degene waarrond alles draaide zou sparen tot op het laatst. De enige van wie de naam voorkwam in de adresboekjes van ieder die hem in de dood was voorgegaan. Hoogmartens, Lemmens, Leleux, Van Keel. Een gewaagde gok van me, ik geef het toe, maar tegelijk mijn laatste kans. Je was van plan ook hem te doden. Meer nog, je zou het zelf doen. Vandaag 8 september zou en moest het gebeuren, op je verjaardag. Waarschijnlijk je laatste verjaardag en je laatste kans, Kadir.'

Het bleef weer enkele ogenblikken stil. Bottu voelde de spieren in zijn arm en hand nu echt spannen dat het pijn begon te doen. De professor kreeg duidelijk last van de hele tijd rechtop te blijven staan en keek de jongeman aan. Hij trilde over zijn hele lichaam. Bottu kon zijn ogen niet zien, maar die zaten ongetwijfeld vol doodsangst.

'Ik begin te twijfelen of er toch niet een kans bestaat dat ik je kan begrijpen, Kadir. En ik weet dat jij me kunt helpen. Als je dat wilt, tenminste, Kadir.'

De commissaris wist uit ervaring dat hij nog een kleine kans maakte door de naam van de agressor almaar te blijven herhalen. Hij probeerde daarbij een combinatie van rust en gezag uit te stralen, maar wist niet of dat hem lukte. Zijn intuïtie deed hem het ergste vrezen.

'Het geheugen maakt ons tot wie we zijn, maar voor velen is het een last om mee te dragen. Was dat bij jou ook het geval, Kadir?'

Bozkurt knikte.

'Het draaide uiteindelijk allemaal om Mahir?' Hij wachtte lang. 'Je kleine broertje.' Dat laatste zei hij bewust stil, bijna fluisterend.

Bozkurt knikte weer. 'Ik heb het lang volgehouden, de foltering van een leven zonder hem. En op een morgen, op dinsdag 10 juli werd het opeens feest in mijn hoofd. Ze gaven me in het UZ nog enkele maanden te leven, vier tot zes, meer niet. Alsof die woorden een toegift waren, vooraleer de volgende patiënt routineus in de onderzoekskamer werd geroepen. Van dan af moest het vlug voor me gaan.' Hij drukte het pistool nog steviger tegen het hoofd van de professor. 'U wilt tijd winnen, commissaris. Denk maar niet dat ik u niet doorheb. Binnen enkele ogenblikken stormt uw hele cavalerie hier naar binnen. Verdomd! Verdomd!'

Bottu deed een stap naar voren, besefte dat zoiets een enorm risico inhield. 'Ik wil je alleen maar begrijpen, Kadir. Is dat teveel gevraagd? Wat moest er in de brief staan die je de professor daarstraks dwong te schrijven?'

'Hoe het er indertijd met mijn broertje echt aan toe is gegaan.' Hij slikte. 'Dat is alles.'

'Je tante Llayda beweerde dat het indertijd om een ongeluk ging. Wat heeft de professor daar dan mee te maken?'

Zijn lippen verstrakten, zijn mondhoeken trilden. 'Rechter Renauld en de loyauteit aan de leugen.'

'Ik begrijp je niet. *Rechter* Renauld?'

'Hij deed het in zijn broek telkens ik hem de afgelopen dagen daarover belde. Meestal deed ik dat 's avonds. Het donker maakt de leugen nog leugenachtiger.'

'Ik vrees dat ik je niet begrijp', herhaalde Bottu. Hij keek opzij naar Boersma die een en al concentratie was.

'Er waren indertijd vlak voor het proces compromitterende foto's van hem opgedoken. Daar had die privédetective Hoogmartens voor gezorgd. In opdracht van die verdomde dokter. Rechter Renauld moest een uitspraak doen in het proces achter gesloten deuren. Niets is heiliger dan de loopbaan van een magistraat. De leugen haalde het dus op de wet.'

Bottu begon snel te redeneren. Chantage, rechtszaak, vrijspraak, zuivering. Hij zag het gezicht van de directeur van het UZ voor zich, toen die het enkele dagen geleden had over rechtszaken waarbij het ziekenhuis betrokken was.

De jongeman wierp de professor een giftige blik toe. De loop van zijn pistool gebaarde naar de professor. 'Maar vertel hem alles zelf. Kom op, man!'

Renauld rechtte de rug, deed moeite om Bozkurt niet aan te kijken, staarde dan maar naar een onbestemd punt in de leefkamer. 'Ik was in die tijd rechter in Antwerpen. Ik heb na die zaak ontslag genomen uit de magistratuur. Ik ben naar Leuven verhuisd om daar aan de slag te gaan als professor aan de Alma Mater. Al lijkt het niet zo, ik heb het voorval een heel leven achter me aangesleept, commissaris. Het spijt me...' Hij schudde het hoofd.

'Het ging dus niet om een ongeval. Mahir was het slachtoffer van een medische fout.' Bottu plaatste geen vraagtekens, legde speciale nadruk op 'fout' en boog zich verwachtingsvol naar voren.

De professor schudde weer het hoofd, maar zei niets.

'Een gerenommeerde dokter die stomdronken een risicovolle ingreep uitvoert, een onervaren stagiair die door hem verplicht wordt de anesthesie te doen, hoe noemt u dat anders? Terwijl de verpleegster machteloos toekeek en niets kon doen.' Bozkurt begon nu echt te roepen.

'Huub Leleux? Hugo Lemmens? Lucy Servaes? Wie heeft het je uiteindelijk verteld?'

'Tante Lucy zelf. Ik kan u plaats, dag en uur zeggen dat ze het deed. Gewetensproblemen, zo noemde ze het.' Hij riep zo hard hij kon.

Bottu voelde dat zijn verkrampte houding zo goed als onhoudbaar werd. Het zweet parelde op zijn voorhoofd en liep tappelings over zijn lijf. Hij hoorde Boersma zachtjes zuchten.

'Waarom heeft ze zoveel jaren geleden dan niets gezegd?'

Bozkurt werd weer rustig. 'Zij was het die mijn broertje Mahir die nacht naar het ziekenhuis voerde. Ze kende het UZ, ze werkte er. Zij was het die de dokter contacteerde. Jammer dat ze niet op de hoogte was van zijn drankprobleem. Er was niet meteen een anesthesist beschikbaar, dus schakelde de dokter een onervaren stagiair in.' Hij wachtte. 'Die nam de volgende dag ontslag en zette zijn leven op een ander spoor. Een beslissing die ik in andere omstandigheden voor moedig zou aanzien hebben.' Hij wachtte weer. 'Dat hij mij jaren later opeens terugzag, bezorgde hem een zodanige schok, dat hij het geheugen verloor. Het menselijk brein is ondoorgrondelijk, commissaris. Dat moet ik iemand als u toch niet vertellen?'

'En Lucy Servaes zweeg?' opperde Bottu.

'Bang haar job te verliezen. Mensen doen vaak de gekste dingen voor hun job. Zelfs de dapperste mensen', antwoordde de jongeman sarcastisch.

'Je veel later vertellen wat er die nacht echt gebeurd was, werd haar doodvonnis?'

Hij schudde ontkennend het hoofd. 'Ik hield van haar, meer dan van wie ook. Die brief, *dat* was puur verraad, commissaris.' Hij had alle moeite met het bedwingen van zijn woede. 'Ik beeldde het me in en wilde het tegelijk van me wegduwen. Ze was de schatbewaarder van mijn geheimen. Ze heeft alles gedaan om jullie onderzoek van me af te leiden door alle aandacht naar haar toe te trekken. Ze wilde me niet in de steek laten. Haar geweten heeft daardoor wekenlang bakzeil gehaald, tot die verdomde vierde september. Gelukkig zag ze haar fout net op tijd in. Voor haar eindigde alles in de medische faculteit, commissaris.'

'Ik wilde dat ik je kon geloven, Kadir.'

'Twijfel, commissaris? Twijfel is vaak de aanzet tot grootse dingen. Zoals zelfmoord in stijl.' Hij wachtte, haalde diep adem. 'Ik heb haar bewonderd, maar ik heb haar niet belet het te doen. De bewondering mag de kritische geest niet overschaduwen. Ik dacht nog slechts aan één ding.'

'Je broertje wreken na al die jaren?'

Hij knikte.

'De zaak zou heropend worden. Daar zou die journalist voor zorgen', zei Bottu, 'maar je gaf hem niet de tijd.' Elke vezel in zijn lichaam was tot het uiterste gespannen, toch smaakten de woorden zoet in zijn mond.

Bozkurt sloot een fractie van een seconde de ogen. 'De vraag is: had ik die tijd? Ik dacht dat die onheilstijding in het UZ me elke notie van tijd zou doen verliezen, maar ze is sterker geworden dan ooit.'

Bottu kon gelukkig nog bliksemsnel redeneren. 'Alles omtrent die rechtszaak zat in een zwarte tas die de man zonder geheugen bij zich had toen hij in het ziekenhuis werd gedropt?'

'Dat hebt u goed gezien. Maar helaas te laat, commissaris. Hij zeulde zijn hele verleden met zich mee. Hij had alles neergeschreven vanuit zijn gezichtspunt. *Hij* droomde dat hij als bekend journalist het verleden eindelijk naar zijn hand zou kunnen zetten en zelf buiten schot blijven. *Zij* dacht dat hij voorlopig wel veilig zou zijn binnen de muren van het ziekenhuis, maar misrekende zich. Leleux kwam er achter en wist beter dan wie ook dat dingen nergens beter verdwijnen dan tussen ziekenhuisafval.'

'Lucy Servaes wilde dat Lemmens in je genadeloze jacht ontzien werd, is het dat?'

'Ze heeft me zelfs gesmeekt. Ik besefte dat zij en Lemmens me wilden helpen. Ze heeft hem met de weinige centen die ze had voor zijn inzet zelfs een peperduur horloge cadeau gedaan waar hij al zo lang van droomde. Lemmens was wellicht de enige man van wie ze ooit echt heeft gehouden. Zij vond dat een voldoende reden. Ik niet. Bovendien was de machine Van

Keel onherroepelijk geprogrammeerd. Zij kende zijn onverzettelijkheid nog van vroeger.'

'Een nieuw proces had veel kunnen oplossen, Kadir.'

'Ik had geen geloof *en* geen tijd, heb ik al gezegd. Gerechtigheid komt vaak te laat. Iedereen roept, niemand luistert. Daarom ontwierp ik mijn eigen erecode. De pijn van de tijd staat gedrukt in dikke boeken met inkt die naar bloed smaakt.'

'Met citaten uit de bijbel. Door hun strot geduwd.'

Dodelijk geërgerd. 'Wat is er mis met de bijbel, commissaris?'

'Met een foto van jullie beiden op een oude draaimolen.'

Dan weer uitermate kalm. 'Duizend keer heb ik die foto in handen gehad. Ik kon mijn broertje toch niet achterlaten? Hij moest overal mee, alles zien. Op een ogenblik dat het leven nog alleen uit herinneringen bestaat.'

Boersma wees met het hoofd naar Renauld. 'Je was van plan om hem te doden na het schrijven van de brief?

'Natuurlijk zou ik dat doen. Twijfelt u daar nog aan?'

Voor het eerst richtte Boersma zich rechtstreeks tot een verbouwereerde Renauld. 'Is uw vrouw niet thuis, professor?'

De professor schudde alleen met het hoofd.

De jongeman antwoordde in zijn plaats met een brede grijns. 'Ik heb haar met een smoes het huis uit gelokt. Naar Leuven. Ze heeft met dit alles niets te maken. Ik heb mij voorgedaan als een van haar vroegere klanten en gezwaaid met een bundeltje euro's voor het openen van haar benen. Vrouwen veranderen niet. Ze zijn niet te vertrouwen. Nooit.'

Renauld greep het hoofd met de beide handen.

'Ik zit nog met twee vragen', zei Bottu.

'Snel want uw tijd raakt op', snauwde de jongeman en knipperde zenuwachtig met de ogen.

'Waarom moest Van Keel dood? Hij was toch de hitman, die voor uw rekening de moorden op tijd en nagenoeg met perfectie uitvoerde?' De commissaris probeerde ongemerkt zoveel mogelijk zijn strakke houding te ontspannen.

'Van Keel was geen haar beter dan al die anderen. Hij was toen de bewakingsagent van het ziekenhuis die op het proces verklaarde dat de dokter tijdens de ingreep bloednuchter was. Hij had zelf een drankprobleem, zoals zoveel ex-politiemannen.' Hij wachtte. 'Maar hij was de enige getuige die daar die nacht in het ziekenhuis rondliep. Wie zou hem tegenspreken? Toch die bureauridders niet? Bovendien was hij erg inhalig. Van zoveel mogelijk walletjes eten. Dat heeft hij nooit kunnen afleren. Net als die privédetective.'

'Heb je Lucy Servaes zelf gevraagd om mee te doen bij de uitvoering van je plan, Kadir?'

'Twee vragen hadden we afgesproken, commissaris, denk eraan.'

'Was zij de vrouw die mannen naar de flat lokte en spelletjes speelde voor het raam van de loft van de hitman in Herent bij Leuven?'

'Vrouwen zijn geheimzinnige wezens en spelen soms met mannen een spel met eigen regels en verlangens. Wraak om wat ooit met ze gebeurde is daar één van. Waarom zou tante Lucy op dat punt anders zijn? Uit wat ze me vertelde wist ik bovendien dat ze dertig jaar geleden al goed was in het maken van foto's.' Hij wachtte, keek Bottu en Boersma om de beurt aan, liet zijn ogen spreken. 'Zij had een sleutel van een luxeflat, het enige cadeau dat haar mooie zoon haar ooit heeft gegeven. Gratis verblijf aan zee, de eerste prijs in de dorpstombola.'

'Ze stuurde ons weer foto's. We hadden het eerst niet door, maar vrij vlug kwamen we erachter dat de tijd ons bij het nekvel had.'

'Over één zaak zijn we het gelukkig eens: je denkt dat het slijt, maar het slijt nooit. Geheugen en herinnering kun je niet met een knop uit zetten. Ieder mens sterft een paar keer in zijn leven. Kijk maar naar tante Lucy en die verdomde Van Keel.'

'Zij was het dus toch die Van Keel ombracht? Ik wist gewoon dat hij door een vrouw omgelegd was', zei Boersma.

'Ze had met hem nog een relatie gehad toen hij bewakingsagent in het ziekenhuis was. Tante Lucy en mannen, het wilde maar niet lukken.'

'Eén dvd bleef in de lade op flat 04.02 achter. Het nummer drieëntwintig. Een teken? Een broodkruimeltje?' probeerde Bottu nogmaals.

'Moet u tante Lucy vragen. Of die mooie zoon van haar. Maar ik ben bang dat het daarvoor te laat is. Ik vrees dat uw tijd om is, commissaris.' Hij sprak de laatste woorden uit op een manier die de commissaris bang maakte.

'Sta ik ook op het lijstje, Kadir?'

Het antwoord was een lachje. 'Zoals ik zei, de tijd is helemaal om, commissaris. He-le-maal.' Hij wachtte. 'Ik heb niemand meer voor wie ik me groot moet houden. De tijd is niets meer dan een brutale onderbreking van de eeuwigheid.' Er zat een scherpe bijklank in zijn stem.

Bottu had de indruk dat de jongeman de ogen sloot, maar hij was niet zeker en wilde geen risico nemen. 'Je spreekt jaloersmakend mooi, maar woorden kunnen je op dit moment niet redden. Dit is je reinste waanzin. Ik vrees dat ik je...'

Kadir Bozhurt liet de commissaris niet toe zijn zin af te maken. Opeens zette hij zijn pistool tegen zijn slaap en drukte ogenblikkelijk af. Het was een knal als van een vuurwerk.

Professor emeritus Aurélien Renauld de Termonde greep met beide handen naar zijn keel en viel van de schok als een blok tegen de grond.

Commissaris Bottu en hoofdinspecteur Boersma keken toe en lieten begaan. Dan wierpen ze mekaar een lange blik toe en bleven zo te lang staan.

Boersma liep op Tavernier toe, bekeek hem, voelde aan de slagader in zijn hals en leek een ogenblik vol te lopen met ontgoocheling. Dan nam hij zijn gsm uit zijn broekzak en vormde het nummer van de hulpdiensten.

Bottu ging met de hand in het vuilgroene kinderrugzakje van Kadir Bozkurt en kon alleen maar vaststellen dat het leeg was. Op een foto van vier lachende jongetjes op een aftandse draaimolen na.

Dan keek de commissaris door het raam en merkte dat de zilveren terreinwagen verdwenen was. Hij liep naar het bijgebouw om er zich van te vergewissen dat hij zich niet vergist had. Eens buiten werd hem alles in een flits duidelijk. Achter de garagepoort was het zachte gezoem van een motor te horen die eigenaardig genoeg de stilte amper scheen te verstoren. Hij voelde aan de poort. Gelukkig was ze niet op slot. Hij ging naar binnen, trok de deur van de auto open en stond oog in oog met iemand die hij daar niet verwacht had. Of toch? Hij aarzelde geen ogenblik, zette de motor uit, sleurde het lichaam met volle kracht naar buiten en legde het in de schaduw onder een boom. Hij riep, schreeuwde naar Boersma.

Bottu keek naar het gezicht, voelde aan de halsslagader, dan aan de pols. Hij hoorde Boersma komen aanrennen en voor de tweede keer in korte tijd het hulpnummer vormen, terwijl hij wanhopig mond-op-mond bleef proberen. Hij wist uit ervaring dat het kantje-boordje zou worden. Hij deed alles wat hij kon. Hij had het voor zijn collega met het bolle buikje toen ook gedaan. Het zweet liep van zijn gezicht en zocht een weg langs zijn lichaam. Af en toe nam hij een rustpauze en keek naar het meisje. Hij wist dat uit haar gesloten ogen alle dromen verdwenen waren. Maar hij mocht niet opgeven. De minuten leken uren. Toen was het niet anders geweest.

Opeens gingen die ogen heel even open en sloten zich weer. Bottu voelde aan haar hals en riep zo hard hij kon. Dat ogenblik maakte opeens alle verloren inspanningen bij het meisje met het bolle buikje goed. Bottu lachte, riep, als een gek.

Hij nam Nazmiye Batu zachtjes in de armen en keek vlak in de zon.

Het wemelt in Antwerpen van de vreemdelingen.

Maar zij is zo lief. Een beeld van een meisje.

Zo ontzettend lief.

De volgende dagen zouden Bottu en Boersma ongetwijfeld veel in zichzelf praten. Ze zouden zich afvragen waarom ze niet vroeger gereageerd hadden en waarom het leven van een politieman zo complex in mekaar zat.

Het plafond van de leefkamer zat helemaal onder de rode sproeten, stille getuigen van uiteengespatte dromen.

De volgende dagen zouden de detergenten hun werk doen, zonder zich verder vragen te stellen. Er zou alleen een misselijk makende geur overblijven, die wellicht nog jaren zou blijven hangen.

32

Zondag 9 september
Oostende, strand
Negen uur dertig

De zomerdrukte was in een paar dagen tijd weggegleden. Ondanks het mooie weer lag het strand er verlaten bij. Het water kwam op. Toch was het nog een heel eind lopen tot bij de waterlijn.

Boersma stond daar als een stenen beeld te kijken. Zijn ogen bolden uit tot aan de horizon. Hij had zijn broek tot onder de knieën opgerold, zijn losgeknoopt, veelkleurig hemd wapperde eigenzinnig in de wind. Zonder om te kijken wist hij dat Bottu achter hem stond en dat ze naar hetzelfde punt in de verte keken.

'Zou je niet nog een paar dagen aan de kust blijven, Bottu? We hebben nog zoveel dingen met mekaar te bepraten.'

'Later, Boersma.'

'Ik zou dat erg op prijs stellen, Claude.'

'Weet ik, Gijs.'

'Eigenlijk zijn wij *two of a kind*, Bottu.'

'Nog steeds, Boersma.'

'Wij veranderen nooit.'

'Eigenzinnig.'

'Hardleers.'

'Eenzaat. In Antwerpen konden we alleen zijn, zonder ons eenzaam te voelen.'

'Dat lukt in Oostende veel minder.'

'Dacht je dat het in Leuven anders is?'

'Mensen vertrouwen je maar als je stukken van jezelf loslaat. Zo zijn wij niet, Bottu.'

'Geen van beiden.'

'Steeds maar tegen onszelf opbieden.'

'De wereld is niet groot genoeg voor ons twee.'

'Ongeneeslijke territoriumdrift.'

'Gelijk heb je.'

'Wij hebben zelf beslist wie we zijn. Ondanks alles zijn wij goeie politiemannen.'

'Eens politieman, altijd politieman.'

'Wij kunnen de gerechtigheid aan, op onze eigen manier.'

'Nog steeds. Deze zaak was één grote wraakoefening en toch dreigt de echte schuldige nog de dans te ontspringen.'

'We hebben gisteren ieder woord gehoord. We waren met twee. We kunnen mekaar eindelijk steunen, Bottu.'

'We kunnen alleen maar proberen, Boersma.'

'Nu ook nog die verdomde *maître* Aurélien Renauld op de knieën krijgen, Bottu. De appel valt nooit ver van de boom. Ik moet met alle middelen die beelden zien te bemachtigen.'

'Jouw zaak, Boersma. Van jou en jou alleen.'

'Selectieve *amnesia* zou anders voor ons beiden een goeie remedie zijn tegen die rotperiode in Antwerpen. Eens en voor goed van die nachtmerries verlost zijn.'

'Het zal ons nooit lukken.'

'Toch is er tussen jou en mij één groot verschil, Bottu.'

'O ja?'

'Vrouwen kunnen jou diep gelukkig maken. Mij maken ze angstig.'

'Je kunt niet beminnen zonder de angst die persoon te verliezen, Boersma. Iedereen hier op aarde is een engel met slechts één vleugel.'

Bottu zuchtte en glimlachte tegelijk. Hij zag op dat ogenblik beelden die niemand anders kon zien. Hij snoof de lucht van de zee in, bukte zich, schepte water in zijn hand. Dan rolde zijn tong zich verschillende keren in een zilte smaak die anders was dan hij verwacht had.

Omslag: Toni Mulder, Mulder-van Meurs
Binnenwerk: Phaedra creative communications

ISBN 978 90 443 2163 0
NUR 332
D/2008/8899/49